FJB

Julie Murphy

DUMPLIN'

GO BIG OR GO HOME.

Aus dem amerikanischen Englisch
von Kattrin Stier

FJB

MIX
Papier aus verantwortungsvollen Quellen
FSC® C083411

Die amerikanische Originalausgabe erschien 2015
bei Balzer & Bray.

Dieses Werk wurde im Auftrag von HarperCollins Publishers
durch die Literarische Agentur Thomas Schlück GmbH,
30827 Garbsen, vermittelt.

Satz: Pinkuin Satz und Datentechnik, Berlin
Druck und Bindung: CPI books GmbH, Leck
Printed in Germany
ISBN 978-3-8414-2242-2

FÜR ALL DIE MÄDELS
MIT DEN DICKEN HINTERN

FIND OUT WHO YOU ARE
AND DO IT ON PURPOSE.

DOLLY PARTON

1

DIE BESTEN DINGE in meinem Leben haben immer mit einem Song von Dolly Parton angefangen. Einschließlich meiner Freundschaft mit Ellen Dryver.

Der Song, mit dem alles begann, war »Dumb Blonde« von ihrem Debütalbum *Hello, I'm Dolly* aus dem Jahr 1967. Im Sommer vor der ersten Klasse hatten meine Tante Lucy und Mrs Dryver wegen ihrer gemeinsamen Begeisterung für Dolly zueinandergefunden. Während die beiden im Esszimmer saßen und süßen Tee tranken, hockten Ellen und ich auf dem Sofa, schauten Zeichentrickfilme und wussten nicht recht, was wir voneinander halten sollten. Doch dann ertönte eines Nachmittags dieser Song aus Mrs Dryvers Stereoanlage. Ellen wippte mit dem Fuß, während ich mitsummte, und noch bevor Dolly beim Refrain angelangt war, tanzten wir im Kreis herum und sangen aus Leibeskräften mit. Ich bin sehr glücklich darüber, dass unsere Liebe zu Dolly und zueinander weit über diesen einen Song hinausging.

Ich warte vor dem Jeep ihres Freundes auf Ellen, während meine Füße in der prallen Sonne immer tiefer in den Teer des Schulparkplatzes sinken. Ich gebe mir Mühe, keine Miene zu verziehen, während sie aus dem Schultor gehüpft kommt und sich zwischen dem Schulschlussverkehr hindurchschlängelt.

El ist alles, was ich nicht bin. Groß, blond und auf diese unmögliche Art schusselig und sexy, wie man es sonst nur aus romantischen Komödien kennt. Sie fühlt sich wohl in ihrer Haut, und das war schon immer so.

Ihren Freund Tim kann ich nirgends entdecken, aber ich bin sicher, dass er sich nur ein paar Schritte hinter ihr befindet, mit der Nase am Handy, während er alle Sportergebnisse nachliest, die er während des Unterrichts verpasst hat.

Das Erste, was mir an Tim auffiel, war, dass er mindestens acht Zentimeter kleiner ist als El. Aber ihr ist das egal. Als ich auf diese vertikale Differenz hinwies, lächelte sie, während sich eine zarte Röte von ihren Wangen bis zum Hals ausbreitete, und sagte: »Ist doch irgendwie süß, oder?«

El bleibt kurz vor mir stehen und keucht: »Du musst heute Abend arbeiten, oder?«

Ich räuspere mich. »Ja.«

»Es ist nie zu spät, um einen Ferienjob im Einkaufszentrum zu suchen, Will.« Sie lehnt sich gegen den Jeep und stupst mich mit der Schulter an. »Mit mir.«

Ich schüttele den Kopf. »Ich find's gut bei Harpy's.«

Ein riesiger aufgebockter Pick-up rast vor uns über den Parkplatz in Richtung Ausfahrt.

»Tim!«, ruft Ellen.

Er bleibt wie angewurzelt stehen und winkt uns zu, während der Pick-up, der ihn um ein Haar plattgefahren hätte, an ihm vorbeidonnert.

»Ich fasse es nicht!«, sagt El, gerade laut genug, dass ich es hören kann.

Ich glaube, die beiden sind füreinander geschaffen.

»Danke für die Warnung«, ruft er.

Wir könnten gerade von Aliens angegriffen werden, und Tims Kommentar dazu wäre bloß: »Cool.«

Nachdem er es heil über den Parkplatz geschafft hat, steckt er sein Handy in die Hosentasche und gibt ihr einen Kuss. Es ist kein ekliger Zungenkuss oder so, sondern eher ein Hallo-du-hast-mir-gefehlt-und-du-bist-immer-noch-so-hübsch-wie-bei-unserem-ersten-Date-Kuss.

Mir entschlüpft ein langgezogener Seufzer. Wenn ich für immer den Anblick aller sich küssenden Menschen vermeiden könnte, wäre mein Leben um mindestens zwei Prozent erfüllter.

Dabei bin ich weder eifersüchtig auf Ellen und Tim, noch hat Ellen mir Tim ausgespannt, und ich will ihn wirklich nicht für mich haben. Aber ich hätte gerne das, was die beiden haben. Ich hätte gerne einen Menschen, den ich küsse, wenn ich ihn begrüße.

Ich schaue an den beiden vorbei zu der Laufbahn, die um das Footballfeld verläuft. »Was machen die denn da hinten?« Eine kleine Gruppe von Mädchen in rosa Shorts und passenden Tanktops trabt über die Bahn.

»Trainingscamp für den Schönheitswettbewerb«, sagt Ellen. »Das läuft den ganzen Sommer. Eine von den Mädels von meinem Job macht da auch mit.«

Ich versuche nicht mal, mein Augenrollen zu unterdrücken. Clover City hat nicht gerade viel zu bieten. Alle paar Jahre ist unser Footballteam gut genug für die Play-offs, und von Zeit zu Zeit schafft es jemand hier rauszukommen und irgendetwas Bemerkenswertes zu vollbringen. Das Einzige, das unsere kleine Stadt interessant macht, ist der älteste Schönheitswettbewerb von ganz Texas. Seit den dreißiger Jahren gibt es den *Miss Teen Blue Bonnet Schönheitswettbewerb*, und im Laufe der Jahre ist er immer größer und lächerlicher geworden. Und ich muss es wissen – meine Mutter ist seit fünfzehn Jahren die Vorsitzende des Planungsausschusses.

Ellen angelt Tims Schlüssel aus der Vordertasche seiner Shorts, bevor sie mich von der Seite umarmt. »Ich wünsch dir viel Spaß bei der Arbeit. Auf dass dich das Fett nicht anspritzen möge.« Sie geht um das Auto herum, um die Fahrertür aufzuschließen, dann ruft sie Tim auf der anderen Seite zu: »Möchtest du Will nicht auch viel Spaß wünschen, Tim?«

Er hebt für einen kurzen Augenblick den Kopf, und ich sehe dieses Lächeln, das Ellen so sehr an ihm liebt. »Will.« Tim ist zwar meistens völlig in sein Handy versunken, aber wenn er etwas sagt – nun, dann macht er das eben so, dass ein Mädchen wie El bei ihm bleiben möchte. »Ich hoffe, du hast einen schönen Tag.« Er macht eine tiefe Verbeugung.

El verdreht die Augen, setzt sich hinters Lenkrad und steckt sich ein frisches Kaugummi in den Mund.

Ich winke und bin schon fast bei meinem Auto, als die beiden schnell an mir vorüberfahren, Ellen mir noch einmal ein »Bye« zuruft und dabei versucht, Dolly Parton zu übertönen, deren »Why'd You Come in Here Lookin' Like That« aus den Lautsprechern dröhnt.

Während ich in meiner Tasche nach den Schlüsseln krame, bemerke ich Millie Michalchuk, die über den Gehweg und den Parkplatz watschelt.

Ich weiß es schon, bevor es passiert. Am Minivan ihrer Eltern lehnt Patrick Thomas, der vielleicht größte Idiot aller Zeiten. Er hat die unvergleichliche Eigenschaft, Leuten Spitznamen zu verpassen, die dann für immer hängenbleiben. Manchmal sind es coole Spitznamen, aber meistens ist es eher so was wie *Haaaannah*, ausgesprochen wie das Wiehern eines Pferdes, weil der Mund des Mädchens so aussieht, als hätte sie … na ja, eben ein Pferdegebiss. Sehr clever, ich weiß.

Ich gebe es nur ungern zu, aber Millie ist eines der Mädchen, die ich schon mein Leben lang beobachtet und dabei gedacht habe: *Es könnte schlimmer sein.* Ich bin dick, aber Millie ist so fett, dass sie Hosen mit Gummizug braucht, weil es in ihrer Größe keine Hosen mit Knöpfen und Reißverschlüssen mehr gibt. Ihre Augen stehen zu eng zusammen, und ihre Nasenspitze ragt in die Höhe. Sie trägt T-Shirts mit Welpen und Kätzchen darauf und meint das nicht ironisch.

Patrick versperrt den Weg zur Fahrertür, und er und seine ungehobelten Freunde grunzen wie Schweine. Millie kann erst seit ein paar Wochen Auto fahren, und sie saust mit ihrem Minivan herum, als wäre es ein Sportwagen.

Kurz bevor sie um die Ecke biegt und diese Idiotenversammlung neben ihrem Van bemerkt, rufe ich ihr zu: »Millie! Komm mal!«

Sie zieht die Träger ihres Rucksacks fest und ändert die Richtung. Sie kommt direkt auf mich zu, und ihr Lächeln schiebt dabei ihre rosigen Wangen so in die Höhe, dass sie fast ihre Augenbrauen berühren. »Hi, Will!«

Ich lächele. »Hey.« Ich hatte mir nicht wirklich überlegt, was ich zu ihr sagen wollte, wenn sie erst vor mir steht. »Herzlichen Glückwunsch zum Führerschein«, sage ich.

»Oh, danke.« Wieder lächelt sie. »Das ist echt lieb von dir.«

Ich beobachte über ihre Schulter hinweg, wie Patrick Thomas seine Nase mit dem Finger hochschiebt, bis sie wie ein Schweinerüssel aussieht.

Geduldig höre ich zu, während Millie mir erzählt, wie sie die Radioeinstellungen ihrer Mutter geändert und zum ersten Mal getankt hat. Patrick nimmt mich ins Visier. Er ist einer von den Leuten, deren Aufmerksamkeit man lieber nicht auf sich ziehen möchte, aber der Versuch, mich unsichtbar zu machen, ist ohnehin zwecklos. Ein Elefant lässt sich nicht so leicht verstecken.

Millie redet noch ein paar Minuten, bevor Patrick und seine Freunde aufgeben und abhauen. Sie deutet in Richtung des Vans hinter ihr. »Ich meine, in der Fahrschule lernt man nicht, wie man tankt und so, und das ist echt …«

»Sorry«, unterbreche ich sie. »Tut mir echt leid, aber ich komme zu spät zur Arbeit.«

Sie nickt.

»Aber noch mal herzlichen Glückwunsch.«

Ich sehe ihr hinterher, während sie zu ihrem Auto geht. Sie rückt erst alle Spiegel zurecht, bevor sie mitten auf dem fast leeren Parkplatz wie aus dem Lehrbuch rückwärts aus der Parklücke ausparkt.

Ich stelle den Wagen hinter Harpy's Burgers & Dogs ab, gehe quer über den Drive-in und klingele am Lieferanteneingang. Als keiner reagiert, klingele ich noch einmal, während mir die texanische Sonne auf den Scheitel brennt.

Ich warte. Ein fies aussehender Mann mit einem Anglerhut und einem schmuddeligen Unterhemd rollt durch den Drive-in und rattert seine absurd genaue Bestellung herunter bis hin zu der exakten Gewürzgurkenanzahl auf dem Burger. Die Stimme im Lautsprecher nennt den Betrag, den er zu bezahlen hat. Der Mann beäugt mich, zieht seine orangegetönte Sonnenbrille ein Stück hinunter und sagt: »Hallo, Süße.«

Ich fahre herum und ziehe mein Kleid fest über die Oberschenkel, während ich weitere viermal auf die Klingel hämmere. Mein Magen krampft sich vor Unbehagen zusammen.

Ich *muss* kein Kleid zur Arbeit tragen. Es gibt auch Hosen.

Aber der Gummibund der Polyesterhosen war nicht ganz dehnbar genug, um über meine Hüften zu passen. Meiner Meinung nach sind daran die Hosen schuld. Ich betrachte meine Hüften nicht gerne als Störfaktor, sondern eher als Pluspunkt. Ich meine, wenn wir uns beispielsweise im Jahr 1642 befänden, wäre mein gebärfreudiges Becken viele Kühe wert oder so.

Die Tür geht auf, und ich höre nur Bos Stimme: »Ich hab dich auch schon die ersten drei Male gehört.«

Mich durchfährt ein Kribbeln. Ich kann ihn nicht sehen, bevor er die Tür nicht weit genug öffnet, um mich hereinzulassen. Das Licht der Sonne streift sein Gesicht. Der Schatten von frischen Bartstoppeln hat sich über sein Kinn und seine Wangen ausgebreitet. Ein Zeichen von Freiheit. In Bos Schule – einer vornehmen katholischen Privatschule mit strenger Kleiderordnung – haben die Ferien schon diese Woche begonnen.

Der Motor des Autos hinter mir am Drive-in heult auf, und ich beeile mich hineinzukommen. Meine Augen brauchen einen Moment, um sich an das dämmrige Licht zu gewöhnen. »Tut mir leid, dass ich spät dran bin, Bo«, sage ich. Bo. Die Silbe hüpft in meiner Brust herum. Sie gefällt mir. Mir gefällt die Endgültigkeit eines so kurzen Namens. Es ist, als wollte der Name sagen: *Ja, ich bin mir sicher.*

Eine brennende Hitze steigt in mir auf bis zu meinen Wangen. Ich fahre mir mit den Fingern den Kiefer entlang, während meine Füße im Beton versinken wie in Treibsand.

Die Wahrheit: Ich bin auf eine total unangenehme Weise in Bo verknallt, seit ich ihn zum ersten Mal gesehen habe. Sein ungestyltes, braunes Haar ist in perfekter Unordnung auf seinem Kopf verwuschelt. Und er sieht albern aus in seiner rotweißen Uniform. Wie ein Bär in einem Tutu. Seine Arme sind in Polyesterärmel gequetscht, und ich glaube, sein Bizeps und meine Hüften haben einiges gemeinsam. Mal abgesehen von der Fähigkeit, Gewichte zu stemmen. Eine dünne Silberkette lugt unter dem Halsausschnitt seines Unterhemdes hervor, und seine Lippen leuchten dank seines endlosen Vorrats an roten Lollis in einem künstlichen Rot.

Er streckt einen Arm in meine Richtung aus, als wollte er mich umarmen.

Ich hole tief Luft.

Und atme gleich wieder aus, als er an mir vorbeigreift, um den Riegel an der Lieferantentür umzulegen. »Ron hat sich krankgemeldet, das heißt, heute sind nur du und ich, Marcus und Lydia da. Ich glaube, sie hat heute eine Doppelschicht abgekriegt. Kleine Vorwarnung, nur dass du Bescheid weißt.«

»Danke. Du hast schon Ferien, oder?«

»Jap. Keine Kurse mehr«, sagt er.

»Klingt gut, wenn du nicht Schule sagst, sondern Kurse. Das hört sich an, als wärst du schon am College und würdest nur ein paar Kurse am Tag besuchen und ansonsten auf irgendwelchen Sofas schlafen oder ...« – ich kann mich gerade noch zurückhalten – »ich bring schnell mein Zeug weg.«

Er kneift die Lippen zusammen und zieht sie nach innen, so dass man es fast als Lächeln interpretieren könnte. »Alles klar.«

Ich biege in den Pausenraum ab und stopfe meine Handtasche in den Spind.

Ich würde mich sonst auch nicht als besonders eloquent bezeichnen, aber was in Gegenwart von Bo Larson aus meinem Mund kommt, lässt sich nur noch als Logorrhoe bezeichnen. Es ist wie Wortdurchfall, also ziemlich eklig.

Als er hier neu anfing und wir uns zum ersten Mal begegneten, habe ich ihm die Hand entgegengestreckt und mich vorgestellt. »Willowdean«, habe ich gesagt. »Kassiererin, Dolly-Parton-Verehrerin und die Dicke vom Dienst.« Dann habe ich auf seine Reaktion gewartet, aber er hat nichts gesagt. »Ich meine, ich bin auch noch alles Mögliche andere. Aber …«

»Bo.« Er klang ungerührt, doch um seine Lippen spielte ein Lächeln. »Ich heiße Bo.« Er nahm meine Hand, und sofort erschienen vor meinem inneren Auge Erinnerungen an Dinge, die ich nie erlebt hatte. Wie wir im Kino Händchen hielten. Oder während wir zusammen die Straße hinuntergingen. Oder im Auto saßen.

Dann ließ er los.

Als ich diese Szene später am Abend wieder und wieder im Kopf durchging, wurde mir klar, dass er nicht mal mit der Wimper gezuckt hatte, als ich mich selbst als dick bezeichnet hatte.

Und das gefiel mir.

Das Wort *dick* ist den meisten Leuten unangenehm. Aber wenn man mich sieht, bemerkt man zuerst meinen Körper. Und mein Körper ist nun mal dick. So wie mir bei anderen Mädchen auffällt, dass sie große Brüste haben oder glänzende Haare oder knubbelige Knie. Das darf man alles sagen. Aber bei dem Wort *dick*, das mich am besten beschreibt, werden die meisten Leute blass und verziehen das Gesicht.

Aber so bin ich nun mal. Ich bin dick. Das ist kein Schimpfwort. Keine Beleidigung. Jedenfalls nicht, wenn ich es sage. Und deswegen finde ich es immer am einfachsten, es direkt selbst zur Sprache zu bringen.

2

ICH SCHRUBBE GERADE die Theke, als zwei Jungs und ein Mädchen hereinkommen. Heute ist so wenig los, dass ich schon fast den Lack abgeschrubbt habe. »Was kann ich euch bringen?«, frage ich, ohne aufzuschauen.

»Bo! Den Spielmacher für die Holy Cross Bulldogs!«, ruft der Typ rechts im Tonfall eines Stadionsprechers. Die Hände hat er wie einen Trichter um den Mund gelegt.

Als Bo nicht gleich auftaucht, brüllen beide Jungs seinen Namen wieder und wieder. »Bo! Bo! Bo!«

Das Mädchen steht zwischen ihnen und verdreht nur die Augen.

»Bo!«, ruft Marcus. »Komm raus, damit deine Freunde hier endlich die Klappe halten.«

Bo kommt um die Ecke und stopft dabei seine Harpy's-Kappe in die hintere Tasche seiner Jeans. Er reckt die Brust heraus und verschränkt die Arme. »Hallo, Collin.« Er nickt dem Mädchen zu. »Amber. Rory.« Er lehnt sich an die Arbeitsplatte hinter uns und schafft so mehr Abstand zwischen sich und seinen Freunden. »Was macht ihr denn hier?«

»Schulausflug«, sagt Collin.

Bo räuspert sich, sagt aber nichts. Die Spannung zwischen ihnen scheint zu vibrieren.

Der andere Typ, Rory, glaube ich, studiert die Speisekarte auf der Theke. »Hey«, sagt er zu mir. »Kann ich zwei Hotdogs haben? Nur mit Senf und Gurken.«

»Äh, klar.« Ich tippe seine Bestellung in den Computer und bemühe mich, nicht hochzuschauen.

»Lange nicht mehr gesehen«, bemerkt Amber.

Wie kann das sein? An der Holy Cross Highschool sind ungefähr dreißig Leute in einem Abschlussjahrgang.

Collin legt den Arm um Ambers Schulter. »Du hast uns beim Training gefehlt. Wo hast du gesteckt?«

»Hier und da«, sagt Bo.

»Willst du auch was trinken?«, frage ich.

»Ja«, sagt Rory und hält mir einen Fünfzigdollarschein vor die Nase.

»Ich darf höchstens Zwanziger wechseln.« Ich deute auf das kleine handgeschriebene Schild, das vorne an meiner Kasse klebt.

»Bo«, sagt Collin. »Ich kann sonst nur mit Karte zahlen. Würdest du Rory einen Gefallen tun und den Schein wechseln?«

Für einen Augenblick herrscht vollkommene Stille, die sich über alles legt. »Ich habe meinen Geldbeutel nicht dabei.«

Collin grinst.

Amber, die augenrollende Schönheit, greift in die Tasche und legt einen Zehner auf die Theke.

Ich gebe das Restgeld heraus und sage zu Rory: »Bestellung kommt gleich.«

Collin dreht den Kopf zu mir. »Wie heißt du?«

Ich mache den Mund auf, um zu antworten, aber …

»Willowdean. Sie heißt Willowdean«, sagt Bo. »Ich muss jetzt weiterarbeiten.« Ohne sich noch einmal umzudrehen, geht Bo in Richtung Küche, während seine Freunde rufen, er solle zurückkommen.

»Die Gesichtsbehaarung gefällt mir«, sagt Amber. »Steht dir gut.« Aber er ist schon verschwunden.

Dann starrt sie mich an, und mir bleibt nichts anderes übrig, als mit den Schultern zu zucken.

Als ich zu Hause ankomme, gehe ich hinten rum und betrete das Haus durch die Glasschiebetür. Die Haustür klemmt schon seit Jahren. Mom sagte immer, wir müssten mal jemanden kommen lassen, der das in Ordnung bringt, aber meine Tante Lucy erwiderte immer, es wäre die perfekte Ausrede, nicht zur Tür gehen zu müssen, wenn es klingelt. Und ich war mehr oder weniger ihrer Meinung.

Mom sitzt, noch in ihren Arbeitsklamotten, am Küchentisch und schaut auf ihrem tragbaren Fernseher die Nachrichten. Das blonde Haar ist auf ihrem Kopf hoch aufgetürmt. Solange ich denken kann, hat sie immer hier drin ferngesehen, weil Lucy fast immer auf dem Sofa im Wohnzimmer saß. Aber jetzt ist Lucys Beerdigung schon sechs Monate her, und trotzdem schaut sie immer noch in der Küche auf ihrem tragbaren Fernseher.

Mom schüttelt den Kopf über die Nachrichtensprecher und sagt gleichzeitig: »Hey, Dumplin'. Essen ist im Kühlschrank.«

Seit ich denken kann, ist das Moms Spitzname für mich. Sie nennt mich Dumplin'. Knödel.

Ich lege meine Handtasche auf den Tisch und hole mir den mit Folie abgedeckten Teller. Wenn die letzten Schultage vor den Ferien anbrechen, beginnt die Vorbereitungsphase für den Schönheitswettbewerb. Und das bedeutet, meine Mutter ist auf Diät. Und wenn meine Mom auf Diät ist, sind es alle anderen auch. Was wiederum bedeutet, dass es Salat mit gegrilltem Hähnchen zum Abendessen gibt.

Es könnte schlimmer sein. Und es war auch schon mal schlimmer.

Sie schnalzt mit der Zunge. »Du hast ein paar kleine Pickel auf der Stirn. Du isst doch nicht etwa dieses fettige Zeug, das du verkaufst, oder?«

»Du weißt doch, dass ich Burger und Hotdogs nicht besonders mag.« Ich seufze nicht. Ich würde zwar gern, aber meine Mom würde es hören. Egal, wie laut der Fernseher ist. Selbst in zwei Jahren, wenn ich zweihundert Meilen entfernt an einem College in einer anderen Stadt bin, würde meine Mom mich von zu Hause aus seufzen hören und mich anrufen, um mir zu sagen: »Hör mal, Dumplin', du weißt doch, dass ich es nicht mag, wenn du seufzt. Nichts ist unattraktiver als eine unzufriedene junge Frau.«

Wenn man mich fragt, dann stimmt an dieser Einstellung einiges nicht.

Ich setze mich zum Essen hin und verteile großzügig Salatsauce auf meinem Teller, denn am achten Tag schuf Gott das Ranch Dressing.

Meine Mom schlägt die Beine übereinander, streckt die Zehen aus und begutachtet ihren abgeplatzten Nagellack. »Wie war's bei der Arbeit?«

»Alles gut. Da war so ein alter Typ, der mich vom Drive-in aus angemacht hat. Er hat mich Süße genannt.«

»Oooh«, sagt sie. »Wenn man es sich genau überlegt, ist das doch ein tolles Kompliment.«

»Mom! Das ist eklig.«

Sie dreht den Schalter an ihrem Fernseher und stellt ihn aus. »Glaub mir, Baby, wenn ich dir sage, dass sich das Männerangebot rapide verringert, je älter man wird. Ganz egal, wie gut man sich gehalten hat.«

Diese Unterhaltung will ich wirklich nicht führen. »Ron ist krank und war nicht da.«

»Der Arme.« Sie lacht. »Weißt du, dass er in der Highschool total in mich verknallt war?«

Seit ich diesen Job habe, erwähnt sie das mindestens einmal pro Woche. Als ich mich während der Thanksgiving-Ferien bei Harpy's beworben habe, hatte Lucy mir allerdings gesagt, sie hätte immer den Eindruck gehabt, es wäre andersherum gewesen. Aber so, wie meine Mom es darstellt, war jedes männliche Wesen in dieser Stadt mal in sie verknallt. »Alle wollten was von Clover Citys Miss Teen Blue Bonnet«, lallte sie eines Abends nach ein paar Gläsern Wein.

Der Schönheitswettbewerb ist DIE große Leistung meiner Mutter. Sie passt noch immer in ihr Kleid von damals – und sie sorgt dafür, dass das niemals in Vergessenheit gerät, weswegen sie es sich als Vorsitzende des Wettbewerbsausschusses und damit offizielle Gastgeberin nicht nehmen lässt, sich jedes Jahr wieder in dieses Kleid zu quetschen, als kleine Zugabe für ihre treuen Fans.

Ich spüre das Gewicht von Lucys Kater Riot, der sich auf meinen Füßen niederlässt. Ich wackele mit den Zehen, und er schnurrt. »Ich habe heute nach der Schule eine Gruppe von Mädchen gesehen, die bei einem Trainingscamp für den Schönheitswettbewerb mitmachen.«

Sie grinst. »Ich sag dir eins: Der Wettbewerb wird von Jahr zu Jahr anspruchsvoller.«

»Und wie geht's dir so? Wir war's im Heim?«

»Ach, du weißt schon, mal wieder einer von diesen Tagen.« Sie massiert sich die Schläfen. »Wir haben heute Eunice verloren.«

»O nein«, sage ich. »Das tut mir wirklich leid, Mom.«

Einmal im Jahr, wie bei Aschenputtel, ist das Leben meiner Mutter glamourös. Das ist das Leben, das sie eigentlich leben wollte. Aber den Rest des Jahres arbeitet sie als Altenpflegerin im Buena Vista Ranch Altersheim, wo sie so exotischen Tätigkeiten nachgeht wie Medikamente verteilen, alte Menschen füttern und ihnen den Hintern abwischen. Eunice gehörte zu Moms Lieblingen. Sie hat Mom immer mit einer ihrer Schwestern verwechselt und ihr irgendwelche Kindheitsgeheimnisse ins Ohr geflüstert, wenn meine Mom sich heruntergebeugt hat, um ihr aufzuhelfen.

»Sie hat ihren Wackelpudding gegessen und dann einfach die Augen zugemacht.« Sie schüttelt den Kopf. »Ich hab sie einen Augenblick so sitzen lassen, weil ich dachte, sie würde nur ein kleines Nickerchen machen.« Sie steht auf und küsst mich auf den Kopf. »Ich geh ins Bett, Dumplin'.«

»Gute Nacht.«

Ich warte, bis sich ihre Zimmertür geschlossen hat, bevor ich mein Essen im Müll unter einem kostenlosen Werbeblättchen begrabe. Ich schnappe mir eine Handvoll Salzbrezeln und eine Limo und gehe nach oben. Als ich an der Tür von Lucys Zimmer vorbeigehe, halte ich einen Augenblick inne und streiche mit den Fingerspitzen ganz leicht über den Türknauf.

3

»**ICH GLAUBE**, in den Sommerferien schlafe ich mit Tim«, sagt Ellen, während sie einen Käsewürfel von ihrem Pausenbrot pflückt und sich in den Mund steckt. El »überlegt« seit einem Jahr jeden Freitag, ob sie mit Tim schlafen soll. Im Ernst, vor jedem Wochenende diskutieren wir immer wieder die Pro- und Contraargumente, ob Ellen und Tim es endlich tun sollten.

»Das ist komisch.« Ich blicke nicht von meinen Schulheften auf. Ich bin keine schlechte Freundin, aber wir haben diese Unterhaltung schon so oft geführt. Außerdem ist heute der letzte Schultag, und ich habe noch eine Prüfung vor mir. Ich versuche, auf die Schnelle noch etwas zu lernen, und El muss das nicht, weil sie schon mit allen Prüfungen fertig ist.

Den Mund voller kandierter Pecannüsse fragt sie: »Warum ist das komisch?«

»Frag mich mal ab.« Ich schiebe mir ein paar Trauben in den Mund und halte ihr einen Zettel hin, auf dem die verschiedenen Institutionen der Regierung in einem Diagramm erklärt werden. »Es ist doch keine Hochzeit. Nach dem Motto: ›Oh, ich mag sommerliche Farben. Ich schlafe im Sommer mit ihm, dann kann ich meine Unterwäsche passend zu meiner Lieblingsjahreszeit kaufen.‹ Der einzige Grund, aus dem du es tust, sollte sein, dass du es wirklich willst.«

Sie verdreht die Augen. »Aber der Sommer ist sozusagen eine Zeit des Übergangs. Ich könnte als *Frau* in die Schule zurückkehren«, sagt sie theatralisch.

Nun verdrehe ich die Augen. Ich hasse es, wenn man nur redet, um zu reden. Wenn El es wirklich durchziehen wollte, wäre ich über den Tisch gekrochen, um mit ihr ganz im Vertrauen jedes Detail durchzugehen. Aber sie zieht es sowieso nicht durch. Ich kapier nicht, wieso sie überhaupt ständig über die *Möglichkeit*, Sex zu haben, reden muss.

Als sie merkt, dass ich nicht angebissen habe, senkt sie den Blick auf mein Blatt. »Die drei Bestandteile der Regierung.«

»Exekutive, Legislative und Judikative.« Ich beschließe, ihr wenigstens ein bisschen entgegenzukommen. »Außerdem wirst du nicht dadurch zur Frau, dass du Sex hast. Das ist doch ein wahnsinniges Klischee. Wenn du Sex haben willst, dann tu es, aber mach nicht so ein Riesending daraus. Dann kannst du am Ende nur enttäuscht werden.«

Sie lässt die Schultern sinken und zieht die Augenbrauen zusammen. »Wie viele Senatoren und Abgeordnete gibt es im Kongress?«

»435 und 100.«

»Nein, aber stimmt schon. Du hast es nur falsch rum gesagt.«

»Okay.« Ich wiederhole die Zahlen im Stillen. »Und es ist ganz egal, welche Jahreszeit dabei ist, Hauptsache, es fühlt sich richtig an. Kapiert? Ich meine, im Winter wäre es auch cool, weil du dann sagen kannst: ›O mein Gott, es ist so kalt. Ich brauche Körperwärme.‹«

Sie lacht. »Ja, ja. Du hast ja recht.«

Ich will nicht recht haben, aber ich will auch nicht, dass El vor mir Sex hat. Vielleicht ist das egoistisch, aber ich weiß nicht, wie ich damit umgehen soll, wenn sie etwas tut, was ich noch nicht getan habe. Ich glaube, ich habe Angst, dass es dann nicht mehr so leicht ist, ihre Freundin zu sein. Ich meine, Sex ist eine ernste

Sache, und wie kann ich sie bei etwas beraten, von dem ich keine Ahnung habe?

Ich würde ihr am liebsten sagen, dass sie warten soll. Aber sie und Tim sind jetzt schon fast anderthalb Jahre zusammen, und sie wird immer noch rot, wenn sie über ihn spricht. Ich weiß nicht, wie sich Liebe messen lässt, aber das scheint ein ganz gutes Zeichen zu sein. Und mir fällt außer mir selbst kein Grund ein, warum sie warten sollte.

Während ich die Nase wieder in meine Unterlagen stecke, geht Millie mit einem Tablett voller Essen zwischen unseren Tischen entlang. Dicht gefolgt von ihrer besten Freundin Amanda Lumbard. Millie und Amanda sind zusammengenommen eine einzige große Zielscheibe mit der Aufschrift MACHT EUCH ÜBER UNS LUSTIG.

Amandas Beine sind unterschiedlich lang, deswegen trägt sie Schuhe mit dicken Korrektursohlen, in denen sie aussieht wie Frankenstein. (Zumindest findet Patrick Thomas das.) Als wir noch klein waren, hatte Amanda diese Schuhe noch nicht und hat einfach nur gehumpelt. Ihre Hüfte schwankte bei jedem Schritt rauf und runter. Ihr schien es nichts auszumachen, aber die Leute haben sie trotzdem angestarrt. Der Spitzname ist ziemlich lahm, wenn man näher darüber nachdenkt. Frankenstein war der Doktor, nicht das Monster.

Millie winkt, und ich hebe rasch die Hand, als sie an uns vorübergeht. El grinst. »Deine neue Freundin?«

Ich zucke die Schultern. »Sie tut mir nur manchmal leid.«

»Auf mich wirkt sie eigentlich immer ganz happy.« El fragt mich noch ein bisschen weiter ab, während wir fertig essen. »Welches System soll verhindern, dass ein Teil der Regierung zu viel Macht erhält?«

»Gewaltenteilung.«

»Ach ja, und wie war's eigentlich bei der Arbeit gestern? Wie geht's unserem Privatschul-Boy?«

Ich drehe das Drahtende am Rücken meines Spiralblocks um den Finger. »Es war gut.« Ich senke den Blick auf mein Mensaessen. »Ihm geht's gut.«

Ich würde ihr gerne von seinen ätzenden Freunden und seinem neuen Dreitagebart erzählen, aber ich weiß nicht recht, wie ich es ansprechen soll, ohne dass es so wirkt, als wäre ich eine völlig Verrückte, die seine abgeschnittenen Fingernägel in einem Einmachglas unter ihrem Bett sammelt. Gestern Abend musste ich meine Kassenabrechnung dreimal von vorne anfangen, nur weil er vorbeiging.

»Mir gefällt's ja eigentlich gut bei Sweet 16, aber irgendwie beneide ich dich darum, dass du auch mit Jungs zusammen arbeitest.« Sie steckt eine angebissene Karotte in ihre Plastiktüte zurück und zieht den Zippverschluss zu. »Ich kann immer noch nicht fassen, dass wir nicht zusammen arbeiten.«

El muss mich bei jeder Gelegenheit unbedingt daran erinnern, dass ich mit der Stelle bei Harpy's unsere gemeinsamen Nachmittags-Job-Pläne kaputtgemacht habe. Aber wenn sie nicht selbst merkt, wie unangenehm es für mich wäre, in einem Laden zu arbeiten, wo ich nicht in die Klamotten passe, dann habe ich auch keine Lust, es ihr zu erklären. »Warum interessiert es dich, mit anderen Jungs zusammen zu arbeiten? Du hast mir doch gerade erklärt, dass du mit Tim schlafen willst.«

Sie zuckt nur mit den Schultern. »Ich fänd's einfach nur witzig.«

Wir beenden unser Essen, und ich gehe in meine Sozialkundeprüfung. Und das war's. Die Zehnte ist abgehakt. Der Parkplatz besteht nur noch aus Geschrei und quietschenden Reifen. Aber ich fühle mich nicht so, als wäre ich weitergekommen. Es kommt mir so vor, als säße ich fest und würde darauf warten, dass mein eigenes Leben anfängt.

4

DER WAGEN MEINER MUTTER steht in der Einfahrt, als ich an diesem letzten Schultag nach Hause komme. Nachdem ich mein Auto abgestellt und die Handbremse betätigt habe, lehne ich den Kopf gegen die Kopfstütze. Ich liebe mein Auto. Es heißt Jolene und ist ein kirschroter Pontiac Grand Prix. Lucy hat ihn mir geschenkt.

Drinnen folge ich dem rumpelnden Geräusch nach oben in Lucys Zimmer, wo der petrolfarbene Hintern meiner Mutter in der Luft herumwackelt. Petrolfarben deswegen, weil sie einen Designer-Jogginganzug trägt, den sie vor sechs Jahren von ihrem Exfreund geschenkt bekommen hat. Sie bezeichnet das Ding als »Loungewear«, und es ist gleich nach ihrem *Miss Teen Blue Bonnet*-Krönchen ihr wertvollster Besitz.

»Ich bin wieder da«, sage ich, während sich Panik in meiner Stimme ausbreitet. »Was machst du hier drin?«

Sie richtet sich auf und atmet aus, bevor sie sich die Haare aus der Stirn schiebt. Ihr Gesicht ist erhitzt und gerötet, und die blonden Strähnen um ihre Stirn haben sich zu Ringellöckchen geformt. »Das Beerdigungsinstitut hat endlich die Urne bekommen, die wir bestellt haben, deswegen habe ich mir einen halben Tag freigenommen. Ich dachte, ich könnte hier schon mal anfangen.«

Ich lasse meinen Rucksack im Flur fallen und gehe ein paar Schritte in das Zimmer hinein. »Womit anfangen?«

Mom setzt sich auf das Bett neben einen Stapel von Hauskleidern, die alle ordentlich gestärkt auf Lucys mit Garn umwickelten Kleiderbügeln hängen. »Ach, du weißt schon. Lucys Zeug aussortieren. Mein Gott, sie hat wirklich alles aufgehoben. Man kriegt die Schubladen kaum auf. Und weißt du was? Ich hab den Brautschleier von deiner Großmutter gefunden. Nach dem habe ich schon seit einer Ewigkeit gesucht.«

Meine Lippen verziehen sich zu einem Lächeln. »Ach ja?«

Als meine Großmutter kurz vor ihrem Tod im Pflegeheim war, hat meine Mutter ihre Ansprüche auf das Hochzeitskleid angemeldet. Es hätte Lucy sowieso nicht gepasst, also gab es auch keine weiteren Auseinandersetzungen deswegen. Mit Ausnahme des Schleiers. Der Schleier konnte jedem passen. Sie haben monatelang darum gestritten, bis Lucy schließlich entnervt aufgegeben hat. Und dann war das Teil vor ein paar Jahren einfach verschwunden.

Eigentlich hat meine Mom immer auf Lucy rumgehackt, aber jetzt fühlt es sich fast so an, als hätte Lucy diesmal das letzte Wort gehabt.

Es war nicht immer so. Die beiden haben sich nicht ständig gestritten, aber trotzdem sind mir diese Augenblicke mehr im Gedächtnis geblieben als die Freitagabende, wenn ich nach Hause kam und die beiden kichernd auf dem Sofa saßen und ihre alten Lieblingsfilme geschaut haben.

»Und was hast du mit dem ganzen Zeug vor?«, frage ich.

»Tja, ich denke mal, wir werden das irgendwo spenden. Du weißt ja, wie schwer es für kräftigere Frauen ist, etwas zum Anziehen zu finden. Bestimmt wird sich jemand darüber freuen.«

»Und was ist, wenn ich etwas davon haben will? Nicht, um es zu tragen. Sondern als Erinnerung.«

»Ach, Dumplin', was willst du denn mit diesen ollen Hauskledern? Und die Kommoden sind voller Unterwäsche, Unterröcke und Zeitungsausschnitte.«

Ich weiß, langsam sollte ich darüber hinwegkommen, dass Lucy nicht mehr da ist. Es ist schon sechs Monate her. Und doch erwarte ich noch immer, sie mit Riot auf dem Schoß auf dem Sofa zu sehen oder dabei, wie sie in der Küche ihre Kreuzworträtsel macht. Aber das tut sie nicht mehr. Sie ist nicht mehr da. Und wir haben noch nicht einmal Fotos von ihr. Sie mochte es nicht, sich durch ein Foto vor Augen führen zu lassen, wie ihr Körper wirklich aussah.

Es macht mir Angst. Ich habe das Gefühl, sie zu vergessen, wenn ich sie weder hören noch sehen kann.

Lucy war 36, als sie starb, und sie wog 225 Kilo. Sie war alleine, als sie einen Herzinfarkt hatte. Sie saß auf dem Sofa und hat sich eine ihrer Fernsehsendungen angeschaut. Keiner hat gesehen, wie sie gestorben ist. Aber eigentlich hat sie auch nie jemand außerhalb dieses Hauses gesehen, als sie gelebt hat. Und jetzt gibt es niemanden, der sich an sie erinnern kann. Jedenfalls nicht so, wie sie in Erinnerung bleiben wollte. Denn wenn meine Mom jetzt an Lucy denkt, denkt sie immer nur daran, wie sie gestorben ist.

Und wenn meine Mom nun ihr Zimmer auseinandernimmt wie eine Wanderausstellung, dann trifft sie damit den langsam verhallenden Schmerz, und er fühlt sich wieder frisch und neu an.

Mom zieht die Schubladen des Nachttischs auf und fängt an, Papiere in drei Stapeln zu sortieren. Ich kann dabei förmlich sehen, wie es in ihrem Kopf arbeitet. Behalten, Wegschmeißen, Vielleicht. Manchmal frage ich mich, auf welchen Stapel sie mich gern legen würde.

»Muss das wirklich sein?«, frage ich. »Das ist *ihr* Zimmer.«

Meine Mom sieht mich fassungslos an. »Dumplin', das ist ein ganzes Zimmer, das wir verstauben lassen. Und jetzt steht wieder der Schönheitswettbewerb an. Ich werde den ganzen Sommer unglaublich viel zu tun haben. Da wäre es schön, einen Raum zu haben, wo ich Kostüme nähen und die Bühnendeko entwerfen kann, ohne damit das ganze Haus zu belegen.«

»Ein *Bastelzimmer?*« Das Wort schmeckt bitter auf meiner Zunge. »Du willst aus Lucys Zimmer ein Bastelzimmer machen?«

Sie macht den Mund auf, aber ich bin schon draußen, bevor sie antworten kann.

Bei Harpy's arbeitet Bo am Grill und hat Kopfhörer auf den Ohren. Im Vorbeigehen hebe ich die Hand und winke ihm zu. »Happy summer, Willowdean«, sagt er ein bisschen zu laut. Seine Lippen sind klebrig und rot, und ich würde sie nur allzu gerne probieren.

Bo küssen. Der Gedanke ist mir peinlich. Am liebsten würde ich zu einer kleinen Pfütze zusammenschmelzen und im Küchenabfluss versickern.

Vorne an der Theke steht Marcus schon an seiner Kasse.

»Du bist ja früh dran heute«, sage ich.

»Tiff hat mich früher abgesetzt, weil sie zum Training musste.«

Marcus und ich waren sozusagen schon immer Nebendarsteller im Leben des anderen. Er ist ein Jahr älter als ich, und wir sind als Kinder auf dieselbe Schule gegangen. Ich kenne ihn so, wie man den Cousin seiner besten Freundin kennen würde: Man weiß, wie er aussieht und wie er heißt. Als ich bei Harpy's anfing, war es schön, mit jemandem zusammenzuarbeiten, den ich zumindest ein bisschen kannte, und jetzt sind wir wohl so etwas wie Freunde. Er und Tiffanie, Kapitänin der Softballmannschaft, sind seit Anfang des Jahres ein Paar, und innerhalb weniger Wochen haben sich ihre Leben miteinander verbunden wie zwei Saugnäpfe.

»Wie liefen deine Prüfungen?«, fragt Marcus.

Ich zucke die Schultern und werfe einen Blick nach hinten, wo Bo hinter den Wärmelampen steht und uns beobachtet. Er wendet den Blick nicht ab. Mir krampft sich der Magen zusammen. »Ich war da«, sage ich. »Das ist immerhin etwas. Und bei dir?«

»Gut. Hab mit Tiff gelernt. Sie schaut sich in diesem Sommer Colleges an.«

Mir ist klar, dass ich mich auch mit dem Leben nach der Highschool beschäftigen sollte, aber ich kann mir einfach nicht vorstellen, irgendwann aufs College zu gehen. Und ich weiß nicht, wie ich etwas planen soll, das ich mir nicht vorstellen kann. »Und was ist mit dir? Guckst du dir auch Colleges an?«

Er dreht seine Kappe zur Seite und nickt nachdenklich. »Glaub schon.« Die Glocke über der Eingangstür läutet, als ein paar Typen von der Schule hereinkommen. Während wir warten, bis sie das Menü studiert haben, lässt Marcus den Blick über sie hinweg zum Fenster hinaus schweifen und sagt: »My girl's gettin' out of this town and all I know is I'm going with her.«

Clover City ist eine dieser Städte, die man verlässt. Dabei ist es die Liebe, die einen entweder hier festhält oder wegstößt. Letztlich kommen aber nur wenige hier weg und bleiben auch weg. Wir anderen trinken, pflanzen uns fort und gehen sonntags in die Kirche. Das reicht scheinbar aus, damit wir zufrieden sind.

Da wir freitags und samstags immer erst spät zumachen, schläft meine Mutter schon, als ich nach Hause komme. Nachdem ich alle Lichter ausgemacht und die Hintertür abgeschlossen habe, schleiche ich auf Zehenspitzen den Flur im Obergeschoss entlang und kontrolliere, ob sie auch wirklich schläft. Ich höre ihr leises Schnarchen durch die Tür, während ich mich in Lucys Zimmer vortaste und versuche, nicht auf die knarrenden Dielenbretter zu treten. Dann fange ich an, die Stapel meiner Mutter durchzugehen.

Es ist eine Menge Kram, stapelweise Zeitungsausschnitte über Leute und Orte, die ich nie begreifen werde. Es ist furchtbar, wie viele Dinge hier liegen – auch ganz triviale Dinge – wozu brauchte sie einen Zeitungsausschnitt über eine Kochbuchautorin, die in der Bücherei zu Gast war? –, nach denen ich Lucy nie gefragt habe, weil ich nichts davon wusste.

Ihre Beerdigung war schrecklich. Und nicht nur aus den ganz offensichtlichen Gründen. Die halbe Stadt war da, denn was gibt es hier sonst schon zu tun? Ich schätze, alle hatten erwartet, sie in einen Sarg gequetscht zu sehen, als abschreckendes Beispiel. Aber die traurige Wahrheit ist, dass wir uns den teureren extrabreiten Sarg nicht leisten konnten. Und so wurde Lucy eingeäschert, auch wenn es meine Mutter völlig fertigmachte, dass sie nicht in der Lage war, ihrer großen Schwester eine »anständige Beerdigung« zu bieten.

Ich denke nicht gerne an die Trauerfeier. Ich denke lieber an andere Dinge, zum Beispiel daran, wie sie mich zu meiner ersten Ballettstunde begleitet hat, als ich in der dritten Klasse war. Der Gymnastikanzug passte nur knapp über mein dickes Bäuchlein, und meine Oberschenkel berührten sich, ganz gleich wie sehr ich sie anflehte, es nicht zu tun. Ich war zu dick. Ich war zu groß. Ich sah anders aus als all die anderen Mädchen, die vor der Halle warteten.

Da ich mich weigerte, aus dem Auto auszusteigen, setzte sich

Lucy zu mir nach hinten auf den Rücksitz. »Will.« Ihre Stimme war sanft wie warmer Honig. Sie strich mir eine lose Strähne hinters Ohr und reichte mir ein Taschentuch aus der Vordertasche ihrer Kittelschürze. »Ich habe viele Jahre meines Lebens vergeudet. Ich habe zu viel darüber nachgedacht, was andere Leute sagen oder denken. Manchmal ging es nur um alberne Kleinigkeiten, Einkaufen oder zur Post gehen. Aber es gab auch Situationen, wo ich mich tatsächlich selbst davon abhielt, etwas ganz Besonderes zu tun. Und das nur, weil ich Angst hatte, es könnte mich jemand ansehen und beschließen, ich sei nicht gut genug. Aber um diesen ganzen Mist brauchst du dir keine Sorgen zu machen. Ich habe so viel Zeit damit verschwendet, damit du es nicht mehr tun musst. Wenn du da reingehst und beschließt, dass es nicht dein Ding ist, dann musst du nie wieder hin. Aber du bist es dir selbst schuldig, es auszuprobieren, kapiert?«

Ich bin letztlich nur diesen einen Herbst dabeigeblieben, aber darum ging es wohl gar nicht.

In Lucys Sockenschublade finde ich ein Kästchen mit Kassetten – allesamt Dolly Parton. Ich wähle zufällig eine aus und lege sie in die Anlage auf dem Nachttisch. Dann strecke ich mich auf ihrem Bett aus und höre zu, wobei ich die Lautstärke so heruntergedreht habe, dass es sich nur noch wie ein leises Murmeln anhört. Lucy mochte Dolly vermutlich lieber als alles andere. Und ich schätze, Ellen und mir geht es genauso.

Mrs Dryver ist wahrscheinlich die bekannteste Dolly-Parton-Imitatorin in dieser Ecke von Texas. Sie ist zierlich und hat die richtige Stimme. Da Lucy bis vor ein paar Jahren stellvertretende Vorsitzende eines lokalen Dolly-Parton-Fanclubs war, sind sie sich ständig über den Weg gelaufen. Ich bin davon überzeugt, dass die Freundschaft zwischen Ellen und mir schon lange vor unserer Geburt vorherbestimmt war, als Dolly noch eine arme Unbekannte aus Tennessee war. So als wäre El eine Art Geschenk, das Lucy schon immer für mich geplant hatte.

Dabei zog uns nicht nur Dollys Aussehen an, sondern vor allem ihre Einstellung: Dass sie sich absolut im Klaren darüber war, wie lächerlich sie in den Augen mancher Leute wirkte, und trotzdem nie etwas anders machte, weil sie sich gut fühlte, wie sie war. Für uns ist sie … unbesiegbar.

5

SOMMERFERIEN haben nicht mehr dieselbe Wirkung auf mich wie früher. Als El und ich noch auf die Elementary School gingen, fuhr Lucy immer mit uns zur Eisdiele. Dann saßen wir im abgedunkelten Wohnzimmer, in dem der Deckenventilator auf Hochtouren lief, und der Sirup rann uns über die Hände, während Lucy durch die Fernsehkanäle zappte, bis sie eine der albernen Talkshows gefunden hatte, die meine Mutter uns nie erlaubt hätte.

Aber nun vergeht das erste Ferienwochenende, als wäre es nichts Besonderes. Am Montagmorgen wache ich auf und sehe mein Handy blinken.

ELLEN: Schwimmen. Jetzt. Sommer. So. Heiss.

ELLEN: Jetzt.

ELLEN: Jetzt.

Ich muss lächeln, als ich ihre Nachricht lese. Ellen wohnt in einer nicht wirklich vornehmen Siedlung, in der es einen schlecht gepflegten Pool für die Anwohner gibt. Aber im Sommer ist es eine Oase.

Ich weiß, dass alle erwarten, dass dicke Mädchen eigentlich allergisch auf Schwimmbäder reagieren, aber ich gehe gerne schwimmen. Ich meine, ich bin nicht blöd. Klar, die Leute glotzen, aber sie können mir nicht vorwerfen, dass ich eine Abkühlung brauche. Und wieso interessiert das überhaupt jemanden? Warum soll ich mich dafür entschuldigen, dass ich unförmige, dellige Oberschenkel habe?

Als ich in Els Einfahrt einbiege, sitzt sie schon im Bikini mit einem Handtuch um die Hüften auf der Veranda.

Unsere Flipflops klatschen auf den Gehweg, während wir die drei Blocks bis zum Pool gehen. Und obwohl es erst zehn Uhr morgens ist, sind wir bereits nassgeschwitzt (oder wie meine Mutter sagen würde: wir *glitzern*).

»O Gott«, sagt El, als wir in der Schlange stehen. »Es sind ja schon hunderttausend Leute da.« Sie verschränkt die Arme vor ihrem Bauch.

Ich hake mich bei ihr unter. »Komm schon.«

Weil es so voll ist, können wir nur noch einen Liegestuhl ergattern. El wickelt sich das Tuch von den Hüften und eilt in Richtung Becken. Ich ziehe mir das Kleid über den Kopf, schüttele meine Schuhe ab und renne ihr auf Zehenspitzen hinterher.

El taucht bis zu den Schultern ein, während das Wasser um meine Taille schwappt und ich, erleichtert über die kühle Erfrischung, die Augen verdrehe. Ahhh, der Sommer ist da.

Wir lassen uns auf dem Rücken treiben wie Seesterne, und ich erinnere mich daran, wie wir als Kinder mit unseren Taucherbrillen untertauchten und uns gegenseitig Geheimnisse zuriefen. Wobei wir eigentlich keine Geheimnisse voreinander hatten, und deswegen waren es meist Sachen, die wir sowieso schon wussten. »CHASE ANDERSON IST SO SÜSS!«, rief El dann. »ICH HAB 10 DOLLAR AUS DEM GELDBEUTEL VON MEINER MOM GEKLAUT!«, schrie ich.

Ich treibe so vor mich hin, bis meine Schulter den Rand des Beckens streift und ich spüre, wie ein Schatten sich über mich schiebt. Ich öffne die Augen einen Spaltbreit und sehe einen kleinen Jungen, der am Beckenrand hockt. Seine Lippen formen Worte.

Ich stelle mich hin, und der Lärm überschwemmt meine Ohren und lässt mein Hirn beinahe erstarren. Ich kneife kurz die Augen zusammen. Mein Kopf fühlt sich an, als wäre er in Folie eingeschweißt. »Was?«

Die rote Badehose des Jungen ist tropfnass und hinterlässt eine Pfütze unter ihm. »Ich dachte, du wärst tot«, sagt er. »Und du bist ganz rot.« Er steht auf und geht einfach so davon.

Ich berühre meine Wangen, und das Wasser tropft von meinen Fingern wie Regentropfen auf ausgetrocknete, aufgesprungene Erde. Keine Ahnung, wie lange ich mich habe treiben lassen. Ich sehe mich nach El um und finde sie bei unserem Liegestuhl. Sie redet mit einem Mädchen und einem Jungen. Ich lasse mir Zeit, mich ans flache Ende zu bewegen, in der Hoffnung, dass die beiden gehen, aber nach ein paar Minuten haben sie sich noch immer nicht von der Stelle gerührt.

Ich nehme meinen Mut zusammen und renne aus dem Becken. El sitzt am Fußende unseres Liegestuhls, während das mir unbekannte Mädchen am anderen Ende hockt und der Junge hinter ihr, so als würden sie auf einem Motorrad fahren und sie würde lenken.

»Hey«, sage ich.

Es ist nur der Bruchteil einer Sekunde, in dem El nichts sagt und dieses andere Mädchen mich mit dieser Kann-ich-dir-irgendwie-helfen-brauchst-du-was-du-kannst-jetzt-verschwinden-Miene ansieht.

»Leute, das ist meine beste Freundin, Will.« El wendet sich mir zu. »Das hier ist Callie. Und ihr Freund ...«, sie lässt die Stimme ein wenig sinken und schnippt mit den Fingern.

»Bryce«, sagt Callie. Bryce nickt mir hinter ihr zu. Er trägt eine komplett bescheuerte Brille wie sie sonst nur Sportlehrer tragen,

Stil: Raumschiff Enterprise. Er hat die Hände auf Callies Schultern gelegt, und ich merke gleich, dass sie eins von diesen Paaren sind, die einander ständig anfassen.

»Nett, euch kennenzulernen«, nuschele ich.

El wirft mir einen strengen Blick zu.

Es ist ja nicht etwa so, dass ich grundsätzlich keine neuen Leute mag. Aber in den meisten Fällen mag ich neue Leute einfach nicht. Das ist wahrscheinlich die Eigenschaft, die El am wenigsten an mir mag. Solange ich denken kann, hat sie immer wieder versucht, eine Dritte in unsere perfekte kleine Kombi zu bringen. Vielleicht bin ich eine totale Spielverderberin, aber ich brauche wirklich nicht noch eine beste Freundin. Und schon gar nicht dieses Mädchen hier, das nicht aufhört, mich anzustarren, als wäre ich ein Auto mit Totalschaden oder so.

El rutscht ein wenig beiseite, damit ich mich neben sie setzen kann, aber ich bleibe, wo ich bin. »Also, Callie will am Schönheitswettbewerb teilnehmen.«

Bryce drückt Callies Schultern, und sie gibt ein schrilles Kichern von sich. »Genau«, sagt sie. »Meine Schwester ist vor ein paar Jahren Zweite geworden. Man könnte also sagen, es liegt einfach in meinen Genen.«

»Wie schön für dich.« Meine Stimme klingt belegt und bitter, auch wenn ich das gar nicht beabsichtigt habe.

El ringt sich ein Lächeln ab. »Callie macht übrigens auch bei dem Trainingscamp für den Schönheitswettbewerb mit.«

Ich weiß nicht recht, was für eine Antwort sie von mir erwartet. Diese ganze Unterhaltung ist wie ein blinkendes Verkehrsschild mit der Aufschrift SACKGASSE.

»Äh, Callie«, sagt Ellen. »Weißt du, dass Wills Mom den Schönheitswettbewerb leitet?«

Footballspieler sind hier im Süden so was wie Götter. Und Cheerleader sind auch ganz gut angesehen, aber die weiblichen Wesen, die hier bei uns über allem thronen, sind die Schönheitsköniginnen. Allerdings bringt mir die Tatsache, dass ich die pummelige Tochter der hochgeschätzten Beauty-Queen von Clover City bin, leider nicht besonders viel Respekt ein.

Callie hält die Hand hoch, um ihre Augen vor der Sonne zu schützen, und schaut zu mir hoch. »Moment mal, das ist deine Mom?«

»Genau.« Wenn ich nur eine Sache an meiner Mutter ändern könnte, dann wäre es dieser Schönheitswettbewerb. Ich glaube, dass in meinem Leben alle Puzzleteile plötzlich perfekt zusammenpassen würden, wenn ich dieses eine jährliche Ereignis aus meiner Existenz löschen könnte.

Callie lacht. »Aber du nimmst nicht teil, oder?«

Ich warte eine Sekunde. Zwei. Drei. Vier. Ellen sagt nichts.

»Wieso sollte ich nicht?« Natürlich würde ich nie an diesem bescheuerten Wettbewerb teilnehmen, bei dem es nur darum geht, wie beliebt man ist. Aber trotzdem. Was für ein Arschloch muss man sein, um solche bescheuerten Schlussfolgerungen zu ziehen?

»Ich dachte nur, dass du nicht der Typ dafür bist. Das ist nicht negativ gemeint oder so.«

Mir wird plötzlich bewusst, wie klein mein Badeanzug ist. Die Beinausschnitte schneiden Löcher in meine Hüften, und die Träger graben sich tief in meine Schultern. Unsicherheit breitet sich in mir aus wie eine wuchernde Rankpflanze.

»Aber«, sagt Callie. »Bekah Cotter ist eine echt harte Konkurrentin. Das Mädel ist einfach das typische All-American-Girl.«

Der Fluchtinstinkt zerrt an meinen Füßen.

Und natürlich benutzt Callie mein Kleid als Strandtuch, damit ihre kostbare Haut nicht den heißen Plastiksitz berührt.

Ich drehe mich zu Ellen. »Ich gehe zurück zu dir nach Hause, ich muss mal.« Ich schlüpfe in meine Flipflops und schnappe mir das erste Handtuch, das ich sehe, bevor ich so schnell wie möglich abhaue.

»Ist alles okay?«, höre ich Callie fragen mit einem Unterton, der so viel bedeutet wie: *Was hat die denn für ein Problem?*

»Aber hier gibt's doch auch Klos!«, ruft El mir über die Leute hinweg zu.

Das Handtuch passt nur ganz knapp um meine Hüften. Egal. Ich gehe weiter.

Ein Auto voller Jungs überholt mich und hupt.

»Ach, fuck off!«, brüllt El hinter mir.

Ich drehe mich um. In ihrem Badeanzug rennt sie auf dem Gehweg hinter mir her, mein Kleid und meine Tasche unter dem Arm.

»Ich habe versucht, dich einzuholen«, sagt sie.

Ich mache den Mund auf, um etwas zu sagen, als mir einfällt, dass ich ja sauer auf sie bin. Ich gehe weiter. Wir streiten uns nicht. Ich weiß, dass beste Freundinnen sich normalerweise auch mal streiten, aber El und ich lassen es nie so weit kommen. Klar haben wir mal Meinungsverschiedenheiten über Kleinigkeiten wie Fernsehsendungen oder welcher von Dollys Looks am besten aussieht, aber es ist nie etwas Ernstes. Trotzdem bin ich jetzt so wütend auf sie, weil sie mich mit dieser Callie im Stich gelassen hat. Sie hat nichts gesagt.

Vielleicht blase ich das größer auf, als es ist. Vielleicht ist es so etwas, was nur mir auffällt. Wie wenn man einen Pickel hat und glaubt, dass alle anderen nur noch den Pickel sehen, wenn sie einen anschauen.

Aber die Art, wie Callie mich von oben bis unten gemustert hat. Als wäre ich irgendwie eklig. Wenn ich ehrlich bin, bin ich schon alleine deswegen wütend, weil ich mich überhaupt so unwohl gefühlt habe. Warum eigentlich? Warum soll ich mich unwohl fühlen, wenn ich ins Schwimmbad gehe oder in meinem Badeanzug herumstehe? Warum soll ich das Gefühl haben, dass ich schnell wieder ins Wasser rennen muss, um keinem den grässlichen Anblick meiner Oberschenkel zuzumuten?

»Will! Verdammt, warte doch mal!«

Ich denke nicht daran, stehen zu bleiben, und sage: »Ich muss nach Hause.«

»Kannst du mir mal sagen, was da gerade passiert ist? Du bist plötzlich ausgetickt. Was war da los?«

Ich bleibe stehen, weil ich inzwischen vor Els Haus angekommen bin, und da meine Füße jetzt kein spezielles Ziel mehr haben, kann ich meinen Mund irgendwie nicht mehr vom Reden abhalten. »Was los war?«, brülle ich zurück. »Es war los, dass du mich ganz alleine im Becken zurückgelassen hast. Du hast mich im Stich gelassen. Wer zum Teufel war diese dürre Zicke?« Ich bereue meine Worte, sobald sie mir über die Lippen gegangen sind. Ich habe schon mein ganzes Leben lang einen Körper, der zu allen möglichen Kommentaren einlädt, und wenn ich irgendwas davon gelernt habe, in meiner Haut zu stecken, dann ist es das hier: Wenn es nicht dein eigener Körper ist, dann hast du ihn auch nicht zu kommentieren. Dick. Dünn. Klein. Groß. Völlig egal.

Aber El sagt nur: »Du sahst so entspannt aus! Wieso bin ich plötzlich eine schlechte Freundin, nur weil ich dich alleine im Becken gelassen habe? Du bist sechzehn Jahre alt und sauer, weil ich dich im Becken alleine gelassen habe?«

Ich habe oft genug miterlebt, wie El und Tim sich gestritten haben, um zu wissen, dass das hier ihre Spezialität ist. Sie stellt die Situation so vereinfacht dar, bis sich ihr Gegenüber vollkommen albern vorkommt. Sie ist ein Mensch, dessen Argumente man unbedingt auf seiner Seite haben sollte. Nicht gegen sich.

Ich schüttele den Kopf, weil ich es nicht laut aussprechen will. Ich will nicht zugeben, dass ich sauer bin, weil ich ohne sie und damit ohne meinen Schutzschild war. Und weil sie in der Situation zu mir hätte halten sollen.

»Die ›dürre Zicke‹«, sagt sie, »ist meine Kollegin. Du musst dich ja nicht unbedingt mit ihr anfreunden, aber du könntest zumindest nett zu ihr sein.«

Ich schlage die Hände über dem Kopf zusammen. »Egal. Es ist ja vorbei. Ich will mich nicht streiten.«

Sie lässt meine Tasche und mein Kleid auf den Kofferraum meines Autos fallen. »Gut.«

Ich ziehe mir das Kleid über den Kopf und reiche ihr das Handtuch, das ich um die Hüften hatte, bevor ich die Autoschlüssel aus meiner Handtasche krame. »Ich melde mich später.« Damit gehe ich zur Fahrertür, aber sie steht noch immer da.

»Warte«, sagt sie. »Komm mit rein.«

Ich seufze.

»Ach, hör doch auf zu seufzen. Ich brauche deine Hilfe.«

In Ellens Zimmer setze ich mich im Schneidersitz auf den Boden. »Kann ich Jake halten?«

Sie schließt die Zimmertür ab und geht direkt zu ihrem Schrank. »Das nächste Mal. Er häutet sich gerade.«

Wie jeder vernünftige Mensch hatte ich immer eine gesunde Angst vor Schlangen, aber als wir elf waren, haben sich Els

Eltern für eine Weile getrennt, was El komplett aus der Bahn geworfen hat. Um sie ein bisschen zu beruhigen, hat Mr Dryver ihr ein Haustier versprochen. Allerdings hatte er nicht damit gerechnet, dass seine Tochter ausgerechnet eine Schlange haben wollte.

Als sie dann Jake bekam, eine Albino-Kornnatter, war er nicht länger als ein Bleistift, aber ich weigerte mich dennoch, sie zu besuchen. Ich konnte nicht einmal den Gedanken ertragen, mit Jake unter einem Dach zu sein. Doch dann feierte El ihren zwölften Geburtstag, und den wollte ich nicht verpassen. Lucy ist mit mir in die Zoohandlung gefahren, damit ich mir dort die Schlangen ansehen konnte, und sie hat sogar organisiert, dass ich eine anfassen durfte. Als ich mich das nicht traute, hat sie die Schlange stattdessen in die Hand genommen. Ich sah zwar, dass ihre Hände zitterten, aber es hat mich dennoch beruhigt.

Jetzt kann ich stundenlang dasitzen, wenn wir Filme schauen, während sich Jake durch unsere Hände schlängelt, so als wollte er uns zusammenweben.

Ellen zerrt eine Sweet-16-Einkaufstasche aus den Tiefen ihres Kleiderschranks. »Ich brauche deine Hilfe beim Aussuchen.«

Ich knie mich hin, während sie Spitzen-BHs und passende Höschen auf ihr Bett kippt.

»Für Tim.« Sie lässt sich auf die Bettkante fallen. »Ich will gut aussehen.«

Ich halte ein glänzendes Set in Lila mit dem kleinen Finger in die Höhe. »Hast du das ganze Zeug bei der Arbeit gekauft?«

»Callie hat mir beim Aussuchen geholfen, aber du musst es weiter eingrenzen, damit ich den Rest zurückgeben kann.«

»Oh.« Ich würde sie gerne fragen, ob sie Callie erzählt hat, dass die Sachen für ihr erstes Mal sein sollen. Wir kramen durch den

Haufen. Pink, weiß, schwarz, rot. Sogar grün. Natürlich hat sie es ihr erzählt. Ich weiß, ich mache ein viel zu großes Ding daraus. Schließlich habe ich keinen Alleinanspruch auf Ellen-Tim-Sex-Gespräche, aber irgendwie fühle ich mich hintergangen.

»Okay«, sage ich. »Weiß scheidet aus. Du bist noch Jungfrau, und das ist cool. Ich meine, es wäre auch nicht uncool, wenn du es nicht mehr wärst, aber ich will damit sagen, du musst nicht so aussehen wie etwas, das man nicht anrühren sollte. Ich meine, schließlich geht es ja gerade darum, dass er dich anrührt, oder?«

»Genau«, sagt sie entschieden und zieht den weißen BH samt Slip heraus. »Hätte ich lieber … richtige Dessous kaufen sollen?«

Ich schüttele den Kopf. »Ich glaube, das hier ist auf jeden Fall der richtige Ansatz. Das vermittelt die Botschaft ›Ich bin bereit für Sex‹, ohne dabei zu viel Druck auf Tim auszuüben.«

»Ich würde sterben, wenn ich dich nicht hätte. Schlicht und einfach aufhören zu existieren.«

Ein Lächeln breitet sich auf meinem Gesicht aus. »Das schwarze ist zu einschüchternd. Ich meine, es ist absolut verdammt heiß, aber das solltest du dir vielleicht für später aufheben.«

Sie stopft es in die unterste Schublade ihres Nachttischs.

»Das grüne gefällt mir, aber das passt nicht so richtig.« Ich sortiere hautfarben, rot, lila und blau aus. »Das hier.« Ich wische mit der Hand über ihr Bett und schiebe alle Wäschestücke beiseite bis auf ein hellbraun-rosé gestreiftes Set. »Das hier signalisiert: Es ist Sommer, ich bin noch Jungfrau, aber nicht mehr lang.«

El boxt mich gegen den Arm und streckt die Hand danach aus. Das ganze Ding ist mit Spitze eingefasst und mit kleinen Perlmuttknöpfen verziert. Sie hält sich das Set vor die Brust und rutscht auf den Boden neben mir. Ich drehe mich um und lasse mich neben sie gleiten.

Sie legt den Kopf auf meine Schulter. Ich mag es, wie wir nach dem Schwimmbad riechen. Eine Mischung aus Chlor und Schweiß. Der Duft des Sommers. »Heute Abend. Heute Abend tun wir es«, sagt sie.

6

ICH BIN VÖLLIG ERLEDIGT, nachdem ich von Ellen weggefahren bin, und die Vorstellung, den ganzen Abend lang Hotdog- und Burgerbestellungen entgegennehmen zu müssen, ist unerträglich.

Träge setze ich mir die Harpy's-Kappe auf den Kopf und ziehe meinen Pferdeschwanz durch die Lücke am Hinterkopf, während ich meinen Platz an der Kasse einnehme.

»Hey, hey, Will«, ruft Marcus, der hinter der Theke mit den Toppings steht. »Du siehst irgendwie gegrillt aus. Warst du in der Sonne?«

»Kann sein.«

»Du bist ein bisschen spät dran.«

Ich kontrolliere die Rollen mit Münzen, um zu sehen, ob ich noch Wechselgeld im Büro holen muss.

»Übrigens, ich hatte überlegt, eine Wettgemeinschaft für den Schönheitswettbewerb zu organisieren. Meinst du, du kannst mich mit Insiderinfos versorgen, wenn es so weit ist?«

Ich schüttele den Kopf und schiebe die Kasse mit einem Rumms zu.

»Was ist denn?«, fragt Marcus. »Redest du nicht mehr? Nimmst du dir etwa ein Beispiel an dem Großen Schweiger da hinten?«, sagt er und meint damit Bo.

Ich hole einmal tief Luft, während ich den Vorrat an Papiertüten unter der Theke kontrolliere. »Hatte einen langen Tag. Brauche ein bisschen Ruhe.«

Marcus nuschelt irgendetwas von wegen PMS, und zu meiner Überraschung kommt ein Kommentar von Bo aus der Küche. »Warum kann sie nicht einfach nur einen schlechten Tag haben? Du brauchst dir nicht irgendeinen bescheuerten Grund dafür aus den Fingern zu saugen.«

Aus dem Büro ertönt ein leiser Pfiff von Ron.

Marcus lacht. »Verdammt.«

»Vielleicht hat sie einfach nur dein Gesicht gesehen und wusste, dass der Tag gelaufen ist«, meint Bo.

Er zwinkert mir durch die Durchreiche hinweg zu. Ich drehe rasch den Kopf weg und lächele vor mich hin.

Ich beschäftige mich damit, zwischen den Bestellungen die Serviettenstapel und die Behälter mit den Toppings immer wieder nachzufüllen. Bo hört seine Musik, aber nur mit einem Ohrstöpsel. Marcus hängt den ganzen Abend Nachrichten tippend am Handy und scheint sich mit Tiffanie zu streiten.

Bekah Cotter mit ihren langen, goldblonden Haaren und den knackigen Kurven kommt mit einer großen Gruppe von Freunden herein, und sie machen es sich mit ihren Pommes und Getränken gemütlich. Callie hat recht. Bekah wird beim Schönheitswettbewerb mitmachen und vermutlich gewinnen. Sie ist eins von diesen hübschen Mädchen, die man eigentlich hassen will, aber es gelingt einem nicht, weil sie nett ist und irgendwie Talent hat. Zumindest, wenn man Pompom-Schwingen als Talent durchgehen lässt.

Bo kümmert sich heute um die Tische, und als er mit dem Akkusauger die Runde macht, klaubt Bekah rasch noch herumliegenden Abfall von den Nachbartischen zusammen. Sie sagt etwas zu ihm. Ich kann nicht hören, was, aber er lächelt, und ich werde das Gefühl nicht los, eine Handvoll Steine verschluckt zu haben. Ich kapier nicht, warum sich verknallt sein oft eher wie verflucht sein anfühlt.

Die Glocke über der Tür ertönt, und Millie und ihre Freundin Amanda mit den orthopädischen Frankenstein-Schuhen kommen herein. Millie trägt ein hellgelbes T-Shirt mit kleinen herzförmigen Glitzersteinchen am Ausschnitt und dazu passende Shorts. Ich wünschte, ich könnte ihr irgendwie verklickern, dass sie sich das Leben unnötig schwermacht, ohne dass es sich gemein anhört.

Ihre Stirn ist schweißnass, aber sie lächelt entschlossen. »Oh, hallo. Will! Ich wusste gar nicht, dass du hier arbeitest.«

Amanda nickt und scheint ziemlich beeindruckt. Sie trägt Fußballshorts und ein T-Shirt mit einem Foto ihres kleinen Bruders in seinem Jugendmannschaftstrikot auf der Brust. Genau solche Shirts tragen stolze Eltern manchmal an den Spieltagen ihrer Kinder.

»Bestimmt kriegst du jede Menge Essen umsonst«, sagt Amanda und deutet mit dem Daumen auf Bo, der irgendwo zwischen den Tischen steht. »Und die Aussicht ist auch nicht zu verachten.«

Ich schüttele den Kopf und unterdrücke ein Lachen. »Äh, ja. Ist okay hier.«

Sie nehmen ihre Bestellung mit, und Amanda geht extra langsam, um Bo ausgiebig zu mustern, der auf dem Weg zurück in die Küche ist.

Ich mache nach Marcus und Bo Pause. Als ich meinen Spind öffne, um meinen Lippenbalsam zu holen, finde ich dort einen roten Lutscher. Es ist so ein besonders schön verpackter, wie man sie in den hölzernen Ständern an der Kasse im Supermarkt findet. Ich bewege die Lippen ein paarmal hin und her, bevor ich ihn in meine Tasche gleiten lasse. Dabei bemühe ich mich, ganz lässig zu wirken, für den Fall, dass er zuschaut.

Als Kinder haben wir in der Schule immer Schuhkartons als Briefkästen für den Valentinstag verziert, die wir dann den ganzen Tag an unserem Platz stehen ließen. Ich mochte es nie, wenn jemand mir dabei zusah, wie ich meinen Karton kontrollierte. Dabei war meine Befürchtung gar nicht, ich könnte keine Valentins-Grüße bekommen. Jeder hat jedem eine Karte geschickt. Das war die Regel. Aber ich habe immer auf mehr gehofft. Ich wollte auch eine von denen sein, die eine ganz besondere Karte bekamen, unterzeichnet mit *Dein geheimer Verehrer.*

Es ist zwar keine Karte in einem Schuhkarton, aber dennoch fühlt sich mein Herz an, als wäre es aus Sprungfedern gemacht.

Während ich den Lutscher auspacke, überlege ich, ob ich Ellen eine Nachricht schicken soll, lege aber dann das Handy mit dem Bildschirm nach unten, weil ich nicht weiß, was ich schreiben soll. Ich mache es mir in meinem Stuhl gemütlich und genieße meinen Lolli. Vielleicht hat sie ja *genau in diesem Moment* Sex. Vielleicht ist sie schon offizielle Nicht-mehr-Jungfrau, und ich weiß es noch nicht einmal.

Ob sie wohl noch mit Callie gesprochen hat, nachdem ich gegangen bin? Die hat es vermutlich schon getan. Sie wüsste, was sie zu El sagen soll. Nachdem ich mit dem Lutscher fertig bin, schmeiße ich Stiel und Verpackung in den Müll und stopfe mir das Handy in den Ausschnitt. Während ich durch die Küche gehe, vibrieren meine Brüste. Ich bleibe sofort stehen, um auf mein Handy zu schauen, bevor ich nach draußen gehe.

ELLEN: bin ziemlich nervös. ruf dich dann an.

ELLEN: also hinterher.

ICH: du wirst die reinste sexgöttin sein.

ELLEN: du bist die beste. vielleicht kann ich heute bei dir übernachten, dann können wir reden. XX

Meine klebrigen Lippen verziehen sich zu einem schwachen Lächeln. Ich blicke auf und sehe, dass Bo mich anstarrt, während ich gerade mein Handy zurück in den BH stecke. Zwei Sekunden zu spät wird mir klar, wie peinlich es wirken könnte, wenn man sich vor den Augen des Jungen, in den man verknallt ist, im Ausschnitt rumfummelt.

Ich bin in meinem Leben schon oft angestarrt worden. Oft genug, um zu wissen, dass alle, die man beim Anstarren ertappt, instinktiv den Blick abwenden. Aber Bo schaut einfach weiter hin, so als gäbe es nichts, wofür er sich schämen müsste.

Mir steigt die Röte ins Gesicht. Ich wische mir mit dem Handrücken über die Lippen und fange an, vorne alles fertigzumachen, damit wir schließen können.

Ron lässt Marcus heute früher gehen, weil Tiffanie schon auf ihn wartet und wegen irgendetwas sauer ist. Während Ron in seinem Büro den restlichen Papierkram erledigt, putzt Bo den Küchenboden, und ich schrubbe alle Arbeitsflächen.

»Pass auf«, sagt er. »Ich habe gerade hinter dir gewischt.«

Ich gehe vorsichtig, um nicht auszurutschen, und wasche mir an dem großen Spülbecken das Fett von den Händen.

Eigentlich habe ich schon alles aufgeräumt, aber ich ertappe mich selbst dabei, wie ich weiter herumkrame, bis Bo mit den Böden fertig ist. Ich lasse Wasser für ihn in das Becken laufen, damit der Mopp über Nacht einweichen kann, so wie Lydia es gerne haben will.

»Geht ruhig nach Hause, ihr zwei«, ruft Ron. »Bis dann.«

Ich eile zu meinem Spind, um meine Sachen zu holen, so als hätte ich Angst, Bo könnte ohne mich gehen. Ich folge ihm durch die Hintertür nach draußen, und er hält mir die Tür auf, so dass ich mich unter seinem Arm hindurchducken muss. Und das riecht gar nicht mal so schlecht. Wie schafft er es bitte, den ganzen Abend Burger zu braten und trotzdem nicht wie eine Frittenbude zu riechen?

Während wir schweigend zu unseren Autos gehen, streift seine Hand zufällig meine, und ich überlege, wie es sich wohl anfühlen würde, wenn er sie nehmen und seine Finger mit meinen verschränken würde.

Ich stehe bereits neben meinem Wagen, blicke über die Kühlerhaube hinweg und sage: »Danke für den Lolli.«

Er dreht sich nicht um, hebt aber den Kopf in Richtung Himmel. »Gute Nacht, Willowdean.«

7

EL SCHILDERT MIR bis ins kleinste Detail, wie sie ihre Unschuld verloren hat, ohne dass ich groß nachfragen muss. Sie haben es in Tims Zimmer gemacht. Seine Mutter war verreist, weil sie seine Grandma besucht hat, und sein Dad, ein Polizist, hatte Spätschicht.

Wir liegen Nase an Nase in meinem Bett und haben das Licht ausgemacht. »Wie hat es sich angefühlt?«, frage ich. »Ich meine nicht ›es‹, sondern wie hast du dich dabei gefühlt?«

Sie schließt für einen Augenblick die Augen. »Ich hatte das Gefühl … als hätte ich es im Griff. Als hätte ich mein Leben im Griff.« Sie schlägt die Augen wieder auf. »Und ich hatte das Gefühl, geliebt zu werden. Aber es fühlt sich auch komisch an.«

»Wie meinst du das?«

»Wir haben so etwas Reifes gemacht. So was richtig Erwachsenes. Aber wir sind doch noch immer wir selbst. Wir haben immer noch gelacht und Witze gemacht. Ich hatte erwartet, dass ich mich wie ein ganz anderer Mensch fühlen würde, aber eigentlich habe nur ich – mein gutes altes Ich – eine Entscheidung getroffen, die ich nie mehr rückgängig machen kann.«

Ich nicke. Ich nicke mit Nachdruck, weil ich es nachvollziehen kann, wenn sie es mir so erklärt.

El streicht mit den Fingerspitzen über meine Wangen, und da erst bemerke ich ein paar Tränen, die mir über das Gesicht laufen. Sie legt ihre Stirn an meine, und ich weiß nicht, wer von uns zuerst eingeschlafen ist.

Obwohl der ganze Kram für den Schönheitswettbewerb unser Haus überschwemmt, sind die folgenden Wochen eigentlich ganz okay. Ich arbeite meistens mit Ron, aber manchmal auch mit Lydia. Montag und Mittwoch ist fast immer easy-peasy, aber Freitag und Samstag können einen fertigmachen. Mom findet es furchtbar, dass wir bis Mitternacht offen haben, aber ich kann nicht viel dagegen tun.

Eines Freitags, als wir gerade schließen wollen, kommt Ron ins Restaurant und trägt turmhohe Stapel von Plastikbechern in Folie herein. »Wir haben neue Becher«, sagt er und stellt sie auf der Theke ab.

»Warum? Stimmt was nicht mit denen, die wir haben?«, frage ich.

Er reißt die Folie von einem der Stapel und reicht mir einen roten Becher. Darauf zu sehen ist das Harpy's-Logo, und darunter steht in kursiver Schrift: *Offizieller Sponsor des Miss Blue Bonnet Schönheitswettbewerbs – Clover City.*

Manchmal kommt es mir so vor, als wäre der Schönheitswettbewerb das neue Weihnachten, und wir fangen jedes Jahr früher damit an, bis er irgendwann das ganze Jahr über zelebriert wird.

»Eine von den Damen aus dem Komitee von deiner Mom hat mich angesprochen, und nun ja, meine Mama hat '77 gewonnen. Ich konnte mir die Gelegenheit, das Aushängestück von Clover City zu unterstützen, nicht entgehen lassen.«

Ich merke, wie sich meine Stirn in Falten legt. »Und deswegen schmeißen wir jetzt die ganzen Becher weg, die wir noch haben und die vollkommen in Ordnung sind, und nehmen stattdessen diese hier?«

Er zuckt die Schultern. »Würdest du bitte die Spender damit auffüllen, bevor wir gehen, ja?«

Ich vergesse immer wieder, wie schrecklich die zweite Jahreshälfte vor dem Wettbewerb ist. Das Ding drängt sich von allen Seiten in mein Leben und lässt mir kaum Luft zum Atmen.

Nachdem wir alles aufgeräumt und den Laden geschlossen haben, sind Marcus und Ron schon in ihren Autos und setzen aus ihren Parklücken zurück, bevor Bo und ich überhaupt an unseren Autos angekommen sind.

Als ich gerade meine Tür aufschließe – ich habe keine von diesen schicken Fernbedienungen – sagt Bo: »Heute Abend gibt es einen Meteoritenschauer. Einen kleinen.«

Ich werfe meine Tasche auf den Beifahrersitz. »Woher weißt du das?«

»Von meiner Stiefmutter. Sie steht total auf Sterne und auf Astrologie und so.«

Ich weiß nur sehr wenig über Astrologie, abgesehen davon, dass sie in der Kirche von meiner Mom als Hexenwerk bezeichnet wird. Ohne weiter nachzudenken, klappe ich die Autotür wieder zu. »Ich hab noch nie einen Meteoritenschauer gesehen.«

Er deutet mit dem Kopf auf die Ladefläche von seinem Pick-up, während die Lichter auf dem Parkplatz flackernd ausgehen. »Komm, wir warten darauf.«

Ich atme tief ein. So fühlt es sich also an, wenn das Leben endlich losgeht, denke ich.

»Hast du was, auf das wir uns setzen können?«

Er stellt das Radio an und zieht eine Jacke mit dem Wappen seiner Schule vom Rücksitz. »Nimm die hier.«

Bo schließt übertrieben galant die Augen, während ich mich auf seinen Pick-up wuchte. Ich hoffe, seine Augen sind wirklich zu, denn das Wort wuchten und mein Polyester-Arbeitskleid sollten nicht in einem Satz erwähnt werden. Er reicht mir seine

Hand als Stütze, und ich gebe offen zu, dass ich so tue, als würde ich sie brauchen.

Überrascht stelle ich fest, dass seine Finger voller rauer Schwielen sind. Ich mag den Kontrast, den sie gegenüber meiner eigenen Haut bilden. Als ich schließlich sitze, lasse ich sie nur ungern los.

Er verzieht ein wenig das Gesicht, als er sich selbst hochzieht.

»Alles okay bei dir?«

»Das blöde Knie.« Er setzt sich neben mich und streckt das eine Bein dabei aus.

»Was ist damit? Hast du dich verletzt, oder war das schon immer so?«

»Ein bisschen von beidem.«

»Aber jetzt geht es?«

Er räuspert sich in die Hand. »Ja, ja.«

Nun gehen auch die letzten Straßenlaternen aus. Wir wohnen zwar in einer Stadt, aber nachts, wenn alles zur Ruhe kommt, wird man immer wieder daran erinnert, wie abgeschieden die Stadt ist. Sie liegt nicht an irgendeiner vielbefahrenen Strecke. Es ist ein Ort, den man nur findet, wenn man ihn finden will.

Bo wirft einen Blick auf die Uhr seines Handys. »Sollte eigentlich dunkel genug sein, um es sehen zu können.«

Ich kann schon einige Sternbilder erkennen. »Deine Stiefmutter beschäftigt sich mit Astrologie?«

Er reibt sich mit den Knöcheln über das Kinn. »Jo.«

»Sind deine Eltern geschieden?«

Er schüttelt den Kopf, ohne etwas zu sagen.

»Ich – tut mir leid, dass ich gefragt habe. Ich benehme mich manchmal wie eine Katze in einer Schachtel mit Knallfolie. Das ist echt ein Problem.«

»Nein«, sagt er. »Ist es nicht. Ich rede gern mit dir. Du musst dich nicht entschuldigen, okay? Aber ich erzähle allgemein nicht so viel. Ich muss mich erst dran gewöhnen.«

Ich lehne den Kopf an das Heckfenster des Fahrerhauses und überkreuze die Füße. »Ich dagegen rede ständig, als würde die Welt sich nur weiterdrehen, wenn sie dabei um mich kreist.«

»Ich hör dir gern zu, wenn du redest.« Er lacht. »Das ist fast eine Art Stockholm-Syndrom. Zuerst war es eher erschreckend, und jetzt finde ich es irgendwie beruhigend. So als könnte das Ende der Welt bevorstehen, aber du würdest weiter zur Arbeit kommen und reden, als wäre es deine Pflicht.«

»Entschuldige«, sage ich, »aber sollte das gerade eine stark verdrehte Art sein, mir zu erklären, wie fesselnd ich bin?«

»Sehr geistreich«, bemerkt er.

Ich boxe ihn gegen den Arm. Er hält meine Hand fest und lässt sie nicht wieder los. Im Radio hinter uns spielt knisternd dieser Song von Norah Jones und Dolly Parton – »Creepin' In«. Und unsere kleine Stadt ist ganz dunkel, doch ich spüre, wie sich Bos Augen auf mich richten. »Es geht los«, flüstert er und lässt jetzt erst meine Hand los.

Ich atme stockend aus. Ich hatte gar nicht gemerkt, dass ich die Luft angehalten habe.

»Es ist nur ein kleiner Meteoritenschauer«, flüstert er. »Tut mir leid, dass es nicht so beeindruckend ist.«

Ich bin noch immer vollkommen hin und weg. Weit entfernte Lichtstreifen durchschneiden den Himmel und hinterlassen Spuren, die aussehen wie Kratzer. Ich schüttele den Kopf. »Nein. Ich hab so was noch nie gesehen. Das macht es doch beeindruckend genug, oder?«

Wir legen beide die Köpfe noch weiter in den Nacken. Nach

ein paar Minuten sagt er: »Der erste Meteoritenschauer, den ich gesehen habe, war gigantisch. Ich wollte nicht, dass er jemals aufhört.«

»Na ja«, sage ich. »Man kann nicht immer so tolle Sachen erleben. Das verdirbt einen nur.«

Er nickt. Und dann sitzen wir noch lange so da, als wäre das hier ein guter Song im Radio, den wir einfach nicht unterbrechen dürfen.

»Hast du auch das Gefühl, als wären wir die einzigen Menschen auf der ganzen Welt, die das hier gerade sehen?«, frage ich nach einer Weile und habe dabei ein wenig Angst, den schönen Augenblick kaputtzumachen.

»Ich weiß nicht.« Bos Stimme ist ein leises Grummeln. »Meine Mom ist gestorben. Vor fünf Jahren. Und ich mag die Vorstellung, dass es auch an ihrem Himmel, wo immer sie jetzt ist, Meteoritenschauer gibt.« Jedes seiner Worte zeigt mir nur ein kleines Teilchen von ihm, und ich wünsche mir nichts sehnlicher, als all die kleinen Krümel zusammenfügen zu können, die ich habe, um ihn zu begreifen.

Ich warte darauf, dass er noch eine Art Disclaimer hinterherschickt, von wegen, die Theorie sei natürlich Quatsch oder dass es ihm leidtut, so auf die Stimmung zu drücken. Denn so was in der Art würde ich sagen. Aber von Bo kommt keine Entschuldigung. Und das gefällt mir. Es gefällt mir, dass er sich für nichts entschuldigen muss. Ich würde ihm gerne sagen, wie leid mir das mit seiner Mom tut oder dass ich auch gerne auf diese Weise an Lucy denke, aber stattdessen sage ich: »Der Himmel ist ja verdammt nochmal viel zu groß, um ihn nicht mit jemandem zu teilen.«

8

ALS MICH MEINE MOM am nächsten Morgen fragt, wann ich nach Hause gekommen bin, lüge ich und sage, das Chaos bei Harpy's wäre noch größer gewesen als sonst. Meine Lippen zucken die ganze Zeit bei der Erinnerung daran, wie es war, mit Bo auf der Ladefläche seines Pick-ups zu sitzen.

Ich sollte Ellen anrufen, ich weiß, und ihr alles bis ins kleinste Detail erzählen. Aber ich will es noch nicht teilen. Ich mag es, meine Welt in kleine Abschnitte einzuteilen, so dass sie nicht miteinander kollidieren.

Am Samstagabend ist der Ansturm ziemlich heftig. Dann herrscht meist Flaute von 22.30 Uhr bis 23.30 Uhr, und kurz bevor wir schließen, kommt noch mal ein letzter Schwung.

Ron ist hinten und hilft mit dem Essen, und ich nehme die Bestellungen an. Marcus übernimmt heute Abend den Drive-in. Das Headset passt nur mit Müh und Not über seinen Haarschopf. Zwischen den Bestellungen kommt er immer wieder schnell zu mir rüber und hilft mir, die Tabletts mit dem Essen zusammenzustellen, aber trotzdem stehen immer mindestens zehn Leute an.

Ich mache mir nicht einmal mehr die Mühe, den Blick von meiner Kasse zu heben, doch dann höre ich: »O mein Gott. Ich hatte ganz vergessen, dass Ellen meinte, dass du hier arbeitest.«

Meine Schultern sacken in sich zusammen, als ich die Stimme erkenne.

Callie beugt sich über den Tresen und sagt: »Sorry, aber diese Uniformen gehen echt gar nicht.«

»Willkommen bei Harpy's Burgers & Hotdogs. Was darf es sein?«, frage ich.

Ihr Freund, Camdon oder Brandon oder wie immer sein Name ist, wirft Callie seinen Geldbeutel zu und sagt: »Ich muss mal.«

Sie geben sich einen Kuss – was, ich meine, warum? Könnte er etwa im Klo ertrinken? –, und Callie sieht mich wieder mit einem mitleidigen Lächeln an. »Okay, dann hätten wir gerne einmal die Nummer eins mit einem Dr. Pepper. Ohne Tomate und mit extra Zwiebeln. Und wenn's geht würden wir statt Pommes lieber Kroketten haben. Und ich nehme einen Burger. Ohne Käse. Und eine Kinderportion Pommes.« Ihr Lächeln wird verschwörerisch. »Und schon breche ich wieder meine Wettbewerbsdiät. Jungs sind so ein schlechter Einfluss.«

»Das macht dann zusammen 10 Dollar und 74 Cents.«

»Das ist jetzt vielleicht eine etwas komische Frage, aber glaubst du, El-bell und ich könnten irgendwann mal zu dir kommen? Ich würde total gerne, also, einfach so mal mit deiner Mom über den Schönheitswettbewerb sprechen und wie sie ihn gewonnen hat. So ganz entspannt.«

Ich kenne dieses Mädchen gar nicht, und schon drängt sie sich in mein Leben, als würde ihr alles zustehen. »Ich hab ziemlich viel zu tun«, sage ich trocken.

Sie kneift die Augen zusammen und mustert mich eine Weile, bevor sie lächelt und in dem Geldbeutel ihres Freundes nach einem Zwanzigdollarschein sucht. »O Mann, wärst du auch fast gestorben, als ...«, sie senkt die Stimme, »... Ellen hat dir doch bestimmt von dem kleinen *oralen* Missgeschick erzählt, das sie und Tim hatten, oder?«

»Was?« Ich wusste es. El spricht mit Callie über diese Sachen und nicht mit mir. Rasch schüttele ich den überraschten Ausdruck ab. »Ja klar. Einfach nur verrückt«, sage ich. »Die Bestellung kommt gleich.«

Ich bin so wütend. Ich wusste, dass das passieren würde. Ich wusste, dass Sex einen Keil zwischen mich und Ellen treiben würde. Aber vor allem fühle ich mich, als wäre ich einfach nicht gut genug.

Ron kommt aus der Küche und sagt: »Wir schließen jetzt, Leute. Es gibt jetzt nur noch Bestellungen to go oder gar nicht.« Ich stopfe Callies Essen in eine Tüte und reiche sie ihr, während ihr Freund vom Klo zurückkommt.

Nachdem wir die Eingangstüren abgeschlossen und die Kasse gemacht haben, gehe ich in die Küche, um den Müll zu holen. »Ich bring das Zeug raus.«

»Warte mal kurz, ich helfe dir gleich«, sagt Bo.

Als er fertig ist und Marcus die Lichter des Drive-in ausgeschaltet hat, folgt Bo mir zur Hintertür hinaus. Jeder von uns schleppt mehrere Tüten mit tropfendem Müll. Als die Tür schon fast hinter uns zuschlägt, schiebt Bo noch schnell einen Stein zwischen Tür und Rahmen. Er stellt seine Mülltüten auf den Boden, nimmt mir meine ab und schwingt sie über seinen Kopf in den Müllcontainer. Dann macht er dasselbe mit seinen Tüten.

»Danke.« Ich drehe mich um und will nach drinnen gehen.

»Warte.« Seine Finger streichen über meinen Ellbogen, und ich hole tief Luft. »War schön, gestern Abend, mit dir.«

»Ich weiß«, sage ich. »Ich meine, fand ich auch.« Ich strecke die Hand nach dem Türknauf aus.

»Willowdean.« Ich erschrecke, als ich seine Stimme höre. Er ist so nah, dass ich seine Haut riechen kann, die mit Schweiß überzogen ist.

Ich öffne die Lippen, um ihm zu antworten, doch er beugt sich vor, hält einen Augenblick inne und schiebt meine Worte beiseite, als sein Mund meinen berührt. Ich habe keine Zeit, über seine Zunge in meinem Mund nachzudenken und darüber, wie meine Zunge auf seine reagiert. Weil ich nicht weiß, was ich mit meinen Händen machen soll, balle ich sie an meinen Seiten zu Fäusten. Er schmeckt nach künstlichem Kirscharoma und Zahnpasta. Ich will ihn küssen, bis mir die Lippen abfallen.

Er weicht zurück.

Mein erster Kuss. Er ist so schnell vorbei und dauert doch eine Ewigkeit.

Die mitternächtliche Luft ist heiß und trocken, aber das hindert mich nicht daran, die Arme um mich zu schlingen. Ich warte auf Worte – von mir oder von ihm –, aber es kommt nichts. Der Schock, den ich empfinde, zeichnet sich in seiner Miene ab. Ich fahre mir mit dem Daumen über die Unterlippe und gehe wieder nach drinnen. Er hält mich nicht zurück.

Es dauert ewig, den Laden zuzumachen. Die Tische sind genauso chaotisch wie die Küche, aber ich bemerke es kaum, da meine Gedanken voll und ganz von Bo und meinem ersten Kuss in Anspruch genommen werden. Mein erster Kuss, der hinter Harpy's Burgers & Dogs neben einem vollen Müllcontainer stattfand.

Und doch war er perfekt. Meine Knochen tun weh, als hätte ich einen Autounfall gehabt, bei dem mir zwar nichts passiert ist, dessen Nachwirkungen ich aber dennoch überall spüre.

Am Ende des Abends bin ich in meinem Auto und steuere es in Richtung Ausfahrt, noch bevor Ron überhaupt die Tür hinter sich abgeschlossen hat.

An der nächsten Ampel komme ich langsam zum Stehen und

fahre mir mit den Händen übers Gesicht, während ich versuche zu begreifen, was heute Abend passiert ist.

Eine Hupe ertönt, und ich blicke zur Ampel hinauf, die aber noch immer Rot zeigt. Rechts von mir höre ich ein ersticktes Rufen.

Bo steht auf der Spur neben mir, wedelt mit den Armen und deutet auf mein Fenster. Das ist doch eigentlich gar nicht sein Heimweg. Wir fahren immer in entgegengesetzte Richtungen. Er nach Osten. Ich nach Westen.

Sobald ich mein Fenster herunterfahre, fängt er an zu reden. »Es tut mir leid«, sagt er. »Ich hätte dich nicht einfach so« – *küssen sollen*, ergänze ich in Gedanken – »überrumpeln dürfen. Ich war einfach …« Er blickt nach oben, und ich sehe, wie er verfolgt, dass die Ampel der Querstraße auf Gelb springt. »Fahr mir hinterher. Bitte.«

Ein Blick auf die Uhr sagt mir, dass es bereits 1.35 Uhr ist.

Der Wagen hinter ihm hupt. »Bitte.« Er fährt los und wechselt die Spur, so dass er nun vor mir fährt.

Eigentlich sollte ich nicht einfach so mitten in der Nacht auf einer dunklen Straße einem Typen hinterherfahren, den ich eigentlich kaum kenne. Weil er mich zum Beispiel einfach so umbringen könnte, und dann wäre es ganz egal, ob ich dick bin oder mein erster Kuss neben einem Müllcontainer stattgefunden hat, weil ich dann sowieso total am Arsch wäre.

Als sich die Straße gabelt und ich eigentlich der rechten Spur folgen sollte, biege ich nach links ab und folge einem fremden Jungen auf einer dunklen Straße, während der Himmel über uns in einen tiefen Schlaf versunken scheint.

9

WIR FAHREN bis zu der alten Elementary School am Stadtrand, die vor ein paar Jahren ausgebrannt ist und seitdem leer steht.

Vermutlich sollten bei mir jetzt alle Alarmglocken schrillen. Ich glaube, mir fehlt da eine Art Selbsterhaltungs-Schutzfunktion in meinem Kopf, weil sich das alles anhört wie eine Geschichte, die man kleinen Mädchen zur Abschreckung erzählt.

Nachdem wir die Wagen abgestellt haben, warte ich, dass er als Erster aussteigt. Wenn El jetzt hier wäre, würde sie mir sicher raten, mir den Wagenheber zu schnappen oder den Zigarettenanzünder zum Glühen zu bringen, aber sie ist ja nicht da. Ich suche irgendwo auf den Vordersitzen nach einer Waffe, aber ich finde nichts außer einem leeren Glas Erdnussbutter, 1,32 Dollar Kleingeld und irgendwelchen Werbeblättchen, die ich vor ein paar Wochen im Auto vergessen habe. Einen Augenblick lang wiege ich meinen Schlüsselbund in der Hand. Aha! Ich nehme die drei Schlüssel, die daran sind (Auto, Haus, El) und balle meine Hand zur Faust, so dass je ein Schlüssel zwischen meinen Fingern hervorsticht. Ich erinnere mich, dass ich das einmal in einer Fernsehsendung über Selbstverteidigung gesehen habe. Fernsehen kann Leben retten.

Ich komme mir albern vor, aber egal.

Bo steht gegen die Kühlerhaube seines alten Pick-ups gelehnt. Auf der Seite ist noch der Schatten einer Beschriftung erkennbar, als hätte er den Wagen von irgendeinem Kleinunternehmer gekauft.

»Ziemlich unheimlich hier«, sage ich und deute mit der schlüsselfreien Hand auf die Schule. Das ganze Gelände ist total abgefackelt, aber man kann noch immer eindeutig erkennen, dass hier mal eine Schule war. Nur die Mitte ist komplett verbrannt. Und dass die Überreste Wind und Wetter ausgesetzt waren, hat es auch nicht gerade besser gemacht. Von hier aus sehe ich die Umrisse eines Spielplatzes, der bis auf einige Stellen, die vom Mond erhellt werden, ganz im Dunkeln liegt. Auf dem ganzen Gelände gibt es nur eine einzige Straßenlaterne. Und wir befinden uns weitab von ihrem Schein.

»Tut mir leid.« Er hat sein Arbeitshemd ausgezogen – ich sehe, dass es über dem Sitz in seinem Pick-up liegt – und trägt jetzt nur noch ein T-Shirt. An der Kette, die ich immer unter seinem Kragen hervorblitzen sehe, hängt ein Heiligenmedaillon. »Auf die Schule bin ich früher gegangen, bevor sie abgebrannt ist. Es ist der einzige Platz, der mir in dieser Gegend und um diese Uhrzeit eingefallen ist, wo man hinfahren könnte.«

»Oh.« Ich würde ihn gerne fragen, was mit seiner Mutter passiert ist und wer sein Lieblingslehrer war und ob er mit dem Bus gefahren ist oder ob ihn seine Eltern jeden Morgen gebracht haben. Aber ich sage nichts. Obwohl ich es so, so, so gerne möchte.

Er fängt an zu lachen, lauthals, nicht nur still vor sich hin. Er schnappt nach Luft. »Du hast offensichtlich Vorkehrungen getroffen«, sagt er und deutet auf meine Faust.

Ich halte meine Selbstverteidigungshand in die Höhe. »Ähm, du hast mich zu einem verlassenen Schulgebäude geführt. Das schreit doch geradezu ›Ich will dich töten und mit deiner Leiche Verkleiden spielen‹.«

Sein Lachen verstummt für einen Augenblick, und er sagt: »Okay. Das stimmt. Da hast du recht.«

Ich schiebe die Schlüssel in die Tasche meines Kleides und kicke ein paar Kieselsteinchen durch die Gegend. »Bring mich einfach nicht um, okay?«

Ein Lächeln huscht über sein Gesicht, bevor er sagt: »Ich hätte dich nicht einfach so küssen sollen. Ohne dich zu fragen.«

»Und. Warum. Hast. Du?« Jedes Wort kommt hervor wie ein Tropfen, der in einen leeren Eimer fällt.

»Erinnerst du dich noch daran, wie es ist, wenn man als Kind so einen richtig tollen Tag hatte? Du magst deine Lehrerin. Deine Freunde sind okay. In der Schule läuft es nicht schlecht. Doch dann tust du etwas, das du einfach nicht aufhalten kannst, selbst wenn du es kommen siehst.«

Er sieht mir an, dass ich verwirrt bin.

»So … wenn du zum Beispiel Mama zu deiner Lehrerin sagst.«

Ich kann meine Entgeisterung nicht verbergen. »Sekunde mal. Was? Entschuldige bitte, aber hast du gerade gesagt, dass mich zu küssen so ähnlich ist, wie Mama zu deiner Lehrerin zu sagen?«

Er fährt sich mit den Händen durch die Haare und stöhnt. »Nein. Also, ja, schon. Aber es war diese Art von Reaktion. Es war einfach etwas, das ich nicht kontrollieren konnte.«

»Und jetzt ist es dir peinlich?«

»Nein, nein!« Er breitet die Arme aus, als könne er mit ihnen seine Worte wegwischen. »Ich meinte, dass ich einfach nichts dagegen tun konnte. Mir ist es nur peinlich, dass ich mir nicht einmal die Zeit genommen habe, zu gucken, wie es dir ging. Dass ich es einfach getan habe. Und es tut mir leid, wenn es etwas war, was du nicht wolltest.«

»Schon okay«, sage ich, weil er sonst nie so viel redet und mich das irgendwie fasziniert.

Er geht einen Schritt nach vorn. »Schon okay im Sinne von

›Sieh zu, dass es nicht wieder passiert‹, oder war es wirklich okay?«

Ich zucke mit den Schultern, da der Rest meines Körpers wie erstarrt ist.

Er macht noch einen Schritt vorwärts. Einen Augenblick ist es ganz still. Das wäre jetzt die Gelegenheit, mich zurückzuziehen und dem Ganzen, was immer das hier ist, ein Ende zu setzen. Ich spüre, wie mir die Kontrolle entgleitet.

»Weil ich nämlich glaube, dass du mich zurückgeküsst hast.«

Meine Wangen beginnen zu glühen. Er hat mich ertappt. »Es war nicht übel. Es war nur nicht direkt überwältigend«, lüge ich.

»Also mittelmäßig?«

Ich beiße mir auf die Lippen, bis sie ganz verschwinden. Ich gehe drei Schritte vor und verringere den Abstand zwischen uns.

Er stützt sich mit den Ellbogen gegen seinen Wagen und legt den Kopf in den Nacken.

Ich tue es ihm gleich, und eine Weile teilen wir den Himmel, bis ich das Schweigen breche. »Du hast mich also aus einem spontanen Impuls heraus geküsst?« Die Spannung, die meine Muskeln durchläuft, lässt langsam nach, während ich mich immer wohler in seiner Gegenwart fühle. »Aber warum?« Da ist noch immer dieses Summen. Dieses Vibrieren von Adrenalin.

Ein paar Regentropfen fallen auf uns, und die Luft scheint vor Feuchtigkeit immer dicker zu werden. Bo blickt nach oben, als suche er nach einer Idee, wie er den Regen stoppen könnte.

»Komm, wir setzen uns ins Auto.« Er hält mir die Beifahrertür auf, und ich springe hinein, während er vorne herumläuft und auf der anderen Seite einsteigt.

So entkommen wir gerade noch dem nun einsetzenden Regen. Wütend klatschen die Tropfen gegen die Windschutzscheibe. Es ist so laut, dass er fast schreien muss. »Auf einer Skala von eins bis zehn«, sagt er. »Wie war es?«

»Du lässt wirklich nicht locker, was?«

»Ich bin ziemlich egozentrisch.«

Ich fühle mich mutig. Ich bin mutig. »Vielleicht solltest du es einfach noch mal probieren. Der zweite Versuch könnte besser werden.«

Er räuspert sich, und ich lasse ihn nicht aus den Augen. »Tja, also, eigentlich mag ich es ja lieber, es gleich beim ersten Mal richtig zu machen, aber ich möchte dir ja nichts vorenthalten.« Er rutscht an seinem Lenkrad vorbei in meine Richtung. Seine Hand legt sich um meine Wange. Er neigt den Kopf nach unten, bis seine Lippen meine fast berühren. »Bist du sicher?«

Zu meiner eigenen Überraschung antworte ich nicht einmal. Ich küsse ihn. Ich küsse Bo Larson. Und als er meine Lippen mit seinen teilt, denke ich nicht weiter darüber nach. Denn zum ersten Mal in meinem Leben scheint alles an mir zu stimmen. Es stimmt ohne jede Einschränkung.

Er umfängt meine Wangen mit beiden Händen und zieht mich noch näher an sich.

Wenn El nur ein Zehntel hiervon fühlt, wenn sie mit Tim zusammen ist, dann kapiere ich nicht, wie sie so lange warten konnte, bis sie mit ihm geschlafen hat, denn wenn Bos Lippen sich gegen meine bewegen, kann ich an nichts außer uns beide denken.

Seine Hände wandern an meinem Hals entlang und über die Schultern. Wenn er mich berührt, fühlt es sich an, als würden Wellen durch mich hindurchgehen. Aufregung. Panik. Glück. Alles auf einmal. Doch dann bewegen sich seine Finger abwärts bis an meine Taille. Ich halte erschrocken inne. Es fühlt sich an wie ein Messer in meinem Rücken. Mein Hirn verrät meinen Körper, als mir klarwird, dass er mich tatsächlich berührt. Dass er den Speck an meinem Rücken berührt und die überquellenden Röllchen am Bund. Mir wird ganz übel bei dem Gedanken. Ich sehe all die anderen Mädchen vor mir, die er wahrscheinlich schon berührt hat. Mit ihren glatten Rücken und schlanken Taillen.

»Es tut mir leid.« Sein Atem ist heiß und schnell.

»Nein«, sage ich. »Es muss dir nicht leidtun.« Ich bin nicht so. Ich verbringe nicht Stunden vor dem Spiegel und überlege, was an mir besser sein könnte. Dass ich vor seinen Berührungen zurückweiche, ist mir auf eine Art peinlich, die ich selbst nicht ganz kapiere.

Er schüttelt den Kopf. »Nein, ich meine, ich hätte das nicht – ich glaube nicht, dass ich –, ich sollte jetzt eigentlich nichts mit jemandem anfangen.«

Das Komische ist, dass es mir, bis er das gesagt hatte, noch gar nicht in den Sinn gekommen war … die Vorstellung – die Möglichkeit – von uns beiden, zusammen. »Oh.« Es hört sich an wie ein Seufzen.

»Bei mir läuft gerade so viel Scheiß. Und da sollte ich nicht … Oder zumindest habe ich in letzter Zeit nicht …«

Ich nicke.

Wenn mir irgendein anderes Mädchen erzählen würde, dass ein Typ so etwas zu ihr gesagt hätte, dann würde ich ihr raten, die Biege zu machen. Auf die Bremse zu treten. Weil er sich wie ein Idiot anhört. Aber so kann ich einfach nicht über Bo denken. Allerdings wird es wohl schon seit Urzeiten jedem Mädchen so ergangen sein. Denn die Regeln gelten immer für alle Situationen mit Ausnahme der eigenen.

Ich mache die Tür des Pick-ups auf. »Ich sollte jetzt lieber nach Hause fahren.« Regen spritzt ins Innere des Wagens.

»Ist schon spät.« Das war's. Mehr hat er nicht zu sagen.

»Wir sehen uns bei der Arbeit.«

Es dauert 2,5 Sekunden, bis der Regen meine Kleider vollkommen durchtränkt hat. Meine Würde hat sich aus dem Staub gemacht. Ich steige ins Auto und rase vom Parkplatz. Dann drehe ich die Lautstärke des Autoradios voll auf, in der Hoffnung, dass das alles andere übertönen wird, was in mir rumort. Lucy, meine Mom, Ellen, Bo. Von ihnen allen scheint eine kleine Version in meinem Inneren zu existieren, eine lauter als die andere. Die einzige Stimme, die nicht da ist – und die ich eigentlich am dringendsten brauche –, ist meine eigene.

10

ES IST DEFINITIV zu heiß, um schwimmen zu gehen. Selbst für Ellen. Jake gleitet durch unsere Hände hindurch, während wir eine Nachmittagstalkshow über eine Frau sehen, die ihren Bruder liebt, von dem sie nicht wusste, dass er ihr Bruder ist, weil sie nicht zusammen aufgewachsen sind.

»Das kann doch nicht stimmen«, sage ich.

El schüttelt den Kopf. »Nein, nein, die sind zwar etwas merkwürdig, aber ich glaube, sie sagen die Wahrheit. Außerdem, warum sollten sie lügen?«

»Äh, weil das abartig ist und sie das auch wissen. Vermutlich wurden sie erwischt, und dann brauchten sie eine Ausrede oder so.«

»Mein Gott«, stöhnt sie. »Du bist immer so misstrauisch. Kannst du nicht einmal glauben, dass nicht alle Menschen schlechte Absichten haben?«

Jake schlängelt sich um mein Handgelenk. Seine Schuppen sind ganz weich, weil er sich gerade erst gehäutet hat. »Ich bin nicht immer misstrauisch, aber die Wahrscheinlichkeit, dass die beiden die Wahrheit sagen, bewegt sich quasi gegen null. Ich meine, das wäre ja, als würde ich behaupten, Tim wäre dein Bruder.«

Sie ist so fasziniert von der Show, dass sie nicht antwortet.

Jetzt wäre ein guter Zeitpunkt, ihr zu erzählen, was zwischen Bo und mir passiert ist. Meine Mom hat schon geschlafen, als ich nach Hause gekommen bin, aber sie hat gesagt, sie hätte gehört, dass es nach zwei war, und wenn das noch einmal vorkäme, würde sie meinen Chef anrufen. Eine *ungehörige Zeit* hat sie es genannt. Es hat mich irgendwie getroffen, dass sie automatisch annahm, ich käme direkt von der Arbeit. ICH HABE MIT EINEM JUNGEN AUF EINEM VERLASSENEN PARKPLATZ RUMGEKNUTSCHT, hätte ich am liebsten gebrüllt. Aber das klingt nicht gerade glaubwürdig. Selbst in meinen Ohren. Und ich war dabei.

Ich weiß nicht, wie ich die richtigen Worte finden soll, um El zu erklären, dass ich nicht nur den ersten Kuss meines Lebens bekommen habe, sondern dass wir letztendlich richtig rumgemacht haben. Sie wäre ja schon sauer, weil ich ihr nicht längst erzählt habe, dass ich in ihn verknallt bin. Und obwohl keiner von uns gesagt hat, dass alles, was gestern Abend passiert ist, ein Geheimnis bleiben soll, fühlt es sich doch so an.

Eigentlich ist es dumm, weil El nie so denken würde, aber mir erscheint der gestrige Abend vollkommen unvorstellbar. Ein Junge – ein total heißer Junge, dem andere Mädchen hinterherschauen – hat mich geküsst, so *richtig* geküsst. Es war die Art von Kuss, nach der man ganz außer Atem ist. Und ich weiß nicht, wie ich darüber mit meiner besten Freundin sprechen soll. Ganz zu schweigen davon, dass ich, falls ich ihr von gestern Abend erzählen würde, ihr auch sagen müsste, wie der Abend schließlich endete. Nämlich damit, dass Bo versprochen hat, es würde nie wieder vorkommen, und ich bei der Vorstellung, seine Hände könnten meinen Körper berühren, vor Scham im Boden versunken bin.

Aber nichts davon will ich ihr erzählen. So blöd es vielleicht klingt, aber ich möchte den guten Eindruck nicht verderben, den sie von ihm hat, weil ich trotz des vernichtenden Endes des gestrigen Abends in einem kleinen Winkel meines Herzens noch immer glaube, er und ich könnten eine Chance haben.

Aber eine Chance auf was? Dass wir ein Paar werden? Der Gedanke erscheint mir so lächerlich, dass ich mir nicht einmal vorstellen kann, wie es sich anfühlen würde, in der Öffentlichkeit Händchen zu halten.

Dabei fühle ich mich eigentlich nicht minderwertig. Auch ich habe mein Happy End verdient. Aber was ist, wenn Bo für mich die Krönung ist, während ich für ihn nur eine kurze Geschmacksverirrung bin?

Ich brauche Lucy.

Der Abspann der Talkshow läuft bereits, und El wischt sich verstohlen ein paar Tränen von der Wange. »O mein Gott«, sagt sie. »O mein Gott. Das war so traurig. Die beiden lieben sich so sehr und können nichts dagegen machen. Und die Gesellschaft wird das nie begreifen.«

»Hast du deine Tage, oder was?«

»Du bist manchmal echt fies, weißt du das?« Sie steht mit Jake auf. »Ich bringe ihn jetzt nach oben. Bleibst du zum Mittagessen?«

Ich lächele. »Ich muss nach Hause. Ich will noch ein bisschen in Lucys Sachen rumkramen, bevor meine Mom zurückkommt. Sie hat gerade angefangen, das Zimmer auszuräumen.«

Ich folge El in ihr Zimmer, wo sie Jake in seinem Terrarium absetzt. Er rollt sich unter seiner Wärmelampe zusammen und genießt das Licht, das auf seine Schuppen scheint.

Nach ein paar Minuten sagt El: »Will?«

»Ja.«

»Als wir klein waren, hatte Lucy so eine Brosche mit einer Biene. Kannst du dich daran erinnern? Die hat sie immer an ihrem

Wintermantel getragen, wenn sie uns von der Schule abgeholt hat.«

Mein Mund wird trocken. Ich nicke. Sie hat die Brosche am Kragen ihres Wintermantels getragen. Das war noch bevor sie ihr Maximalgewicht erreichte, aber schon damals war sie ziemlich dick. Der Mantel war schwarz und langweilig, und sie hatte ihn offensichtlich nicht gekauft, weil er modisch war, sondern weil er seinen Zweck erfüllte. Das ist die Art von Opfer, die man bringen muss, wenn man übergewichtig ist. Die Brosche dagegen war wie ein Sonnenstrahl, der durch die dunklen Wolken hindurchblitzt. Sie nannte uns ihre fleißigen Bienchen und hat uns montags immer ins Café zu heißer Schokolade eingeladen, weil sie fand, nicht nur die Freitage hätten unsere Aufmerksamkeit verdient.

Es war komisch. Früher habe ich mir mich immer als Montag und Ellen als Freitag vorgestellt. Dabei sind Montage und Freitage nichts weiter als Zeitabschnitte, die 24 Stunden lang sind, mit unterschiedlichen Namen.

»Wenn du diese Brosche siehst – und nur wenn du sie nicht haben willst –, würdest du die dann für mich aufbewahren? Sie steht mir natürlich nicht zu oder so, aber ich mochte sie immer besonders gerne.«

»Klar«, sage ich. »Ich werde die Augen danach offen halten.«

Seit Lucys Tod hatte ich immer das Gefühl, dass ich die Einzige war, die die Erinnerung an sie hochhalten müsste, und dass ich sie fürchterlich enttäuschen würde, wenn ich es nicht könnte. Die Einsicht, dass sie nicht nur mir etwas bedeutet hat, tut weh und ist gleichzeitig wahnsinnig erleichternd.

11

ICH WERDE BO LARSON *nicht küssen. Ich werde nicht an Bo Larson denken. Ich werde Bo Larson nicht küssen. Ich werde nicht an Bo Larson denken.* Dieses Mantra läuft immer und immer wieder in meinem Kopf ab, und sobald ich alleine bin, spreche ich es sogar laut vor mich hin.

Ein paar Stunden bevor ich am Montagnachmittag zur Arbeit aufbreche, bittet mich meine Mom, ein Medikament für sie abzuholen, weil sie fürchtet, die Apotheke könnte schon geschlossen haben, wenn sie Feierabend hat.

Ich fahre in die Stadt zu Luther & Sons Pharmaceuticals. Es gibt kaum Parkplätze, deswegen muss ich mit einer Lücke vor dem Geschäft All That Shines vorliebnehmen. All That Shines ist ein Juwelier, den es schon fast so lange gibt wie Clover City selbst, und es ist der einzige Lieferant für Schönheitswettbewerbskrönchen in ganz Texas.

Die Hitze legt sich auf meine Schultern, als ich den Wagen abschließe. »Scheiße«, murmele ich vor mich hin, als ich ein Schild entdecke, das vor meiner Parklücke in einen Eimer eingelassen ist und auf dem steht: PARKEN NUR FÜR KUNDEN.

Ich sehe mich noch einmal um, kann aber keinen anderen Parkplatz entdecken. Deswegen betrete ich rasch den Laden.

Hinter der staubigen Vitrine sitzt auf einem knarzenden hölzernen Hocker Donna Lufkin. Die Lufkins sind derart stolz auf ihre Familie, dass sich eine geborene Lufkin nicht einmal von der konservativen Tradition dazu bewegen ließe, ihren Nachnamen bei der Hochzeit zu ändern. Donna selbst hat allerdings nie geheiratet.

Donna ist kräftig gebaut und rund. Ihre Cargoshorts sind an den Rändern ausgefranst, und ihre Gartenclogs riechen, als hätten sie genau den Zweck erfüllt, für den sie gemacht wurden. Sie ist das Gegenteil von dem, was man von einer Verkäuferin von Krönchen für Schönheitsköniginnen erwarten würde. Natürlich verkauft sie auch noch andere Sachen, aber berühmt ist der Laden eben für die Krönchen.

»Willowdean Dickson«, sagt sie. »Dich habe ich ja schon …«, sie hält inne.

»… seit Lucys Beerdigung nicht mehr gesehen«, beende ich den Satz für sie.

Sie nickt, versucht aber nicht zu lächeln, was ich ihr höher anrechne, als sie je ahnen wird. »Hat deine Mama dich geschickt? Ich habe gerade die neue Krönchen-Lieferung bekommen.«

»Nein, es gibt heute so wenige Parkplätze, dass ich mich gefragt habe, ob ich vielleicht schnell mein Auto hier abstellen und zur Apotheke gehen könnte?«

Mit einer Handbewegung wischt sie meine Bedenken beiseite. »Zum Teufel mit diesen Schildern, die nützen doch sowieso nichts.«

»Danke«, sage ich und habe bereits wieder die Hand am Türgriff.

»Willst du sie sehen?«

»Was sehen?«

Sie grinst. »Na die Krönchen natürlich.«

Auch wenn es einem im ersten Augenblick nicht so bedeutend erscheint, sind diese Krönchen, die mit geschliffenen Zirkonia-Steinchen besetzt sind, besser bewacht als die Bank auf der anderen Straßenseite. Egal, wie sehr ich diesen Schönheitswettbewerb verabscheue, diesem Angebot kann ich einfach nicht widerstehen.

Donna schließt die Ladentür ab, und dann folge ich ihr durch den Vorhang in ihr Lager. Wir müssen zwei Büros durchqueren, bis sie einen kleinen Schrank aufschließt, in dem sich jede Menge Schachteln stapeln. Die Schachteln sind mit den Namen von Städten aus ganz Texas beschriftet, aber ganz vorne in der Mitte stehen gleich drei mit der Aufschrift CLOVER CITY.

»Moment mal«, sage ich. »Warum gibt es drei davon?«

Sie zählt an den Fingern ab. »Erstens: Das Original. Manchmal wird es im Rathaus ausgestellt. Zweitens: Das Exemplar für die Gewinnerin. Drittens: Die Reserve, falls Krone Nummer 2 verlorengeht.«

Sie nimmt alle drei Schachteln und stellt sie auf ihrem Tisch auf. Die Krone für die Gewinnerin und die Reserve sind fast identisch, aber das Original … das sieht aus wie etwas, was man im Schmuckkästchen seiner Großmutter finden könnte. Die Halbedelsteine sind trüb und das Metall über die Jahre angelaufen, aber dennoch hat diese Krone etwas Erhabenes. Sie ist nicht so angeberisch und glänzend wie die neueren Kronen und strahlt doch etwas Besonderes aus.

Donna bemerkt, dass ich das Original betrachte. »Die mag ich auch am liebsten.«

Für einen Augenblick ergibt der Schönheitswettbewerb einen Sinn, und ich kann nachvollziehen, warum meine Mom ihm ihr halbes Leben widmet und warum die meisten Mädchen in dieser Stadt von Abendkleidern und Rampenlicht träumen, wenn abends der Himmel voller Sterne hängt. »Setzen Sie die auch manchmal auf?«

Ein zarter, rosafarbener Hauch zeigt sich auf ihren Wangen. »Ganz unter uns: ja, manchmal.« Ganz vorsichtig greift sie in die Schachtel mit der Original-Krone. »Probier sie mal auf.«

»Sind Sie sicher?« Wie ich mich kenne, schaffe ich es am Ende noch, das Ding kaputtzumachen.

Sie sieht mich direkt an. »Sehe ich aus wie eine Frau, die sich nicht sicher ist?«

Ich schüttele den Kopf.

Sie positioniert mich vor dem Spiegel auf der Rückseite ihrer Tür. Ich halte den Atem an, als sie mir die Krone aufsetzt. Ich weiß, es ist nur Modeschmuck und nichts davon ist echt, aber das hindert mich nicht daran, das Gewicht der Krone wie eine Verantwortung zu spüren. Ich wünschte, Lucy oder Ellen oder selbst meine Mom wären hier, um mich in meiner rotweißen Harpy's-Uniform mit dem größten Schatz von Clover City auf dem Kopf zu sehen.

»Um ehrlich zu sein, ich glaube, noch nicht einmal deine Mama hat das Ding einmal aufgesetzt. Am besten erzählst du niemandem davon.«

Ich bejahe mit einem Blick, weil ich es nicht einmal wage zu nicken. »Und warum darf gerade ich sie jetzt anprobieren?«

Sie zuckt mit den Schultern. »Vielleicht, weil man nicht immer einen Schönheitswettbewerb gewinnen muss, um eine Krone zu tragen.«

Ich werde Bo Larson nicht küssen. Ich werde nicht an Bo Larson denken.

Marcus hat sich krankgemeldet, als hätte er irgendwie gerochen, wie unangenehm der Abend heute werden könnte.

Der Glanz der Krone ist verblasst, und es ist unglaublich voll. Am Ende muss sogar Bo aus seiner Küche kommen, um mir an der Kasse zu helfen. Soweit ich es hören kann, besteht sein Wortschatz nur aus den Sätzen: »Zum hier essen oder zum Mitnehmen?« und »Das macht dann (Endbetrag einsetzen).«

Von Zeit zu Zeit berühren sich unsere Hände, oder wir stoßen gegeneinander. Und jede Berührung sendet Stromstöße durch meine Adern. Aber als er schließlich anfängt, sich mit einem Kunden über die sauren Gurken zu streiten, schickt Ron ihn zurück in die Küche.

Am Ende des Abends lässt Ron uns alle früher nach Hause gehen und verspricht, morgen früh den Rest aufzuräumen. Ich würde ja protestieren, da meine Mutter mir eingetrichtert hat, dass eine echte Südstaaten-Lady sich immer zur Wehr setzt, wenn jemand anderes anbietet zu putzen, aber heute will ich einfach nur nach Hause.

Ich versuche, schnell zu sein und vor Bo aus der Tür zu kommen, aber er scheint mir auf Schritt und Tritt zu folgen.

Ich muss mir einen neuen Job suchen.

Meine Hand liegt schon an der Autotür, und ich bin so gut wie zu Hause und frei.

»Willowdean.«

Ich drehe mich um.

Er kommt so schnell auf mich zu, dass ich das Gefühl habe, mich ebenfalls zu bewegen.

Unsere Nasen berühren sich, und seine Lippen verharren kurz vor meinen. Mein inneres Auge muss erst noch aufholen und verarbeiten, dass er hier ist, in meiner Seifenblase, und alles in Frage stellt, was ich bislang von mir gedacht habe. Meine Zurückhaltung. Mein Stolz. Beide sind auf und davon, und es ist, als hätte ich Scheuklappen an.

Ich küsse Bo Larson. Ich denke an Bo Larson.

Zum ersten Mal in meinem Leben fühle ich mich winzig. Ich fühle mich klein. Und dabei keineswegs wie ein kleines Mauerblümchen. Nein, dieses Gefühl macht mich stark.

»Ich möchte dich küssen«, sagt er, und mit jedem Wort berühren seine Lippen die meinen.

Mir fehlen die Worte, und stattdessen fahre ich mit den Fingern durch seine Haare und ziehe seine Lippen auf meine.

Zwei Monate später

12

ICH STEHE auf den Zehenspitzen, um das oberste Regalbrett zu erreichen, und merke, wie meine Schürze sich lockert. Die Schleife in meinem Rücken muss sich gelöst haben. Ich schaue hinter mich und nach rechts, bevor ich links neben mir Bo stehen sehe, der grinst.

Er zwinkert mir zu.

Bo ist zum besten und schlimmsten Teil meines Tages geworden.

Laut meiner Armbanduhr ist es 18.02 Uhr und damit Zeit für meine Pause. Ich schubse die letzte Tüte mit Brötchen auf das Regalbrett, wobei sie bestimmt zerdrückt werden, weil ich so unkonzentriert bin, und folge ihm. Meine Füße tragen mich, ohne dass mein Hirn irgendetwas in dieser Sache zu sagen hätte. Hinter mir verschwimmen alle Geräusche, und ich höre nur noch einen Nachhall von Harpy's. Bestellungen werden gerufen. Kunden beschweren sich. Marcus pfeift vor sich hin. Fleisch brutzelt. All das wird langsam ausgeblendet.

Bis zu diesen Sommerferien habe ich so etwas noch nie erlebt. Es ist der Augenblick, bevor ich die Tüte mit dem Müll schnappe, die hinten auf den Kisten liegt, und die angelehnte Hintertür mit dem Fuß aufstoße.

Es ist die Sekunde, bevor ich die tropfende Tüte neben dem Müllcontainer abstelle, in der Bo Larson mich gegen die Metalltür drückt und mich nur mit seinen Lippen berührt. Es ist diese Millisekunde ohne Hände. Nur Lippen.

Dann, so als wäre ein Damm gebrochen, wandern seine Hände über mich, und der Augenblick ist vorüber. Und ich muss wieder daran denken, wie unwohl ich mich fühle, wenn ich seine Hände auf meinem weichen Körper fühle.

Wie auf einen Schlag schaltet sich mein Hirn wieder ein, als wäre es an eine Zeitschaltuhr angeschlossen. Ab jetzt fühlt sich alles wie gründlich einstudiert an, denn je weiter sich die Dinge zwischen uns beiden entwickelten, desto mehr habe ich versucht vorherzusagen, was er als Nächstes tun würde. Und jetzt weiß ich es. Ich weiß, wenn er mich in Richtung der niedrigen Mülltonne mit dem Deckel schiebt und die Hände um meine Taille legt, dann will er mich hochheben. Deswegen greife ich immer hinter mich und stemme mich hoch. Bei dem Gedanken, er könnte versuchen, mich hochzuheben und es nicht schaffen, krampft sich alles in mir zusammen. Wenn seine Finger von meiner Brust abwärtswandern, ziehe ich den Bauch ein. Was eigentlich echt dumm ist, denn auf Fotos macht es nie einen Unterschied, und ich bezweifle, dass es jetzt etwas ändert.

In diesen Augenblicken bin ich nur noch ein Schatten der Person, die ich vorher war. Der Frau, die Lucy aus mir hatte machen wollen.

Doch wenn er dann meinen Namen sagt, ist es immer eine Überraschung. »Willowdean«, sagt er, und jeder Buchstabe kitzelt ganz bis zu meinen Zehen hinunter.

Jeden Abend, wenn Ron uns nach Hause entlässt, gehen wir getrennt, aber nicht weit voneinander entfernt, zu unseren Autos. Sobald wir die Dunkelheit außerhalb des roten Scheins von Harpy's erreicht haben, streicht Bo mir mit den Fingern über die Hand, bevor er zu seiner Fahrertür geht. »Fahr mir hinterher.«

Ich mache mir nicht einmal die Mühe zu nicken, denn ich werde genau das tun, und er weiß es.

Er lässt sein Auto an und ich meines. Was hier zwischen uns läuft ist wie eine Achterbahn. Die Bremsen funktionieren zwar nicht mehr, und die Bahn steht in Flammen, aber ich kann mich nicht dazu bringen auszusteigen.

13

ICH HABE SO VIEL über Bo erfahren, und doch ist er noch immer ein Rätsel für mich. Zum Beispiel die Sache mit den roten Lollis. Als Kind war er offenbar sehr jähzornig, und dann hat seine Mom ihm einen roten Lolli gegeben und gesagt: *Wenn du immer noch so wütend bist, nachdem du den Lolli gelutscht hast, dann kannst du so viel schreien und treten, wie du willst.* Aber dann sind da Dinge wie seine Kette mit dem Anhänger, die er sich immer wieder ins T-Shirt stopft, sobald sie herausrutscht. Immer, wenn ich ihn danach frage, zuckt er nur die Schultern und erklärt mir, es sei einfach ein Heiligenanhänger von seiner Schule, der Holy Cross Highschool.

Die alte Grundschule ist zu dem geworden, was man wohl als »unseren Ort« bezeichnen könnte. Als wir uns das erste Mal dort getroffen haben, war ich völlig fertig mit den Nerven, doch inzwischen ist diese halb abgebrannte Schule unser Zufluchtsort.

Ich parke neben ihm, ziehe den Schlüssel aus der Zündung und öffne gleichzeitig die Tür. Er beugt sich zur Seite und schiebt seine Beifahrertür für mich auf.

Ich springe in seinen Pick-up.

Er küsst meine Nase. Dann greift er unter seinen Sitz und zieht eine zerknitterte rote Geschenktüte hervor und lässt sie auf das Armaturenbrett fallen. »Alles Gute zum Geburtstag.«

Mein Geburtstag ist drei Tage her. Ich habe es auf der Arbeit keinem gesagt. Nicht, weil es keiner wissen soll, sondern weil es die Leute, denen man es erzählt (in erster Linie Bo), unter Druck gesetzt hätte, etwas für mich zu machen. Und so läuft das zwischen Bo und mir einfach nicht. Es gibt keine Verpflichtungen, nichts Verbindliches. »Wie hast du das denn rausgefunden?«

Er zuckt die Schultern. »Hab gehört, wie Ron dir zum Geburtstag gratuliert hat.«

»Darf ich es aufmachen?«

»Nein«, sagt er. »Das ist schon dein Geschenk. Mehr als die Tüte kriegst du nicht.«

Ich verdrehe die Augen und schnappe mir die Tüte vom Armaturenbrett. Mein Magen kribbelt vor lauter Nervosität. Das Gewicht der Tüte sinkt in meinen Schoß. Eine kleine Tüte für die Geschichte eines ganzen Sommers.

Er räuspert sich. »Ich hatte kein Geschenkpapier.«

Unter seinen Blicken wird mir ganz heiß. Ich schließe die Augen und ziehe den erstbesten Gegenstand aus der Tüte.

»Ein Magic-8-Ball«, sagt er. »Du musst eine Frage stellen und ihn schütteln. Wenn du ihn dann umdrehst, kannst du die Antwort ablesen.«

Ein Lächeln breitet sich auf meinem Gesicht aus. Ich komme mir albern vor. »Tja, ab jetzt werde ich dann wohl nie mehr die Last der Entscheidung auf meinen Schultern spüren.«

»Pack weiter aus«, sagt er.

Und das tue ich. Eine Slinky-Feder aus Metall, eine Packung Softknete und eine Tüte mit Salzkaramellbonbons.

Bo bläst Blasen in die Knete und radiert damit die Tinte aus seiner Fahrzeug-Gebrauchsanleitung, während ich die Slinky-Feder in meinen Händen hin und her wippen lasse.

»Danke«, sage ich. »Du hättest mir wirklich nichts schenken müssen.«

Er zuckt die Schultern und betrachtet die Gegenstände, die

zwischen uns ausgebreitet liegen. »Du hast noch was vergessen.« Er greift nach der Tüte. »Mach die Augen zu.«

Ich gehorche.

Ich spüre seine Hände an meinen Wangen, während er mir eine Brille auf die Nase setzt. Meine Haare verfangen sich in einem Scharnier, aber er gibt sich Mühe, die Brille ordentlich auf meine Ohren zu setzen.

»Okay«, sagt er. »Augen auf.«

Er dreht den Rückspiegel in meine Richtung, und ich sehe eine knallrote Brille in Herzform. Die Gläser sind dunkel und farbig getönt, und meine Augen brauchen einen Moment, um mich selbst wiederzuerkennen. Ich ziehe die eingeklemmte Haarsträhne heraus.

Die Brille soll witzig sein. Das habe ich schon kapiert. Aber sie gefällt mir. Sie verwandelt einen. Im Spiegel sehe ich ein Mädchen, das ich, soweit ich weiß, nicht kenne. »Die gefällt mir«, sage ich und komme mir gleich wieder albern vor. Es ist ein billige Brille aus einem 1-Dollar-Laden. Vermutlich hat er sie nur im Nachhinein noch schnell mit in die Tüte geschmissen.

Sein Körper neigt sich zu mir, während er seine Lippen auf meine drückt. Mein gesamter Körper schmiegt sich gegen sein Gewicht.

»Du solltest jetzt lieber nach Hause fahren«, flüstert er zwischen zwei Küssen.

Ich nicke. Wir küssen uns weiter.

Ich bleibe viel zu lange mit Bo auf dem Parkplatz, aber glücklicherweise schläft meine Mom tief und fest hinter ihrer geschlossenen Schlafzimmertür, als ich nach Hause komme. Den ganzen Sommer über habe ich mir immer neue Gründe und Entschuldigungen ausgedacht, warum ich länger als sonst »arbeiten« musste. Ihr gefällt das eigentlich gar nicht, aber sie glaubt mir. Allerdings war sie auch schwer damit beschäftigt, Transparente zu nähen, neue Juroren zu interviewen und Sponsoren für den Wettbewerb zu suchen. Und das bedeutet, dass sie sich für ein paar Monate komplett von ihren Erziehungsaufgaben verabschiedet hat.

Die Tür zu Lucys Zimmer ist zu, wie immer in den vergangenen zwei Monaten. Ich streife den Griff im Vorbeigehen, öffne sie aber nicht. Seit dem Tag, an dem meine Mom angefangen hatte, das Zimmer auszuräumen, und wir uns deswegen gestritten haben, hat sie nichts mehr daran gemacht, als hätte sie es vollkommen vergessen. Und ich erwähne es auch nie, aus Angst, sie könnte genau da weitermachen, wo sie aufgehört hat.

Kurz vor dem Einschlafen brummt mein Handy.

ELLEN: Lügnerin

Shit. Sie weiß Bescheid. Ich meine, es ist ja schließlich nicht so, als hätte sie in letzter Zeit nicht auch vor mir Geheimnisse. Immer wenn sie mir etwas über Tim erzählt, muss ich daran denken, was Callie an dem Abend bei Harpy's über das kleine »orale Missgeschick« gesagt hat. Ich weiß, dass das nur eine Kleinigkeit war und es auf lange Sicht überhaupt keine Rolle spielt, aber ich frage mich dennoch immer, was sie mir sonst noch alles nicht erzählt. Ich bin jetzt eben die Noch-immer-Jungfrau, die nicht kapiert, wovon die Rede ist.

ELLEN: Du verdammte Lügnerin. Du hattest versprochen, nach der Arbeit zu Tim zu kommen.

Oh, Himmel. Tims Party habe ich ja vollkommen vergessen, aber das wird sie mir eher verzeihen, als wenn sie dahinterkäme, dass etwas zwischen Bo und mir läuft.

Wieder brummt mein Handy.

ELLEN: Du hast ein echtes D-R-A-M-A verpasst.

Ich drehe mich auf die Seite und schicke eine kurze Antwort, um mich zu entschuldigen und zu sagen, dass sie mir morgen früh alles erzählen kann. Dann scrolle ich zur nächsten Nachricht hinunter.

BO: Nacht

Ich seufze. Und das ist mir vollkommen egal.

14

ICH WERDE vom Klingeln an der Tür geweckt.

Bevor ich mich aus dem Bett rolle, werfe ich noch einen raschen Blick auf mein Handy.

ELLEN: Bin da, lass mich rein.

Ich ziehe mir schnell eine alte Gymnastikshorts über und stolpere die Treppe hinunter an die Hintertür, wo Ellen schon das Gesicht an die Scheibe drückt und mit dem Mund Furzgeräusche macht.

Dieser ganze Sommer war für uns beide bizarres Neuland. Wir waren immer völlig gegensätzlich. Lucy meinte immer, die besten Freundinnen hätten zugleich alles und nichts gemeinsam. Aber in den letzten beiden Monaten hatte ich zunehmend das Gefühl, dass wir in zwei verschiedene Richtungen auseinandergezogen werden. Und ich glaube, dass ich die Einzige bin, der es auffällt.

Ich schiebe die Tür auf, und im ersten Augenblick lässt El ihr Gesicht mit beiseitegleiten. Sie stolpert durch die Tür und lässt sich auf einen Stuhl am Küchentisch fallen. »Himmel, Will! Ich wäre da draußen fast geschmolzen!«

Ich werfe einen Blick auf die Uhr an der Mikrowelle. »Es ist früh«, nuschele ich und sacke auf einem Stuhl zusammen. Was ich nicht sage, ist, dass ich bis zwei Uhr morgens mit Privatschul-Bo unterwegs war.

»Heute ist Zahltag bei mir. Es ist nie zu früh, wenn man Geld kriegt.« Sie steht auf und öffnet ein paar Schränke auf der Suche nach Junkfood. »Außerdem ist es schon elf. Also nicht gerade früh. Deine Mom würde durchdrehen, wenn sie wüsste, dass du so lange im Bett liegst.«

»Wie du meinst.« Ich überkreuze die Arme auf der Tischplatte und vergrabe meinen Kopf darin. »Du bist so gut drauf. Warum bist du so gut drauf?«

»Keine Ahnung. Weil ich lebe. Weil das Leben nicht so schlecht ist. Die Schule fängt erst in einer Woche wieder an.« Sie knallt eine Schranktür zu und wirbelt herum. »Und vielleicht bin ich gar nicht mal mehr so schlecht im Sex haben?«

»So ein großes Ding ist es ja auch nicht, oder?« Aber tatsächlich versetzt schon allein der Gedanke DARAN mich in Panik.

»Du wirst es schon noch sehen.« Sie nickt mit dem Kopf.

Nein, denke ich. *Lebenslänglich Jungfrau. Willkommen im Club der unversehrten Hymen.*

»Zieh dich an. Es wird Zeit, dass ich die Kohle kriege!«

»In der Speisekammer sind noch Chips«, sage ich und gehe in Richtung Treppe. »Gib mir 45 Minuten.«

»Zum Glück habt ihr ja eine Menge trashige Sendungen aufgenommen, die ich noch gucken muss«, ruft sie mir hinterher.

Ich dusche schnell und rubbele meine Haare trocken, bevor ich sie zu einem unordentlichen Dutt hochstecke. Ich lasse den Blick über den Inhalt meines Kleiderschrankes schweifen und beschließe, dass es zu heiß ist, um sich Mühe zu geben, und entscheide mich stattdessen für eine kurze Sporthose und ein altes T-Shirt von einem der Schönheitswettbewerbe meiner Mom.

»Okay«, sage ich, während ich die Treppe hinuntereile. »Ich muss noch schnell das Trockenfutter für Riot …«

»Schon erledigt«, bemerkt Ellen.

Als ich um die Ecke in die Küche biege, verstaut Ellen gerade eine jetzt halbleere Chipstüte.

»Jetzt denkt meine Mom sicher, ich hätte die alle gegessen«, sage ich. Sie würde zwar nie etwas sagen, aber das wäre auch gar nicht nötig.

»Deine Mom braucht mal wieder Sex.« Riot springt mit einem Satz auf die Arbeitsplatte, und Ellen krault ihn ausgiebig hinter den Ohren. »Ich bin mit dem Auto von meiner Mom gefahren und hab es buchstäblich mit dem letzten Tropfen hierher geschafft. Können wir dein Auto nehmen?«

»Ja. Klar.« El folgt mir zur Hintertür hinaus, und während ich das Tor hinter uns abschließe, frage ich sie: »Und worin genau besteht der Zusammenhang zwischen Sex und meiner Mom und Chips?«

Sie zuckt die Schultern und rüttelt am Türgriff, damit ich das Auto aufschließe. Seit Ellen ihre Jungfräulichkeit verloren hat, hält sie sich für eine Sexexpertin, als wäre sie die neue Dr. Ruth. Und das Heilmittel für alles und jedes ist immer: mehr Sex. Es macht mich wahnsinnig. Ich bin Jungfrau. Ich bin nicht blöd.

Ich schließe das Auto auf und lasse mich hinters Lenkrad gleiten. Uns beiden entfährt ein reflexhaftes Pfeifen, als uns die stehende Hitze entgegenschlägt.

»O Gott«, sagt El, »mach bloß schnell diese verdammten Fenster auf.«

Ich fand es schon immer etwas ironisch, dass bei Sweet 16 keine Klamotten der Größe 16, sondern nur bis maximal Größe 12 verkauft werden. Ich habe das auch Ellen gegenüber mal erwähnt, aber ich glaube, sie hat so getan, als hätte sie mich gar nicht gehört.

Als ich zum ersten Mal mit El bei Sweet 16 war, habe ich mich echt bemüht, nicht so raushängen zu lassen, wie unwohl ich mich dort fühlte. Aber seitdem habe ich sie jeden Donnerstag begleitet, um ihren Gehaltsscheck abzuholen, und kann voller Überzeugung sagen, dass ich inzwischen genügend Erkenntnisse gewonnen habe, um mir eine wissenschaftlich fundierte Meinung über diesen Laden bilden zu können.

Meine wissenschaftliche Meinung: Sweet 16 ist ein Scheißladen, und alle Mädchen, die hier arbeiten, sind oberflächliche Tussis, die mich behandeln, als wäre El nur aus Mitleid mit mir befreundet.

Die Wände von Sweet 16 sind voll verspiegelt, und überall stehen Schaufensterpuppen mit hervorstehenden Hüftknochen, tiefsitzenden Jeans und winzigen T-Shirts, auf denen so was steht wie: *Zu hübsch für Hausaufgaben.* Ich folge Ellen zwischen den übervollen Ständern hindurch und bemühe mich, nicht den ganzen gottverdammten Laden mit meinen Hüften umzuschmeißen.

»El-bell!«, kreischt Callie, die ich mittlerweile als Erzfeindin betrachte. »Mo-mo«, ruft sie nach hinten und legt dabei eine Hand als Trichter an die Lippen. »El-efant ist hier, um ihre Kröten zu holen!« Sie greift in eine Schachtel unter der Kasse und reicht El einen blütenweißen Umschlag. »Hallo, Willow!« Dann beugt sie sich zu mir und fügt hinzu: »Oh my God. Das Trainingscamp für den Schönheitswettbewerb hat Wunder gewirkt. Ich habe fast ein Sixpack. Aber nur fast, schließlich will ich ja nicht *zu* muskulös werden. Das wäre ja eklig.«

»Ich heiße Willowdean«, murmele ich, aber sie hört mich gar nicht, weil Morgan, die Filialleiterin, aus dem Pausenraum geschwebt kommt. Sie ist zu alt, um noch am College zu sein, aber zu jung, um unsere Mutter sein zu können. Sie ist groß und schlank, genau wie El eines Tages aussehen wird. »Der Wahnsinn! Wir haben so eine supertolle Lieferung bekommen, zum

Ster-ben schön! Im Ernst, mein Gehalt ist schon wieder weg. Meine Rechnungen müssen wohl noch warten.«

El lacht. Und das nervt mich. Was bitte war daran so lustig?

»El«, fährt Morgan fort und verwendet *meinen* Spitznamen für *meine* beste Freundin, »du *musst* mit nach hinten kommen und die Sachen anprobieren.«

El dreht sich um und wirft mir einen Blick zu.

Gegen meinen Willen nicke ich zustimmend.

Sie klatscht in die Hände. »Okay, aber ich muss mich beeilen!« Sie dreht sich wieder um. »Es geht ganz schnell, versprochen. Wetten, mir passt sowieso nichts davon.«

Ich lächele dünn. Als ich ihr nach hinten folgen will, lässt mich Morgans hochgezogene Augenbraue wie erstarrt innehalten. »Sorry«, sagt sie, und ein kurzes Lächeln zuckt über ihre Lippen. Ein Lächeln, das ganz klarmacht, wie wenig es ihr eigentlich leidtut. »Nur für Mitarbeiter.«

»Ist es okay für dich hier draußen?«, fragt El und sucht meinen Blick.

»Ja ja. Aber beeil dich.«

Sie hüpft hinter Morgan her nach hinten, während Callie sich hinter dem Verkaufstresen positioniert und im Takt des Popsongs, der aus den Lautsprechern dudelt, die Hüften wiegt und so tut, als würde sie irgendeinen Verkaufsbericht studieren.

Ich quetsche mich zwischen den Kleiderständern hindurch und stelle mir vor, wie schrecklich es hier an einem Samstag sein muss. Callie dreht die Musik lauter, als der Song in einen Hyper-Techno-Beat übergeht. Ich nehme das zum Anlass, mich in eine der Umkleidekabinen zurückzuziehen, die jeweils aus einer Wand von Vorhängen und einem winzigen Hocker bestehen. Der einzige Spiegel für alle befindet sich draußen. Wie nervig ist das denn? Jedes Mal die Umkleide verlassen zu müssen, wenn man wissen will, wie etwas an einem aussieht.

Auf der anderen Seite des Vorhangs kratzen Bügel über Metall. »Wo ist Els Freundin hin?«, fragt Morgan.

»Keine Ahnung«, antwortet Callie. »Ich hab nicht bemerkt, dass sie gegangen ist, obwohl sie ja eigentlich kaum zu übersehen ist.«

»Komm schon, sei nicht so gemein«, sagt Morgan. Das wäre ja eigentlich ganz nett, wenn ihre Stimme nicht so einen fiesen Unterton hätte.

»Hat El-bell was gefunden?«

»Sie probiert hinten im Pausenraum ein paar Kleider an.«

Noch mehr Bügel-über-Metall-Kratzen. »Ist ja echt süß von El, dass sie immer mit der abhängt, aber die folgt ihr ja auch auf Schritt und Tritt wie ein Hund. Ich meine, hat die kein eigenes Leben? Irgendwie traurig.«

Jetzt reicht's. Mein ganzer Körper wird starr vor Wut. Ich reiße den Vorhang beiseite und stolpere dabei über den Stoff.

Zwei Augenpaare folgen mir zu der Bank draußen vor Sweet 16, wo ich so tief in mich zusammensacke, bis ich die beiden nicht mehr sehen kann.

Wenn es möglich wäre, meine Haut mit einem Reißverschluss zu öffnen und herauszusteigen, ich würde es tun.

Alle Schaufenster des Einkaufszentrums sind mit Abendkleidung für die demnächst anstehenden Homecoming-Schulbälle und den Schönheitswettbewerb dekoriert. Gegenüber von Sweet 16 ist ein Laden namens Frills, in dem ein glitzerndes hellblaues Ballkleid ausgestellt ist. Mit Schuhcreme ist über das Fenster geschrieben: *Es kann in Clover City nur eine Miss Teen Blue Bonnet geben. Das könntest du sein. Schau dir unsere einzigartigen Kleider an!*

Es ist furchtbar, wie sehr ich diesen Schönheitswettbewerb verabscheue. Er kommt mir wie eine Krankheit vor, an der die gesamte Stadt leidet.

»Hey.«

Ich drehe mich um und sehe Bo, der sich gerade auf der Rückseite der Bank niederlässt.

»Was machst du denn hier?«, frage ich, und es klingt vorwurfsvoll.

»Einkaufen mit meiner Stiefmutter und meinem Bruder.« Er deutet auf den Laden neben Sweet 16. »Ich hab gesehen, wie du dich hier hingesetzt hast. Mein kleiner Bruder probiert schon seit einer Dreiviertelstunde Basketballschuhe an.« Er lächelt und drückt sein Kinn auf die Brust. »Was machst du hier, Willowdean?«

Ich möchte ihn berühren. Ich möchte mich zu ihm beugen und ihm einen Begrüßungskuss geben. Aber ich tue es nicht. Weil wir hier nicht irgendwo in der Dunkelheit hinter Harpy's stehen oder uns im Fahrerhaus seines Pick-ups verstecken. Und es hat zwar niemand von uns je ausgesprochen – aber wir sind ein Geheimnis.

»Bin mit meiner Freundin hier. Sie holt ihren Gehaltsscheck ab.«

»Ellen?«

Ich nicke. Ich habe Bo von El erzählt, aber immer nur in der Vergangenheitsform. Ich weiß nicht, wie ich diese seltsame Kluft erklären soll, die sich plötzlich zwischen uns aufgetan hat, und daher war es einfacher, so über sie zu sprechen wie über Lucy. Als gehöre sie zu einem Leben vor ihm.

Ich bemerke, dass er ein altes T-Shirt von einem Basketballturnier und Basketballshorts trägt. »Ist richtig komisch, dich so ohne deine Uniform zu sehen. Hätte dich fast nicht erkannt.«

»Oh. Ich dich aber schon.« Er streckt die Beine der Länge nach auf seiner Seite der Bank aus. Seine Beine. Ich habe noch nie seine nackten Beine gesehen. »Und wo arbeitet deine Freundin?«

Ich deute in Richtung Sweet 16.

Er macht den Mund auf, und mir wird klar, wie entscheidend seine Reaktion auf diese Information für mich ist. Aber eine Stimme unterbricht ihn.

»Bo«, ruft eine große, dünne Frau mit langen, glänzend braunen, stufig geschnittenen Haaren. Sie ist zu jung, um seine Mutter sein zu können, und zu alt, seine Schwester zu sein.

Bo wirft einen Blick über die Schulter und sieht dann wieder mich an. »Meine Stiefmutter«, flüstert er.

Mir entgleiten die Gesichtszüge. Vor diesem Augenblick, in dem unsere Welten aufeinanderprallen, habe ich mich die ganze Zeit gefürchtet.

Hinter Bos Stiefmutter ist sein kleiner Bruder. Er ist genauso groß wie Bo, aber an seinen rundlichen Wangen sehe ich, dass er mindestens ein Jahr jünger ist.

»Ich hab die Zeit vergessen, oder?«, sagt sie. »Sammy hat um eins Basketball. Zeit für den Abflug.« Ihr Blick wandert zu mir auf der anderen Seite der Bank hinüber. »Und wer ist das?«

»Guten Tag.« Ich stehe auf und strecke ihr die Hand entgegen. Schließlich bin ich hier im Süden aufgewachsen und habe Manieren, auch wenn meine Mom das Gegenteil behaupten würde.

»Das ist Willowdean«, sagt Bo. Schon wieder sagt er meinen vollen Namen. »Wir arbeiten zusammen.«

»Willowdean. Ganz schön langer Name, oder?«

Ich lächele zaghaft und will mich gerade bedanken – keine Ahnung, wofür –, als Ellen neben mir auftaucht und sagt: »Aber alle nennen sie Will.«

Ich schlucke und nicke.

Der Kopf von Bos Stiefmutter rastet auf einer Seite ein, so als hätte sie gerade etwas völlig Hinreißendes bemerkt. »Und wer bist du?«

»Das ist Ellen«, antworte ich für sie. »Meine beste Freundin.« Ich hole tief Luft. »Ellen, das ist Bo. Wir arbeiten zusammen.«

Bo winkt Ellen kurz zu, aber sie fasst ihn am Arm und sagt: »Wie schön, dich kennenzulernen.«

Seine Stiefmutter lächelt. »Wie reizend!«

Ich weiß, dass Ellen Tim liebt. Und doch kriecht mir eine lähmende Eifersucht das Rückgrat hinauf. Im Laufe des Sommers habe ich viele Gründe gefunden, warum ich Ellen nichts von der Sache mit Bo erzählen wollte. Aber ganz gleich, wie ich es drehe und wende, Ellen wird dieses Nicht-Erzählen als Lüge empfinden. Genaugenommen, könnte das hier sogar noch schlimmer sein.

»Ich nehme an, ihr beide geht auf die Clover City Highschool?«

Wir nicken einträchtig.

»Wie wunderbar, dann hat Bo ja an seinem ersten Tag schon gleich ein paar bekannte Gesichter!«

»Wie bitte?«, platze ich heraus. Es gibt viel, was an Bos und meinem Verhältnis nicht stimmt. Was passt, ist einzig und allein die Tatsache, dass sich unsere Welten außerhalb der Arbeit nicht überschneiden. Und solange das der Fall ist, kann ich ganz einfach so tun, als wäre ich ein normales Mädchen und würde mit einem normalen Jungen rummachen.

»Genau. Bo und Sammy gehen ab diesem Schuljahr nicht mehr auf die Holy Cross.« Sie runzelt die Stirn. »Das wird gut. Etwas Neues ist immer gut, was Jungs?«

Keiner von beiden antwortet. Bos Lippen sind zu einer dünnen Linie zusammengepresst, und ich weiß, dass er es schon den ganzen Sommer über wusste und es mir nicht erzählt hat. »Loraine«, sagt er nun zu seiner Stiefmutter, »wir müssen jetzt wirklich los. Sam hat Training.« Er schnappt sich die Tüten, und seine Stiefmutter marschiert mit schwingenden Hüften voraus. Und das war's. Nicht einmal ein Blick oder ein Schulterzucken. Nichts, was mir eine Erklärung versprechen könnte.

Langsam kocht die Wut in mir hoch, von den Zehen bis zu meinen Wangen.

»Der Wahnsinn!«, kreischt El. »Der ist ja noch heißer, als du ihn beschrieben hast.«

»Komm, wir gehen.« Ich eile voraus in Richtung Parkhaus.

»Hast du gesehen, wie süß verwuschelt seine Haare sind? Und diese Bartstoppeln!«

Ich habe es gesehen. Natürlich. Aber es ist egal. Weil es so nicht weitergeht. Meine Träume von unserer Liebesgeschichte nach dem Ende der Schulzeit lösen sich auf wie Rauch.

Ich hatte so eine Vision im Kopf, dass ich irgendwie dieses Schuljahr überstehen würde. Wir würden beide zur Arbeit gehen und unser richtiges Leben draußen vor der Tür lassen. Es gäbe keine Fragen, nur uns. Aber es gibt einen Grund, warum Bo mir nicht gesagt hat, dass er die Schule wechselt. Es muss einen geben. Und wenn nicht, muss das mit ihm und mir trotzdem ein Ende haben, weil ich nicht zulassen kann, dass es in mein normales Leben hinüberschwappt.

Ich will mich nicht lächerlich machen. Ich werde nicht die Hälfte des Paares sein, die alle anstarren und sich dabei fragen: *Wie hat sie sich den nur geangelt?*

15

DEN GANZEN SOMMER ÜBER habe ich jeden freien Abend zu Hause verbracht und mich mit dem Laptop in meinem Zimmer vergraben, wo die Bücher, die ich den Sommer über lesen sollte, drohend über mir im Regal standen. Aber heute Abend besteht meine Mutter darauf, dass ich mit ihr fernsehe, während sie irgendwelche Requisiten für die Eröffnungstanznummer des Schönheitswettbewerbs bastelt.

Ich sitze auf dem Sofa gegenüber dem Platz, auf dem Lucy immer gesessen hat, und stütze meinen Laptop auf ein Kissen. Meine Mom hat ihre Krone, die in einem Glaskasten ausgestellt ist, von der Mitte des Kaminsimses weggeschoben, um Platz für Lucys Urne zu machen. Das ist zwar nur eine Kleinigkeit, aber es erinnert mich doch daran, dass meine Mutter nicht *nur* für diesen Schönheitswettbewerb lebt.

Mit Hilfe von Wachspapier bügelt sie irgendwelche Flicken auf Baumwolltischdecken, vermutlich für das große Festessen des Schönheitswettbewerbs. »Ich hab neulich eine Ankündigung für eine Sendung gesehen.«

Sie zappt durch die Kanäle, bis sie bei MTV angelangt ist.

Die Kamera folgt einem Mädchen von hinten, das eine schneebedeckte Straße in einer Stadt entlanggeht. Sie ist ziemlich dick, und ihr Bauch quillt über den Rand ihrer Jeans. Ich weiß sofort, worauf das hier hinausläuft.

Ich hasse es, dicke Mädchen im Fernsehen oder im Kino zu sehen, weil man dicke Menschen scheinbar nur dann vor der

Kamera zeigt, wenn sie entweder unzufrieden mit sich sind oder die lustige beste Freundin geben. Tja, und das bin ich eben beides nicht.

Während der Film das Mädchen im ganz normalen Alltag zeigt, wie sie geht und isst, spricht die Stimme aus dem Off: »Die sechzehnjährige Priscilla aus Bridgeport, Connecticut, kann sich zwar sehr für Süßes begeistern, aber besonders süß war ihr Leben bislang nicht. Solange sie denken kann, wurde Priscilla gemobbt, und jetzt ist sie es leid, diese schwere Bürde weiter mit sich herumzuschleppen. Sie weiß es noch nicht, aber wir hier bei MTV haben ihre Gebete erhört.« Die Kamera zoomt das Hinterteil ihrer Jeans heran, die so geschnitten ist, dass es immer aussieht, als würde ihr die Unterhose zwischen die Arschbacken rutschen. Dann erfolgt ein Schnitt, und es erscheint ein lilafarbener Hintergrund, auf den der Titel der Sendung gestempelt ist. **VERWANDELT MICH: ICH HASSE MEINEN FETTEN KÖRPER.**

Ich werfe einen Blick zu meiner Mom hinüber, doch die hält die Augen fest auf die Bastelei vor ihr gerichtet. Ich würde am liebsten aufstehen und mich in meinem Zimmer einschließen, aber dennoch wüsste ich gerne, wie es der bemitleidenswerten Priscilla ergangen ist, und beschließe zu bleiben. Vielleicht ist Priscillas Leben ja eine noch größere Katastrophe als meines, und ich habe anschließend das Gefühl, dass ich es immerhin besser getroffen habe als dieses arme Mädchen.

Das hier ist nichts Neues für meine Mom und mich. Sie hat schon unzählige Diättrends an mir getestet, noch bevor ich elf war. Das war immer ein wunder Punkt zwischen ihr und Lucy. Oft habe ich gehört, wie die beiden unten stritten, während ich schon lange hätte schlafen sollen.

»Sie ist noch ein Kind«, sagte Lucy.

»Ich will, dass sie gesund ist«, erwiderte meine Mutter. »Du verstehst doch sicher, worum es mir geht, Lucy? Ich will einfach nicht, dass sie später …«

»… so wird wie ich? Sag's ruhig, Rosie. Du willst nicht, dass sie so wird wie deine große Schwester. Himmel nochmal, sie sieht mich doch jeden Tag! Ich glaube, meine bloße Existenz ist schon abschreckend genug.«

»Du weißt doch, wie es war, als wir noch Kinder waren. Erinnerst du dich?«

Meine Mom hat nie über ihr Leben vor der Highschool gesprochen. Sie war dick. So wie ich. Und sie war nicht gerade stolz darauf. Aber in dem Sommer vor der neunten Klasse hat Mom ihren Babyspeck einfach abgelegt wie eine abgestorbene Haut. Damals war Lucy in der elften Klasse und hatte nicht dasselbe Glück. Die Diäten hörten plötzlich auf, als ich in die Middle School kam. Ich weiß nicht genau, wieso, aber es muss etwas mit Lucy zu tun gehabt haben.

Im Fernsehen wird Priscilla in der Schule von einer zarten, aber zugleich aggressiven Frau überfallen, die, wie sich herausstellt, ihre Personal Trainerin ist. Obwohl sie sich ja selbst für die Show gemeldet hat, flippt Priscilla erst mal total aus, schließt sich auf dem Klo ein und heult wie verrückt. Schließlich kommt die Trainerin rein und zeigt ihre weiche Seite, während sie Priscilla anspornt. Das macht sie echt gut, selbst ich fühle mich ein bisschen motiviert. Allerdings habe ich keine Ahnung, wozu.

Ich brauche meine Mutter nicht anzusehen, um zu wissen, dass sie Tränen in den Augen hat. Diese Nummer von wegen *Das ist dein Leben, steh deinem schlanken Selbst nicht länger im Weg* ist immer ihr Lieblingsteil bei jeder Abnehmshow.

Ich blende einen Großteil der nächsten Stunde aus, aber ich

kann doch nicht wegsehen, als Priscilla von ihrer Trainerin beim morgendlichen Workout auf dem Sportplatz der Schule angetrieben wird, bis sie schließlich auf die Tribüne kotzt – gerade rechtzeitig, damit alle Jungs der Fußballmannschaft es mitbekommen.

Danach verlegt Priscillas Trainerin alles Weitere in ein örtliches Fitnessstudio, aber das Mädchen weigert sich hineinzugehen. Die Trainerin verliert die Nerven und beschimpft sie. »Ich fühle mich so einsam«, sagt Priscilla schluchzend. »Musstest du schon mal ein Gebäude betreten, das all dem gewidmet ist, was du nicht bist? Ich möchte gesund sein, aber ich möchte auch glücklich sein.«

Am Ende hat Priscilla sechs Kilo abgenommen. Ihre Trainerin applaudiert beim letzten Wiegetermin, aber die Enttäuschung steht ihr ins Gesicht geschrieben. Dann folgt der Abspann, und ein eingeblendeter Text informiert uns, dass Priscilla ein halbes Jahr später noch immer gesund lebt, sich aber damit abgefunden hat, dass ihr Gewicht immer ein Problem für sie bleiben wird.

Wenn El jetzt hier wäre, würden wir darüber reden, wie albern es ist, dass so eine Sendung als Unterhaltung gilt.

»Tja«, sagt meine Mom. »Das war ja inspirierend.«

Ich habe nichts zu sagen, was sie hören möchte. »Ich gehe hoch. Bist du hier fertig?«

Sie nimmt die Fernbedienung und schaltet zu den Abendnachrichten um. »Nein, nein. Ich hab noch Unmengen zu tun vor der Ausschusssitzung für den Wettbewerb morgen.«

»Ich geh schlafen.«

»Gute Nacht, Dumplin'.«

Oben bleibe ich einen Augenblick zu lange vor Lucys Tür stehen, bevor ich in mein Zimmer gehe. Ich ziehe mein Handy vom Ladegerät und stelle fest, dass ich keine Nachrichten von Bo habe. Ich lasse mich aufs Bett fallen und halte den Magic-8-Ball, den er mir geschenkt hat, in beiden Händen. Ich habe zu viele Fragen, um nur eine davon zu stellen, aber ich schüttele den Ball dreimal und lese die Antwort. *Es sieht nicht so gut aus.*

Mein Handy brummt.

ELLEN: Bin jetzt fertig mit der Arbeit. Bei dir alles okay? Du warst so komisch, nachdem wir im Einkaufszentrum waren.

Ich entscheide mich für eine Lüge, von denen ich ohnehin schon zu viele erzählt habe, um jetzt damit aufhören zu können.

ICH: Alles prima. Nur dieser dumme Schönheitswettbewerb, der sich hier überall breitmacht. Brust raus, Bauch rein, Arsch raus! So nervig!

ELLEN: Ätzend. Soll ich kommen?

ICH: Ich glaub, ich will schlafen.

ELLEN: Cool. Tim hat Massageöle gekauft. Ist das geschmacklos?

Ich überlege einen Augenblick.

ICH: Wenn sie nicht gerade nach Zuckerwatte riechen, dann nicht. Ihr seid widerlich. Nacht.

16

DIE PULSIERENDE WUT von gestern hat sich inzwischen in eine traurige Frustration verwandelt. Ich habe keinen Grund zu glauben, Bo sei mir irgendetwas schuldig.

Küsse hinter einem Müllcontainer und auf dem Parkplatz einer verlassenen Schule haben nichts zu bedeuten. Wenn das alles ist, was wir sind – diese flüchtigen Augenblicke und eine Tüte voller Scherzgeschenke –, dann war es wirklich mehr als dumm von mir, zu denken, ich könnte irgendetwas von ihm erwarten.

Zumindest versuche ich, mir das während der Fahrt zur Arbeit einzureden.

Ich lege meine Sachen in den Spind und schlängele mich, so schnell ich kann, durch die Küche. Die Bestellungen nehme ich so knapp und effizient wie möglich entgegen, ohne die Kunden dabei auch nur eines Blickes zu würdigen. Bo starrt Löcher in meine Stirn, während er Sandwiches unter die Wärmelampen legt oder Sandwichverpackungen mit unnötigen Aufklebern versieht, womit er mich normalerweise immer zum Lächeln bringt. Aber ich tue nur weiter meine Pflicht und richte meinen Blick auf alles außer ihm.

Ich kann die Veränderung zwischen uns spüren, dick und greifbar, aber Marcus und Ron behandeln uns nicht anders, weil sich in ihren Augen nichts geändert hat. Meine kleine Sommerwelt ist kurz davor, über mir zusammenzubrechen, und ich bin die Einzige, die es merkt. Genau das passiert, denke ich, wenn sich ein Geheimnis in eine Lüge verwandelt.

Nach dem Hochbetrieb um die Mittagszeit ist die Küche so chaotisch, als hätte hier eine erbitterte Lebensmittelschlacht stattgefunden. Als Ron fragt, wer von uns sich bereit erklärt, die Theke mit den Toppings aufzustocken, melde ich mich sofort.

Ich warte darauf, dass sich die Tür des Vorratsraumes hinter mir schließt, doch als das nicht geschieht, weiß ich, warum.

»Hey«, sagt Bo.

Ich drehe mich nicht um.

Ich hole die verschiedenen Zutaten von den Regalen und stapele sie, damit ich sie mit nach vorne nehmen kann.

»Hör mir zu«, sagt er. »Ich wollte es dir schon lange erzählen.«

Ich höre, wie er ein paar Schritte macht, und spüre seinen Atem in meinem Nacken. Er legt seine Hand auf meine, und seine Haut ist ganz trocken durch die Plastikhandschuhe, die er in der Küche trägt, dennoch fühle ich mich ganz von ihm aufgenommen.

»Aber irgendwie kam das Thema nie auf.« Er bedeckt meinen Nacken mit kleinen Küssen, dabei schiebt sich seine Nase durch die kleinen Haarsträhnen, die aus meinem Pferdeschwanz gerutscht sind. »Sei nicht böse.«

»Ich – ich kann jetzt nicht darüber reden.« Ich weiß nicht einmal, wie ich überhaupt mit ihm reden soll, ohne dass sich unsere Lippen aufeinanderdrücken.

Er küsst meinen Hals, die weiche Haut unter meinem Ohr.

»Bitte. Hör bitte auf.« Ich reiße meine Hand weg, halte die Schachteln mit Servietten, Besteck und Toppings an meine Brust gedrückt und schiebe mich an ihm vorbei.

»Willowdean.«

Ich möchte meinen Namen zurück. Ich will diesen Augenblick auslöschen, als wir uns zum ersten Mal geküsst haben und er ihn genommen und ihn sich angeeignet hat.

»Komm schon«, sagt er, ein wenig zu leise, so als hätte er sich bereits damit abgefunden, einen Streit zu verlieren, der noch nicht einmal richtig angefangen hat.

Am Ende des Abends bin ich gerade dabei, die Salz- und Pfefferstreuer aufzufüllen, als die Glocke über der Tür ertönt. Deswegen lasse ich Marcus die Bestellung annehmen. »Hey«, ruft er. »Bo, dein Typ wird verlangt.«

Ich linse um die Ecke und sehe Collin, der Bo schon zu Beginn des Sommers hier besucht hat.

»Was willst du, Mann?«, fragt Bo. Er sieht erschöpft aus, dunkle Ringe hängen unter seinen Augen.

Collin grinst. »Wollte nur mal nach meinem alten Kumpel sehen. Holy Cross wird nicht dasselbe sein ohne dich.«

»Du wirst es überleben«, bemerkt Bo.

»Übrigens, Amber lässt dich grüßen. Ihr geht es viel besser. Ein bisschen Abstand hat ihr gutgetan.« Collin zuckt die Schultern. »Und ein bisschen Ablenkung hat auch nicht geschadet.«

»Schön für sie«, sagt Bo zwischen zusammengebissenen Zähnen hindurch.

»Komm doch mal wieder abends beim Training vorbei. Ein bisschen vom Spielfeldrand zuschauen oder so.«

Etwas kitzelt auf meiner Hand. Ich blicke nach unten und bemerke, dass ich Salz über den ganzen Tisch verstreut habe. »Mist.«

Beide drehen sich zu mir um.

Collin lächelt. »Ah, ich erinnere mich an dich. Wie heißt du noch mal?«

Ich mache den Mund auf, um zu antworten, aber …

»Will. Sie heißt Will«, sagt Bo.

Es versetzt mir einen heftigen Stich, aus seinem Mund etwas anderes als den Namen Willowdean zu hören. Ich lasse Salz und Pfeffer auf der Arbeitsplatte stehen und gehe zurück in die Küche, um den Müll zu holen. Hinter mir höre ich Schritte.

»Bitte rede mit mir«, sagt Bo.

Ich schiebe die Hintertür auf, ohne ihm zu antworten. Ich strecke die Hand nach dem großen Müllcontainer aus und versuche ein-, zwei-, dreimal den Deckel hochzuschieben. Er greift über mich hinweg und öffnet das Ding beim ersten Versuch.

»Wir müssen reden.« Er nimmt mir die Tüten aus den geballten Fäusten und hievt sie über den Rand.

Ich wische mir die schwitzigen Handflächen an den Oberschenkeln ab. »Worüber? Über dieses Mädchen? Hmm? Was war ich dann? Dein kleines Trostpflaster für den Sommer?«

Er macht einen Schritt auf mich zu, und fast wäre ich einen Schritt zurückgewichen, um den Abstand zu wahren, aber ich will keine Schwäche zeigen.

»Du warst kein Trostpflaster für mich, okay? Das war es nicht. Ist es nicht.« Seine Stimme senkt sich um eine Oktave. »Aber es ist ja nicht gerade so, als würde unsere Beziehung darauf aufbauen, dass wir uns so viel unterhalten.«

»Aber du hättest mir zumindest erzählen können, dass du nicht mehr an die Holy Cross Highschool zurückgehst.«

Er schweigt einen Augenblick, und ich interpretiere das als Schuldeingeständnis.

»Warum wolltest du es mir nicht erzählen, Bo? Warum? Hattest du gehofft, ich würde es gar nicht merken?«

»Nein, es ist nur …«

»Ist egal.« Ich seufze. »Warum streiten wir uns überhaupt? Wir knutschen hinter dem Müllcontainer rum und auf einem verlassenen Parkplatz. Sich darüber zu streiten, ist es ja wohl nicht wert, oder?«

Und dann ist da noch dieses beschissene Gefühl, das sich in mir breitmacht, sobald seine Hände mich berühren. Als wäre ich nicht gut genug. Nicht hübsch genug. Nicht dünn genug.

»Ich habe immer geglaubt, dass die anderen dich nicht verstehen. Dass sie nicht kapieren, wie du tickst. Aber ich habe mich geirrt. Du bist wirklich so ein mieser Typ, Bo Larson.« Nun trete ich einen Schritt zurück und löse damit die Verbindung zwischen uns, die uns den ganzen Sommer über zusammengehalten hat. Ich wünschte, ich könnte mit Ellen darüber reden. »Und ich bin es leid, dein Geheimnis zu sein.«

17

VOR DEM ERSTEN SCHULTAG würdige ich den neuen Stundenplan kaum eines Blickes.

Die zweite Stunde ist das einzige Fach, das El und ich in diesem Halbjahr gemeinsam haben, und ich warte vor dem Klassenzimmer auf sie. Als es zum zweiten Mal klingelt, will ich gerade ohne sie hineingehen, doch dann sehe ich, wie sie mit Tim im Schlepptau den Flur hinunterläuft.

»Tut mir leid!«, keucht sie. Tim drückt ihre Hand, während er an ihr vorbei zu seiner nächsten Unterrichtsstunde eilt.

»Wo habt ihr gesteckt?«

Sie wackelt nur mit den Augenbrauen und zuckt die Schultern.

Kopfschüttelnd folge ich ihr ins Klassenzimmer.

Es sind nur noch zwei Plätze frei. Einer davon hinter Callie, die sie bereits zu sich winkt. Und der andere Platz ist an dem langen Tisch ganz hinten im Raum neben Mitch Lewis.

El dreht sich zu mir und flüstert. »Tut mir leid, Will. Das nächste Mal kommen wir früher. Versprochen.«

Ich trotte ganz nach hinten und setze mich neben Mitch.

Als ich ankomme, zieht Mitch seinen Rucksack weg, damit ich mehr Platz auf meiner Seite des Tisches habe. Mitch ist kräftig gebaut. Er hat einen kleinen Bauch und Schultern, die breiter sind als die meisten Türrahmen, aber wer ihn sieht, würde ihn nie als dick bezeichnen. Eher sportlich. Womit man nicht ganz falschliegt, schließlich ist er Verteidiger der CCHS Rams, des Footballteams unserer Schule.

»Hey«, flüstert er. Sein Akzent klingt so wie der Südstaatentonfall, den Hollywoodschauspieler oft verwenden. Beinahe charmant. »Will, stimmt's?«

Ich nicke, halte dabei aber den Blick starr auf Mr Krispin gerichtet, so als könnte ich mich gar nicht von seiner fesselnden Anwesenheitskontrolle lösen.

»Ich könnte wetten, dass wir seit der Sechsten keinen Kurs mehr zusammen hatten, oder?«

»Mrs Salisbury.« Ich lächele, überrascht, dass er sich noch daran erinnert. Sie war die beste Lehrerin, die ich je hatte. Ich kann mich an Mitch erinnern, weil er immer die verrücktesten Fragen stellte. So was wie: »Warum können wir Luft nicht sehen?«, und während alle anderen heimlich vor sich hin kicherten, hat sie seine Fragen beantwortet. Und ihre Antworten waren so schlau, dass einem nach und nach klarwurde, dass seine Frage vielleicht doch gar nicht so dumm war.

Mr Krispin geht sämtliche Formalitäten des ersten Schultages durch, und als es klingelt, sagt er: »Ich hoffe, keiner von euch leidet an Bindungsangst. Ihr werdet nämlich den Platz, an dem ihr heute gesessen habt, für den Rest des Halbjahres behalten.«

Während sich der Rest der Klasse in Richtung Tür drängelt, kämpft El sich gegen die Flut zu mir durch. »Es tut mir echt leid«, sagt sie.

»Das ist unsere einzige gemeinsame Stunde«, erwidere ich. »Und jetzt sitzen wir noch nicht mal nebeneinander.«

Callie drängelt sich durch die Menge zu uns durch. »El-bell, du musst doch jetzt auch rüber zu Block C, oder?« Sie wendet sich zu mir. »Hi, Willow.«

Ich setze ein falsches Lächeln auf, soweit meine Gesichtsmuskeln sich dehnen lassen.

Ellen drückt meine Hand. »Wir sehen uns später, okay?« Sie hat bereits drei Schritte in die Gegenrichtung gemacht, als sie sich noch einmal umdreht und hinzufügt: »Und ich rede mit Krispin wegen der Sitzordnung.«

Den ganzen Tag über entdecke ich keine Spur von Bo, ich bemerkte nur seinen kleinen Bruder, als ich an den Klassenräumen der Neunten vorbeikomme. Obwohl ich Bo heute Abend bei der Arbeit sehen werde, bin ich erleichtert, als ich schließlich in Richtung Parkplatz gehe und nach Tims Jeep suche.

»Will!« Ich blicke auf. Mitchs Kopf ragt weit aus der Menge heraus. »Warte auf mich!«

Ich muss lächeln, als er zu mir aufholt.

Er geht neben mir her und sagt: »Und, was machst du sonst so?«

Fast hätte ich gelacht, doch dann fühle ich Mrs Salisbury wie einen kleinen Vogel auf meiner Schulter. »Du meinst außer Schule?«

»Genau.«

»Na ja, arbeiten.« Ratlos ziehe ich die Schultern in die Höhe. »Und fernsehen?«

»Wo arbeitest du?«

»Bei Harpy's. Warum?«

Er geht einen Schritt vor und hält die Tür nach draußen für mich auf. »Na ja, ich muss ja wissen, wo unser Date stattfinden soll, und da ist es nicht schlecht, noch ein bisschen mehr über dich in Erfahrung zu bringen, damit ich mir was Gutes überlegen kann.«

»Unser Date?« Ich warte, während er die Tür noch für eine ganze Traube jüngerer Schülerinnen aufhält.

Manieren. Meine Güte. Er hat echt Manieren.

»Genau. Das Date, zu dem ich dich einladen will. Also würdest du mir die Ehre erweisen, meine Einladung anzunehmen?«

»Ich …? Warum?«

»Warum ich dich einladen will?«

Ich nicke.

»Na ja, du bist süß. Und du kannst dich noch aus der Sechsten an mich erinnern.«

»Okay.« Ich bin zwar nicht besonders froh über das Wort »süß«, aber es ist immerhin besser als so einige andere, mit denen ich schon beschrieben wurde. »Hast du schon mal ein Mädchen gefragt, ob sie mit dir ausgehen will?«

»Ein paarmal.«

»Und hat schon mal eine ja gesagt?« Ich halte inne und drehe mich mit hochgestreckten Händen zu ihm um. »Halt. Nein. Weißt du was?« Die Erinnerung an Bo in dem Lagerraum blitzt in meinem Kopf auf. Ich höre ihn meinen Namen sagen, und der Gedanke fühlt sich nur noch wie eine Sackgasse an. »Ja. Ja. Ich nehme die Einladung an.«

Er streckt mir die Hand entgegen, und ich schüttele sie. Ich hätte erwartet, dass seine Handfläche verschwitzt ist, aber das stimmt nicht. Genau wie bei Aschenputtel und dem Schuh. Es passt genau.

Mitch tippt meine Nummer in sein Handy und verspricht, mir zu schreiben, damit ich auch seine Nummer abspeichern kann. Dann biegt er zu den Umkleiden vor dem Sportplatz ab.

Ich glaube, möglicherweise ist das hier keine gute Idee, aber ich glaube viel, wenn der Tag lang ist. Und ich muss Bo vergessen. Das hier könnte ein guter Anfang sein.

»Will!«, keucht Ellen. Sie kommt im Eiltempo zwischen den

Reihen von Schülerparkplätzen hindurchgelaufen, wobei ihre Hüften von links nach rechts wackeln wie bei den Sportlern, die für die olympische Disziplin »Gehen« trainieren. »Was. War. Das. Denn?«

Ich zucke die Schultern.

»Ich fasse es nicht. Du hast ihm deine Nummer gegeben.«

Tim taucht hinter ihr auf, das Handy in einer Hand. »Warte mal«, sagt er. »War das etwa Mitch Lewis?«

Ellen antwortet, bevor mir die richtigen Worte einfallen. »Aber hallo war er das! Und diese kleine Flirtqueen hier hat ihm ihre Nummer gegeben.«

»Der Typ ist ein Tier. Ich habe gehört, dass die Talentscouts total hinter ihm her sind.«

Das wird von jedem einigermaßen akzeptablen Footballspieler in Clover City behauptet. Und manchmal ist an diesen Behauptungen tatsächlich etwas dran. Das Einzige, was hier von ähnlicher Bedeutung wie Football ist, ist der Schönheitswettbewerb. Diese beiden Dinge zusammen sind das Herzblut dieser Stadt. Und das ist überhaupt nicht negativ gemeint. Der Schönheitswettbewerb und Football lassen diese kleine Stadt über sich hinauswachsen und zu etwas Größerem werden. Denn wenn die Lichter im Stadion angehen oder sich der Vorhang öffnet, zeigen wir uns von unserer besten Seite.

»Egal, wie gut er ist«, sagt Ellen. »Er ist mit Patrick Thomas befreundet.«

»Oje. Nicht dieser Arsch schon wieder.« Ich sehe noch immer seine bösen Blicke vor mir, die er mir zugeworfen hat, als ich vor den Sommerferien Millie vor ihm gerettet habe.

Tim nickt. »Das stimmt. Die waren schon als Kinder befreundet.«

Wir gehen zu meinem Auto, wobei Tim hinter uns zurückfällt, schon wieder tief in sein Handy versunken.

»Dann ist die Sitzordnung bei Mr Krispin ja vielleicht doch gar nicht so übel«, bemerkt El. Wenn sie wüsste, was alles zwischen mir und Bo gelaufen ist, würde sie mir ins Gewissen reden und sagen, es wäre zu früh. Dass ich erst über Bo hinwegkommen müsste.

Ich greife in die Vordertasche meines Rucksacks und fische die Schlüssel heraus. »Ja, schon, aber ich würde trotzdem lieber neben dir sitzen«, erkläre ich El.

»Ihr beide sitzt in der zweiten Stunde gar nicht nebeneinander?«

»Nein«, sage ich. »Wegen ihrer wilden Hormone«, und damit deute ich auf El, »waren wir zu spät dran.«

»Es tut mir leid«, sagt sie noch einmal. »Habe ich schon gesagt, dass es mir leidtut?«

»Na ja, immerhin hast du ja Callie«, bemerke ich.

»Ach, komm schon. Sei doch nicht so.«

»Aber im Ernst, Baby«, sagt Tim. »Du weißt schon, dass sie die größte Nervensäge aller Zeiten ist, oder?«

»Ihr könnt mich alle mal. Sie ist meine Freundin, okay?«

»Aber wir sind doch deine einzigen Freunde«, sagt Tim, und ein Lächeln spielt um seine Lippen. »Noch mehr Freunde stehen dir gar nicht zu.« Er küsst sie auf die Wange.

»Genau«, pflichte ich ihm bei. »Nur wir.« Und ich meine es ein bisschen ernst.

El schubst mich mit der Schulter an. »Du hast mir gefehlt heute.«

»Du mir auch.« Obwohl sie direkt neben mir steht, kommt sie mir weit weg vor. Weiter, als ich sehen kann.

18

ABENDS BEI DER ARBEIT klingelt mein Handy. Ich lasse Marcus vorne allein und hebe ab, während ich in den Pausenraum gehe. »Hallo?«

»Hi. Hallo. Hier ist Mitch.« Dann folgt eine lange Pause. »Ich wollte mich noch mal melden wegen des Dates?« Am Telefon klingt er nicht annähernd so selbstsicher. Irgendwie rührend, aber auch ein bisschen wie eine Mogelpackung. Aber eigentlich ist es süß, dass er nicht nur eine Nachricht geschrieben hat.

»Oh. Ja. Klar.«

»Wie wäre es diesen Samstag?«, fragt er. »Unser erstes Spiel ist am Freitag.«

»Ja, das könnte klappen.«

»Abgemacht.« Ich kann ihn lächeln hören. »Cool.«

»Okay, dann also am Samstag. Aber wir sehen uns vorher noch in der Schule«, erinnere ich ihn.

»Ja, stimmt. Wir sehen uns noch vorher. Wegen der Schule. Und da wäre es ja komisch, wenn ich dir bis dahin aus dem Weg gehen würde.«

Ich lache. »Stimmt. Ja. Komisch.«

Nachdem ich aufgelegt habe, gehe ich durch die Küche zurück, wo Bo mit verschränkten Armen an den Herd gelehnt steht. Er kaut auf seiner Unterlippe herum und folgt mir mit seinen Blicken, bis ich um die Ecke gebogen bin.

Ich fühle mich gut. Es gibt mir ein gutes Gefühl. Dass mich jemand begehrt, aber nicht in Besitz nimmt.

Am Ende des Abends gehe ich zusammen mit Bo und Marcus raus, da Ron noch immer mit der Abrechnung beschäftigt ist. Innerhalb weniger Sekunden ist Marcus im Auto seiner Freundin verschwunden und davongerauscht.

Bo sagt nichts, aber wartet mit dem Zurücksetzen, während ich mein Auto anlasse und rückwärts aus meiner Parklücke fahre.

Mein Wagen fährt über die Bodenwelle an der Ausfahrt, und dabei erleuchten meine Scheinwerfer die Fenster des Chili-Bowl-Restaurants auf der gegenüberliegenden Straßenseite. Im Fenster hängt ein riesiges WIR STELLEN EIN-Schild. Chili ist zwar eine Südstaatenspezialität, aber das offizielle Willowdean-Testurteil lautet: Sieht aus wie Hundefutter, riecht wie Hundefutter, muss Hundefutter sein. Die Liste der Dinge, die ich tun würde, bevor ich hier arbeiten würde, ist lang.

Bo fährt an mir vorbei. Ich blicke starr geradeaus. Augen nach vorn.

Und hier bin ich nun und warte darauf, mit dem Restaurantleiter von Chili Bowl zu sprechen.

Der ganze Laden sieht wie ein altes Blockhaus aus. An den Wänden hängen buntgemischte Bilderrahmen mit Fotos aus den letzten sechzig Jahren. Sie alle zeigen Leute aus Clover City, die verschiedene Dinge tun. Leute, die auf dem Parkplatz picknicken, Bier auf der Veranda trinken oder bei der Parade zum Nationalfeiertag im Gras sitzen.

Ich setze mich an einen der Tische und warte, während mich der Anblick von Harpy's auf der anderen Straßenseite verhöhnt.

Das hier ist Bos Schuld. Alles war gut bis zur fünften Stunde. Ich hatte einen super Tag. Bei Harpy's ist gestern Abend alles gut gelaufen, und vielleicht war ich etwas zu zufrieden mit mir selbst. Ein akzeptabler erster Schultag. Ein erstes Date unter Dach und Fach. Und eine einigermaßen freundliche Arbeitsatmosphäre mit Bo.

Doch eine Viertelstunde, nachdem die Geschichtsstunde begonnen hatte, kam plötzlich Bo ins Klassenzimmer mit einem gelben zusammengefalteten Zettel in der Hand. Einem Wechsel-Schein.

»Das hier ist Bo Larson«, sagte Miss Rubio. »Er wird für den Rest des Schuljahres bei uns sein.«

Millies beste Freundin Amanda, neben der ich saß, gab ein leises Pfeifen von sich.

Er setzte sich eine Reihe weiter und zwei Tische vor mich. Bevor er dort Platz nahm, warf er noch einen Blick über die Schulter und zwinkerte mir direkt zu.

»Ist das nicht der Typ, mit dem du arbeitest?«, flüsterte sie.

»Ja.« Mir wurde übel von dem unguten Gefühl in meinem Bauch.

»Wie kannst du so arbeiten? Sein Po sieht aus wie ein Pfirsich!«

»Wie bitte?«

»Wie der Po von einem Pfirsich«, sagte sie. »Ein Pfirsichpo.«

Nach der Schule hatte ich nur ein Ziel. Ich nahm mir nicht einmal die Zeit, auf El und Tim zu warten. Ich stieg in mein Auto und raste, so schnell ich nur konnte, vom Parkplatz. Wundersamerweise gelang es mir, keine Fußgänger umzunieten.

Und so bin ich hier bei Chili Bowl gelandet.

»Du bist wegen des Jobs hier?« Ein Typ, nicht älter als 25, mit wippenden schwarzen Haaren lässt sich mir gegenüber auf den Sitz fallen. »Ich bin Alejandro.«

Ich nicke. »Ja.«

»Die Bezahlung ist scheiße.«

»Ich brauche einen Job.«

»Okay.« Er beugt sich vor, als könnte uns jemand belauschen, obwohl das Lokal leer ist. Ich glaube, er ist ein ängstlicher Typ, der genau aus diesem Grund in so einem ruhigen Laden arbeitet. »Also dann: Wurdest du schon mal verhaftet?«

»Nein.«

»Schon mal mit Nahrungsmitteln gearbeitet?«

»Quasi. Ich war an der Kasse bei Harpy's.«

»Letzte Frage: Wurdest du bei deinem letzten Job gefeuert?«

»Nein.«

Er fummelt mit seinen Fingern herum und holt ein paarmal ruhig Luft. »Wann kannst du anfangen?«

Und das war mein Bewerbungsgespräch.

Ich lasse mich rückwärts gegen die Sitzlehne sinken. Draußen vor Harpy's sitzt Ron und macht eine Zigarettenpause. Ich komme mir mies vor, die anderen so ohne jede Vorwarnung im Stich zu lassen, aber ich kann unmöglich vier Abende pro Woche Bo begegnen. »Sofort«, sage ich.

Rons Tür steht offen. Er sitzt am Schreibtisch in khakifarbenen Shorts und einem Polohemd mit einem Aufdruck des Leichtathletikclubs unserer Highschool.

»Will.«

»Ich … kann ich dich kurz sprechen?« Ich schiebe die Tür ein Stückchen weiter auf, sie quietscht in den Angeln.

»Was ist los, Kleine?«

Ich atme tief ein und aus. »Ich muss kündigen.«

Er presst die Lippen zusammen und runzelt die Stirn. Ich sehe das Fragezeichen auf seinem Gesicht, aber er sagt nur: »Ist etwas vorgefallen?«

Ich schüttele den Kopf. »Ich bringe meine Uniform zurück, wenn ich sie gewaschen habe.«

Er nickt. »Keine Eile.«

Und genau wie bei Bo wünschte ich, dass er mehr Widerstand leisten würde.

Keiner von uns sagt etwas.

»Aber danke«, füge ich hinzu und breche das Schweigen. »Dass ich hier arbeiten durfte.«

»Tja. Du wirst mir hier fehlen«, sagt er.

Schweigend fahre ich mit geöffneten Fenstern nach Hause und lasse meine Gedanken vom Wind davontragen.

19

AM FREITAG NACH DER SCHULE gehe ich zu El. Wir sitzen am Esstisch und teilen uns eine Tüte Chips, während ihre Mutter ihre Scrapbooking-Materialien ausbreitet. Vor uns auf dem Tisch liegen Fotos von Mrs Dryver in allen möglichen Verkleidungen als Dolly Parton. Nachdem ich mir die Finger an meiner Jeans abgewischt habe, betrachte ich ein Bild von ihr in einem Wildledermantel mit Fransen an den Ärmeln und einem langen, engen Jeansrock. Ihr Haar ist glatt und rund geföhnt wie das von Dolly in den frühen Jahren.

»Das hier gefällt mir«, sage ich.

Sie legt eine Hand auf meine Schulter. »Oh, ja, mir auch. Ich glaube, das ist meine Lieblingsfrisur. Eine Dragqueen in Odessa hat die Perücke für mich gestylt. Es hat eine Woche gedauert, bis es genau richtig war.«

El nimmt ein Foto von ihrer Mom in einem bodenlangen Paillettenkleid in die Hand. »Hübsche Dauerwelle, Mom. Sehr schick.«

»Ellen Sadie Rose, du würdest ja nicht mal merken, was schick ist, wenn man es dir direkt vor die Nase hält.« Sie kitzelt El mit ihren langen Fingernägeln im Nacken.

Ellen ist groß und schlank, ihre Mutter ist klein und zierlich. Aber an der Art, wie sie die Haare zurückwerfen oder auf der Unterlippe kauen oder vor jedem Schluck durch ihre Strohhalme pfeifen, sieht man, wie ähnlich sie einander sind.

»Hier«, sagt Mrs D. »Das hier kannst du behalten.« Sie reicht mir ein altes Bild von sich und Lucy. Die beiden stehen vor einer Leuchtreklame mit dem Schriftzug THE HIDEAWAY. Hinter ihnen drängen sich Menschen unter Rauchschwaden. Es sieht aus wie eine Bar oder ein Club, in jedem Fall kein Ort, wo Lucy jemals alleine hingegangen wäre. Mrs Dryver trägt eine schmal geschnittene Latzhose mit einem engen roten Shirt darunter, während Lucy in einem ihrer typischen Sackkleider steckt. Ich sehe einen Hauch von blauem Lidschatten. Ich habe sie noch nie geschminkt gesehen. Mrs D brachte wirklich die mutigsten Seiten von Lucy zum Vorschein. Ich weiß, dass Lucy wichtig für Mrs D war, aber für Lucy war Mrs D ein Rettungsanker.

Ich schiebe das Bild in die Vordertasche meines Rucksacks. Das Foto ist schön, aber es tut auch weh. Mrs Dryver ist die perfekte Dolly, und Lucy mit ihren dicken, blassen Beinen und den platt anliegenden Haaren konnte im Vergleich dazu nur traurig aussehen. Der Hauch von blauem Lidschatten ist der gescheiterte Versuch, die Person zu sein, die sie immer sein wollte. Auch wenn sie sich auf diesem Foto zusammenreißt, kann ich doch nicht übersehen, was sie alles nicht ist. Ich fühle mich wie eine Verräterin.

»Mom«, sagt El. »Wieso hast du eigentlich nie beim Schönheitswettbewerb mitgemacht?«

Diese Frage habe ich mir auch schon immer gestellt. Mrs Ds ganzes Leben ist quasi ein Schönheitswettbewerb auf Steroiden. Sie hätte ihre Konkurrentinnen weit hinter sich gelassen.

Sie zuckt die Schultern. »Ich habe schon mal drüber nachgedacht. Ich glaube, das tut jedes Mädchen in dieser Stadt. Aber ich war damals nicht so, wie ich heute bin. Damals hatte ich nicht den Mut, so zu tun, als fühlte ich mich gut genug, um an einem Schönheitswettbewerb teilzunehmen.«

Ich denke über ihre Worte nach und frage mich, ob es genau das ist, was mich in diesem Jahr mehr als früher am Schönheitswettbewerb gestört hat. Die Mädchen, die sich bewerben, müssen schon von vorneherein selbstbewusst genug sein, um anzunehmen, dass sie es *verdienen*, dabei zu sein. Diese Art von felsenfestem Selbstvertrauen irritiert mich auf eine Art und Weise, die ich früher nicht kannte.

Ellen schiebt sich eine Handvoll Chips in den Mund. »Komm, wir gehen hoch.«

Ich nehme die Schüssel mit Chips und folge ihr in ihr Zimmer. Dann legen wir uns auf ihr Bett. Ihr Kopf ist am Fußende und meiner auf ihren übereinandergestapelten Kopfkissen.

»Du hast also bei Harpy's gekündigt? Einfach so?«, fragt sie mit vollem Mund.

»Bei Chili Bowl haben sie Leute gesucht.«

»Bei Chili Bowl wird immer jemand gesucht«, erwidert sie.

Ich nehme mir noch ein paar Chips. »Keine Ahnung. Ich hatte keine Lust mehr auf die Uniform.«

Scheinbar ist das Grund genug für Ellen, denn sie schwenkt sofort zu einem spannenderen Thema über. »Und wann ist dein Date?«

»Morgen.«

»Nervös?«

»Ein bisschen. Aber nicht wirklich.«

»Mitch. Das hätte ich nie gedacht«, sagt sie. »Findest du ihn echt gut?«

»Schon. Ich meine, ich brauchte mal was Neues.« Ich ziehe mir eins von ihren Kissen über den Kopf und ersticke meine Worte. »Ich hätte nicht ja gesagt, wenn ich ihn nicht mögen würde.«

»Was Neues? Du hast doch noch nicht mal jemanden geküsst.« Sie bindet meine Schuhbänder zu einem losen Knoten zusammen. »Er ist doch eigentlich gar nicht dein Typ.«

In mir drin werde ich von Schuldgefühlen überflutet. Jetzt kann ich ihr nicht mehr von Bo erzählen. Dafür ist es zu spät, denn es gibt nichts mehr zu erzählen. »Ich habe keinen Typ.«

»Nein. Zumindest noch nicht.«

Als ich später mit dem Auto zu Hause ankomme, fällt mir als Erstes das hell erleuchtete Fenster auf. Lucys Zimmer.

Ich sollte einen Augenblick sitzen bleiben und mich innerlich auf das vorbereiten, was meine Mom mit diesem Zimmer anstellt, aber das tue ich nicht. Stattdessen reiße ich den Schlüssel aus dem Zündschloss und marschiere über den Weg zur Hintertür. Dort steht Riot und reibt sich der Länge nach an der Schiebetür. Olivia Newton-John tönt mir aus dem ersten Stock entgegen.

Ich lasse meine Handtasche auf die Ablage fallen und laufe hinter Riot her die Treppe hinauf.

Ich weiß nicht, was ich erwartet hatte, ganz sicher aber nicht meine Mutter, die an einem Klapptisch sitzt, während Lucys gesamte Möbel sich an den Wänden stapeln.

»Was tust du da?«, schleudere ich ihr entgegen. Die gerahmten Dolly-Parton-Schallplatten, die hier mein Leben lang an den Wänden hingen, sind an einem Ende des Frisiertisches aufgestapelt, und auf Lucys hellrosa Plattenspieler liegt der iPod meiner Mutter.

Schlimmer kann es nicht kommen.

»Tja«, sagt meine Mom und linst über die Nähmaschine hinweg, während sie eine Naht herunterrattert. »Ich wollte immer ein Nähzimmer haben. Das haben wir ja schon besprochen. Mein Schlafzimmer reicht einfach nicht mehr.«

»Dein Schlafzimmer? Du hast doch das ganze Haus.«

Sie schiebt sich die Lesebrille auf der Nase hoch. »Ich weiß, dass dich das traurig macht, Dumplin'. Aber wir können dieses Zimmer hier nicht wie ein Mausoleum behalten. Wir müssen nach vorne schauen. Lucy würde das verstehen.«

Nur ich verstehe es nicht. »Aber du hast alles weggeräumt. Kannst du nicht hier drin arbeiten, ohne alles zu verändern? Du hast ja sogar ihre Schallplatten abgenommen. Warum musste das sein?«

»Ach, Schätzchen, diese Platten sind doch uralt. Wir müssen das Zimmer neu tapezieren, weil sie diese quadratischen Ränder auf den Wänden hinterlassen haben.«

Ich nehme so viele Platten, wie ich tragen kann, und schleppe sie über den Flur in mein Zimmer. Wenn ich noch eine Hand frei hätte, würde ich auch noch die Türen hinter mir zuknallen. Nachdem ich die Platten auf meinem Bett abgelegt habe, gehe ich zurück, um noch mehr zu holen.

»Dumplin' …«

Ich fahre herum, die muffigen Schallplatten halte ich fest an meine Brust gedrückt. »Es ist, als wolltest du sie loswerden.«

»Du weißt doch, dass das nicht stimmt«, nuschelt sie mit einer Stecknadel zwischen den Zähnen.

»Woran arbeitest du da überhaupt?«

»Am Hintergrund für die Bühne. Dieses Jahr steht unter dem Motto: Texas – die Schönheit des Südens.« Sie markiert den roten Satinstoff mit einem Stift. »Und solltest du nicht eigentlich bei der Arbeit sein?«

»Ich habe gekündigt.«

»Du hast gekündigt?« Ihre Stimme klingt höher als sonst.

Sie legt ein langes Stück Satin unter ihre Nähmaschine und streicht es glatt, während ihr Fuß über dem Pedal schwebt.

Mein gesamtes Leben lang hat der Schönheitswettbewerb jeden Winkel meiner Welt eingenommen, mit Ausnahme dieses Zimmers. Denn in Lucys und meiner Welt waren die Krönchen und Schärpen nicht wichtig. »Ich finde es respektlos, dass du hier oben bist und deine blöden Kostüme nähst. Ich meine, was ist bitte so kompliziert daran, sich als Freiheitsstatue zu verkleiden? Wirf dir einfach ein Stück Stoff über die Schulter.« Meine Stimme bricht. Ich halte die Augen starr geöffnet vor lauter Angst, beim kleinsten Blinzeln könnte sich ein ganzer Sturzbach von Tränen über meine Wangen ergießen.

Die Nähmaschine schlägt einen unaufhörlichen Beat, der von Stich zu Stich lauter wird. Unablässige Nadelstiche gegen meinen Kopf, die nur darauf warten, dass ich platze.

»Dumplin'«, ruft sie über den Lärm der Nähmaschine hinweg und schenkt dem, was ich gerade gesagt habe, keine Beachtung. »Warum gehst du nicht runter und holst dir erst mal ein großes Glas mit Eiswasser?«

Verzweiflung erfüllt meine Brust, und ich glaube, ich würde alles tun, um sie aus diesem Zimmer zu kriegen.

Ich gehe zum Frisiertisch hinüber und reiße die oberste Schublade heraus. Ohne zu zögern, fülle ich die lose Schublade nun mit allem, was ich in die Finger kriege – vor allem Schallplatten.

»Willowdean Dickson, ich hoffe sehr, du hast nicht die Führung von dieser Schublade kaputtgemacht.«

»Als würde es dir nicht reichen, dass sie tot ist!«, brülle ich. »Du gibst nicht auf, bis alles von ihr weg ist und du dieses Zimmer mit all dem gefüllt hast, was sie nicht war.«

Endlich hält die Nähmaschine an. Mom steht auf, sagt aber nichts.

Ich nehme die Schublade und knalle meine Zimmertür hinter mir zu. Staub wirbelt durch die Luft und kitzelt in meiner Nase. Ich niese laut in die Plattenhüllen hinein.

»Gesundheit«, sagt meine Mutter vom Flur her. Sie ist so leise, dass ich sie fast nicht hören kann.

20

DIE VORBEREITUNG für mein Date mit Mitch ist wie eine große Vorher-nachher-Show in meinem Zimmer. El zwingt mich, alles anzuprobieren, von meinem Abschlussballkleid aus der achten Klasse bis hin zu einer formlosen Tunika aus geblümtem Chiffon, die meine Mom mir letztes Jahr zu Weihnachten geschenkt hat. »Damit siehst du so reif aus«, hatte meine Mom gesagt.

Für mich war das kein Kompliment.

Wir einigen uns auf eine Jeans und ein schwarz-weiß gestreiftes Shirt. Dazu lasse ich meine dunkelblonden Haare offen über die Schultern ausgebreitet.

Ich habe Mitch gesagt, dass er mich um fünf abholen soll, weil meine Mom bis um sechs eine Ausschusssitzung hat. Ich hatte keine Lust auf ihre Vorträge zu den Themen: *So benimmt sich eine Dame / Was Jungs von Mädchen wollen.* Mal ganz abgesehen von der Tatsache, dass ich noch immer stinksauer auf sie bin.

Nachdem ich die Hintertür abgeschlossen habe, setze ich mich neben unseren Briefkasten an die Straße. Ich kann ihn schon hören und riechen, bevor er um die Ecke gebogen ist. Er fährt einen alten, braunen SUV, bei dem bestimmt seit mindestens fünf Jahren mal eine ordentliche Inspektion fällig wäre. Er hält direkt vor mir an und springt aus dem Wagen, sobald der Motor seufzend zum Stillstand gekommen ist.

»Bin ich zu spät?« Er zieht mich mit einer Hand hoch, und wenn ich ziehen sage, meine ich das ganz genau so.

»Nein. Nein gar nicht.«

»Ich dachte schon, weil du hier draußen sitzt. Und normalerweise sollte man doch als Junge an der Haustür klingeln, um das Mädchen abzuholen.«

»Oh«, sage ich und deute mit dem Daumen auf die Haustür hinter mir. »Wir benutzen unsere Haustür nicht. Die ist schon seit Jahren kaputt.«

Er legt den Kopf schief. »Du siehst echt gut aus.«

»Du auch.« Und das stimmt. Er trägt ein selbst für seine Größe zu langes Hemd mit Button-Down-Kragen und gestärkte Jeans, so richtig mit Bügelfalte und so. Und Stiefel. Nicht solche spitzen Cowboystiefel, wie man sie in Filmen sieht, sondern Arbeitsstiefel mit runden Kappen. Meine Großmutter hat immer gesagt, Männern in sauberen Stiefeln dürfe man nicht trauen.

Die Vordersitze in Mitchs Auto sind einigermaßen sauber, aber in den Vertiefungen haben sich Staub und Krümel angesammelt. Der Rücksitz versinkt in einem Meer von Klamotten – jede Menge Zeug in Tarnfarben und Stiefel – und leeren Pappbechern.

Wir gehen in ein angesagtes chinesisches Restaurant, Mr Chang's Chinese Palace, das in einem alten Einkaufszentrum liegt, in dem jetzt vor allem Sofort-Kredit-Büros oder Versicherungsmakler ihre Büros haben sowie eine Steuerkanzlei, die ihre Angestellten dazu zwingt, sich wie die Freiheitsstatue zu kleiden.

Die Kellnerin platziert uns in einer glitzernden Sitznische, die aussieht wie eine dieser riesigen Muscheln, in denen Arielle und ihre Schwestern immer abhängen. Als Mitch zu meiner Überraschung neben mich rutscht, anstatt sich mir gegenüberzusetzen, kann ich ein »oh« nicht unterdrücken, das meinen Lippen entschlüpft.

Die Bedienung kommt, um unsere Getränkewünsche entgegenzunehmen, und Mitch fragt: »Habt ihr hier diese kleinen knusprigen Dinger? Könnten wir welche von denen bekommen?«

»Äh, okay«, sagt die Bedienung, ein Mädchen, das ein paar Stufen über mir in der Schule war.

Sobald sie wieder weg ist, wendet sich Mitch mir zu. »Als Kind bin ich nie gerne Chinesisch essen gegangen, weil da nie Brot oder Cracker auf dem Tisch standen. Und deswegen hat meine Mutter immer diese knusprigen Dinger bestellt …«

»Wan-Tan-Streifen.« Ich muss mir ein Lächeln verkneifen. »So heißen die.«

»Genau. Die sind wirklich total lecker.«

Schweigend studieren wir die Speisekarte. Als die Bedienung mit unseren Getränken kommt, beugt Mitch sich zur Seite und flüstert mir ins Ohr: »Du kannst bestellen, was du willst.«

Ich bin kurz davor, ihn darauf hinzuweisen, dass praktisch alles auf der Karte gleich viel kostet, aber stattdessen bedanke ich mich bei ihm.

Nachdem wir bestellt haben, hält Mitch mir einen Wan-Tan entgegen. »Willst du?«

Ich schüttele den Kopf. »Ihr habt gestern gewonnen, oder?«

Er nickt. »Nur knapp, aber ja. Gewonnen ist gewonnen.«

Wir sitzen eine Weile schweigend da, während das Lokalradio über die Lautsprecher dudelt und sich unsere Füße berühren.

Mitch räuspert sich in seine Faust. »Ellen Dryver ist deine beste Freundin, oder?«

Ich strecke die Hand nach meinem Wasserglas aus und hangele eine Weile mit dem Mund nach dem Strohhalm. »Ja. Stimmt.« Ich erzähle ihm ein bisschen von Lucy and Mrs Dryver und wie Dolly Parton uns alle zusammengeführt hat.

»Du bist also so ein richtiger Dolly-Parton-Fan? Ich meine, ist die nicht total alt?«

Falls es zu der Frage, wie man sich bei einem ersten Date nicht bis auf die Knochen blamiert, Ratgeberliteratur geben sollte, dann steht »Oute dich als obsessiver Dolly-Parton-Fan« sicher nicht ganz oben auf der To-do-Liste. Aber ich fühle mich ihr so stark verbunden, dass ich es einfach nicht verheimlichen kann. »Okay, ich gebe es zu: Ja. Ich bin totaler Dolly-Parton-Fan. Aber du musst eines über Dolly-Parton-Fans wissen: Wir sind alle durchgeknallt. Und da das Verrücktheitslevel unter uns so hoch ist, bin ich im Vergleich gar nicht so abgedreht wie die meisten anderen. Beispielsweise gibt es tatsächlich Leute, die ihr ganzes Leben dem Anfertigen von Dolly-Parton-Porzellanpuppen gewidmet haben. Es gibt Leute, die ihre Jobs und Familien verlassen, nur um ihr nahe sein zu können.«

»Okay«, sagt er. Er hat die Stirn in Falten gelegt, und ich merke, wie sehr er sich bemüht, das Ganze zu begreifen. »Okay, aber wo wärst du dann auf einer Skala von eins bis zehn?«

»Wenn auf einer Skala von eins bis zehn bei zehn die total Bekloppten wären, dann wären Ellen und ich vermutlich bei vier. Vielleicht fünf? Mrs Dryver ist sicher bei acht, aber nicht ganz neun, weil sie keine Schönheits-OPs hatte. Noch nicht. Und ich glaube, Lucy war irgendwo bei sieben.«

»War?«, fragt er.

Die Erinnerung an sie durchfährt mich und setzt sich tief in meinem Innersten fest. »War. Sie ist letztes Jahr im Dezember gestorben.«

Er lehnt sich zurück. »Oh, wow. Das tut mir echt leid.«

»Danke. Ist schon okay.« Ich nehme mir ein Wan-Tan. »Und was ist mit dir? Wer ist dein bester Freund?«

Sag bitte nicht Patrick Thomas. Sag bitte nicht Patrick Thomas. Sag bitte nicht Patrick Thomas.

Er lässt alle Finger seiner rechten Hand knacken und dann die der linken. »Ich bin gut mit allen aus der Mannschaft befreundet. Geht fast nicht anders. Aber ich glaube, ich würde sagen, Patrick Thomas.«

Ich beiße mir auf die Lippe und gebe mir fünf Sekunden, um irgendeine Antwort darauf zu finden. Eins … zwei … drei …

»Du hast das Gesicht verzogen«, sagt er.

»Was? Nein, hab ich nicht.«

Er lacht. »Doch, hast du. Aber das ist schon okay. Echt.«

Meine Schultern sacken in sich zusammen. »Okay.« Ich rutsche ein bisschen auf dem Sitz herum, um ihn besser ansehen zu können. »Es ist nur, dass er so ein …«

»… Arsch ist.«

»Ja. Genau. Und du nicht.«

»Ich kenne ihn schon eine Ewigkeit. Manchmal kommt er mir immer noch so vor wie der kleine Junge von früher, und dann fällt mir auf, dass er schon immer ein Arsch war.«

Ich kapiere, was er damit sagen will. Wenn man jemanden schon so lange kennt, dann sieht man nicht dieselben Dinge in ihnen wie alle anderen. In einer Freundschaft, die schon so lange besteht, überwiegen einfach die gemeinsamen Erinnerungen. Und es ist schließlich nicht mein Job, seine Sozialkontakte zu überwachen. »Okay, das sehe ich ein.«

Er zuckt die Schultern und trommelt mit den Fingern auf dem Tisch herum. »Äh … und was ist dein liebster Feiertag?«

»Der Independence Day am 4. Juli, glaube ich.«

Er wischt sich mit einer Papierserviette den Schweiß von der Stirn. »Ich bin eher der Halloween-Typ.«

Die Bedienung biegt zu uns ab und stellt jedem von uns eine Schale mit Eierflockensuppe hin.

»Ich hasse Halloween.« Das war schon immer so.

El liebt Halloween und schleppt mich jedes Jahr zu einer anderen Party mit. Aber als Kind hab ich nie in die Kostüme gepasst und musste immer das anziehen, was wir irgendwie aus den Schränken von meiner Mom und Lucy zusammenstellen konnten. Ich glaube, der ganze Zauber, jemand anderes zu sein, ist dahin, wenn man nie wirklich aus seiner eigenen Haut kann. Für mich war endgültig Schluss, als meine Mutter mich in der Fünften in ihrem alten gelben Kostüm mit hochtoupierten und weiß angesprühten Haaren als britische Queen zur Schule schickte. Alle anderen Mädchen in meiner Klasse gingen als Prinzessinnen oder Popstars oder Hexen. Ich meine, dicke Kinder haben ohnehin genug Probleme, passende Klamotten zu finden. Der zusätzliche Druck von Halloween ist da wirklich überflüssig.

»Bei Halloween lässt du dir aber echt was entgehen.«

Ich würde Mitch gerne erklären, warum ich Halloween so hasse. Da er selbst nicht gerade schmal ist, würde er es vielleicht verstehen, aber ich weiß nicht recht, wie ich es in Worte fassen soll, und auch nicht, ob ich bereit bin, ihn unter diese Schutzschicht blicken zu lassen. Nur weil er ein kräftiger Typ ist, heißt das noch lange nicht, dass ich ihm alle meine Dicke-Mädchen-Geheimnisse erzählen kann.

Wir schlürfen schweigend unsere Suppe, bis der Kellner unser Essen bringt. Nachdem wir fertig gegessen haben, bezahlt Mitch mit lauter 5-Dollar-Scheinen.

Vor meiner Haustür steigt er aus, um die Beifahrertür für mich zu öffnen.

»Danke für die Einladung«, sage ich.

»Es war mir ein Vergnügen.« Er streckt mir seine Hand entgegen, und ich starre sie einen Augenblick an, bevor er mir kräftig die Hand schüttelt.

»Äh, gute Nacht.«

Das war also mein allererstes Date. Dolly Parton, meine tote Tante, unsere Lieblingsfeiertage, beste Freunde und ein Händedruck. Und jetzt muss ich für den Rest des Schuljahres neben ihm sitzen.

Ich kann mich nicht einmal überwinden, Ellen anzurufen und ihr Bericht zu erstatten. Im Vergleich zu diesem Date war es geradezu romantisch, mit Bo neben dem Müllcontainer rumzuknutschen. Eigentlich halte ich mich nicht für besonders anspruchsvoll, aber ist es so schlimm, wenn man wenigstens ein bisschen Chemie erwartet? Ein kleines Knistern, das mir für zehn Minuten das Gefühl gibt, wir wären die einzigen Menschen auf der Welt.

Drinnen sitzt meine Mom am Küchentisch und telefoniert, während sie sich Notizen in ein zerfleddertes Notizheft macht. »Das Dumme ist nur, dass wir die Tanzschritte vor der Anmeldung nicht wirklich choreographieren können.« Sie hält inne. »Ja, ich vertraue darauf, dass du das hinkriegst, aber dieses Jahr sind lauter Neue dabei, Judith. Und ich – warte mal kurz.« Sie legt eine Hand über den Hörer und wendet sich zu mir. »Wer hat dich nach Hause gefahren?«

»Eine Freundin.« Auf der anderen Seite jammert Judith immer weiter über die Choreographie für den Schönheitswettbewerb, obwohl das ehrlich gesagt noch nie nach mehr als einem geordneten Schreiten aussah. »Ich geh schlafen.«

Oben schaue ich den Stapel mit Lucys Schallplatten durch, bevor ich eine davon auflege. Ich sehe zu, wie die Nadel den Spuren von Dollys Stimme folgt.

21

GESTERN WAR mein erster Abend bei Chili Bowl. Keiner, ich meine buchstäblich *nicht einer*, geht zu Chili Bowl. Wenn meine erste Schicht irgendein Maßstab ist, dann ist es rein rechnerisch unmöglich, dass da überhaupt noch Licht brennt.

Als Alejandro am Ende des Abends hinter uns abschloss, seufzte er und meinte dann: »Es ist eben einfach noch nicht Chili-Saison.«

Ich kann mir kaum vorstellen, dass die Jahreszeit so eine große Rolle spielt, denn hier im Süden von Texas gibt es bekanntermaßen nur zwei Jahreszeiten: Bullenhitze und nicht ganz so schlimme Bullenhitze.

Weil ich also gestern Abend nichts anderes zu tun hatte, als über das peinlichste Date ever nachzudenken, habe ich eine Pro- und Contra-Liste zu meiner jüngsten Lebensentscheidung angefertigt.

MEIN JOB BEI CHILI BOWL – PRO UND CONTRA

PRO

Ich kann Jeans tragen. Keine Polyesterkleidchen mit Frontreißverschluss mehr.

Ich mag kein Chili und laufe nicht Gefahr, mich damit vollzustopfen.

Kein Bo.

Keine besoffenen Jugendlichen, die noch fünf Minuten vor Ladenschluss ein Chili wollen.

Minimale Reinigungsarbeiten, weil sowieso keiner kommt.
Es ist ruhig.

CONTRA Ich rieche nach Chili.
Kürzere Arbeitszeit = weniger Geld.
Kein Bo.
Es ist zu ruhig.

Bo ist überall. Seine Lippen sind so rot wie eh und je. In der fünften Stunde spüre ich seine Blicke auf mir wie einen Schatten. Manchmal ertappe ich mich dabei, dass ich in den Fluren der Schule auf und ab laufe, ohne recht zu wissen, was ich tue, bis ich einen Blick auf ihn erhasche.

Doch nicht nur das. Mein ganzes Denken hat sich gegen mich verschworen. Immer, wenn ich blinzele, sehe ich alle meine Makel vor mir. Mein Körper wie in einem Zerrspiegel. Zu breite Hüften. Zu dicke Oberschenkel. Und ein Kopf, der viel zu klein ist im Vergleich zum Rest von mir. Vor diesem Sommer habe ich mich immer wohl gefühlt in meiner Haut. Ja, ich war sogar stolz auf meinen Körper.

Doch dann kam Bo. Seitdem wir zum ersten Mal im Führerhaus seines Pick-ups rumgeknutscht haben, kann ich sie spüren, die Risse in meinem Selbstbewusstsein. Etwas an dem Gefühl von seiner Haut auf meiner hat all diese Zweifel an die Oberfläche befördert, von deren Existenz ich zuvor noch nicht einmal etwas wusste.

Ich dachte, dass mit ihm auch diese Gefühle aus meinem Leben verschwinden würden. Aber sie sind noch immer da, und ich kann nur versuchen, sie zu ignorieren.

Ich bitte Miss Rubio um Erlaubnis, aufs Klo gehen zu dürfen. Ich muss gar nicht aufs Klo, aber ich muss hier raus. Die fünfte Stunde hat sich zu diesem entsetzlichen Vorgeschmack auf die Hölle entwickelt. Die Lautstärke in meinem Kopf ist voll aufgedreht.

Draußen im Flur lasse ich meine Sinne von der würzigen Duftmischung aus Metall und Schweiß schocken, während ich zur nächstgelegenen Toilette gehe.

Ich spritze mir Wasser ins Gesicht, als die Tür plötzlich aufgeht und eine Stimme ruft: »Hallo?«

»Äh, ja?« Ich ziehe ein Papiertuch aus dem Spender.

»Willowdean?« Bo hält die Tür auf und wirft einen Blick zurück in den Flur. »Bist du allein da drin?«

»Willst du mich verarschen? Das hier ist das Mädchenklo!«

»Ich muss mit dir reden.« Er kommt hinein.

»Es könnten noch andere Mädchen hier sein.«

Er schüttelt den Kopf, wobei sein braunes Haar auf und ab wippt. »Die hätten mittlerweile schon was gesagt.«

»Du darfst hier nicht rein.«

»Gib mir fünf Minuten.«

Ich seufze schwer und lehne mich gegen die Tür, um jeden aufzuhalten, der hier möglicherweise reinkommen könnte. »Was denn?«

»Du hast gekündigt.« Er verschränkt die Arme und stellt sich breitbeinig hin. »Was hab ich getan?«

Ich ziehe meinen Pferdeschwanz auf, um meinen Locken ein wenig Luft zu geben.

»Willst du mich dazu bringen, dich zu küssen?«, fragt er.

»Was? Nein. Wieso sagst du das?«

»Dann mach die Haare wieder zusammen.«

Mit offenem Mund starre ich ihn an und warte darauf, dass er noch etwas sagt.

Er wendet den Blick nicht ab. »Im Ernst.«

Ich nehme meine Haare zu einem Pferdeschwanz zusammen und senke dabei den Kopf, damit er nicht sieht, wie mir die Röte ins Gesicht steigt und sich über meine Brust ausbreitet. Mit den Zähnen ziehe ich das Haargummi vom Handgelenk, richte den Kopf wieder auf und hoffe, dass die Röte nun verschwunden ist. Oder dass er glaubt, die Röte käme nur vom Überkopfhängen.

»Hör zu, du bist in einem meiner Kurse. Zwischen uns hat es nicht funktioniert. Aber ich kann nicht mit dir zusammen arbeiten und auch noch mit dir zur Schule gehen.«

»Es hat nicht funktioniert? Du hast Schluss gemacht. Das war nicht meine Entscheidung.«

»War es wohl. Du hast den ganzen Sommer über Entscheidungen getroffen.« *Genau wie ich.* »Hör zu. Ich kann das so nicht. Okay? Ich kann es einfach nicht.«

Er schüttelt den Kopf, aber dann dreht er sich um und geht.

Ich wasche mir immer wieder die Hände und versuche, den Lärm aus meinem Kopf zu verbannen.

Die Tür der Behindertentoilette schwingt auf, und mein Herz macht einen Satz. Hannah Perez mit ihrem Mund, der voller riesiger Zähne ist. Ihre Springerstiefel klatschen auf die Kacheln, bis sie schließlich neben mir steht. Während sie mich im Spiegel beobachtet, streckt sie die Hand aus und dreht den Hahn zu.

Eigentlich sollte ich Angst haben, dass Hannah irgendjemandem von Bo und mir erzählt. Aber die traurige Wahrheit ist, dass keiner einem Mädchen wie Hannah Perez glauben würde. Trotzdem fühle ich mich ertappt.

Ich gehe, ohne mir die Hände abzutrocknen, und wische sie stattdessen an meiner Jeans ab. Draußen im Flur schnappe ich gierig nach Luft, als wäre ich kurz davor zu ersticken.

22

»NEIN. NEIN. NEIN.« Ich lege den Kopf aufs Lenkrad und drehe den Schlüssel noch mal im Schloss. »Komm schon!« Ich richte mich wieder auf und schlage mit der Hand gegen das Rad, doch außer einem jämmerlichen kleinen Hupton rührt sich mein Auto nicht.

Es will einfach nicht anspringen. Meine süße kleine Jolene ist mausetot. Es ist Dienstagmorgen, und die ganze Welt hat sich gegen mich verschworen.

Ich sehe zu, wie meine Mutter mitsamt Brotdose und Handtasche an ihrem Auto vorbei über die Einfahrt geht. Sie klopft mit dem harten Kunststoffnagel ihres Zeigefingers an mein Fenster. Einmal. Zweimal.

Als ich mich nicht rühre, macht sie einfach die Tür auf. »Komm jetzt. Ich fahr dich zur Schule.«

Ich lasse den Kopf gegen die Nackenstütze fallen und gebe ein völlig berechtigtes frustriertes Seufzen von mir.

»Also, das ist doch kein Grund, sich so aufzuregen«, ruft Mom über die Schulter zurück, während sie zu ihrem eigenen Auto geht. »Ich rufe Bruce an, dass sich jemand den Wagen anschaut, aber bis dahin hilft dir dein genervtes Seufzen keinen Schritt weiter.«

Während des ganzen Weges zur Schule schaltet meine Mom zwischen den Radiosendern hin und her. Entweder Oldies oder irgendein christlicher Sender. Wir sind nicht besonders gläubig, aber sonntags in die Kirche zu gehen gehört für meine Mom einfach dazu. Ich würde es nicht mal Heuchelei nennen, es ist für sie einfach normales Sozialverhalten.

Vor der Schule lässt sie mich an der Haltebucht raus, wo die ganzen jüngeren Schüler und andere autolose Gestalten abhängen. »Kann Ellen dich vielleicht nach Hause fahren? Ich habe ein Wettbewerbsmeeting.«

»Klar. Ich finde schon was.«

Ich bin schon auf halbem Weg zum Gebäude, da höre ich sie rufen: »Dumplin'! Dumplin'! Du hast dein Handy vergessen!«

Mein Körper wird starr wie eine Eisenstange. Ein paar picklige Jungs lachen. Der Spitzname meiner Mutter für mich ist … egal. Ich kann mich gar nicht mehr daran erinnern, dass sie mich je nicht Dumplin' genannt hätte, und eigentlich macht es mir nichts aus. Aber außerhalb des Hauses nennt sie mich sonst nie so – aus naheliegenden Gründen. Ich meine, wer will schon in aller Öffentlichkeit Knödel genannt werden?

Rasch gehe ich zum Auto zurück, und Mom reicht mir mein Handy. »Bitte nenn mich vor anderen nicht so, okay?«

Sie lächelt. »Ach, das ist doch nur mein kleiner Kosename. Hey, und heute Abend musst du alleine essen, ja?«

Ich nicke.

»Der Wettbewerb«, fügt sie noch als Erklärung hinzu.

Ich nehme das Handy und eile den Weg zurück zur Schule. In der Nähe des Eingangs steht Patrick Thomas an eine Säule gelehnt. Er lächelt, aber es ist mehr ein hämisches Grinsen. Ich wünschte, ich wäre unsichtbar. Aber er sieht mich. Und was immer er soeben über mich beschlossen hat, ist nicht mehr rückgängig zu machen.

Nach der zweiten Stunde folgt mir Mitch in den Flur hinaus. »Hey. Ich hab dir gestern ein paarmal geschrieben. Ich dachte, wir könnten vielleicht am Sonntag was zusammen machen. Wir könnten ins Kino gehen oder so. Ich hätte ja Samstag vorgeschlagen, aber der Trainer meint, wir sollen uns als Vorbereitung für das Spiel nächste Woche zusammen ein paar mitgeschnittene Spiele ansehen.«

Ich gehe einfach weiter. Er nimmt meine Hand und hält mich fest.

»Wer ist denn deine Freundin, Mitch?«, ruft ein jüngerer Schüler und legt dabei die Hände wie einen Trichter um den Mund.

»Er ist nicht mein Freund!«, rufe ich zurück.

Mitch wird rot.

Ich reiße meine Hand weg und gehe in die entgegengesetzte Richtung. Ich komme mir gemein vor. Aber heute ist echt nicht mein Tag, und ich bringe es einfach nicht über mich, mitzuspielen und so zu tun, als wären wir mehr als nur Freunde.

Trotzdem sollte ich mich bei ihm entschuldigen.

»Will!«, ruft er mir hinterher.

Ich drehe mich nicht um. Als ich um die Ecke biege, höre ich: »Oh, hallo! Dumplin'!« Patrick Thomas zieht jeden Buchstaben in die Länge. Er grinst und deutet über meinen Kopf hinweg. »Und Mitch! Alter. Endlich hast du eine Frau in deiner Größe gefunden.«

Ich habe in meinem Leben schon genug Spott über mich ergehen lassen, um zu wissen, dass man auf solche Typen ganz unterschiedlich reagieren kann. Nachdem ich ein einziges Mal in der zweiten Klasse angefangen habe zu weinen, war mir klar, dass Tränen es nur schlimmer machen.

Lucy hat immer gesagt, man solle sie ignorieren. Dass sie nur Aufmerksamkeit wollen, und wenn man ihnen keine Beachtung schenkt, nimmt man ihnen den Wind aus den Segeln. Ich glaube, in den meisten Fällen trifft das auch zu. Aber Patrick Thomas ist einer von den Idioten, die ohne jeden Grund immer weiterreden. Er hört einfach gern den Klang seiner eigenen Stimme.

Ein leichter Schock zeigt sich auf Patricks Miene, als ich entschlossen einen Schritt auf ihn zugehe. Ich denke daran, wie er vor Millie Michalchucks Auto Grunzlaute von sich gegeben hat. Ich erinnere mich, dass er beschlossen hat, Amanda Lumbard sähe mit ihren orthopädischen Schuhen aus wie Frankenstein. Keiner wagt es, Patrick Thomas etwas entgegenzusetzen. Nicht einmal Hannah Perez, die ansonsten ziemlich ungehobelt sein kann. Der Typ verpasst einem einen Spitznamen, und der bleibt dann hängen. Aber ich werde nicht zulassen, dass er mich Dumplin' nennt. Auf keinen Fall.

Patrick ist vollkommen unvorbereitet, als ich ihm mein Knie in die Eier ramme. Seine Miene verwandelt sich, alles Blut weicht aus seinem Gesicht und fließt gen Süden. Er jault auf, aber es klingt mehr wie ein kleiner, fiepsender Hund.

Ich bin genauso schockiert wie er. Ich hatte es mir vorgestellt. Ich sah mich selbst zu ihm hingehen und mit dem Finger vor seinem Gesicht herumwedeln, während ich ihm erzähle, was ich von ihm halte. Doch dann hat mein Körper die Führung übernommen, und ein uralter Verteidigungsmechanismus sprang an und sagte: *Nein, das lassen wir uns nicht gefallen.*

Mitch zieht mich an den Schultern zurück. Lehrer kommen herbeigelaufen, und ich werde in die entgegengesetzte Richtung geführt.

Das könnte böse enden.

23

MEINE MUTTER IST außer sich. Und tief beschämt. Und noch alles Mögliche sonst. Aber ich habe aufgehört, mir alles zu merken.

Ihre Finger halten das Lenkrad so fest umklammert, dass ihr eigentlich die Nägel abfallen müssten. Nachdem wir das Büro von Mr Wilson verlassen hatten, ist sie zum Besucherparkplatz gestürmt, als wäre jemand hinter ihr her. Ich musste rennen, um mit ihr Schritt zu halten.

Schweigend fahren wir nach Hause. Als wir in unsere Einfahrt einbiegen, bremst meine Mutter kaum ab und verfehlt den Zaun nur um wenige Zentimeter.

Noch bevor der Wagen ganz zum Stehen gekommen ist, reiße ich die Tür auf und eile nach hinten. Ich schiebe die Glastür gleich wieder zu, obwohl sie höchstens ein paar Schritte hinter mir ist.

Ich lasse mich aufs Sofa fallen, und es dauert nur ein paar Sekunden, bis Riot sich auf meinem Schoß zusammengerollt hat.

»Du hast Hausarrest.«

Meine Mutter hat mir noch nie Hausarrest erteilt. Niemals. Und mich auch nie geschlagen. Nichts. Ich bin kein Engel, aber ich habe auch nie etwas getan, was wirklich eine Strafe verdient hätte.

Ich hebe Riot hoch und lege ihn auf das Kissen neben mir, bevor ich aufstehe. Ich will nicht, dass er zwischen die Fronten gerät, wenn es hier gleich zur Sache geht.

»Wofür?« Meine Stimme ist zu laut für unser Haus. »Weil ich mich gewehrt habe, nachdem ein Typ mir diesen ätzenden Spitznamen verpasst hat, bei dem du mich schon mein ganzes Leben lang rufst?«

Sie schlingt die Arme um die Taille und schüttelt den Kopf. Ich bemerke eine weiße Haarsträhne an ihrer Schläfe, die mir noch nie aufgefallen ist. »Du bist aber auch sehr empfindlich, was das angeht.«

»Vielleicht hast du einfach nicht mitgekriegt, Mom, dass es um viel mehr geht als nur um diesen blöden Spitznamen. Du würdest es ja nie offen sagen, aber ich weiß genau, wie furchtbar du es findest, dass deine Tochter so aussieht.« Ich wedele wild mit den Armen.

»Wovon redest du?«

»Stell dich nicht so dumm. Ich merke es doch jedes Mal, wenn du irgend so eine Abnehmshow anschaltest oder mir von einer Freundin erzählst, die mit einer neuen Modediät so unglaublich viel abgenommen hat, oder wenn du die Vorräte in unserer Speisekammer kontrollierst, sobald du nach Hause kommst, nur um sicherzugehen, dass ich nicht die ganze verdammte Ladung aufgegessen habe.«

Ihr Kinn zittert, und die Vorstellung, sie könnte genau jetzt anfangen zu heulen, macht mich wütend. »Ich will doch nur, dass du glücklich bist.«

»Ich bin glücklich«, sage ich, und jede Silbe klingt völlig gleich. Ich weiß nicht, inwiefern das überhaupt stimmt, aber ich kann mir nicht vorstellen, dass zehn oder sogar zwanzig Kilo weniger etwas daran ändern würden, wie sehr mir Lucy fehlt, wie sehr mich Bo verwirrt, oder daran, dass Ellen und ich uns immer weiter voneinander entfernen.

»Aber das denkst du nur, weil du es nicht anders kennst. Dir entgeht einfach so viel.« Sie macht einen Schritt auf mich zu. »Mit Jungs ausgehen und solche Sachen.«

Ich reibe mir mit den Händen übers Gesicht. »Das kann doch nicht dein Ernst sein, Mom. Eilmeldung: Ein Mann ist nicht die Lösung für meine Probleme.«

»Ich dachte nur …« Sie hält inne.

»Mom, ja, ich will mich mit Jungs verabreden. Ich will einen Freund haben. Und ich bin gut genug dafür. Auch wenn du es nicht glaubst.« Ich wünschte nur, es würde sich ebenso wahr anfühlen, wie es klingt.

Sie wirft die Hände in die Höhe. »Du machst genau das, was Lucy getan hat, als wir noch jung waren. Du drehst mir die Worte im Mund um.«

Ohne zu zögern, schüttele ich den Kopf. »Nein, Mom. Lucy hat dir nur immer wieder vor Augen geführt, wie lächerlich sich das alles anhört, was du sagst.«

»Das hier hat überhaupt nichts mit Lucy zu tun, okay? Sie ist tot, und das hat leider auch mit ihrem Lebensstil zu tun. Ich wünschte, du würdest sie dir nicht so sehr zum Vorbild nehmen.« Ihre Augen füllen sich mit Tränen, die aber nicht überlaufen. »Sie wäre immer noch hier, weißt du. Wenn sie nur abgenommen hätte.«

Mein Körper ist der Feind. So sieht sie es. Er ist ein Gefängnis, das mein besseres, dünneres Ich gefangen hält. Aber sie hat unrecht. Lucys Körper hat sie nie daran gehindert, glücklich zu sein. Es war ihre eigene Entscheidung, sich in diesem Haus zu verstecken.

»Ich war als Kind auch dick. Das weißt du. Lucy und ich, wir waren beide dick.«

»Das weiß ich, okay? Ich habe all diese Geschichten gehört, wie du abgenommen hast, bevor du auf die Highschool gekommen bist. Wie schön für dich. Du hast dich am Schönheitswettbewerb einer Kleinstadt beteiligt und gewonnen. Das ist ganz buchstäblich die Krönung deines Erfolgs. Nicht etwa eine Ausbildung oder ein Job, bei dem du nicht dazu gezwungen bist, alten Leuten den Hintern abzuwischen. Egal. Weil du genug abgenommen hast, um eine gottverdammte Blechkrone zu erringen! Du kannst wirklich stolz auf dich sein.«

Eine Träne rinnt ihr die Wange hinunter, und sie sagt: »Immerhin ist das mehr, als du erreicht hast.« Sie wischt die Träne weg.

»Lucy war mehr wie eine Mutter für mich, als du es je sein wirst.«

Sie presst die Lippen aufeinander. »Du gehst nicht zur Arbeit und nicht weg. So lange, wie du von der Schule suspendiert bist. Um sechs bin ich wieder da.«

Ich gehe nach oben, und Riot folgt mir. Ich rolle mich auf meinem Bett zusammen und lausche dem Vibrieren meines Handys auf dem Schreibtisch, wo eine Nachricht nach der anderen eintrudelt. Alle von El, vermute ich. Ich nehme den Magic-8-Ball von meinem Nachttisch und halte ihn mit all seinen Antworten auf all meine Fragen, die ich nicht gestellt habe, fest an meine Brust gedrückt.

24

ICH BLEIBE DEN GANZEN TAG in meinem Zimmer. Unsere alten Wasserleitungen teilen mir mit, dass Mom nach der Arbeit den Abwasch macht, und die Dielen kündigen sie an, als sie die Treppe hinaufkommt. Bevor sie sich in ihrem eigenen Zimmer einschließt, schwebt ihr Schatten eine Weile vor meinem und verdunkelt den Spalt zwischen der geschlossenen Tür und dem Boden.

Riot streckt die Beine aus und drückt mir seine Pfoten gegen die Brust, bevor er vom Bett springt und sich an meiner Zimmertür reibt. Als ich mich nicht rühre, miaut er, um mir so mitzuteilen, dass sein Mitgefühl nun ein Ende hat.

Ich öffne die Tür einen Spaltbreit und lasse ihn hinaus, während ich das Licht anschalte.

Im Spiegel sehe ich eine schlaffe und verheulte Version meiner selbst. Ich nehme mir einen Stift von der Kommode und schreibe mir eine Erinnerung auf den Unterarm, dass ich Alejandro anrufen muss, um ihm zu sagen, dass ich die nächsten paar Tage nicht zur Arbeit kommen kann. Meinen ersten Schichten nach zu urteilen, glaube ich allerdings nicht, dass meine Abwesenheit eine große Belastung darstellen wird.

Vorsichtig schleiche ich nach unten, um kein Geräusch zu machen, und trinke ein großes Glas Wasser in drei Schlucken aus. Es ist komisch, aber meine Mutter hat mich darauf konditioniert, dass ich Durst bekomme, wenn ich heule. Das war immer ihr Allheilmittel. *Beruhige dich und trink ein Glas Wasser,*

Dumplin'. Als müsste ich meinen Tränenvorrat auffüllen, bevor er leer ist.

Oben liegt der Magic-8-Ball auf meinem Bett, genau da, wo ich ihn zurückgelassen habe. Mein Handy brummt, und ich nehme es in die Hand.

ELLEN: O mein Gott. Ist alles okay bei dir?

ELLEN: Ich hab dich ungefähr achtmal angerufen, und du weißt ja, wie ungern ich telefoniere. RUF AN. SCHREIB MIR. SCHICK MIR RAUCH- ODER MORSEZEICHEN.

ELLEN: Stimmt das mit Patrick Thomas? Ich hab Tim gesagt, er soll ihn umbringen.

ELLEN: Er meinte, nach dem Abendessen vielleicht.

ELLEN: Okay. Langsam mach ich mir echt Sorgen.

Schon gut, tippe ich. *Warte …*

Ich halte inne und drücke auf den verdammten Anrufknopf, weil ich jetzt einfach nur meine beste Freundin brauche. Das Telefon klingelt nicht einmal richtig, da ist sie schon dran.

»Holy Shit. O mein Gott. Holy Shit.«

»Hey«, sage ich zaghaft, und meine Stimme kratzt im Hörer.

»Alles okay mit dir? Was ist eigentlich genau passiert?«

Ich seufze ins Telefon, und es fühlt sich so gut an, nicht deswegen getadelt zu werden. Dann erzähle ich es ihr. Ich erzähle ihr davon, wie Mom mich Dumplin' gerufen hat, während die ganzen Neuntklässler und Patrick Thomas da rumstanden und auf das Klingeln warteten. Ich erzähle ihr von dem Vorfall im Flur und dass ich mich noch nie so unterlegen gefühlt habe, weil ich so übergewichtig bin. Sie flucht und macht tröstende Geräusche und tut überhaupt alles, was mir zeigt, dass es die richtige Entscheidung war, sie anzurufen.

Sie lästert über diese »Arschlöcher aus der Neunten mit ihren winzigen Pimmelchen« und darüber, dass Patrick so oft durch die Führerscheinprüfung gerasselt ist, dass er es jetzt erst wieder probieren darf, wenn er 18 ist.

Ich erzähle ihr vom Streit mit meiner Mom. »Und ich bin noch die ganze Woche vom Unterricht suspendiert. Hoffentlich haben bis dahin alle in der Schule die Sache vergessen und die Aufregung hat sich gelegt.« Plötzlich hören die Geräusche vom Fernseher meiner Mutter auf. »Und Hausarrest habe ich auch.«

»Wow. Okay, heute ist also der schlimmste Tag aller Zeiten, ja? Aber die gute Nachricht ist: Wenn heute der schlimmste Tag aller Zeiten ist, dann kann es morgen nur besser werden. Wenigstens ein kleines bisschen.«

Ich lache. Es fühlt sich gut an. »Schau'n wir mal.« Ein Gähnen löst sich aus meiner Brust. »Ich kapier nicht, warum man immer so müde wird, wenn man heult.«

»Adrenalin oder so.«

»Schlau.«

»Hör mal, vielleicht hast du jetzt keine Lust, darüber zu reden, aber du hast mir noch null Infos zu deinem Date gegeben.«

»Tja, da gibt es nicht viel zu erzählen. Es war unglaublich … ereignislos.«

»Oh, Mann. Ich hätte von Mitch mehr erwartet.«

»Ich erzähl's dir morgen früh, ja?«

»Hey«, sagt sie. »Ich hab dich lieb. Hör ein bisschen Dolly. Dann fühlst du dich gleich besser.«

25

DIE TAGE meiner Suspendierung vertrödele ich auf dem Sofa. Nach Schulschluss bringt Ellen mir die Hausaufgaben, bevor meine Mom nach Hause kommt. Schweigend schauen wir fern, und obwohl ich sie gerne nach der Schule fragen würde und ob die anderen über mich reden, sage ich nichts. Tim bringt sic vorbei und holt sie ab, aber er kommt nie mit rein. Ich mag Tim, aber ich mag es noch mehr, dass er sich nicht einfach selbst einlädt und mir diese paar Stunden mit El gönnt.

Zuerst folgen meine Mom und ich beide unserem eigenen Tagesablauf, und abends ist es, als hätte jemand das Haus mit rotem Absperrband in zwei Teile geteilt. Wenn ich mein Zimmer verlasse, zieht sie sich zurück, und wenn sie ihr Zimmer verlässt, bleibe ich in meinem. Aber bald kreuzen sich unsere Wege wieder, bis sie am Samstagmorgen schließlich sagt: »Ich habe heute den ganzen Tag eine Sitzung für den Wettbewerb. Wir bereiten die Anmeldung vor. Im Kühlschrank ist Thunfischsalat.«

Es ist kein Friedensangebot, aber das Schweigen ist gebrochen.

Mitch schreibt mir ein paarmal, um zu sagen, wie leid es ihm tut, dass er diese Szene verursacht hat, und dass Patrick ein Großmaul ist. Ich sage ihm, dass ich lieber nicht darüber reden würde, aber ich weiß, dass eigentlich ich mich bei ihm entschuldigen sollte.

El arbeitet den ganzen Samstag und geht anschließend auf eine Party. Ich bin allein. Ich sitze jetzt schon so lange in diesem Haus fest, dass ich glaube, die Tapete bewegt sich.

Wie immer kommt am Samstagnachmittag nichts Gutes im Fernsehen. Ätzend. Es ist, als wollten einen selbst die Sender dazu bewegen, den Arsch hochzukriegen und rauszugehen. Ich schätze mal, keiner der Programmverantwortlichen hatte je an einem Samstag Hausarrest.

Vielleicht ist es die Langeweile, aber Lucys Zimmer lockt mich an wie der Gesang einer Sirene.

Ihr Bett ist perfekt gemacht, und der selbstgemachte dunkelgrün-cremefarbene Quilt meiner Großmutter liegt ordentlich zusammengefaltet am Fuß des Bettes. Der Dampfbügler meiner Mutter steht in einer Ecke.

In Lucys Nachttisch finde ich noch weitere Zeitungsausschnitte, doch diese drehen sich vor allem um meine Mutter. Mom ist ständig in der *Clover City Tribune* zu sehen. Ich glaube, sie hatte sogar mal was mit dem Herausgeber, aber der hat am Ende doch das Mädchen aus der Reinigung geheiratet.

In dem Stapel finden sich vor allem unscharfe Fotos von meiner Mutter mit ihrer Krone und ihrem Kleid. Jedes Jahr dasselbe Kleid, während sie mit einer anderen Miss Teen Blue Bonnet posiert. Ich wühle tiefer in der Schublade und krame eine abgegriffene große Tüte mit Unterlagen hervor. Verträge, Flyer, Rechnungen. Bis ich plötzlich über ein vollkommen leeres Anmeldeformular für den Schönheitswettbewerb stolpere. Es ist von 1994. Drei Jahre bevor meine Mom 1997 den Wettbewerb gewonnen hat. Damals war Mom noch zu jung, um teilzunehmen. Es kann nicht stimmen. Lucy fand den Schönheitswettbewerb immer lächerlich. Zumindest dachte ich das.

Meine Tante war keine schüchterne Frau, aber ich kann mir nicht vorstellen, dass sie sich selbst zu ihren schlanksten Zeiten an diesem Wettbewerb beteiligt hätte. Das leere Formular wirkt wie ein leeres Versprechen, was hätte sein können. Ich betrachte die Anmeldung und stelle mir ihre Handschrift darauf vor. Erst werden die üblichen Dinge abgefragt: Name, Geburtsdatum und Adresse. Aber dann kommen so unangenehme Fragen wie Größe, Gewicht, Haarfarbe, Augenfarbe, Berufswunsch und Talent.

Ich versuche, dieses Puzzle im Geiste zusammenzusetzen, aber es gelingt mir nicht. Ich finde keine Antwort.

Das Einzige, was sich jetzt noch in dieser Schublade befindet, ist eine rote Samtschachtel mit einem Weihnachtsbaumanhänger darin. Eine weiß glitzernde Kugel, über die sich neben einem roten Kussmund ein goldenes Autogramm von Dolly windet. Ein Andenken aus Dollywood – wo Lucy immer einmal hinwollte. Els Mutter hatte bei der Arbeit zwei Flugtickets gewonnen und hatte das zweite sofort Lucy angeboten. Sie wollten zusammen nach Dollywood, wie sie es sich immer erträumt hatten.

Sie schmiedeten Pläne. Sie suchten nach Hotels und Mietwagen. Sie fuhren drei Stunden bis zum Flughafen, nur um dort festzustellen, dass Lucy einen weiteren Platz im Flugzeug buchen müsste, weil sie nicht auf einen einzelnen passte. Die Fluggesellschaft war freundlich, sagte sie, aber bestimmt. Schließlich war es ihr zu peinlich, und sie beschloss, lieber nach Hause zu fahren, anstatt zwei Sitzplätze im Flugzeug zu belegen. Mrs Dryver hat die Kugel für Lucy mitgebracht. Man sieht sofort, dass sie teuer war, weil sie keinen Metallhaken zum Aufhängen hat, sondern ein rotes Samtband.

Ich schlurfe zurück in mein Zimmer und nehme das alte Anmeldeformular und die Kugel mit. Den Rest des Nachmittags verbringe ich damit, das Formular zu studieren, und stelle überrascht fest, dass es für die Teilnahme nur zwei Bedingungen gibt: Die Bewerberin muss zwischen 15 und 18 Jahren alt sein, und die Eltern müssen ihr Einverständnis geben. Ich hatte immer geglaubt, es gäbe jede Menge Voraussetzungen, und jetzt kann ich kaum fassen, wie einfach es ist teilzunehmen und wie viele Mädchen eigentlich für den Wettbewerb in Frage kommen.

Ein völlig verrückter Gedanke kommt mir in den Sinn, und noch bevor er sich weiterentwickelt, stopfe ich das Formular in die unterste Schublade meiner Kommode.

Die Stimme meiner Mutter tönt durchs Haus, als sie zur Hintertür hineinkommt. »Ich glaube nicht, dass sie in der richtigen geistigen Verfassung ist, ein aktives Mitglied dieses Ausschusses zu sein. Tut mir leid, aber diese Stadt ist nicht bereit für eine Eröffnungsnummer zur Musik von Beyoncé.« Ich kann mir nicht helfen, aber ich muss darüber lachen, wie meine Mutter ›Bayjonsai‹ sagt. »Auch wenn es einer von ihren weniger wilden Songs ist, wie sie behauptet: Ich bin nicht bereit, das auf meine Kappe zu nehmen.«

Ich lasse mich auf mein Bett fallen. Riot kommt von unten herbeigetapst und legt sich auffordernd vor mich hin, bis ich ihn am Kinn kraule.

»Nun ja, ob wir nun fertig sind oder nicht, die Anmeldung beginnt jedenfalls diese Woche«, sagt meine Mutter.

Ich schnappe mir den Magic-8-Ball von meinem Nachttisch und schüttele ihn einmal kräftig.

Alle Zeichen deuten auf Ja.

26

AM SONNTAGMORGEN habe ich einen gewaltigen emotionalen Kater. Gestern Abend habe ich eine Entscheidung getroffen – eine wirklich dumme Entscheidung. Ich sage mir, dass ich nicht verpflichtet bin, es wirklich durchzuziehen, weil außer mir keiner davon weiß. Wenn ich kneife, bin ich mein einziger Zeuge.

Es ist in etwa so, als würde man beobachten, wie jemandem in der Schule das Tablett mit dem Mittagessen runterfällt, aber keiner sonst hat es bemerkt. Es würde nie jemand erfahren, wenn man demjenigen nicht hilft. Nur man selbst weiß es.

Ich entscheide mich den ganzen Tag immer wieder um und achte nicht einmal darauf, dass meine Mom und ich heute beinahe höflich miteinander umgehen.

Nach dem Essen ziehe ich mich in mein Zimmer zurück, um etwas für die Schule zu lesen. Aber stattdessen ertappe ich mich wieder dabei, wie ich das Anmeldeformular studiere. Ich kann mir nicht vorstellen, dass es sich seit 1994 sehr verändert hat. Die Vorstellung, dass ich in einem riesigen Rüschenkleid über die Bühne schwebe, als würde ich dort hingehören, ist absurd.

Es gibt so viele Dinge, die Lucy nie getan hat. Nicht, weil sie nicht konnte, sondern weil sie sich selbst eingeredet hat, dass sie es nicht könnte, und es gab niemanden, der sie vom Gegenteil überzeugt hätte. Ich will mir nichts vormachen und behaupten, Lucy wäre in den letzten Jahren besonders gesund gewesen. Aber das ist so ein schrecklicher Grund, um sich selbst die Dinge vorzuenthalten, nach denen sie sich am meisten sehnte. Ich glaube, sie wollte noch nicht einmal unbedingt am Schönheitswettbewerb teilnehmen. Aber es geht darum, dass sie es auch dann nicht getan hätte, wenn sie es gewollt hätte.

Ich nehme mein Handy und drücke auf den Anrufknopf.

»Hey! Deine Strafe ist schon fast vorbei«, sagt El.

»Ich muss dir was erzählen.«

»Okay.«

Ich könnte jetzt kneifen und behaupten, es hätte sich erledigt. Oder ich könnte ihr von Bo erzählen und dass ein Teil von mir ihn noch immer nicht loslassen kann. Selbst jetzt, wo ich so viele andere Dinge im Kopf habe. Aber stattdessen sage ich: »Ich werde am Miss-Teen-Blue-Bonnet-Schönheitswettbewerb von Clover City teilnehmen.«

Am anderen Ende herrscht für einen Augenblick Schweigen. Ein Augenblick, der so lange dauert, dass ich kurz davor bin zu sagen: »Kleiner Scherz!«

»Oh. Wahnsinn. Okay.«

»Du hältst mich nicht für verrückt?«

»Na ja, du bist vollkommen durchgeknallt, aber das wird der Wahnsinn.«

»Da bin ich mir nicht so sicher.«

»Hast du es deiner Mom schon erzählt?«

Ich reibe mir die Stirn. »O Gott. Nein. Über die Details habe ich mir noch gar keine Gedanken gemacht. Ich weiß nur, dass ich an dem Wettbewerb teilnehmen will. Das werde ich ihr wohl kaum verheimlichen können.«

»Sie wird ausrasten.«

»Sie hat sich doch schon immer für mich geschämt. Warum sollte ich ihr also nicht mal einen guten Grund dazu geben?«

Ellen sagt nicht, dass ich unrecht habe, auch wenn sie der Meinung sein sollte. »Wir müssen einen Schlachtplan machen. Was hast du morgen vor?«

»Ich arbeite, aber ich glaube, Alejandro ist es egal, wenn du kommst und mir Gesellschaft leistest.«

»Okay. Ich. Du. Morgen Abend.«

Ich lege auf und räume das alte Formular zurück in die Schublade. Jetzt, wo ich es El gesagt habe, gibt es kein Zurück mehr.

Ich versuche zu schlafen, aber noch nicht einmal Dolly kann meine Nerven beruhigen.

27

ELLEN UND TIM holen mich morgens ab, damit ich nicht alleine vor der Schule aussteigen muss, denn ich bin jetzt ganz offiziell die Erzfeindin von Patrick Thomas.

Aber abgesehen von ein bisschen Getuschel ist es in der Schule relativ ruhig. Alle scheinen die Erinnerung an den Vorfall der letzten Woche verdrängt oder die Sache abgehakt zu haben.

Zumindest denke ich das. Bis zur Mittagspause. Leute stehen in Gruppen zusammen und reichen Handys herum. Die meisten lachen. Manche schütteln angewidert den Kopf. In der Schlange beim Mittagessen linse ich über die Schulter eines Mädchens. Sie dreht sich zu mir um, glucksend vor Lachen. »Hast du das gesehen?«, fragt sie und streckt den Arm aus, um mir das Display direkt vors Gesicht zu halten.

Hannah Perez. Ihr offizielles Schulfoto ist neben dem Foto eines Pferdes platziert, das sein Maul aufreißt und die riesigen Zähne samt Zahnfleisch bleckt. Genau wie Hannah. Nur sind ihre noch schiefer. Die Bildunterschrift lautet: *Haaaaa*AAAAA-*aaannah*. In Gedanken höre ich dabei Patrick Scheiße-im-Hirn Thomas' Stimme.

»Das ist nicht witzig«, fauche ich sie an.

Mit einer verwirrten Grimasse zieht das Mädchen rasch ihr Handy zurück und drückt es sich gegen die Brust. »Äh. Okay.«

Ich weiß sehr wenig über Hannah, außer dass sie still und stur ist. In der dritten Klasse haben wir einmal im Kunstunterricht Bilder von Truthähnen ausgemalt, die wir aus den Umrissen unserer Hände gezeichnet hatten. Das ganze Jahr über hatte noch keiner ein Wort von Hannah gehört, aber dann nahm ich den Filzstift, der vor ihr lag – und von dem ich dachte, dass sie ihn gerade nicht brauchte –, woraufhin sie ihn mir aus der Hand schlug und schrie, ich hätte erst um Erlaubnis fragen sollen. Ansonsten erinnere ich mich nur daran, dass sie in der Fünften einen Lehrer angeblafft hat, der sie immer wieder als Afroamerikanerin bezeichnete. Was durchaus einen Sinn ergab, da sie aus der Dominikanischen Republik stammt.

Auf dem Weg zu meiner nächsten Stunde höre ich Bemerkungen wie: »Voll abartig« oder »Sorry, aber die ist echt hässlich« oder »Warum hat die denn keine Zahnspange?«

Diese letzte Aussage geht mir noch den ganzen Tag im Kopf herum. Hannah sollte nicht gezwungen sein, eine Zahnspange zu tragen. Vielleicht kann sie es sich nicht leisten. Vielleicht hat sie Angst davor. In jedem Fall sollte sie nicht ihren Mund mit Metall vollstopfen müssen, nur damit diese Idioten sie in Ruhe lassen.

In der fünften Stunde sitzt Bo mit fest über der Brust verschränkten Armen da. Er hat einen blauen Fleck auf der Wange, und seinen Mundwinkel ziert eine Blutkruste. Ich will wissen, was passiert ist. Mit wem er sich geprügelt hat.

Aber es geht dich nichts an, sage ich mir immer wieder.

Als er mich bemerkt, runzelt er die Stirn und verzieht die Lippen zu einer mürrischen Grimasse, die seine Kruste aufbrechen lässt. Er zieht sich den Ärmel seines Sweatshirts über die Hand und tupft damit seinen Mund ab.

Nach der Schule treffe ich Ellen auf dem Parkplatz. »Hast du den Mist mit Hannah gesehen?«

Ich nicke. »Sie ist bestimmt total ausgetickt, als sie das gesehen hat. Weiß jemand, wer das war?«

»Tim meint, es wären Leute aus der Golfmannschaft, aber sie kriegen keinen Ärger, weil ihnen niemand was beweisen kann und weil es nicht in der Schule passiert ist.«

»So ein Mist.«

Tim und El fahren mich nach Hause und warten, bis ich mir mein Chili-Bowl-Uniformoberteil angezogen habe. Dann bringen sie mich zur Arbeit, und Ellen verspricht, dass sie mich später mit dem Auto ihrer Mutter abholt.

Ich mache mich auf Alejandro gefasst. Bestimmt ist er sauer, weil ich so oft gefehlt habe, aber als ich hereinkomme, fragt er: »Du hast keinen Hausarrest mehr, oder?«

Ich schüttele den Kopf.

»Gut. Weil ich mich nämlich nicht mit Müttern anlege. Von niemandem. Solltest du also nicht die Wahrheit sagen, kannst du gleich wieder gehen.«

»Es ist die Wahrheit«, beteuere ich. »Ich bin vollkommen frei.«

Gegen sieben kommt Ellen herein. »Sorry, meine Mom wollte mir das Auto nur geben, wenn ich vorher mit ihnen zusammen esse.«

»Passt schon.«

Sie hievt sich auf das andere Ende der Theke und flüstert: »Hier riecht es nach Schweiß und Zwiebeln. Ich kapier noch immer nicht, warum du bei Harpy's gekündigt hast, um in diesem Scheißladen zu arbeiten.«

»Mehr Geld«, lüge ich, während ich mich vorbeuge und dabei praktisch den Oberkörper auf die Theke lege. »Was glaubst du, wie viel ich für ein Abendkleid ausgeben muss? Dieser Wettbewerb wird nicht billig.«

Sie zuckt die Schultern. »Vielleicht ein paar hundert? Vielleicht findest du was secondhand?«

Die Kuhglocke über der Tür ertönt. Ich richte mich auf, vollkommen überrumpelt von der plötzlichen Aussicht auf Kundschaft. Ellen rührt sich nicht vom Fleck.

Millie Michalchuk winkt uns beim Reinkommen zu. Sie lächelt mich an, und sofort zieht mich das schlechte Gewissen wegen der ganzen nicht besonders netten Dinge, die ich über sie gedacht habe, wie ein Anker in die Tiefe.

»Hey, Millie.« Ellen winkt ihr kurz zu.

»Und was darf's heute für dich sein?«, frage ich.

Sie legt ihren Schlüsselbund auf die Theke, an dem sich mindestens 26 Schlüsselanhänger befinden, aber nur zwei Schlüssel. »Ein großes Haus-Chili.« Sie zögert. »Und Cracker dazu.«

»Kommt sofort.«

Nachdem sie bezahlt hat, nimmt sich Millie das Plastikbesteck aus dem Spender, während ich ihr Chili aus dem Topf schöpfe.

»Also«, sagt Ellen, »die Anmeldegebühr kann ja nicht mehr als zweihundert Kröten sein, oder?«

»Denke ich. Ich habe 586 Dollar gespart, sollte das Ganze also mehr kosten, muss ich mir einen zweiten Job suchen.« Ich drücke den Deckel auf Millies To-go-Becher. »Bitte sehr!«

Ihr Blick hüpft zwischen El und mir hin und her, bevor sie ihr Chili nimmt und zur Tür hinausgeht.

El beobachtet, wie Millie vom Parkplatz fährt. »Das war irgendwie seltsam.«

»Ja«, sage ich. »Tja, sie ist einfach etwas seltsam.«

So verbringen wir den ganzen Abend, und als Alejandro aus seinem Büro kommt, rutscht Ellen von der Theke und tut so, als wäre sie eine Kundin. Er macht die abendliche Abrechnung an meiner Kasse und geht dann in sein Büro zurück. Dabei ruft er mir über die Schulter zu: »Sag deiner Freundin, dass wir noch Leute suchen!«

28

ICH RENNE ins Schulgebäude und halte mir den Rucksack zum Schutz gegen den Regen über den Kopf. Dann bleibe ich stehen, um meine Füße an der Fußmatte abzuwischen.

»Will?« Millie steht neben den Schließfächern. Sie trägt geblümte Leggings mit einer passenden Tunika.

Ich gehe zu ihr hinüber, um den anderen hereinströmenden Schülern aus dem Weg zu gehen. »Hallo, Millie. Was gibt's?«

Sie zieht an den Trägern ihres Rucksacks, so dass sie sich tief in ihre Schultern graben. »Ich habe gestern gehört, worüber du dich mit Ellen unterhalten hast. Über den Wettbewerb.«

Ich bin überrascht. »Ja, wir …«

Sie beugt sich vor und flüstert. »Du willst teilnehmen, oder?«

»Ich … also, ja. Ich nehme teil.«

Ein breites Lächeln erscheint auf ihrem Gesicht. Sie klatscht in die Hände, als hätte ich gerade einen Zaubertrick vollführt. »Das ist der Wahnsinn!«

Ich drehe mich zu ihr, so dass ich den hereinströmenden Schülern den Rücken zuwende. »Hör zu«, sage ich. »Es ist kein Geheimnis, aber ich will kein großes Ding daraus machen, ja?«

»Ja. Klar. Natürlich.«

Etwas an ihrem Lächeln verunsichert mich. »Okay.«

Als ich später auf Ellen treffe, erzähle ich ihr von meiner seltsamen Begegnung mit Millie.

Sie packt mich an den Schultern und beugt sich vor. »Will, du bist quasi ihr Vorbild.«

Ich schüttele heftig den Kopf. »Bin ich nicht.«

»O mein Gott, du hast einen kleinen Fanclub.«

»Red keinen Scheiß!« Ein kleines Fleckchen in meinem Inneren reckt sich vor Stolz.

Der Regen treibt ein paar Kunden zu uns, die ein Chili wollen. So viel zu tun hatten wir bisher noch nie. Ich serviere ein paar Portionen und sage, ohne zum nächsten Kunden aufzublicken: »Möchten Sie unser neues Weiße-Bohnen-Chili probieren?«

»Äh, ja. Einen Becher oder eine Schale oder was auch immer davon.« Diese Stimme.

Ich blicke nicht auf. »Was willst du, Bo?«

»Ich wollte mir ein Chili holen. Das ist doch ein Chili-Restaurant hier, oder?«

Worte blubbern in meiner Brust, aber keines davon ist richtig. Nichts drückt genau das aus, was ich will. Weil ich nicht weiß, was ich will. »Darf es sonst noch was sein?«

Er beißt sich auf die Unterlippe. Die verschwindet zwischen seinen Zähnen. Ich mag seine Zähne. Sie sind total perfekt mit Ausnahme der beiden Schneidezähne. Die stehen ein wenig vor. Nur ein winziges Bisschen. Es ist, als hätte das Universum beschlossen, er sei zu perfekt, und es musste ihm diesen kleinen Makel verpassen. »Nein«, sagt er.

Ich sehe ihm hinterher, wie er mit seinem mit Chili gefüllten To-go-Becher über die Straße geht. Er holt die Harpy's-Kappe aus der Hosentasche und zieht sie sich auf den Kopf, während er im Laufschritt zu Harpy's zurückkehrt.

Im Verlauf der nächsten beiden Tage mache ich mindestens zwölfmal den Mund auf, um meiner Mutter zu sagen, dass ich am

Schönheitswettbewerb teilnehmen will. Aber ich bringe es nicht fertig. Ich kann dieses Gespräch mit ihr einfach nicht führen. Es ist, als könnte ich mich nicht von diesem letzten Funken Hoffnung verabschieden, sie könnte vor Begeisterung juchzen, wenn ich bei der Anmeldung auftauche. Und mir sagen, sie hätte immer schon davon geträumt, dass ich am Schönheitswettbewerb teilnehme und in ihre Fußstapfen trete. Dass sie mich nur nicht drängen wollte. Dass ich meinen eigenen Weg finden sollte.

Es ist ein Traum, aus dem ich nicht aufwachen möchte.

29

MIR WAR IMMER KLAR, dass der Schönheitswettbewerb einen riesigen Teil des Lebens meiner Mutter einnimmt, aber dennoch war er für mich immer nur eine Art Hintergrundrauschen. Als ich noch klein war und sie zu Meetings oder Proben musste, bin ich meistens mit Lucy zu Hause geblieben oder zu El gegangen. Der Schönheitswettbewerb und alles, was damit zusammenhing, war ganz alleine ihr Reich.

Die Anmeldung findet im Bürgerhaus von Clover City statt. Clover Citys Stadtmitte besteht aus einem hübschen Platz mit einem Pavillon. Dank Frenchy's Fried 'n' Such, dem ultimativen Diner, riecht es dort immer nach Brathähnchen.

El und ich sitzen draußen auf einer Bank, während ich die zweihundert Dollar Anmeldegebühr zähle.

»Du hast nicht zufällig schon die Unterschrift von deiner Mom auf dem Anmeldeformular?«, fragt sie.

»Nope.« Die Teilnahme am Wettbewerb ist nur mit Zustimmung der Eltern möglich. Und im Augenblick ist meine größte Sorge, dass meine Mutter nein sagen könnte. Vor allen Leuten.

Auf der anderen Seite des Platzes wedelt eine kurze, breite Person wie wild mit den Armen über dem Kopf.

»El.« Ich blinzele. »El, wer ist das?«

Sie blickt auf. Ihr bleibt der Mund offen stehen.

»Hey! Du bist noch nicht drin!«, ruft Millie. »Perfektes Timing!«

»Sie liebt dich einfach«, sagt El. »Sie ist total verknallt in dich.«

Sie steht auf und schirmt mit einer Hand die Sonne ab. »Ist das … ist das Amanda Lumbard neben ihr?«

Ich nicke.

»Wir melden uns auch an«, sagt Millie.

»Glaubst du, dass es lange dauert?«, fragt Amanda. »Meine Mutter bringt mich um, wenn ich zu spät komme, um meinen Bruder abzuholen.«

Ich sehe Ellen an. Sie zuckt die Schultern.

Millie stützt die Hände in die Hüften. »Ich habe kapiert, dass du kein großes Ding aus deiner Teilnahme am Wettbewerb machen willst, Will. Und ehrlich gesagt weiß ich noch nicht mal, was deine persönlichen Gründe dafür sind. Aber du tust es. Und das ist das Wichtige. Ich will auch mitmachen. Wir beide wollen dabei sein.«

»Sie hat mich überredet mitzukommen«, nuschelt Amanda.

Millie verdreht die Augen. »Ich habe versucht, auch Hannah Perez mit ins Boot zu holen, aber sie wollte nicht.«

»Eigentlich«, merkt Amanda an, »hat sie gesagt, du sollst dir eine Wettbewerbsschärpe in deinen fetten Arsch stecken.«

Ich hatte zu Millie gesagt, dass ich kein großes Ding aus der Sache machen wollte, aber mit diesen beiden hier könnte ich eigentlich sofort eine Anzeige auf der Titelseite der *Clover City Tribune* schalten. Ich mache das hier nicht, um eine Art Jeanne d'Arc für Dicke zu sein. Ich mache es für Lucy. Und für mich. Ich will wieder die werden, die ich war, bevor es Bo gab. Ich nehme an diesem Wettbewerb teil, weil es keinen Grund gibt, es nicht zu tun. Ich mache es, weil ich diese Trennlinie zwischen mir und dem Rest der Welt überschreiten will. Nicht, um irgendjemanden zu retten.

Ich schüttele den Kopf. »Das ist keine gute Idee.«

»Alles, was ich am liebsten mag, war am Anfang eine schlechte Idee«, bemerkt Millie.

»Millie, die Leute sind brutal«, erkläre ich ihr. »Ich weiß das. Und Amanda weiß es bestimmt auch.«

Amanda nickt. »Dann sollen sie es eben scheiße finden.«

»An diesem Wettbewerb teilzunehmen ist, als würdest du dir ein gigantisches TRITT MICH-Schild auf den Rücken kleben. Ich kann dir nichts verbieten, aber ich will nicht dafür verantwortlich sein.«

Millie lässt die Schultern sinken.

Ellen gräbt mit dem großen Zeh in der Erde herum. »Sie sollten es tun. Wenn Millie und Amanda mit dir am Wettbewerb teilnehmen wollen, dann sollten sie es tun. Von wegen Viva la Revolution und so.«

»Nein«, sage ich. »Geht besser alle nach Hause.«

Amanda zuckt die Schultern und geht schon rein, aber Millie bleibt stur stehen und bittet schweigend um Revision meines Urteils.

Ellen nimmt meine Hand und drückt sie fest.

Ich seufze. »Die Anmeldung für die Revolution kostet zweihundert Kröten.«

Im Bürgerhaus klingt es wie in einer Turnhalle beim Mädchensport. Gespräche in hohen Tonlagen hallen von der Decke wider, und ihr Echo vervielfacht sich, bis die Stimmen von zwanzig wie das Gekreische einer ganzen Hundertschaft klingen.

Gruppen von Mädchen sitzen an runden Tischen mit genau den weißen Tischdecken, die meine Mutter gestern noch in unserem Wohnzimmer gebügelt hat. Da sind die Traditions-Mädels, deren Mütter und Schwestern bereits gekrönt wurden. Die

Sportlerinnen, die ihren Collegebewerbungen noch einen Pluspunkt hinzufügen wollen. Der Cheerleader-Tisch, an dem alle sitzen, deren Aufgabe bei einem Footballspiel nichts mit Bällen zu tun hat. Und dann natürlich die Theater- und Chor-Mädchen. Alle tragen Kleider. Festtagskleider. Süße kleine Sommerkleidchen mit passenden Cardigans. Wir haben nur Jeans und T-Shirt an.

Ich drehe mich zu Amanda und Millie und bemühe mich um ein aufmunterndes Lächeln, das nicht so rüberkommt wie: Ich-habe-keine-Ahnung-was-ich-hier-tue-ich-fühle-mich-irgendwie-nackt.

El drückt meine Hand. »Bringen wir's hinter uns.«

Wir schlängeln uns durch die Tischreihen, und je weiter wir nach vorne kommen, desto mehr legt sich ein Schweigen über den Raum, bis die Stimmen nur noch ein leise fragendes Raunen sind.

Am Anmeldetisch sitzen zwei frühere Schönheitsköniginnen, Judith Clawson und Mallory Buckley. Nur frühere Gewinnerinnen haben die Möglichkeit, als Mitglieder des Planungsausschusses mitzuwirken. Judith ist mindestens zwanzig Jahre älter als Mallory, aber sie haben beide dieses glänzend weiße Lächeln, das blitzt wie die Kronen-Broschen an ihren Strickjacken.

»Hi. Ich möchte mich anmelden.«

Beide Frauen lächeln mit geschlossenen Lippen. Judith flüstert etwas in Mallorys Ohr, die daraufhin aufsteht und sagt: »Entschuldigt mich bitte.«

Judith studiert mein Anmeldeformular. »Du musst noch bis zur ersten Novemberwoche dein besonderes Talent bestätigen lassen!«

»Ja. Natürlich.«

Ihr Blick wandert zwischen dem Formular und mir hin und her, während sie die Angaben zu Größe und Gewicht liest. »Ich brauche noch die Unterschrift deiner Mutter.«

»Willowdean.« Wie auf Kommando packt mich meine Mutter am Ellbogen, während Mallory an ihr vorbeieilt und wieder ihren Platz einnimmt.

Mom zieht mich zur Seite und durch eine Flügeltür aus Glas. Durch die Scheibe sehe ich, wie Amanda und Millie ihre Anmeldeformulare abgeben. Als hätte ich sie irgendwie im Stich gelassen, verspüre ich den Drang, wieder reinzugehen und ihnen zur Seite zu stehen.

Ellen steht hinter ihnen und reckt den Daumen in die Höhe.

»Kannst du mir bitte sagen, was das hier soll?«, zischt meine Mom im Flüsterton.

Ich stelle mich gerade hin und stemme die Fäuste in die Hüften. »Ich melde mich als Kandidatin an.«

»Das ist nicht witzig.«

»Ich lache ja auch nicht.«

»Und wer sind die anderen jungen Damen, die du dabeihast?«

»Das sind meine Freundinnen. Und sie wollen auch beim Schönheitswettbewerb mitmachen.«

»Ist das ein Trick, um Aufmerksamkeit zu erregen? Willst du es mir irgendwie heimzahlen?« Ihre Stimme wird von Wort zu Wort höher, und obwohl ich den Blick nicht von ihr abwenden will, merke ich genau, dass jedes Augenpaar im Anmelderaum auf uns gerichtet ist.

»Stellt ihr diese Fragen allen potentiellen Teilnehmerinnen? Die habe ich auf dem Formular gar nicht gesehen.«

Sie zeigt mit einem perfekt polierten perlmutt-pinken Fingernagel auf mein Gesicht. »Tu das nicht. Zerr diese armen Mädchen nicht in unsere Angelegenheiten hinein. Dieser Wettbewerb ist kein Spielchen für dich, um mir eins auszuwischen.«

»Warum muss es denn darum gehen? Warum ist das der Schluss, den du ziehst, Mom? Wieso kann ich nicht einfach teilnehmen, ohne dass es dabei um ein Spielchen oder um Rache geht?«

Sie verschränkt die Arme und kneift die Lippen fest zusammen. »Du kannst gar nicht teilnehmen, ohne dass ich die Einverständniserklärung unterschreibe.«

Ich wusste, dass es so weit kommen würde. »Und warum solltest du das nicht tun?«

Ihre Stimme wird weicher. »Abgesehen von der Tatsache, dass ich mir nicht sicher bin, welche Absichten du damit verfolgst?« Sie leckt ihren Daumen an und reibt über einen Fleck auf meinem Shirt oberhalb der Brust. »Ich will nicht, dass du dich blamierst.«

Ich mache den Mund auf, um sie anzufahren.

»Und darüber hinaus ist es nicht fair von dir, die anderen Mädchen dieser Geschichte auszusetzen. Alle werden sich über sie lustig machen, Dumplin'.« Der Kosename gräbt sich tiefer unter meine Haut als je zuvor.

Es gibt so vieles, was ich sagen könnte, doch stattdessen komme ich direkt auf den Punkt. »Mom.« Mein Mund ist trocken. »Wenn du dieses Formular nicht unterschreibst, sagst du damit, dass ich nicht gut genug bin. Du sagst damit, dass quasi jedes andere Mädchen in dem Raum dort drüben hübscher und mehr wert ist als ich. Genau das teilst du mir damit mit.«

Ein langes Schweigen senkt sich über uns.

Meine Mutter hat mir nie vorgeschlagen, am Wettbewerb teilzunehmen. Ich erinnere mich daran, wie wir in dem Sommer vor dem Beginn der Highschool mit El in der Küche saßen und unsere neuen Schülerkalender verziert haben. Ich war nach oben gelaufen, um noch mehr Filzstifte zu holen. Beim Herunterkommen zögerte ich ein wenig im Schatten des Flures, während ich meine Mom sagen hörte: »Weißt du was, Ellen, wenn du jetzt 15 wirst, kannst du ja mal drüber nachdenken, ob du nicht am Schönheitswettbewerb teilnehmen willst.« El hatte den Kommentar ignoriert, und ich hatte ein paar Augenblicke gewartet, bevor ich mich wieder an den Küchentisch setzte. Dieser Tag war für mich so, als hätte ich zum ersten Mal erkannt, dass die Religion, der meine Mutter anhängt, für mich selbst nicht funktioniert.

Ich mustere meine Mutter und warte auf ihre Reaktion.

»Gut«, sagt sie nach einer ganzen Weile. »Aber erwarte ja keine Sonderbehandlung oder Zugeständnisse.«

El blickt uns mit großen Augen entgegen, als wir durch die Tür kommen. Ich sehe die Frage auf ihren Lippen.

Ich nicke einmal.

Mom geht an mir vorbei zum Tisch und setzt ihren Namen auf mein Formular.

30

ICH SETZE MICH mit Ellen, Millie und Amanda hin, während sich meine Mutter vor den Anmeldetisch stellt und in die Hände klatscht, um den Raum zur Ruhe zu bringen. »Willkommen, meine Damen.« Sie räuspert sich. »Ihr schlagt nun einen Weg ein, den schon viele vor euch durchlaufen haben. Viele werden es nach euch tun. Der Miss-Teen-Blue-Bonnet-Wettbewerb von Clover City ist ...«

Die schwere Tür am Ende des Raumes knarrt laut, und alle Köpfe, einschließlich meinem, drehen sich um.

»Bin ich zu spät für die Anmeldung?«, fragt Hannah Perez ungerührt.

Mir sackt die Kinnlade herunter. Zusammen mit der von allen anderen.

Mit dem Clipboard in der Hand eilt die jüngere der beiden Frauen vom Anmeldetisch zu Hannah hinüber. Sie mustert ihr Formular und fordert sie auf, Platz zu nehmen.

Hannah setzt sich alleine an einen leeren Tisch.

Wieder räuspert sich meine Mutter. »Eins, zwei, drei, vier – alle Augen her zu mir.« Sie hält einen Augenblick inne. »Wie gesagt, steht der Miss-Teen-Blue-Bonnet-Schönheitswettbewerb in einer geachteten Tradition und kann auf eine reiche Geschichte zurückblicken. Frühere Titelhalterinnen sind inzwischen Geschäftsfrauen, Ärztinnen und geschätzte Mütter und Ehefrauen. Einige von ihnen sind auch heute unter uns.« Dann fährt sie fort, etwas über die Anfänge des Wettbewerbs zu erzählen und wie er während des Zweiten Weltkriegs ausgesetzt wurde und noch einmal nach der Ermordung Kennedys.

Ich habe meine Mutter noch nie so selbstsicher vor einem Saal voller Menschen gesehen wie jetzt. Sie steht mit durchgestrecktem Rücken und spricht mit tragender Stimme. Sie hat alles im Griff. Aber ich glaube, am meisten überrascht es mich, wie gebannt alle ihr zuhören. Einschließlich meines Tisches. Hier ist sie in ihrem Element, sie ist nicht meine Mutter. Hier ist sie Rosie Dickson, die Miss Teen Blue Bonnet von Clover City 1997. Hier regiert sie. *Hoch lebe die Königin.*

»Wer von euch nicht bereits sein besonderes Talent angegeben hat, kann uns das noch bis zur ersten Novemberwoche mitteilen. Aber nicht vergessen, der Ausschuss muss das Talent für angemessen halten. Spart euch also die sexy Nummern, kapiert? Außerdem müsst ihr eure Abendgarderobe, die Badeanzüge und das Kostüm für die Talentprobe bis zum Mittwoch vor dem Wettbewerb genehmigen lassen.«

Sie wartet, bis einige im Publikum nicken. »Wunderbar. Dann möchte ich euch noch meine diesjährigen Mitstreiterinnen vorstellen. Das hier ist Mrs Judith Clawson, Miss Teen Blue Bonnet von 1979.« Die ältere der beiden Frauen steht auf und macht einen Knicks. »Und dies hier ist Mrs Mallory Buckley, Miss Teen Blue Bonnet von 2008.« Sie hält inne, um den verhaltenen Applaus abzuwarten.

»Ein Ja von diesen beiden Damen ist ein Ja von mir. Ein Nein ist ein Nein von mir.«

Die beiden Frauen gehen durch den Raum und teilen knallpinke Mappen mit dem goldenen Logo des 81. Miss-Teen-Blue-Bonnet-Wettbewerbs von Clover City aus.

»Seht euch mal einen Augenblick um.« Sie hält inne, während

wir uns verlegen gegenseitig anstarren. »Irgendwo in diesem Raum befindet sich die nächste Miss Blue Bonnet. Die schlechte Nachricht ist, dass nur *eine* junge Frau die diesjährige Krone tragen wird. Aber die gute Nachricht ist: Sie ist eine von euch. Wie ihr sicher bemerkt habt, findet unser Schönheitswettbewerb in diesem Jahr zum 81. Mal statt. Wir haben wunderbare Dinge für euch geplant, einschließlich einer schön choreographierten Eröffnungsnummer …«

»Von Tanzen war bislang noch nie die Rede«, nuschelt Amanda.

»… und wir versprechen euch eine Ankündigung auf der Titelseite der *Clover City Tribune.*«

Mallory (sie ist so jung, dass ich es nicht über mich bringe, sie Mrs Buckley zu nennen) hat inzwischen unseren Tisch erreicht und teilt die Mappen an uns aus. El bekommt auch eine.

»Oh«, flüstere ich. »Sie nimmt gar nicht am Wettbewerb teil. Sie ist nur zur moralischen Unterstützung hier.«

Mallory, deren rotbraune Haare zu wippenden Löckchen gedreht sind, lächelt mich an, als würde ich eine fremde Sprache sprechen, und gibt El trotzdem eine Mappe.

»Ellen«, flüstere ich.

Sie dreht sich in ihrem Stuhl, schlägt die Mappe auf und blättert durch die Seiten. »Ja?«

Meine Mom redet immer weiter, während ich mich vorbeuge und sage: »Das war jetzt seltsam, oder?«

»Was?«

»Na, das mit Mallory eben.«

»Wieso seltsam?«, flüstert sie und überfliegt dabei die Papiere in der Mappe.

Meine Augen weiten sich. »Du hast dich angemeldet?«

»Sind wir nicht deswegen hier?«

»Danke, meine Damen«, sagt Mom, und ihre Stimme tönt wie eine Glocke. »Ihr dürft euch jetzt gerne unterhalten und näher kennenlernen. Vergesst nicht: Es liegt an euch, aus diesem Wettbewerb einen *freundschaftlichen* Wettstreit zu machen. Auf dem Tisch hinten an der Wand stehen ein paar Erfrischungen, es gibt natürlich auch meinen berühmten süßen Tee.«

Applaus hallt in meinen Ohren. »Du kannst nicht am Wettbewerb teilnehmen. Das war nicht Teil des Plans.«

Alle um uns herum gehen jetzt nach hinten. »Wovon redest du?« Sie flüstert nicht mehr. »Genau darüber haben wir doch seit Tagen gesprochen.«

»Das kann nicht dein Ernst sein?«

»Warum? Warum ist das so ein Problem?«

»Du bist – du könntest tatsächlich gewinnen. Wir sind nicht hier, um zu gewinnen. Darum geht es nicht.« Ich kann selbst hören, wie lächerlich sich das anhört.

»Willst du mich eigentlich verarschen, oder was?«

Ich weiß nicht, was ich sagen soll. Es gibt nichts zu sagen.

»Hast du mal darüber nachgedacht, dass ich mich hier genauso fehl am Platze fühle wie du?«

»Du musst wieder aussteigen, El, für mich. Lass mir diese eine Sache.«

»Was? Was soll ich dir lassen? Du kannst dir nicht aussuchen, wer sich an der Revolution beteiligt.« Sie macht Anführungszeichen in die Luft bei dem Wort »Revolution«.

Ich weiß, dass es logisch ist, was sie sagt. Ich erkenne die Wahrheit. Aber wenn El teilnimmt, könnte sie wirklich gewinnen. Und genau darum könnte sie alles kaputtmachen.

Ich denke an jenen Abend vor zwei Jahren, als wir am Küchentisch saßen und ich so tat, als hätte ich nicht gehört, wie meine Mutter sie dazu aufgefordert hatte, beim Wettbewerb mitzumachen. Es hätte mir nichts ausmachen sollen, aber das tat es eben doch. Diesen Augenblick hatte ich tief in mir verschlossen, und jetzt kann ich nichts anderes mehr sehen. Immer und immer wieder. Sie ist meine Mutter. Sie hat ihr Zimmer am anderen Ende des Flurs, und in all der Zeit hat sie mich nie aufgefordert mitzumachen.

Ich finde, ich habe es verdient, an mich zu denken. Ich habe es verdient, dass ich etwas mache, das nur mit mir zu tun hat.

»Du hast doch schon alles«, sage ich. Die perfekten Eltern. Den perfekten Job. Den perfekten Freund. »Lass mir das hier.«

El schüttelt den Kopf. »Das ist nicht fair. Das kannst du nicht von mir verlangen. Vielleicht hat Callie recht, Will. Vielleicht haben wir uns auseinandergelebt. Wir halten uns nur gegenseitig zurück. Ich verpasse so viel wegen dir. Ich kann gar nicht glauben, dass du überhaupt auf die Idee kommst, zu verlangen, dass ich nicht teilnehme.«

Der ganze Kummer und die Verbitterung, die ich in den letzten Monaten verspürt habe, klumpt sich in mir zu einem gigantischen Wutanfall zusammen. Wir halten uns gegenseitig zurück? »Callie? Ach wirklich? Ich fasse es nicht, dass du mit ihr über uns redest. Sorry, ich kann einfach nicht die dumme kleine Freundin für dich sein, die rumsitzt und dir sagt, wie fucking makellos du bist, okay? Sag doch einfach, was du wirklich denkst. Wir behindern uns nicht gegenseitig. *Ich* bin es, die *dich* behindert, oder? Das meintest du doch.«

Sie antwortet nicht.

»Ich bin nicht dein verdammter Schatten oder deine dicke beste Freundin.« Ich trete einen Schritt näher zu ihr. »Bei dieser ganzen Wettbewerbsnummer geht es um mich, El. Ich mache das für mich.«

Ihr Gesicht verfärbt sich zu einem wütenden Rot. »Was bist du nur für eine beschissene Freundin, Will, ich habe es satt, meine Zeit mit dir zu verschwenden. Ich mache keinen Rückzieher.« Und damit geht sie.

31

AM MONTAG beachtete Ellen mich einfach nicht. Und ich hatte es verdient. Ich hatte damit gerechnet. Wir sind beide aufbrausend, aber Ellen ist nicht nachtragend. Das ist etwas, auf das ich immer zählen konnte. Aber jetzt hatte sie mir das ganze Wochenende über nicht mal eine einzige Nachricht geschrieben. Am Dienstag nahm nicht einmal mehr Tim mich zur Kenntnis. Und da verwandelte sich der Knoten in meinem Bauch in schiere Panik.

Heute muss ich mit ihr reden. Ich weiß nicht, wer von uns beiden recht und wer unrecht hat, aber ich schaffe es nicht, das ohne sie durchzuziehen. Nach der zweiten Stunde passe ich sie auf dem Flur ab. Alles wird gut, rede ich mir ein. Wir sind wie ein altes Ehepaar, das sich nicht einmal mehr erinnern kann, worüber es sich eigentlich gestritten hat.

»Hey, Ellen! Hallo.«

Sie bleibt stehen und dreht sich zu mir um. Ihr ganzer Körper wirkt angespannt und abweisend.

»Was soll ich nur als Talent angeben?«, frage ich sie und versuche so zu tun, als sei nichts passiert.

Sie macht den Mund auf, und das Herz schlägt mir gegen die Brust, während ich darauf warte, dass sie etwas sagt. Aber dann schüttelt sie nur den Kopf und geht davon.

Callie drängelt sich an mir vorbei und wirft mir einen bösen Blick zu, bevor sie meiner besten Freundin hinterherrennt. »Elbell!«

Den ganzen Tag lang steigen mir immer wieder Tränen in die Augen. Ich verlasse die Schule, so schnell ich kann. Meine Mutter hat beschlossen, dass ich ihr Auto haben kann, um zur Schule zu fahren, solange ich sie jeden Morgen zur Arbeit bringe. Sobald ich den Parkplatz verlassen habe, lasse ich den Tränen freien Lauf. Sie tropfen mir über die Wangen. Groß, dick und schwer. Wie wütende Regentropfen an einer Windschutzscheibe.

Sie sollte das doch verstehen. Gerade sie sollte es wissen. An einer Ampel bleibe ich stehen und schließe für einen Moment die Augen, doch das Einzige, was ich vor mir sehe, ist nur jener Abend vor zwei Jahren, als wir 14 waren. Es ist egoistisch und falsch, ich weiß. Aber ich bin nicht perfekt, und sie ist es auch nicht. Wenn man jemanden wirklich gernhat, dann akzeptiert man auch seine Fehler. Und man bringt Opfer, damit der andere nicht verrückt wird. Ich brauche sie, um nicht verrückt zu werden. Ich will, dass sie dieses Opfer für mich bringt.

Hinter mir hupt es, und das erinnert mich daran, dass ich hinter dem Lenkrad eines tonnenschweren Metallhaufens sitze.

Zu Hause fahre ich in die Einfahrt. Ich habe noch zwei Stunden, bis ich meine Mutter abholen muss.

Ich drehe den Rückspiegel zu mir und tupfe mir die Augen trocken. *Tupfen!*, sagt meine Mom immer. *Rubbeln macht die Schwellung an den Augen nur schlimmer.*

Ich steige aus dem Wagen, bleibe aber mit der Hand auf dem Türgriff stehen. »Was machst du denn hier?«

Mitch steht auf dem kleinen Spalt, wo die Einfahrt auf die Straße trifft. Er hat die Jeans halb in die Stiefel gesteckt, und seine Baseballkappe ist ausgefranst und mit Schweißrändern überzogen. »Ich hab gesehen, wie du geweint hast.«

Ich knalle die Tür zu. »Du bist mir also gefolgt?«

Röte schießt ihm in die Wangen. »Nur um sicherzugehen, dass alles okay ist mit dir. Nicht um dich zu stalken.«

»Okay.« Ich hieve meinen Rucksack über die Schulter. »Also, mit mir ist alles okay.« Dabei wird mir klar, dass wir außer verlegenem Smalltalk seit den Geschehnissen im Flur nicht mehr miteinander gesprochen haben. Ich bin ihm eine Entschuldigung schuldig. »Solltest du jetzt nicht beim Training sein?«

Er zuckt die Schultern.

»Komm mit«, sage ich.

Er folgt mir hinten herum in den Garten, und ich sage ihm, er solle sich in einen unserer verrosteten Gartenstühle setzen.

»Willst du Pfirsich-Eistee?«

Er nimmt die Kappe ab, und seine zusammengedrückten Haare kommen darunter zum Vorschein. Mit dem Unterarm wischt er sich den Schweiß von der Stirn. »Gern.«

In der Küche lasse ich meine Tasche auf den Tisch fallen und schenke jedem von uns ein Glas ein. Gerade ist diese seltsame Übergangszeit, wo man alle Jahreszeiten innerhalb eines Tages durchmacht. Ich schätze, die meisten würden es als Herbst bezeichnen, aber hier im Süden ist es eher eine ungeordnete Mischung aus Winter, Frühling, Sommer und Herbst. Aber Eistee ist das ganze Jahr über lecker.

Ich setze mich ihm gegenüber hin und reiche ihm den Becher. »Der Spezialtee von meiner Mom«, sage ich. »Nach dem Rezept meiner Großmutter.«

»Danke.«

Eine Weile nippen wir an unseren Tees.

»Es tut mir leid, was da neulich im Flur passiert ist«, sage ich. »Als jemand gesagt hat, du wärst mein Freund.«

»Ist schon okay.« Er reibt sich mit den Fingern über den Nacken. Ich glaube, jedes Mädchen hat da eine ganz eigene Stelle – eine Stelle an einem Jungen, der sie einfach nicht widerstehen kann. Für El sind es die Hände. Für mich ist es der Haaransatz hinten am Nacken. Ich liebe es, mit den Fingerspitzen über die stoppeligen Haare eines Jungen zu fahren. Und wenn ich sage »eines Jungen«, dann meine ich damit Bo mit seiner dünnen Silberkette, die aus dem Kragen hervorblitzt. Weil er der einzige Junge ist.

Aber das muss ja nicht unbedingt so bleiben.

»Ich weiß gar nicht, warum man sich immer zu einem Date verabreden muss«, bemerkt Mitch. »Wenn wir einfach sagen würden, wir machen was zusammen oder so, dann wäre da gar nicht so ein Druck. Aber ein Date, mein Gott, da sind die Erwartungen immer gleich so hoch.«

»Ja, das stimmt.« Mal abgesehen von diesem verpatzten ersten Date hat Mitch so etwas Beruhigendes an sich. Bei ihm hat man nicht das Gefühl, dass man ihn bitten muss zu bleiben, weil er vermutlich ohnehin nie gehen wird. Ich strecke die Hand aus und pflücke eine Blume aus dem Beet meiner Mutter. Ich zwirbele sie in der Hand hin und her, bis sie ganz schlapp runterhängt. »Ich habe mich für den Miss-Teen-Blue-Bonnet-Wettbewerb angemeldet.«

»Weißt du was«, sagt er, »wenn du dir ein bisschen Mühe gibst zu lächeln, könntest du sogar gewinnen.«

Ich lasse eine Hand auf seine Schulter fallen. »Du findest es nicht komisch?«

»Dass du dich angemeldet hast?« Sein Mund verzieht sich zu einem lässigen Grinsen. »Warum sollte ich das denken?«

»Keine Ahnung. Weil ich nicht gerade eine Schönheitskönigin bin.«

»Na ja, die ganze Geschichte scheint mir insgesamt nicht ganz dein Ding zu sein, aber wenn du mich fragst, bist du überqualifiziert für den Job.«

Heiße Flecken glühen auf meinen Wangen. »Danke.«

»Ich will, dass wir Freunde sind«, sagt er.

Ich brauche einen Freund. Ich brauche so dringend einen Freund. »Das möchte ich auch.« Ich stehe auf.

Er trinkt den Rest seines Tees in einem Schluck und steht ebenfalls auf, die Hände in den Hosentaschen vergraben. »Ich muss dann mal los, zum Training.«

»Samstag«, sage ich. »Ich muss nicht arbeiten. Wir können ja was zusammen machen.«

»Es tut mir leid, dass du wegen irgendwas weinen musstest«, sagt er.

Ich warte, dass er nachfragt, was denn passiert sei, aber er fragt nicht, und genau das mag ich an ihm.

32

ICH, AMANDA UND HANNAH sitzen in einer winzigen Nische ganz hinten bei Frenchy's, Millie hat sich am Ende des Tisches auf einem Stuhl niedergelassen. Als man uns diesen Platz gab, hatte Millie nur einen Blick auf die Nische geworfen und gesagt: »Tja, das sieht ein bisschen eng aus.«

Die Lippen der Kellnerin verzogen sich zu einer missmutigen Miene, aber Millie ließ sich nicht beirren und bat um einen Stuhl. Lucy hätte so etwas davon abgehalten, hier zu essen, aber Millie scheint es gar nichts auszumachen.

Nachdem wir bestellt haben, sage ich: »Also, habt ihr euch alle schon Gedanken über die Talentshow gemacht?«

»Ich will irgendwas machen, was mit Fußball zu tun hat«, sagt Amanda. »So einen Trick oder so.« Sie wippt so doll mit den Beinen, dass der ganze Tisch ins Wackeln gerät. Sie gehört zu den Leuten, die einfach nicht still sitzen können.

»Du spielst Fußball?«, frage ich, während Millie sich mit beiden Ellbogen über den Tisch beugt. Ich hätte einfach nicht gedacht, dass sich jemand mit ungleich langen Beinen so für Sport begeistern könnte wie Amanda.

»Na ja, ich meine, ich bin nicht in der Mannschaft. Aber ich kicke immer mit meinen Brüdern rum.«

Millie lächelt ihr aufmunternd zu. »Ich sehe nichts, was dagegen spricht, dass du das machst. Ich weiß noch, dass die große Schwester von Lacey Sanders vor ein paar Jahren eine Erste-Hilfe-Vorführung gemacht hat.«

Hannah lehnt sich mit verschränkten Armen zurück. Ihr Pony ist zu lang und hängt ihr über die Augen, so dass sie nur aus Haaren und Mund zu bestehen scheint. Wie eine sprechende Perücke. »Vielleicht sollte ich mich als Pferd verkleiden und fünf Minuten lang über die Bühne traben.«

Millie wendet sich mir zu. Sie lächelt, aber sonst wirkt sie sehr angespannt. »Und was ist mit dir, Will?«

»Ich weiß nicht.« Ich kann nicht Geige spielen, und beim Ballett oder irgendeinem anderen Sport hab ich es auch nicht lange ausgehalten. Meine Talente beschränken sich darauf, Fernsehen zu schauen, Ellens beste Freundin zu sein, zu seufzen und die Texte von fast allen Dolly-Parton-Songs auswendig zu kennen. »Aber wir müssen uns auch noch um die Kleider kümmern und uns auf die Interviews vorbereiten.«

»Ich bin nicht bereit, für diesen Scheiß noch mehr Geld auszugeben«, sagt Hannah. »Wenn es sein muss, trage ich auch Jeans auf der Bühne.«

»Vielleicht können wir dir ja ein Kleid nähen?«, schlägt Millie vor, wobei ihre Stimme in solche Höhen steigt, dass sie sich beinahe überschlägt.

Hannah antwortet nicht. Mir fällt es schwer, sie anzusehen, ohne mich zu fragen, wie viel sie eigentlich an diesem Tag mit Bo im Mädchenklo mitbekommen hat. Wir haben nicht mehr als eine Handvoll Worte gewechselt, und dennoch kennt sie ein Geheimnis, das so geheim ist, dass ich es noch nicht einmal meiner besten Freundin erzählt habe.

»Also, was müssen wir wissen?«, fragt Amanda und kaut auf einer Haarsträhne herum. »Beim letzten Mal waren ja alle mordsmäßig rausgeputzt, und wir kamen wie bescheuerte Idioten rüber. Der große Auftritt der Anfänger!«

»Tja«, sage ich. »Es gibt das Kleid, das Talent und das Interview. Ich meine, viel mehr ist es eigentlich nicht. Hauptsache, du gehst da hoch, ohne auf die Fresse zu fallen, und vermeidest den Eindruck, dass dir deine falschen Wimpern in die Augäpfel stechen. Ach ja, und Badeanzüge. Um die müssen wir uns auch noch kümmern.«

Millie kaut die Haut an ihrem Daumennagel ab.

Hannah verschränkt die Arme und streckt ihren ganzen Körper aus, wobei sie immer mehr von Amandas Platz in der Nische einnimmt. »Wir sind so am Arsch. Deine Mom leitet das Ding, und du kannst uns sonst nichts verraten?«

»Na ja, ich bin ja schließlich kein Wettbewerbsgroupie oder so, okay? Bis vor einer Woche ging mir das alles sonstwo vorbei. Sorry, wenn du das Gefühl hast, du packst das nicht, aber jetzt ist es zu spät, Schatzi.«

Millie macht ein langes, schlürfendes Geräusch, während sie ihre Limo austrinkt. »Also, äh, Will, falls du nichts dagegen hast, hätte ich noch ein paar Anmerkungen.« Sie stellt ihr Glas ab und setzt sich gerade hin. »Bei Schönheitswettbewerben geht es nicht nur um Kleider und Talente. Es geht um Selbstdarstellung. Um Bühnenpräsenz. Und um Stolz. So viele Gewinnerinnen von Schönheitswettbewerben kommen anschließend groß raus. Seht euch nur Miss Hazel an« – die Moderatorin unseres Lokalradios – »und Dr. Santos. Da zählt alles zusammen.«

Jetzt wird es mir plötzlich klar. Millie glaubt wirklich an das ganze Zeug. Für sie ist das kein Spaß, sondern bitterer Ernst.

»Keine von uns ist die perfekte Bewerberin«, sagt sie. »Da sind wir uns, glaube ich, alle einig. Und deswegen ist es entscheidend, wie wir unsere Stärken ausspielen. Ich will ja nicht angeben, aber ich glaube, das Interview hab ich schon in der Tasche. Amanda, wenn du deine Spezialfußballschuhe anziehst, dann sind deine Fußballtricks der Hammer.«

Ich halte beinahe die Luft an, während ich darauf warte, dass ich an der Reihe bin und sie mir irgendwie auf die Sprünge hilft.

»Hannah, versteh das nicht falsch, aber ich hab dich schon im Badeanzug gesehen, und ich kann nur sagen: You go, Girl.« Hannahs Lippe beginnt ein kleines bisschen zu zittern, und ich schwöre bei Gott, wenn Millie sogar sie zum Lächeln bringen kann, dann ist das hier nicht weniger als ein Wunder. »Also, wie bei der Einführungsveranstaltung ja schon gesagt wurde, ist es der 81. Miss-Teen-Wettbewerb …«

»Moment mal. Was ist denn *meine* Stärke?«, frage ich.

Sie lächelt. »Dein Selbstvertrauen natürlich.«

Meine Gedanken driften völlig ab. Wie kann sie etwas sehen, das ich nicht einmal fühlen kann? Und was bringt es, wenn ich selbstbewusst auftrete, es aber gar nicht bin? Ich habe immer gedacht, mein Spiegelbild wäre mir egal. Aber das hat Bo kaputtgemacht. Dabei soll es doch angeblich einfach sein, sich selbst zu mögen, wenn man von jemandem gemocht wird.

Aber das kann nicht stimmen. Ganz egal, wie sehr ich mir einzureden versuche, dass das Fett und die Dehnungsstreifen mir egal sind – sie sind es eben nicht. Selbst wenn sie Bo, warum auch immer, egal wären, mir sind sie nicht egal.

Und dann gibt es noch diese Tage, an denen mir wirklich alles egal ist und ich vollkommen mit meinem Körper zufrieden bin. Wie kann es sein, dass diese Persönlichkeiten beide in mir stecken?

»Hast du noch etwas hinzuzufügen, Will?«, fragt Millie.

Ich blinzele einmal. Zweimal. »Nein. Nein, ich glaube nicht.«

Hannah rutscht von der Bank. »Ich bin dann mal weg.«

Amanda schlürft ihre Limo, bis der Strohhalm ein lautes Kreischgeräusch von sich gibt.

Ich drehe mich um und rufe Hannah hinterher. »Warum hast du dich eigentlich umentschieden? Als Millie dich gefragt hat, hast du doch erst einmal nein gesagt, oder?«

Sie wendet sich zu uns. »Ich höre mir jeden Tag an, dass ich ein Freak bin. Ich finde, so langsam sollte ich mal damit auftreten.«

»Wenn das Pferd meint …«, murmelt Amanda, sobald Hannah außer Hörweite ist.

Millie gibt ihr einen Tritt unter dem Tisch. »Das war jetzt aber nicht sehr nett.«

»Ist sie ja auch nicht«, erwidert Amanda.

33

DIESES MAL sage ich Mitch, wir können uns bei ihm zu Hause treffen. Er schlägt vor, dass wir Filme schauen, und ich nehme automatisch an, dass seine Eltern an dem Abend nicht da sind.

Als die Haustür aufgeht, stehe ich der weiblichen Version von Mitch gegenüber, die ein hellgelbes T-Shirt trägt, auf dem sich Kätzchen mit Wollknäueln balgen. Diese Frau, die nur Mitchs Mutter sein kann, wirft sich ein Geschirrtuch über die Schulter und zieht mich an sich. »Oh, hallo!«, sagt sie. »Mitch hat ja erzählt, dass du hübsch bist, aber er hat nicht gesagt, wie hinreißend du aussiehst.« Dann lässt sie mich eine Sekunde lang los, bevor sie meine Wangen packt und mich ins Haus zieht.

Die Diele in Mitchs Haus ist wie der Hals eines Trichters. Klein und vollgestellt. Aber seine Mutter rührt sich nicht vom Fleck. »Jetzt wollen wir uns dieses Gesicht doch mal genauer ansehen.« Sie fährt mit dem Daumen über meine Wangen, als würde sie Tränen wegwischen.

»Mom!«

Sie macht einen Schritt zurück, und ich sehe Mitch in dem engen Flur. Seine Wangen sind dunkelpink.

»Hallo.«

»Hallo, Will.« Mitch räuspert sich. »Äh, Mom, wir gehen nach oben, ja?«

Seine Mutter nickt. »Lasst die Tür offen.«

»Mom, es ist schon okay!« Mitch bedeutet mir, dass ich ihm die Treppe hinauf folgen soll.

»Der Heilige Geist sieht alles!«, ruft sie hinter uns her.

An den Wänden in seinem Zimmer hängen Poster von verschiedenen Videospielen, aber eines fällt mir besonders ins Auge. Es zeigt in erster Linie den Oberkörper eines Mädchens. Sie hält eine Maschinenpistole in der Hand, hinter ihr ist eine Horde von Zombies zu sehen. Über das, was sie möglicherweise anhat, hat jemand mit Klebestreifen ein knielanges Kleid aus einer Papiertragetasche geklebt. Ich deute auf das Poster. »Was ist denn da passiert?«

»Äh, meine Mom. Das ist mein Lieblingsspiel – oder zumindest war es das, bevor die neueste Folge herauskam – und sie konnte das Poster noch nie leiden.« Er hebt die Papiertüte an, und darunter kommen ein tief ausgeschnittenes, bauchfreies Top und olivgrüne Shorts zum Vorschein, die so winzig sind, dass es sich auch um Unterwäsche handeln könnte. »Sie fand es nicht so toll, dass ich ein halbnacktes Mädchen im Zimmer habe. Auch wenn sie nur 2D ist. Und das hier war ihr Kompromiss. Immer wenn ich die Tüte abmache, schneidet sie ein neues Kleid zu.«

»Und warum nimmst du nicht einfach das Poster ab?«

Er setzt sich auf die Bettkante. »Keine Ahnung. Ich mag das Spiel. Das nackte Mädchen ist mir eigentlich ziemlich egal.«

»Okay?«

Er fährt mit der Hand durch die Luft, als wolle er ausradieren, was er gerade gesagt hat. »Nicht, dass ich nackte Mädchen nicht mag. Ich meine, ich bin nicht auf der Suche nach nackten Mädchen. Ich …«, er holt tief Luft, »… ich meine, dass ich das Spiel spiele, weil sie eine krasse Frau ist. Nicht, weil man ihren Arsch sehen kann.« Die letzten Worte flüstert er beinahe.

»Ist schon okay«, flüstere ich zurück. Ich ziehe seinen Schreibtischstuhl heraus und setze mich darauf, weil es zu komisch ist, sich auf das Bett eines Jungen zu setzen.

»Willst du hierbleiben und einen Film schauen oder so? Wir könnten auch weggehen. Ich dachte, wir machen nichts Großes diesmal.«

»Film klingt gut.«

»Okay. Cool. Wir können hier schauen auf meinem Laptop. Oder im Wohnzimmer.«

»Hier ist gut. Oder im Wohnzimmer.«

»Wir könnten uns aufs Bett setzen, oder ich setze mich auf den Fußboden und du könntest auf dem …«

Ich setze mich neben ihn aufs Bett. »Ganz ruhig.« Ich bin normalerweise immer die Ungeschickte, die erst einmal tief Luft holen muss. Es ist ziemlich erleichternd, nicht das Gefühl zu haben, ich könnte jeden Augenblick in einen Abgrund stürzen. »Alles ist gut. Ich werde schon nicht gleich schwanger, nur weil ich mich auf dein Bett setze.«

»Erklär das mal meiner Mom.«

Ich lache. »Immerhin haben wir die Tür für den Heiligen Geist offen gelassen.«

Er dimmt das Licht und zieht seinen Laptop hervor, den er auf einem Kissenstapel vor uns platziert. »Also, wenn du willst, es gibt einen Spielfilm zu dem Videospiel, oder wir könnten uns online was ausleihen.«

»Ich würd eigentlich ganz gerne sehen, worum es in diesem Zombie-Film geht.«

Wir lehnen uns zurück, während sich der Schein des Laptops über uns ausbreitet. Der Film ist genau so, wie es das Poster des Videospiels angekündigt hat, mal abgesehen davon, dass die Hauptfigur kein Kleid aus Papiertüten trägt. Ich merke, dass

Mitch den Film schon Hunderte Male gesehen hat. Seine Lippen bewegen sich mit denen der Schauspieler, während sie seine Lieblingsdialoge sprechen. Er lacht immer schon kurz vor den Witzen und verzieht vor den unheimlichen Stellen das Gesicht. Weil gruselige Filme noch nie mein Ding waren, bin ich eigentlich ganz dankbar für die Vorwarnung.

Fast hätte ich einen Großteil des Schlusses verpasst, weil ich statt des Films Mitchs Hand beobachte, die Zentimeter um Zentimeter näher an meine rückt.

Ich sollte meine Hand wegziehen.

Sein kleiner Finger streift meinen.

Dann explodiert der Laptop.

Nein, natürlich explodiert nur das Krankenhaus voller Zombies im Film, aber da ich nicht aufgepasst habe, kriege ich so einen Schreck, dass ich laut aufschreie.

»Was, um Himmels willen, mutest du dem Mädchen zu?«, brüllt Mitchs Mutter von unten.

»*Final Death 3!*«, brüllt Mitch zurück.

»Alles in Ordnung!«, rufe ich hinterher.

Der Abspann läuft und taucht das Zimmer in fast vollständige Dunkelheit. »Hast du Hunger?«, fragt er.

Ich bin kurz vorm Verhungern. »Ja, ich könnte schon was essen.«

»An der Dawson Street ist ein Taco-Stand. Wir könnten hingehen und ein bisschen abhängen, bevor du nach Hause musst.«

Ich folge Mitch in die Küche, wo seine Mutter Quittungen addiert mit einer alten Rechenmaschine, die noch richtiges Papier verwendet. »Habt ihr Hunger, ihr zwei?«

»Eigentlich wollten wir rausgehen und uns was bei Taki's Tacos holen.«

Sie nimmt die Lesebrille ab, so dass sie an ihrem Hals hängt und gegen die Kätzchen und ihre Wollknäuel auf dem T-Shirt baumelt. »Na, wenn ihr unbedingt wollt, aber ich habe heute morgen erst eingekauft. Ich könnte Salami-Sandwichs machen. Es gibt auch noch einen Rest Hühnchen-Spaghetti-Auflauf.« Sie dreht sich zu mir. »Ich will ja nicht angeben, aber meinen Hühnchen-Spaghetti-Auflauf sollte man sich nicht entgehen lassen.«

»Wir wollen noch ein bisschen raus, Mom. Warum ist das so ein großes Ding?«

»Ich find's einfach nur Verschwendung, das ist alles.« Sie setzt die Brille wieder auf. »Aber es ist ja Samstagabend. Sei vor Mitternacht zurück.«

Der Taco-Stand ist auf einem alten Parkplatz. Unkraut wuchert durch die Risse im Asphalt umd erinnert daran, dass es hier in erster Linie um Tacos und nicht um das Ambiente geht. Neben der Bude stehen ein paar verrostete Spielgeräte, die aussehen, als hätte man sie irgendwo in einem öffentlichen Park abgebaut und hierher verfrachtet. Wir setzen uns auf eine Bank ganz am Rand des Lichtkreises, der von der Taco-Bude ausgeht.

Nachdem wir gegessen haben, schlendern wir zu dem Spielplatz. Ich setze mich auf eine Schaukel, und Mitch tut es mir gleich. Die Ketten ächzen unter seinem Gewicht.

»Gute Tacos«, sage ich.

Er nickt. »Hat dir der Film gefallen?«

»Es war ... blutig. Aber nicht schlecht.«

»Du hast dich also wirklich zum Miss-Teen-Blue-Bonnet-Wettbewerb angemeldet?«

»Ja. Ja, das habe ich. Aber ich bin ziemlich am Arsch. Ich brauche ein Talent, und mir fällt nichts ein.«

Ich gehe mit der Schaukel rückwärts und lasse mich dann nach vorne schwingen, während ich die Beine anziehe. »Mal ganz abgesehen davon, dass sich meinetwegen auch noch alle möglichen anderen Mädchen angemeldet haben. So als wäre ich ihre Anführerin oder so. Aber ich weiß selbst nicht mal, was ich tue. Und ich fühle mich irgendwie verantwortlich für sie, verstehst du?«

Mitch stellt sich hinter mich und schubst mich immer wieder sanft an, wenn ich rückwärts schwinge. »Vielleicht musst du dich erst mal darum kümmern, deinen Kram auf die Reihe zu kriegen, und dabei findest du dann auch raus, wie du den anderen helfen kannst.«

Er schubst mich noch ein paarmal vor und zurück, während ich diesen Gedanken in mich aufnehme.

»Hey, Mitch?«

»Ja?«

»Du bist doch echt gut im Football, oder?«

»Jedenfalls sagt man mir das so.«

»Ich wette, du kriegst ein Stipendium und kommst hier raus.«

Zum ersten Mal gibt Mitch keine Antwort.

»Was denn?«, frage ich. »Glaubst du das nicht?«

»Ich weiß nicht. Ich schätze schon.« Er hört auf, mich anzuschubsen, und setzt sich in umgekehrter Blickrichtung wieder auf die Schaukel neben mir. »Ich mag die Sachen immer gar nicht so gerne, die ich angeblich gerne mache. Ich bin gut im Football, aber die ganze Saison über hatte ich nur das Gefühl, dass ich das irgendwie hinter mich bringen muss.«

Es fällt mir schwer, das zu verstehen. Die Vorstellung, dass man so gut in etwas sein kann und es trotzdem nicht gerne macht.

»Wenn man als Junge in dieser Stadt aufwächst, erwarten die Leute bestimmte Dinge von einem. Es wird erwartet, dass man

Football spielt und auf die Jagd geht und zum Angeln. Als Kind hatte ich nicht besonders viele Freunde, aber ich hatte Patrick. Wir sind an den Wochenenden immer mit unseren Vätern Jagen gegangen.«

»Du jagst?«, frage ich. Dabei sollte es mich nicht überraschen. Viele Leute gehen hier auf die Jagd. Ich finde es widerlich, aber ich bin schließlich auch kein Fleischverächter, kann also nichts dagegen sagen.

»Sozusagen«, sagt er. »Ich war schon als Kind mit auf der Jagd. Ich habe meinen Dad begleitet und durfte ein halbes Bier trinken, während wir darauf gewartet haben, dass sich irgendein Tier, das gerade Saison hatte, zeigte. Aber wenn es dann darum ging zu schießen, habe ich immer danebengeschossen. Eine Weile habe ich behauptet, ich könnte einfach nicht gut zielen. Mein Dad war so sauer auf mich. Es ging einfach immer daneben. Ganz knapp. Dann wurde ihm nach und nach klar, dass es Absicht war.«

Ich spüre ein warmes Kribbeln in meiner Brust. Ich glaube, es sind genau die Dinge, über die wir eigentlich gar nicht gerne reden, die andere am meisten hören wollen.

»Wir waren in der Siebten, und mein Dad hat furchtbar auf mir herumgehackt. Patrick und sein Dad waren auch dabei. Es war Rotwild-Saison. Und ich habe einen getroffen.« Seine Stimme erstirbt. »Es war ein Unfall. Ein großer, stolzer Bock. Mein Dad hat mir anerkennend auf den Rücken geschlagen. Ich weiß noch, dass ich mich fühlte, als würde ich ersticken.«

»Das tut mir leid.« Die Worte klingen so nichtssagend. So wie es war, als die Leute gesagt haben, das mit Lucy täte ihnen leid.

Er steht auf und zieht meine Schaukel an der Kette nach hinten. Ich spüre, wie er ganz nah an meinem Hals ausatmet. »Ich weiß, dass Jungen nicht weinen sollten, aber an diesem Abend habe ich Rotz und Wasser geheult. Und ich glaube, da wurde mir auch etwas klar: Wenn man etwas gut kann, bedeutet das noch lange nicht, dass man es auch machen muss. Nur weil einem etwas leichtfällt, ist es noch lange nicht richtig.« Er lässt die Kette los, und ich schwinge meine Beine zu den Sternen hinauf.

In dieser Nacht träume ich, dass ich mich in Mitchs Videospiel befinde und winzige Shorts und ein zerrissenes T-Shirt trage. Mein Körper ist keine Photoshop-Traumversion. Meine Oberschenkel sind dick und voller Cellulitis, und Speckringe hängen über den Bund meiner Shorts. Meine goldenen Locken sind hoch aufgetürmt zu einer altmodischen Dolly-Frisur. Wie das Mädchen in Mitchs Spiel habe ich Waffen, Munition und Messer um Rücken und Oberschenkel geschnallt, und auf meiner Schulter ruht eine Bazooka. Ich bin eine krasse Frau. Knallhart und fett.

Ich stürme in ein verlassenes Bürgerhaus. Die Drehtür schiebt gegen Berge von Schutt, als ich das Gebäude betrete. Und dann tauchen sie langsam auf und werden mehr und immer mehr. Zombie-Schönheitsköniginnen. Überall.

Ich warte, bis sie fast zu nah sind, bevor ich die Bazooka abfeuere. Weg. Teile fliegen durch die Luft. Ich ducke mich. Sie sind tot. Wirklich tot diesmal.

Doch eine ist noch übrig. Ein ergrauter Zombie, aufgetakelt für den schönsten Tag ihres Lebens in einem zerfetzten roten Abendkleid. Ihre Krone ist zerbeult und gebrochen, und ihre Schärpe ist so ausgeblichen, dass man die Schrift darauf nicht mehr lesen kann. Sie kommt auf mich zu und zieht dabei einen Fuß nach, der über den Marmorfußboden schabt.

Ich lade meine Bazooka erneut.

34

ES GIBT EIN PAAR DINGE – wie die Sache mit dem Badeanzug –, über die ich nicht nachgedacht habe, bevor ich mich für den Wettbewerb angemeldet habe. Aber worauf ich überhaupt nicht vorbereitet war, ist der Gruppentanz.

Ich, Millie, Amanda und Hannah sitzen in einer Reihe an der Rückwand der Dance Locomotive, des einzigen Tanzstudios in Clover City. Es sieht nicht einfach aus, aber es kann ja wohl nicht viel schwerer sein, als in choreographierten Kreisen herumzulaufen.

Ganz vorne im Saal steht meine Mom in einem Tanzrock, einem etwas zu stark gedehnten Gymnastikanzug, super glänzenden hautfarbenen Strumpfhosen und schwarzen Tanzschuhen. Neben ihr stehen Mrs Clawson in ihrem türkisblauen, ballonseidenen Trainingsanzug, der bei jedem Atemzug raschelt, und Mallory Buckley in weißen Yoga-Pants und zartrosa Sport-BH. Ich ertappe meine Mom mehrmals dabei, wie sie Mallory leicht missbilligende Blicke zuwirft, und es erfüllt mich mit einer boshaften Genugtuung.

Alle sind makellos, gebräunt, gebleicht und tragen perfekt aufeinander abgestimmte Sportklamotten. Ich hingegen habe dieselbe Schlafanzughose an, in der ich letzte Nacht geschlafen habe. Amanda in ihren Fußballshorts und Millie in ihrem Jogginganzug wirken schon ein bisschen besser vorbereitet, aber Hannah rundet unseren Auftritt in schwarzen Jeans und T-Shirt ab.

»Fangen wir mit ein bisschen Stretching an, meine Damen.«

Meine Mom setzt sich vor uns hin mit dem Rücken zum Spiegel. Alle nehmen ihre Lieblingspositionen ein. Einschließlich Mrs Clawson, die im Stehen Windmühlen macht. Ihr Gesicht läuft rot an, während sie bei jeder Drehung ihre Atemzüge zählt. Auf wundersame Weise bewegt sich ihre Dauerwelle dabei keinen Zentimeter.

Meine Mom sitzt auf dem Boden, wobei sich ihre Fußsohlen berühren und die Beine in einer Schmetterlingsposition angewinkelt sind. »Unser diesjähriges Motto lautet: ›Texas – die Schönheit des Südens‹.«

»Ja, genau«, murmelt Hannah in sich hinein, »als ob Texas ’ne Frau wäre.«

Amanda lacht, und Millie tritt ihr mit ihren schicken kleinen Turnschuhen gegen das Schienbein.

Ich beuge mich vor, um meine Zehen zu berühren, doch mein Bauch und mein Busen liegen zwischen mir und meinen Oberschenkeln.

»Am Ende der Probe bekommt jede von euch ein Wahrzeichen von Texas zugeteilt, nach dem ihr euer Outfit für die Eröffnungsnummer planen könnt. Alle sollen einen Jeansrock, ein kariertes Hemd und Cowboystiefel tragen. Darüber hinaus könnt ihr euch selbst ausdenken, wie ihr euer jeweiliges Wahrzeichen repräsentieren wollt. Wer zum Beispiel unsere Staatsblume, die Bluebonnet, hat, könnte einen Kopfschmuck in Form dieser Blumen tragen. Das ist eine Gelegenheit, bei der die Jury einen Eindruck von eurer Persönlichkeit bekommen und erkennen kann, wie ihr mit einer Aufgabe umgeht, die man euch zuteilt. Nutzt diese Chance, Mädels!«

Ellen sitzt ganz vorne in der ersten Reihe mit Callie, die natürlich auch am Wettbewerb teilnimmt. Sie tragen Trainingsanzüge im Partnerlook, mit an der Hüfte aufgedrucktem Logo von Sweet 16. Wir haben jetzt schon ganze zwei Wochen nicht miteinander gesprochen. Als ich das letzte Mal zwei Wochen lang nicht mit Ellen gesprochen habe, hatten ihre Eltern ein Wohnmobil gemietet, um mit ihr an die Westküste zu fahren. Damals habe ich ihr jeden Tag ihrer Abwesenheit einen Brief geschrieben und alle in ihren Briefkasten geschmissen. Ich bin verrückt geworden ohne sie, und als sie endlich zurückkam, haben unsere Mütter erlaubt, dass sie zwei Nächte hintereinander bei mir übernachtete.

Das hier ist viel schlimmer. Weil sie ja hier ist, vor meiner Nase. Sie ist am anderen Ende des Raumes, und wenn ich sie riefe, würde sie nicht antworten. Ich war schon so oft kurz davor, mich zu entschuldigen, aber jetzt habe ich zu lange gewartet. Und ein Teil von mir ist immer noch der Meinung – nein, weiß – dass ich recht habe.

Wir stehen alle auf, um die Tanzschritte zu lernen. Millie beugt sich zu mir, wobei sie auf den Zehenspitzen steht, und sagt: »Du solltest mit ihr reden.«

»Was meinst du?«

Sie schiebt die Ärmel ihres Sweatshirts hoch. »Ellen.«

»Wir tanzen Grapevines: rechts, links kreuzt hinten, wieder rechts und Schluss«, sagt meine Mutter über die schepprige Musik hinweg. »Fünfmal links. Fünfmal rechts. Bekah!«, ruft sie. »Komm mal nach vorne, damit die anderen deine Technik sehen können.«

Bekah errötet, folgt aber der Aufforderung meiner Mutter. Schon allein ihr Anblick irritiert mich, und dafür habe ich eigentlich gar keinen Grund. Sie ist einfach gut in allem. Und sie ist hübsch. Und sie ist bescheiden.

Ich verbringe die nächste Stunde damit, über meine eigenen Füße zu stolpern, während ich mich bemühe, mit den endlosen Folgen von Grapevines und Drehungen mitzuhalten, während wir uns ineinander- und wieder auseinanderflechten. Ich ertappe meine Mom dabei, wie sie mich im Spiegel beobachtet, als ich gerade über Amandas Plateausohlen falle und mein Hintern mit dem Holzboden Bekanntschaft macht. Letztlich muss ich zugeben, dass es genau das Richtige war, Bekah nach vorne zu rufen. Sie weiß wirklich, was sie tut.

Am Ende der Probe schwitze ich an Stellen, von denen mir bislang nicht bekannt war, dass man dort schwitzen kann.

Millie hat einen leicht irren Ausdruck auf dem Gesicht und einen dicken Schweißring um den Hals. »Das war so cool«, sagt sie. »Was für ein Wahrzeichen hast du?«

Ich halte den Zettel in die Höhe, den ich aus der Schale gezogen habe. »Cadillac Ranch.« Ein Ort, den ich nur von Bildern kenne. Man muss dazu wissen, dass Texas wirklich unglaublich riesig ist. Ich kenne jede Menge Leute, die noch nie aus diesem Staat rausgekommen sind. Ich erinnere mich, mal gehört zu haben, dass man je nachdem, wo man anfängt, einen ganzen Tag lang fahren kann und immer noch in Texas ist. »Und du?«

Sie strahlt. »Die Stockyards in Fort Worth.« Nur Millie könnte es schaffen, einen Viehmarkt in einen Kopfschmuck für einen Schönheitswettbewerb zu verwandeln. Wenn ihr Optimismus ansteckend wäre, würde ich schon jetzt darauf wetten, dass ich das Ding hier gewinnen kann.

35

ICH HABE GEHÖRT, dass Schulbälle an größeren Schulen eigentlich kaum noch eine Rolle spielen. Ich schätze mal, es sind zu viele Schüler. Aber dummerweise sind Schulbälle an der Clover City Highschool noch ein großes Thema. Abgesehen von der Prom ist der Sadie Hawkins Dance das angesagteste Event der Stadt. Und weil man als weibliches Wesen nicht einfach einen Typen fragen kann, ob er mit einem hingeht, geben sich alle Mädchen die größte Mühe, um ihre Einladung zum Sadie Hawkins Dance besonders auffällig zu gestalten.

Vor drei Jahren hat Macy Palmer das Rad neu erfunden, als sie ihren Freund Simon zu dem Ball eingeladen hat, indem sie das Lied »The 12 Days of Christmas« nachgestellt und ihn zwölf Tage am Stück mit irgendwas überrascht hat. Kein Witz. Jeden Morgen kam dieser Typ in die Schule und wurde von allem Möglichen begrüßt, angefangen von drei Hühnern bis hin zu zwölf trommelnden Trommlern. Und der Typ war sowieso schon ihr Freund! Er wäre nie auf die Idee gekommen, sie könnte einen anderen fragen. (Nur der Vollständigkeit halber: Beide haben inzwischen ihren Abschluss gemacht. Sie war im vierten Monat schwanger, während er es dank eines Golf-Stipendiums schon fast hier raus geschafft hatte.)

Danach war es nicht mehr akzeptabel, einen Jungen nur mit einem Teller selbstgebackener Kekse oder mit einem T-Shirt mit seiner Football-Spielernummer auf dem Rücken zum Sadie Hawkins Dance einzuladen. Seitdem muss man nicht nur den

Mut aufbringen, überhaupt einen Jungen zu fragen, sondern man muss es auch noch mit Stil tun.

Im ersten Jahr an der Highschool war es nicht so schlimm, weil Ellen und Tim noch nicht zusammen waren. Letztes Jahr habe ich so getan, als wäre ich krank. Aber dieses Jahr war so viel anderes los, dass mir die Transparente und Schilder, die den Ticketverkauf ankündigen, vollkommen entgangen sind.

Nach geschlagenen fünf Stunden, in denen ich mich durch ein wahres Minenfeld voller Sadie-Hawkins-Einladungen bewegt habe – einschließlich einer Cheerleading-Pyramide in der Mittagspause –, muss ich nur noch eine Stunde hinter mich bringen. Ich lasse mich auf meinen Platz neben Amanda gleiten. Sie blickt von ihrem Handy auf. »Und, hast du schon jemanden gefragt?«

»Nein. Und du?«

Sie schüttelt den Kopf. »Nö. Ich dachte, ich lasse die Dinge einfach laufen, und schaue mal, wer morgen noch übrig ist. Ich würde mir ja gar nicht die Mühe machen, aber wir müssen sowieso einen Jungen fragen, der uns beim Schönheitswettbewerb eskortiert. Dann kann ich zwei Fliegen mit einer Klappe schlagen.«

Stöhnend lasse ich den Kopf in die Hände sinken. Das hatte ich total vergessen. Mein Tisch wackelt, als hätte jemand dagegengetreten. Ich fahre herum und sehe Bo zu seinem Platz hinten im Klassenzimmer gehen.

Insgeheim liebe ich es, ihn so zu sehen, in den Klamotten, die er sich jeden Morgen aus seinem Schrank auswählt. Ich frage mich, ob er dabei ganz bewusst vorgeht oder ob er zu den Leuten gehört, die sich im Dunkeln anziehen, weil sie sich morgens von allem überfordert fühlen. Oder vielleicht steht er auch super früh auf und geht joggen oder isst Eier oder irgendwas anderes, was Morgenmenschen eben machen.

Oder vielleicht geht es dich auch gar nichts mehr an, ermahne ich mich selbst.

»Millie hat Malik gefragt. Von der Zeitung«, sagt Amanda. »Er ist ziemlich heiß, wenn man von den zusammengewachsenen Augenbrauen absieht. Oder falls man auf zusammengewachsene Augenbrauen steht.«

Dankbar für die Ablenkung wende ich mich wieder ihr zu, bin mir aber plötzlich sehr bewusst, in welcher Haltung ich dasitze. Ob die Speckrollen an meinem Rücken wohl verschwinden, wenn ich mich gerader hinsetze?

»Und wie hat sie es gemacht?«

Amanda lacht. »Sie hat ihm etwas vorgesungen. Mit einer Ukulele.«

Die Vorstellung ist mir so peinlich, dass ich mich winde. Bestimmt haben alle gelacht. »Und was ist passiert?«, flüstere ich.

»Also, er hat ja gesagt.« Sie sagt das wie: *Warum auch nicht?*

»Moment mal. Im Ernst jetzt?«

»Und er macht das auch mit dem Schönheitswettbewerb. Es war echt süß. Und er hat sie auf die Wange geküsst. Das ist mehr, als bei mir bisher gelaufen ist.«

Während der Unterricht an mir vorbeischwappt, überlege ich, wie gemein es von mir ist, gleich davon auszugehen, dass Millie sich blamieren würde. Wenn sie mich vorab um meine Meinung gebeten hätte, hätte ich ihr gesagt, das sei zwar eine süße Idee, aber gleichzeitig hätte ich alles in meiner Macht Stehende getan, um sie davon abzubringen. Und nicht etwa, weil ich finde, dass sie es nicht verdient hätte, zum Ball zu gehen und eine Begleitung für den Wettbewerb zu haben. Ich will nur nicht, dass sie sich lächerlich macht. Das wünsche ich keinem. Und Millie hat das schon durchgemacht. Sie war oft genug das Opfer.

Aber trotzdem macht sie einfach ihr Ding und schert sich einen Dreck um das, was andere denken.

Es tut fast weh zu wissen, dass sie sich traut, so mutig aufzutreten. Es ist, als würde man eine alte Freundin sehen, von der man sich entfernt hat, und sich an all die gemeinsamen Erlebnisse von früher erinnern.

Die Stunde ist vorbei, und ich werde mit dem Strom der Schüler zur Tür hinausgespült. Ich kann hören, wie Bo sich mit José Herrera über Algebra und dann über eine Party unterhält.

Im Flur werden wir von einer Mauer von Mädchen aufgehalten. Sie halten sich an den Händen wie bei einem Kinderspiel.

»Sorry, dass wir euch aufhalten«, sagt eine von ihnen.

»Es dauert nur eine Minute«, fügt eine andere hinzu.

Bekah Cotter steht hinter der Reihe von Mädchen. Sie trägt winzige Jeansshorts, goldene Ballerinas und ein übergroßes weißes T-Shirt, das über ihrem Po zusammengeknotet ist. Mit aufbügelbaren Buchstaben steht auf dem Shirt *Komm mit mir zu Sadie Hawkins* … Sie dreht einen großen Taktstock zwischen ihren Fingern und wartet, dass die Menge sich beruhigt.

Amanda steht hinter mir und wippt auf den Zehenspitzen. »Ich krieg schon Beklemmungen, wenn ich diese Shorts nur sehe.«

Bekah holt einmal tief Luft und wirbelt dann ohne weitere Ankündigung den Stock hoch in die Luft, wirft ihn über ihre Schulter und fängt ihn wieder auf, während sie Kunststücke vollführt, die so zackig und schnell sind, dass man kaum mithalten kann. Es ist bewundernswert und dennoch bei weitem nicht so kompliziert, wie ich es schon bei Footballspielen von ihr gesehen habe. Ihre Talentvorführung beim Wettbewerb wird kaum zu überbieten sein.

Sie wirft den Stock in die Luft, vollführt dabei einen verrückten Drehsprung und landet mit dem Rücken zu uns, während sie den Stock auffängt, bevor er auf dem Boden auftrifft. Als ihr Hintern durch die Luft fliegt, wird deutlich, wen sie zum Ball einladen will. Auf jeder Tasche ihrer Shorts steht mit Glitzerfarbe ein Buchstabe: ein B und ein O.

Die Jungs aus dem Geschichtsunterricht schieben ihn ganz nach vorne. Er grinst, und ich kann kaum hinsehen, als Bekah seine Hand nimmt. Bo wirft einen Blick zur Seite, und ich weiß, dass er mich sieht. Aber ihm bleibt keine Sekunde, um sich zu entscheiden oder nachzudenken. Er nickt. Und nun sind sie Bekah und Bo. Bo und Bekah.

Ich schiebe Amanda beiseite und bewege mich gegen den Strom von Schülern, die in Richtung Parkplatz drängen. Die Blicke zu Boden gerichtet, sehe ich nur eine Flut von Füßen, bis ich schließlich eine Toilette gefunden habe. Ich lasse mich auf die Knie sinken und krame in meinem Rucksack herum. Ich suche etwas. Mein Handy? Eine Handgranate?

Ganz unten in der Tasche finde ich einen wasserfesten Permanentmarker. Ich ziehe die Kappe ab, drehe mich zum Spiegel und fange an, vollkommen zurechnungsfähig, wie ich nun einmal bin, auf mein Gesicht zu schreiben.

Allerdings habe ich nicht so richtig darüber nachgedacht, wie ich am besten von Punkt A zu Punkt B gelangen soll, während ich quer über mein Gesicht gekritzelt habe. Ein Blick in den Spiegel zeigt mir deutlich, dass es kein Zurück mehr gibt. Selbst wenn ich wollte. Die Stifte heißen nicht ohne Grund Permanentmarker.

So schnell wie möglich marschiere ich in Richtung Parkplatz und ziehe mir dabei die Haare über den Kopf wie Cousin Itt aus der Addams Family. Da ich mich auf das wenige verlassen muss, was ich durch die Strähnen hindurch sehe, kann ich nur zu Gott beten, dass mich kein Auto erwischt.

Und da ist er. Auf dem Weg zu seinem Auto.

»Mitch!«, rufe ich. »Mitch!«

Das ist eine schlechte Idee. Ich glaube, ich kann mit einiger Sicherheit sagen, dass alle meine Ideen schlechte Ideen sind.

Er dreht sich um. »Will?« Sein Gesicht legt sich in besorgte Falten. »Ist etwas passiert? Alles okay mit dir?«

Als ich fast vor ihm stehe, werfe ich mein Haar zurück und gebe den Blick auf mein Gesicht frei. Seine Sorge verwandelt sich in Verwirrung. »snikwaH iedaS uz tiM?«

»Mist«, sage ich. »Ich hab das vor dem Spiegel geschrieben.«

Er senkt den Blick und versucht sein Grinsen vor mir zu verbergen, während er mit dem Fuß Kreise in den Kies malt.

»Und, willst du?«, frage ich. »Mit zu Sadie Hawkins?«

»Ich weiß nicht.« Seine Wangen strahlen. So sieht ein Junge aus, dem ein Stein vom Herzen fällt, weil ich seinen Geburtstag nicht vergessen habe. Ich bin ein schrecklicher Mensch. »Wirst du ein Kleid tragen?«

»Und du?«

Er schiebt die Hände in die Hosentaschen. »Ja, ich komme mit.« Dann streckt er den Arm aus und reibt mir mit dem Daumen über die Stirn. »Das geht nicht mehr ab, oder?«

»Für immer«, sage ich.

Seine Augen leuchten auf.

Ich hätte hinzufügen sollen »als guter Freund«. *Mit zu Sadie Hawkins als guter Freund*? Aber dazu ist es jetzt zu spät. Ich werde ihm das nicht kaputtmachen, obwohl ich fürchte, dass ich es eigentlich nur für mich getan habe.

36

ES IST FREITAGABEND, und ich gammele auf dem Sofa herum und schaue eine Nachmittagstalkshow, die ich aufgenommen habe. Es geht um Cousinen zweiten Grades, die behaupten, sie hätten telepathische Fähigkeiten.

Mom ist in der Küche und färbt eine Tischdecke für den Jurytisch.

Die Moderatorin im Fernsehen stellt die Cousinen auf die Probe, indem sie ihnen Fragen stellt, die sie mit ihren »Fähigkeiten« beantworten sollen. Die erste Cousine erreicht nur 50 Prozent und gibt der Zeitverschiebung und dem Jetlag die Schuld, weil sie von Louisiana nach New York geflogen ist.

Als die Werbepause kommt, setzt sich meine Mutter auf den großen Sessel und nimmt die Schürze ab. »Puh«, sagt sie. »Das muss jetzt ein bisschen einweichen.« Sie nimmt die Fernbedienung und stellt den Fernseher auf stumm.

»Warte«, sage ich. »Drück lieber auf Pause. Ich will nicht aus Versehen mitkriegen, was passiert.«

Sie fummelt einen Augenblick an der Fernbedienung herum, bevor sie sie mir reicht, damit ich die Pause einstelle. »Lass uns mal kurz reden.«

Bestimmt geht es um den Wettbewerb und darum, dass ich ihn nicht ernst genug nehme. Oder dass sie meint, ich würde mich irgendwie blamieren.

»Seit Lucy nicht mehr da ist, bekommen wir auch nicht mehr ihre Behindertenrente.«

Damit hatte ich jetzt wirklich nicht gerechnet.

»Und ihre Lebensversicherung war zwar nicht viel, aber sie hat uns immerhin in den letzten Monaten über Wasser gehalten.«

Ich setze mich auf und brauche einen Augenblick, bis sich meine Augen angepasst haben und wieder scharf sehen. »Müssen wir das Haus verkaufen?«

»Nein, nein. Überhaupt nicht. Das Haus wird in ein paar Jahren abbezahlt sein. Ich glaube, bis dahin schaffe ich das. Darum sollst du dir keine Sorgen machen.«

»Okay …«

»Aber die Reparatur von deinem Auto kann ich mir nicht leisten.«

Das war es also. Mir wird schwer ums Herz. Ich weiß, wie dumm es ist, wegen eines Autos traurig zu sein, wenn doch andere Dinge wie Essen viel wichtiger sind. Und vor allem brauchen wir dieses Auto nicht unbedingt. Aber das kleine rote Ding verkörpert für mich die Freiheit. Clover City fühlt sich ohne meine Jolene noch kleiner und abgelegener an.

»Es tut mir leid, Süße.«

»Wie viel soll es denn kosten?«

»Ungefähr 3000 Dollar.«

Ich nicke. Mindestens ein Jahreslohn von Chili Bowl.

»Vielleicht können wir ja eine kleine Spardose einrichten? Und jeden Tag das übriggebliebene Kleingeld da reinwerfen.«

Ich lasse mich zurücksinken und drücke auf die Play-Taste. Wenn ich eine bessere Tochter wäre, würde ich ihr sagen, alles sei gut und ich könne das verstehen. Ich bin vielleicht nicht die Tochter, die sie sich erträumt hat, aber sie hat es mir nie an irgendetwas fehlen lassen.

Jetzt sind die Cousinen wieder dran. Die Leute im Publikum

lachen still in sich hinein, während die beiden eine falsche Antwort nach der anderen geben.

Meine Mom steht auf und hängt sich die Schürze wieder um den Hals.

Bevor ich ins Bett gehe, setze ich mich an den Schreibtisch in meinem Zimmer, und Riot rollt sich auf meinem Schoß zusammen. Meine E-Mails sind größtenteils Werbung, aber irgendwo dazwischen ist eine, die von Lucys Adresse abgeschickt wurde.

Mein Magen windet sich wie ein Korkenzieher. Ich öffne die Mail.

Aber es ist nur Spam. Irgendein Mist über Kreditzinsen.

Ich lehne mich im Stuhl zurück und lasse meinen Körper aufatmen. Wenn ich Spammails von meiner toten Tante bekomme, dann passiert das vielleicht auch anderen Menschen.

Ich logge mich aus meinem Account aus. Ich brauche ein paar Anläufe, doch schließlich errate ich ihr Passwort. DUMBBLONDE9. Einer ihrer Lieblingssongs von Dolly und ihre Lieblingszahl. Eigentlich will ich nur ihren Account stilllegen, doch dann ziehen mich plötzlich die vielen Nachrichten in ihren Bann, die hier seit Monaten darauf warten, gelesen zu werden. Dieser Posteingang voller ungeöffneter Nachrichten führt einem so richtig vor Augen, dass wir alle nur vorübergehende Erscheinungen in einer Welt sind, die sich auch nach uns weiterdreht.

Ich klicke mich durch einige der Mails. Erst auf der fünften Seite fällt mir etwas ins Auge. Die Betreffzeile lautet: DOLLY PARTON NIGHT.

37

PAPPSTERNE UND GIRLANDEN aus Krepppapier hängen von den Dachbalken herab, aber sie schaffen es nicht, von dem latenten Schweißgeruch abzulenken und mich vergessen zu lassen, dass wir uns in der Turnhalle befinden. Die Musik hallt von den Wänden wider und erinnert alle daran, dass die Akustik beim Bau dieses Raumes keine Rolle gespielt hat.

»Cool hier«, brüllt Mitch in mein Ohr.

»Ja.« Aber das stimmt nicht. Auf der Tanzfläche sind vielleicht fünfzehn Leute, während alle anderen sich über die Tribünen verteilt haben. In der Luft liegt eine seltsame hormonelle Energie, die ich noch nie zuvor bemerkt habe. Vielleicht kommt das daher, dass den Schülern hier eine wahre Überdosis von Körperkontakt zugestanden wird, die während normaler Schulzeiten niemals erlaubt wäre.

Ellen sitzt neben Callie und deren Freund auf der Tribüne. Tim hat einen Arm um Els Schultern gelegt und den Kopf so weit nach hinten gebeugt, dass ich nicht sicher bin, ob er eingeschlafen ist. Callies Freund fummelt ständig an ihr rum und reibt ihr auf eine seltsame Art mit der Hand über den Oberschenkel, die mir einen Schauer über den Rücken jagt, während sie und El die ganze Zeit tuscheln und sich bestimmt irgendwelche Geheimnisse erzählen.

Ich ertappe Callie dabei, wie sie auf mich zeigt und sich dann rasch abwendet. »Hey, ich geh mal schnell aufs Klo, okay?«

Ich sehe, dass Mitch mich etwas fragen will, doch dann nickt er nur.

Auf dem Klo drehe ich den Wasserhahn ganz auf und lasse mir das heiße Wasser über die Hände laufen, bis sie rot sind. Ich finde es schrecklich, dass ich nicht einfach dort reingehen und El erzählen kann, wie lächerlich ich mich gemacht habe, als ich Mitch gefragt habe, ob er mit mir hierherkommt. Diese Kluft zwischen uns hat sich schon vor Monaten aufgetan. Das weiß ich. Aber sie hat es vielleicht gar nicht bemerkt. Vielleicht fällt einem der Abstand nur auf, wenn man diejenige ist, die zurückbleibt. Ich hätte mein großes Maul halten und nichts wegen des Wettbewerbs sagen sollen. Aber dass Ellen sich auch angemeldet hat, war für mich irgendwie so, als würde dadurch die gegnerische Mannschaft mehr Punkte machen. Keine Ahnung.

»Darf ich dir einen guten Rat geben?«

Ich richte mich auf, und mein Hirn kehrt von seinem kleinen Exkurs zurück. »Hallo, Callie.«

Sie betrachtet mein Bild im Spiegel. »Ich weiß, dass El schon immer superlieb zu dir war, seit ihr klein wart. Aber dass du zu ihr gesagt hast, sie dürfte nicht am Schönheitswettbewerb teilnehmen? Das war echt eine ganz beschissene Nummer.«

Ich fühle mich nackt. So als hätte El vor lauter Wut all meine kleinen Geheimnisse und Unsicherheiten verraten. »Hör zu, Callie, ich kenne dich nicht, aber ich muss nicht viel von dir kennen, um zu *er*kennen, dass ich dich nicht mag. Also verpiss dich und kümmere dich um deinen eigenen Kram.«

»Wie du willst.« Sie streckt die Hände in die Höhe. »Weißt du was? Sie ist wirklich besser dran ohne dich. Wenigstens ziehst du sie dann nicht ständig runter.« Sie macht kehrt, nur um sich noch einmal nach mir umzudrehen und hinzuzufügen: »Und weißt du was? Wenn du dir ein bisschen Mühe geben und auf dein Äußeres achten würdest … Du wärst überrascht, was das für einen Unterschied macht. Und das ist nicht böse gemeint. Ich bin einfach nur ehrlich.« Damit greift sie sich vorne in den Ausschnitt und rückt ihren Busen im BH zurecht. »Übrigens: Auch wenn du und deine Freunde das anders sehen, der Wettbewerb ist keine weichgespülte Nachmittags-AG, wo man schon für die bloße Teilnahme eine gute Note bekommt.« Sie marschiert davon. Was gut ist, da ich nicht weit davon entfernt bin, ihr die Nase zu brechen.

Die Tür schwingt hinter ihr zu, und ich lausche dem Klappern ihrer Absätze auf dem Linoleumboden.

Vielleicht hat sie recht. Vielleicht würde mein Leben sich richtiger anfühlen, wenn ich 50 Kilo abschütteln könnte. Ich blinzele die Tränen zurück, die in meinen Augen brennen. Vielleicht liegt am Ende alles an mir und meinem Körper.

Mitch wartet treu auf mich hinter dem DJ, der eigentlich gar kein DJ ist, sondern nur der Trainer der Basketballmannschaft, der mit iPod und Verbindungskabel zum Lautsprechersystem ausgerüstet ist.

Ich stoße ihn mit dem Ellbogen an. »Komm, wir tanzen.«

Mitch folgt mir auf die Tanzfläche, wo ich Millie und ihren Begleiter Malik vorfinde. Amanda ist auch bei ihnen.

Irgendwie wächst mir Amanda mit der Zeit immer mehr ans Herz. Sie hat so eine ruppige, seltsame Art und ist ganz anders als alle anderen, die ich kenne. Sie ist so ein Typ, der sich etwas zu sehr darauf konzentriert, mit dem Fuß den Takt zur Musik zu stampfen, und jeden Scherz etwas zu weit treibt. Jetzt gerade sieht sie mit ihren schlenkernden Gliedmaßen fast aus wie eine von diesen One-Man-Bands, nur eben ohne Instrumente.

Ich stelle ihnen Mitch vor, obwohl wir alle ja schon immer auf dieselbe Schule gehen.

Amanda boxt mich in die Seite und flüstert: »Nicht schlecht, aber er hat keinen Pfirsichpo.«

»Was ist mit dir?«, frage ich. »Hast du jemanden mitgebracht?«

Sie lehnt sich zu mir, ohne dabei mit den Kopfbewegungen aufzuhören. »Die Auswahl war so eingeschränkt, dass ich beschlossen habe, lieber solo aufzutreten.«

»Du bist nicht solo!«, brüllt Millie. »Du bist mit uns zusammen. Stimmt's, Malik?«

Malik nimmt Millies Hand. »Ja, klar.«

Mein verdammtes Herz explodiert. Denn für mich sind Malik und Millie Homecoming- / Winter- / Frühlings- und Abschlussball-King und -Queen in Personalunion.

Der nächste Song beginnt. Es ist eins dieser Lieder, bei denen die Leute anfangen, sich hüftabwärts aneinander zu reiben. Gemein, wie sie sind, lassen Millie, Amanda und Malik uns im Stich, um sich auf die Suche nach Getränken zu machen.

Die Tanzfläche um uns füllt sich mit lüsternen Teenagern. Mitch muss die Panik in meinem Gesicht bemerkt haben. Er nimmt meine Arme und schlingt sie um seinen Hals. Seine fleischigen Hände berühren meine Taille kaum, aber ich ziehe den Bauch ein, so fest es geht. Ich kann einfach nicht anders. Und inmitten des ganzen Geschiebes und Geknutsches fangen wir an zu tanzen.

»Ich lasse es gern etwas langsamer angehen«, sagt Mitch. Er ist der Inbegriff eines Südstaaten-Gentlemans in seiner Baumwollhose mit Bügelfalte, kariertem Hemd mit Perlmutt-Druckknöpfen und braunen Stiefeln.

Nach und nach entspannt sich mein Körper.

Wir tanzen langsam zu schnellen Songs und schnell zu langsamen Songs und finden unseren ganz eigenen Rhythmus.

Patrick drängelt sich zu uns durch, wobei er unterwegs so viele Mädchen wie möglich angrabscht. »Ey Mann«, sagt er zu Mitch. »Ich wäre an deiner Stelle vorsichtig bei der da. Die ist gewalttätig.« Und zu mir sagt er: »Der Babymacher funktioniert übrigens noch. Nur falls du dich das fragen solltest.«

Ich schüttele den Kopf. »Gott bewahre«, sage ich.

Patrick schaukelt auf den Absätzen vor und zurück. »Ich habe gehört, dass du ein paar von deinen Freundinnen angestiftet hast, sich mit dir beim Wettbewerb anzumelden. Ich hoffe, du hast ihnen klargemacht, dass es sich um einen Schönheitswettbewerb handelt und nicht um eine Viehzucht-Schau.«

Er ist verschwunden, noch bevor einer von uns reagieren kann.

Mitch macht einen Schritt vorwärts, doch ich drücke seinen Arm und ziehe ihn zurück.

»Dir ist schon klar, wie ätzend der Typ ist, oder?«, bemerke ich.

»Ich kann nicht behaupten, dass du damit falschliegst.«

Bo und Bekah sehe ich nur während eines langsamen Songs. Sie sehen aus wie ein Paar, das sich in weißen Shirts und Jeans fotografieren lässt oder das gemeinsam mit der Familie Sommerurlaub macht.

Und ich finde es furchtbar.

Ich lege die Wange an Mitchs Schulter. Bo schaut auf, doch diesmal wende ich den Blick nicht ab. Dort auf der Tanzfläche in der Turnhalle treffen sich unsere Blicke. Und ich kann mir vorstellen, dass wir es sind, die hier tanzen, ganz alleine. Nicht, weil der Raum leer ist, sondern weil alle anderen keine Rolle spielen.

»Ich bin in der Middle School mal zu einem Ball gegangen«,

sagt Mitch. »Meine Mom wollte das unbedingt. Und ich musste meinen Sonntagsanzug tragen. Ich war der Einzige, der so rausgeputzt war.«

Mein Blick ruht weiter auf Bo, und ich spüre genau, wie das Feuer an meinem Brustkorb züngelt. »Warst du mit einem Mädchen da?« Meine Stimme klingt weit weg.

»Nein, damals war niemand wirklich in Begleitung da. Natürlich gab es Pärchen, die sowieso zusammen waren, aber sonst keiner.«

Nach einer Weile sagt Bekah etwas, und es fühlt sich wie ein Abschied an. Bo wendet den Blick ab. Dann verschwinden die beiden hinter einer Mauer aus Leuten.

Ich schaue auf den leeren Fleck, den Bo hinterlässt. »Hast du mit jemandem getanzt?«

Mitch fährt mit dem Finger an meiner Wirbelsäule auf und ab, und ich weiß, dass schon dieser kleine Kontakt für ihn ein Riesenschritt ist. »Nein. Ich hab nur den ganzen Abend neben den Aufsichtspersonen auf einem Klappstuhl rumgesessen. Und ein bisschen mit ein paar Jungs abgehangen, die am anderen Ende der Turnhalle ein paar Körbe geworfen haben. Aber getanzt hab ich nicht.«

»Tja.« Ich hebe den Kopf. »Aber jetzt tanzt du.«

Er grinst. »Das Warten hat sich gelohnt.«

Als wir später zum Parkplatz gehen, während hinter uns die Geräusche des Balls langsam verklingen, lasse ich meine Schuhe mit den kleinen Absätzen von den Fingern herabbaumeln, und Mitch streckt mir seinen Arm entgegen. Drinnen beim Ball galten die Regeln nicht. Ich durfte meinen Kopf an seine Brust lehnen und mich von ihm in den Arm nehmen lassen, weil es ein Ball war und man das bei einem Ball eben macht. Aber hier draußen, außerhalb dieser kleinen Blase, ist alles anders. Ich will ihm keine falschen Hoffnungen machen und das hier zu etwas werden lassen, was es nicht ist.

Er lächelt. Ich hake mich bei ihm unter, weil ich in letzter Zeit so viel kaputtgemacht habe und nicht bereit bin, diesen Abend zu der Liste hinzuzufügen.

»Du redest also noch immer nicht mit Ellen?«

»Nope.« Ich habe ihm bisher nichts über die genauen Umstände erzählt, nur, dass wir uns – so richtig – gestritten haben. Mehr wollte ich nicht sagen, und er hat nicht weiter gefragt.

»Ihr beide seid doch seit Ewigkeiten unzertrennlich. Ich weiß noch, wie wir in der Sechsten *Where the Red Fern Grows* besprochen haben und wir Buchvorstellungen vor der ganzen Klasse machen mussten.«

Ich nicke. »Sie hat immer geweint, wenn wir zu der Stelle mit dem Hund kamen.« Sie hat das Buch gehasst. El gehört nicht zu denjenigen, die ein Buch lesen, das sie zum Weinen bringt, und es deswegen mögen, weil es sie berührt hat. Nein, Bücher oder Filme, die Ellen zum Weinen bringen, machen sie regelrecht wütend. Sie empfindet es als eine Art Betrug.

»Und dann hast du einfach ihre Buchvorstellung für sie zu Ende vorgelesen.«

»Sie hatte es zu Hause vor dem Spiegel unzählige Male geübt. Sie war so sauer, als sie dann doch weinen musste.« Ich hebe rasch den Kopf, als mir klar wird, dass ich mich die ganze Zeit gegen seinen Arm gelehnt hatte.

Er öffnet die Autotür für mich. »Und wie lange soll das noch so weitergehen?«

Für den Bruchteil einer Sekunde glaube ich, er würde über sich und mich reden. »Sie hat ja schon neue Freunde«, sage ich, nachdem er hinter dem Lenkrad Platz genommen hat. »Und mit Callie kann ich es sowieso nicht aufnehmen.«

»Hör zu«, sagt er. »Natürlich kenne ich nicht die ganze Geschichte, aber gute Freundschaften überstehen so einiges. Sie halten auch mal ein paar Risse und Wachstumsschmerzen aus.«

38

AMANDA LUMBARD ist eine grauenvolle Autofahrerin, aber da Millie den Van ihrer Mutter heute Abend nicht nehmen durfte, ist sie die Einzige von uns, die über ein Auto verfügt, das erstens funktioniert und zweitens uns allen bequem Platz bictet.

»Echt nett von deiner Mom, uns das Auto zu leihen«, bemerkt Millie.

Amanda zuckt nur die Schultern, während ihr Fuß schwer aufs Gaspedal drückt. »Sie hat sich so gefreut, dass ich mal was mit Freundinnen unternehmen will. Auch wenn heute Dienstag ist.«

Ich nicke vor mich hin. Ich habe den anderen nicht alle Details verraten, als ich sie per Gruppenchat eingeladen habe.

ICH: Hey, Leute, ich glaube, wir sind uns alle einig, dass wir noch einiges zu tun haben vor diesem Wettbewerb. Morgen Abend steigt in Odessa so ein wettbewerbsähnliches Ding, und ich könnte mir vorstellen, dass wir uns da ein paar Tipps holen könnten.

HANNAH: Meine Tanzkarte ist schon voll.

ICH: Wir brauchen außerdem ein Auto. Meins ist außer Betrieb.

MILLIE: Bin grad mit Amanda zusammen. Wir sind dabei. Sie kann fahren. Bin gespannt.

HANNAH: Na gut, ich komme mit.

Die halbe Wahrheit ist, dass ich mich für die drei verantwortlich fühle und dachte, wir könnten ein paar Tipps für den Wettbewerb gebrauchen. Ich versuche nicht, hier die Anführerin zu spielen, aber wenn ich nicht den ersten Schritt gemacht hätte, säßen wir jetzt nicht zusammen in diesem Boot.

Die ganze Wahrheit ist, dass ich eine Mitfahrgelegenheit brauche. Ich weiß, das ist irgendwie fies von mir. Aber ich habe für Amandas Benzin bezahlt, und der Van ihrer Mom ist nicht gerade billig beim Tanken. Also bin ich freigesprochen oder so ähnlich.

Während wir uns immer weiter und weiter von der Stadt entfernen, verfolge ich das Hickhack von Millie und Amanda über eine Buchserie, die sie lesen, während ich hinten mit Hannah sitze und einen zerknüllten Zettel in der Hand halte.

DOLLY PARTON NIGHT!
Sehen Sie die beliebtesten Dolly-Parton-Doubles
im Wettstreit um die krönende Auszeichnung als
beste kleine Schlampe von Texas!
Zu gewinnen gibt's Ehre und einen Jahresvorrat
Avon-Lippenstifte, den wir unserer lieben
Kiwi Lavender zu verdanken haben!
THE HIDEAWAY, Ecke Palmer und Fourth Street,
Odessa, Texas. Einlass ab 20 Uhr!
Die Show beginnt um 21 Uhr!

Als wir auf den Parkplatz einbiegen, dreht sich Millie zu mir um. »Bist du sicher, dass wir hier richtig sind?«

Ich kontrolliere es auf dem Stadtplan und deute auf das pinke Neonschild auf dem THE HIDEAWAY blinkt. Ich erkenne das Lokal von dem Bild, das Mrs Dryver mir als Erinnerung an Lucy gegeben hat. »Das ist es.«

»Was soll das denn für ein Schönheitswettbewerb sein, der in einer Bar stattfindet? Das ist doch eine Bar, oder?«, fragt Millie.

Ich räuspere mich. »Ich glaube, es ist vermutlich am besten, wenn wir ganz offen an die Sache herangehen. Und ich habe ja nicht direkt gesagt, dass es ein richtiger Schönheitswettbewerb ist.«

Hannah lacht. »Das wird bestimmt gut.«

Wir klettern alle aus dem Auto.

Amanda steht in dem flackernden Lichtschein unter dem Neonschild. »Das Auto von meiner Mom ist hier doch sicher, oder?«

Keiner von uns antwortet.

Vor der Tür ist eine kleine Schlange. Eine Gruppe von schwulen Typen ist vor uns. Zumindest nehme ich an, dass sie schwul sind. Das klingt jetzt sicher total hinterwäldlerisch, aber ich habe tatsächlich noch nie einen Schwulen getroffen. Also, ich meine, einen, der offen dazu steht. Bestimmt gibt es in Clover City Schwule, aber die, von denen ich gehört habe, werden immer wie legendäre Gestalten oder als abschreckendes Beispiel beschrieben. Lucy war online mit vielen Schwulen befreundet, weil Dolly Parton, wie Lucy es nannte, die Schutzheilige der homosexuellen Männer ist.

Es gibt Augenblicke in meinem Leben, in denen ich das Gefühl habe, alles zu wissen und jeden Stein schon einmal umgedreht zu haben. Aber Erlebnisse wie dieses führen mir vor Augen, wie klein meine Welt ist.

»Wisst ihr was? Ich glaube, die Typen waren schwul«, flüstert Amanda, nachdem die Gruppe durch die Tür ist.

Hannah verdreht die Augen. »Du bist echt ein fucking Einstein.«

Amanda lässt sich nicht beirren. »Wie bitte kriegen die ihre Augenbrauen so perfekt hin?«

An der Tür steht ein großer, kräftiger Mann mit Bauch, der nur mit einer Jeans und einer Lederweste bekleidet ist.

Mir fällt es nicht leicht, mir Lucy in dieser Umgebung vorzustellen, aber dann denke ich an den leuchtend blauen Lidschatten, den ich auf dem Foto an ihr gesehen habe, und plötzlich scheint es nicht mehr ganz so unmöglich.

»Ausweise«, knurrt er.

»Äh, wofür?«, fragt Millie.

»Ab 18«, sagt er.

Mir rutscht der Magen in die Kniekehlen. »Davon war aber in der E-Mail nicht die Rede«, sage ich zu ihm.

»Aber hier ist davon die Rede«, erwidert er.

Hannah schiebt sich an Millie und Amanda vorbei. »Hören Sie mal zu, wir sind extra aus Clover City hergefahren. Wissen Sie überhaupt, wo das ist?«

Er grunzt.

»Ganz genau«, sagt sie. »Natürlich wissen Sie das nicht, weil es nämlich eine erbärmliche Kleinstadt ist, von der noch nie jemand gehört hat. Wir sind zwei Stunden gefahren, um von dem Scheißkaff wegzukommen, und Sie können uns jetzt nicht erzählen, dass alles umsonst war.«

Er leckt sich die Lippen. Ich bin kurz davor zu glauben, dass sie ihn überredet hat. Ich meine, er muss uns doch nur angucken. Millie hat einen Hosenanzug aus Polyester an, und Amanda trägt Fußballshorts – ich glaube, es könnte sogar dieselbe sein wie gestern. Wir sehen wirklich nicht aus, als würden wir hier gleich die Bar leersaufen. Außer Hannah vielleicht.

»Nein«, sagt er. »Tut mir leid, Leute. Da geht nix.«

»Aber schauen Sie sich zumindest die E-Mail an«, erwidere ich, als könnte das noch irgendetwas bewirken.

Er nimmt mir das Blatt aus der Hand, und sein Blick bleibt gleich oben auf der Seite hängen, bevor er sagt: »Das ist aber nicht deine E-Mail-Adresse.«

Ich schlucke. »Die gehört meiner Tante. Lucy.«

Sorgfältig faltet er das Blatt zusammen und gibt es mir zurück. Dann zieht er vier leuchtend orangefarbene Armbänder aus seiner Westentasche und befestigt sie um unsere Handgelenke.

Mir bleibt der Mund sperrangelweit offen stehen.

»Wenn eine von euch die Bar auch nur anguckt, seid ihr draußen.« Er hält mich am Ellbogen fest, während die anderen nacheinander hineingehen. »Lucy war schwer in Ordnung.«

Ich nicke und danke ihr im Stillen für dieses kleine Wunder heute Abend.

Drinnen suchen wir uns einen kleinen Tisch neben der Bühne und weit, weit weg von der Bar. Ein Kellner kommt vorbei, wirft einen Blick auf unsere Armbänder und bringt uns viermal Wasser.

Millie rutscht mit ihrem Stuhl näher an mich heran und streicht sich über die Haare. »Ganz schön viele Männer hier, findet ihr nicht auch?«

Hannah sieht sich einen Augenblick um, und ihre Miene verändert sich. »Gib mir die E-Mail.«

Ich weiche vor ihr zurück. »Was? Warum? Nein.«

Sie streckt die Hand nach meiner Tasche aus, und obwohl ich sie wegschiebe, gelingt es ihr, sich das Papier unter den Nagel zu reißen. Millie und Amanda sind vollkommen damit beschäftigt, sich ausführlich umzugucken. Hannah überfliegt kurz die Mail. »Heilige Scheiße«, sagt sie.

Das Licht wird gedimmt. »Was ist?«

Sie schüttelt den Kopf. »O mein Gott. Du kapierst es immer noch nicht, oder?« Sie schlägt mit der flachen Hand auf den Tisch und prustet los. »Millie«, sagt sie. »Deine Mama wird dir die Augen mit Seife auswaschen, wenn du heute Abend nach Hause kommst.«

Millies Mund formt ein O, doch mehr sehe ich nicht, bevor der Club, mit Ausnahme von ein paar bunten Leuchtbändern an der Bar, in vollkommener Dunkelheit versinkt.

Über die Lautsprecher ertönt eine laute, verführerische Stimme. »Stadtstreicher und Landstreicher, Ladys und Lords, willkommen zur Dolly-Parton-Night im Hideaway!«

Die Menge johlt.

»Die Erste, die sich heute Abend auf unserer Bühne die Ehre gibt, ist die wunderbare Miss Candee Disch! Heißt sie mit mir willkommen.«

Ein Spotlight richtet sich auf eine große Frau in der Mitte der Bühne mit einer üppigen blonden Perücke. Sie trägt ein quietschgrünes, bodenlanges Samtkleid. Ihr Make-up ist übertrieben, ihre Lippen sind aufgeplustert und überzeichnet. Die Musik setzt ein, und ich erkenne den Song schon nach ein paar Tönen. »Higher and Higher«.

»Your love has lifted me«, singt sie. »Higher, higher and higher.« Dann zieht das Tempo an, und obwohl sie so rank und schlank ist, haben ihre Hüften etwas Magisches an sich, während sie sich schüttelt und die Bühne mit vollem Körpereinsatz füllt. Ich bin hin und weg und vergesse völlig, auf die Reaktionen meiner Freundinnen zu achten. Ich singe den Song mit, und erst, als Miss Candee Disch dabei ist, die Bühne zu verlassen, fällt mir auf, dass Hannah vollkommen ausrastet.

Meine Augen haben sich an die Dunkelheit gewöhnt. Millie wendet sich mir zu, und ihr Mund ist noch immer in derselben O-Form, die er hatte, als die Lichter ausgingen. »Willowdean«, sagt sie. »Widersprich mir, falls ich mich täusche, aber das war ein Mann. Ein unglaublich schöner Mann.«

Ich sehe mich um. Männer, die Händchen halten. Frauen, die sich die Arme um die Schultern gelegt haben.

»Das ist besser als jede Reality-TV-Show«, sagt Amanda.

Das Publikum applaudiert, während Candee Disch sich mit einem Knicks verabschiedet. »Begrüßt mit mir die legendäre Britney Swears!«

Eine weitere Frau kommt auf die Bühne, und jetzt erkenne ich es auch. Die harten Konturen ihres kantigen Gesichts. Ihre breiten Schultern. Die Stoppeln unter dem Make-up trotz der sauberen Rasur.

Das hier ist eine Travestieshow.

Ich setze mich kerzengerade hin.

Mein Magen flattert vor Aufregung. Zum ersten Mal seit der Nacht, als wir auf der Ladefläche von Bos Pick-up den Meteoritenschauer beobachtet haben, habe ich das Gefühl, dass mein Leben gerade so richtig losgeht.

»Ich bin beinahe beeindruckt«, sagt Hannah.

Wir sehen zu, wie Dragqueens jeder Größe, Statur und Farbe alles geben und sich auf der Bühne in dieser schäbigen kleinen Bar irgendwo mitten in West Texas voll verausgaben. Sie tragen glitzernde, aufwendige Kostüme mit unglaublich hohen Absätzen und irren Perücken. Sie alle sind auf ihre ganz eigene Weise schön. Es gibt sogar ein Duo, bei dem sich eine Frau als Kenny Rogers verkleidet hat, um »Islands in the Stream« wiederzugeben.

Mein Favorit ist allerdings eine kleine asiatische Dragqueen namens Lee Wei. Sie trägt ein hellblaues Minikleid mit Paillettenfransen, die so lang sind, dass sie bei jeder Bewegung zu einer blauen Wolke verschwimmt. Als sich das Spotlight auf sie richtet und der Song beginnt, bricht die gesamte Bar schon nach dem ersten Ton in Beifall aus. »Jolene.«

Es ist klischeehaft, ich weiß, aber wenn ich für den Rest meines Lebens nur noch ein einziges Lied hören dürfte, dann wäre es »Jolene«. Alle lieben diesen Song, aber ich glaube, dass er einem noch viel näher geht, wenn man sich selbst schon mal so traurig gefühlt hat, wie Dolly es in dem Song beschreibt. Ich meine, Dolly Parton – DIE Dolly Parton – singt für eine geheimnisvolle Jolene, die sie für schöner und besser hält als sich selbst und die sie anfleht, ihr nicht ihren Geliebten wegzunehmen. Der Song ist eingängig, und alle kennen den Text, aber mich erinnert das Lied auch immer daran, dass es, ganz egal, wer man ist, immer jemanden geben wird, der hübscher oder schlauer oder dünner ist. Perfektion ist nur ein flüchtiges Phantom, dem wir alle hinterherjagen. Wenn ich auch nur ein bisschen singen könnte, würde ich genau dieses Lied beim Wettbewerb singen.

Am Ende des Songs wische ich mir die Tränen aus den Augen, die ich vorher noch nicht einmal bemerkt hatte.

Als wir vier am Ende des Abends schließlich aufbrechen, tragen wir alle einen entrückten Ausdruck auf unseren Gesichtern. So als hätten wir in den vergangenen Stunden zu nah am Fernseher gesessen.

Auf dem Weg zu unserem Van ruft uns jemand von der Hintertür aus zu: »Hey! Kiddies!«

Ich drehe mich um. Der Türsteher von vorhin. »Geht schon mal«, sage ich zu Millie, Hannah und Amanda. »Bin gleich wieder da.«

Der massige Mann sitzt auf einem Barhocker und hält die Hintertür mit seinem Rücken auf. »Ich bin Dale«, sagt er. »Hat es euch heute Abend gefallen?«

Ich nicke. »Ich glaube mit Sicherheit sagen zu können, dass es eine Erfahrung war, die mich fürs Leben geprägt hat.«

»Das lässt sich wohl über die meisten Drag-Shows sagen.«

Ich deute mit dem Kopf in Richtung unseres Autos. »Meinen Freundinnen hat es auch gut gefallen.«

»Lee!«, ruft er hinter sich, während er seine Zigarette mit dem Stiefel auslöscht. »Süße!«

Lee Wei, die Dragqueen, die »Jolene« gesungen hat, kommt aus der Hintertür geschlendert. Ohne die hohen Absätze ist sie sogar noch kleiner und irgendwie runder. Sie blickt von mir zu dem Türsteher und lächelt, obwohl sie offensichtlich keine Ahnung hat, wer ich bin.

»Erinnerst du dich an Lucy?«, fragt Dale. »Die war immer mit Suze Dryver hier.«

Els Mutter. Mein Gott. Ich wünschte, El wäre heute Abend hier gewesen. Das ist das Einzige, was das ganze Erlebnis noch perfekter gemacht hätte.

Lee legt sich die Hand auf die Brust. »Oh, die liebe Lucy! Natürlich erinnere ich mich.« Ihre Stimme ist tiefer, als ich erwartet hätte.

»Das ist ihre Nichte.«

Ich nicke. »Willowdean.«

Ohne einen Augenblick zu zögern, nimmt Lee meine Hand. »Es tut mir so leid«, erklärt sie. »Lucy war wirklich ein Schatz. Sie hatte ein freundliches, offenes Herz. Wir waren so traurig, als sie von uns gegangen ist.«

»D-danke«, sage ich und weiß nicht genau, warum ich hinzufüge: »Ich fühle mich so verloren ohne sie. So als wäre sie mein Kompass gewesen, von dem ich vorher nicht mal wusste, dass ich ihn hatte.«

Sie nickt, und Dale presst seine Lippen zu einer schmalen Linie zusammen. »Wenn du je etwas brauchen solltest, schreib einfach eine Mail an die Adresse von dem Club hier«, sagt er.

Lee tritt einen Schritt vor und drückt mir einen Kuss auf die Stirn. »Es ist nie gut, wenn man jemanden verliert«, sagt sie. »Aber vielleicht sollte Lucy einfach nicht für immer dein Kompass sein. Vielleicht war sie gerade lange genug da, dass du lernen konntest, dein eigener Kompass zu sein und selbst deinen Weg zu finden.« Sie zwinkert mir zu. »Die Wege des Universums sind unergründlich.«

Ich lasse Dale und Lee am Bühneneingang stehen und schlüpfe auf den Rücksitz des Vans.

»Was wollten die denn von dir?«, fragt Amanda.

»Sie haben nur gesagt, wir sollen erst wiederkommen, wenn wir 18 sind.«

»Du hast Lippenstift auf der Stirn«, bemerkt Hannah.

»Ich weiß.« Ich will ihn für immer dort lassen, wie einen Segen. Das letzte Einverständnis, das ich brauche, um ab jetzt mein eigenes Vorbild zu sein.

39

EINE WOCHE VERGEHT, dann zwei, und plötzlich wird mir bewusst, dass Mitch und ich jede Mittagspause zusammen verbringen und fast jeden Augenblick, der nicht durch meine Arbeit oder den Wettbewerb belegt ist. Ich hätte ihm sogar fast von der Drag-Show erzählt, aber das ist so, als wollte man jemandem seine Lieblingsstelle aus einem Film erklären, der den Film noch nie gesehen hat – es wird der Sache einfach nicht gerecht.

Wir beide gewöhnen uns an die lockere Regelmäßigkeit, mit der ich zu ihm komme und ihm dabei zusehe, wie er Videospiele spielt. Manchmal übernehme ich sogar selbst die Steuerung. Einmal bleibe ich auch zum Abendessen, aber dabei fühle ich mich zu sehr wie ein Eindringling.

Soweit ich weiß, essen Mitch und seine Mutter jeden Abend zusammen, während sein Dad es vorzieht, das Essen auf einem Tablett in seinem Fernsehsessel serviert zu bekommen. Ich sehe, wie er von der Arbeit nach Hause kommt, sich ein Bier nimmt und dann im Wohnzimmer darauf wartet, dass man ihm sein Essen bringt.

Wir anderen drei essen gemeinsam am Esstisch in vollkommenem Schweigen, nur das Besteck kratzt auf den Tellern. Ich würde Mitch gerne danach fragen, aber es fühlt sich an wie ein Geheimnis, das ich eigentlich nicht kennen sollte.

Als wir ein paar Tage später beim Mittagessen sitzen und darüber reden, was wir machen wollen, wenn wir mit der Schule fertig sind, spricht er es selbst an.

»Ich weiß nicht, ob ich meine Mom alleine lassen kann«, sagt er. »Ich meine, er schlägt sie nicht oder so. Aber sie reden nicht. Überhaupt nicht. Und irgendwie hoffe ich immer, dass ich das Problem bin und dass es besser wird, wenn ich weg bin.«

»Warum lassen sie sich nicht scheiden?« Ich war immer alleine mit meiner Mom, und Lucy war mehr als ein guter Ersatz für irgendeine Nullnummer von Vater. Mein echter Vater war ein Typ, der nur kurz in der Stadt war. Er blieb eine Weile, aber nicht lange genug, um mehr als nur irgendein Typ zu sein. Er ist jetzt in Ohio oder Idaho. Egal. Irgendwo, wo Kartoffeln herkommen.

Er lächelt gequält. »Meine Mom hält nichts von Scheidung. Sie regt sich jedes Mal furchtbar auf, wenn ich darüber spreche.«

Als ich gerade antworten will, geht Tim direkt an uns vorbei. »Moment mal«, sage ich, während ich schon unterwegs bin, um ihm zu folgen. »Tim!« Ich sehe mich um, ob ich auch Ellen entdecke, und folge ihm zur Schlange an der Essensausgabe.

Ich schneide drei jüngeren Schülern den Weg ab, um mich hinter Tim hineinzudrängeln. »Tim, komm schon. Rede mit mir.«

Er nimmt sich ein Tablett, und ich tue dasselbe.

»Wir sind doch auch Freunde, oder?«, erinnere ich ihn.

Er greift nach einer Schüssel mit Käsemakkaroni unter den Wärmelampen. »Ich weiß das, Will.«

Ich blicke mich noch einmal suchend nach El um, obwohl ich sie in der zweiten Stunde nicht gesehen habe.

»Sie ist heute krank«, sagt er.

Die Kantinendame bietet mir einen Teller mit gebratenem Hähnchenschnitzel an, doch ich lehne ab.

»Du musst sie dazu bringen, dass sie mit mir redet.«

Er schüttelt den Kopf. »Wann ist es schon mal irgendwem gelungen, Ellen zu etwas zu bringen, was sie nicht will?«

Da hat er recht. »Komm schon, Tim. Tu was. Ich könnte euch zufällig auf dem Parkplatz über den Weg laufen, oder vielleicht könntest du ihr sagen, du willst dich mit ihr in der Turnhalle treffen, und dann tauche ich stattdessen dort auf.«

»Ich werde sie nicht mit einem Trick dazu bringen, mit dir zu reden. Ich will nicht zwischen die Fronten geraten.«

Tim zahlt für sein Essen, und als die Kantinendame mein leeres Tablett beäugt, nehme ich mir schnell ein Schälchen mit grünem Wackelpudding und reiche ihr ein paar Dollar, ohne auf mein Wechselgeld zu warten. »Du kannst mir nicht erzählen, dass es ihr nicht mies geht ohne mich.«

»Hör zu, ich kann es versuchen, aber ich weiß einfach nicht, wie ich da irgendwas erzwingen soll.«

Ich nicke wie eine Verrückte mit dem Kopf und gebe vor, dass ich die zweite Hälfte seines Satzes nicht gehört habe. »Danke. Vielen Dank.«

»Ich hasse diese Callie«, sagt er.

Erleichterung erfüllt meine Brust. Nichts verbindet einen mehr als ein gemeinsamer Feind.

Ich eile wieder zu dem Tisch, an dem ich Mitch zurückgelassen habe. »Tut mir sehr leid«, sage ich zu ihm.

Er reagiert ungerührt. »Gegen ein plötzliches Verlangen nach Wackelpudding ist man einfach machtlos.«

Ich schiebe mir einen Löffel voll in den Mund. Ich hätte mir wenigstens ein rotes Schälchen nehmen können.

»Hey«, sagt Mitch, »ich will dich ja nicht überrumpeln, aber meine Mutter redet die ganze Zeit davon, dass sie irgendwas vorbereiten will, wenn ich mit dir zum Homecoming-Ball gehe … Findest du das sehr merkwürdig oder so?«

Ich lächele. »Nee, null merkwürdig oder so.«

Die Türglocke im Chili Bowl ertönt so selten, dass ich jedes Mal erschrecke, wenn sie doch klingelt.

Ron, mein früherer Chef, kommt herein. Weil hier alles aussieht wie in einer Holzhütte und braune Farbtöne vorherrschen, wirkt er mit seinem rot-weiß gestreiften Hemd und der weißen Hose wie eine Zuckerstange auf einem Holzlagerplatz.

»Ron«, flüstere ich und biege um die Ecke. »Was tust du hier?«

»Vielleicht will ich ein Chili?«, sagt er ein wenig zu laut.

Ich verschränke die Arme vor der Brust und werfe ihm meinen besten Spar-dir-den-Scheiß-Blick zu, den ich zustande bringe.

»Schon gut.« Seine Stimme senkt sich um ein paar Dezibel. »Hör zu, wir sind total verzweifelt und knapp besetzt. Lydia macht schon eine 60-Stunden-Woche, weil sie deine alten Schichten übernommen hat. Alle, die wir neu einstellen, hören immer gleich wieder auf, sobald sie was Besseres finden. Und jetzt droht sie auch noch damit zu kündigen, und ich kann es mir einfach nicht leisten, sie zu verlieren.«

Ich schüttele schon den Kopf, noch bevor er seine Rede beendet hat.

»Hör mich doch erst mal an.« Er hält eine Hand in die Höhe. »Dein Abgang war so furchtbar überstürzt. Ich bin vielleicht alt, aber ich bin nicht blöd. Ich weiß nicht, was vorgefallen ist, aber ganz egal, was es war, ich verspreche dir, dass die Jungs sich anständig benehmen. Ich habe beide – Marcus und Bo – in die Mangel genommen, nachdem du weg warst, und keiner konnte es mir erklären.« Er schüttelt den Kopf, und ich bemerke die Falten der Erschöpfung, die sich um seinen Mund und die Augen angesammelt haben. »Gib uns eine zweite Chance. Ich flehe dich an, Will.«

Ich mache den Mund auf, um nein zu sagen, aber es kommt nichts heraus. Ron war immer nett zu mir, und ich habe das

Gefühl, dass ich wenigstens so tun sollte, als würde ich darüber nachdenken. »Ich gebe dir bis Ende der Woche Bescheid. Ich muss noch mal darüber nachdenken.«

Er hält die Hände in die Höhe. »Schon gut. Schon gut.« Er zieht seinen Geldbeutel aus der hinteren Hosentasche. »Ich nehme eine kleine Portion Chili.«

Für den Rest des Abends bekomme ich nur wenige andere Kunden zu Gesicht, was mir viel zu viel Zeit zum Nachdenken lässt. Zuerst gehe ich ganz logisch an die Sache heran. *Du verdienst hier nicht annähernd so viel wie bei Harpy's, und dein Auto hängt in der Werkstatt fest. Wenigstens ist bei Harpy's viel los, so dass die Zeit schneller vergeht.*

Dann denke ich daran, wie einsam die letzten paar Wochen für mich waren. Millie, Hannah, Amanda und auch Mitch sind schon okay – sie sind sogar echt toll. Aber sie sind eben nicht Ellen. Der Gedanke, zu Harpy's zurückzukehren, hat irgendwie etwas Tröstliches. Und nicht nur wegen Bo. Ich vermisse auch Marcus und Ron.

Bo war der Grund, warum ich gekündigt habe. Der Grund, warum ich es nicht mehr ertragen konnte, dort zu arbeiten. Doch jetzt kommt mir das Gefühl von Wut, das ich mir angewöhnt habe, falsch vor. So als wäre es nur ein Vorwand, weil ich dachte, dass es so sein sollte. Und es ist ja ziemlich offensichtlich, dass er inzwischen über mich hinweg ist. Ich weiß es nicht sicher, aber ich habe Gerüchte über ihn und Bekah gehört. Und wenn ich nicht darüber nachdenke, wie es sich angefühlt hat, ihn zu küssen, kann ich mir sogar einreden, dass die beiden gut zueinander passen. Und vielleicht verschwindet auch irgendwann dieses Brennen, das ja nur Eifersucht sein kann.

Vor Arbeitsschluss putze ich alles noch einmal gründlich und fülle die ohnehin bereits gutbestückte Theke mit den Toppings auf. *Ich denke immer noch darüber nach*, sage ich mir. *Ich habe mich noch nicht entschieden.* Ich sage Alejandro gute Nacht und steige dann in das Auto meiner Mutter.

Anstatt vom Chili-Bowl-Parkplatz nach links abzubiegen, drückt mein Fuß aufs Gaspedal, so dass ich beinahe über die Straße und auf den Parkplatz von Harpy's fliege. Jetzt gibt es kein Zurück mehr.

Die Türen sind bereits verschlossen, aber ich hämmere trotzdem dagegen.

Marcus dreht den Schlüssel um und lässt mich herein. »Wow! Hey! Was ist los, Will? Du riechst nach Zwiebeln.«

Bo steht hinter der Theke und sieht mich mit großen Augen und mahlendem Kiefer an.

Ich schaffe es nicht, den Blick abzuwenden. »Ist Ron im Büro?«, frage ich Marcus.

Wenn Marcus einmal hochschauen würde, anstatt mit seinem riesigen Schlüsselbund am Schloss herumzufummeln, würde er alles sehen, was zwischen mir und Bo gelaufen ist, denn in diesem Augenblick ist es völlig offensichtlich. So klar. So öffentlich. Es ist alles ganz sichtbar, weit ausgebreitet, wie bei einer Operation am offenen Herzen.

»Ja, glaub schon.« Endlich schafft er es, die Tür hinter mir abzuschließen. »Aber du hast immer noch nicht gesagt, was du hier machst.«

Ich antworte nicht. Die Schmetterlinge in meinem Bauch tragen mich durch den Pausenraum bis in Rons Büro. Ich klopfe an die offenstehende Tür.

Lydia hockt vor seinem Schreibtisch auf einer Getränkekiste.

Als sie mich hört, dreht sie sich um. »Gott sei Dank! Die verlorene Kassiererin ist zurückgekehrt.« Sie steht auf und nimmt ihre Zigarettenschachtel von seinem Schreibtisch. »Dann lasse ich euch zwei mal allein.« Und sobald sie ihm den Rücken zugekehrt hat, schenkt sie mir den Hauch eines Lächelns, bevor sie die Tür hinter sich schließt.

Ohne Platz zu nehmen, sage ich zu Ron: »Ich will eine Lohnerhöhung. Und brauche ein paar Tage frei für den … für etwas, das ich vorhabe.«

Ohne zu zögern, antwortet Ron: »Ich kann dir 75 Cent mehr anbieten. Und wir besprechen deine Dienstzeiten gemeinsam. Das kriegen wir hin.«

»Okay.« Ich hätte nicht erwartet, dass es so leicht sein würde. »Dann haben wir einen Deal.«

»Du bist wieder da?«

Ich nicke. »Ich bin wieder da.«

»Das Chili war richtig übel. Ich hab versucht, es zu essen, aber Lydia musste ständig würgen, wenn sie an meinem Büro vorbeigegangen ist. Ich glaube zwar, das war nur ein Scherz, aber trotzdem.«

»Es ist ziemlich eklig.«

Er schmunzelt. »Ich bin froh, dass wir dich wiederhaben.« Er steht auf und geht mit mir durch die Küche nach vorne. Wir kommen an Bo vorbei, und seine Blicke folgen uns ganz bis zur Tür. »Passt es für dich, wenn du am Montag anfängst?«

»Ich werde da sein.«

Er streckt mir die Hand entgegen, und ich schüttele sie.

Ich gehe zu meinem Wagen, während Bo mich nicht aus den Augen lässt; es fühlt sich erst wie ein Hitzeball in meiner Brust an, bevor es sich wie ein Sonnenaufgang ausbreitet.

40

ICH HABE BEI Alejandro gekündigt, und er hat mich nur angesehen, als wollte er sagen: *Wieso passiert das erst jetzt?* Er hat mir versprochen, ich könnte immer einen Job bei Chili Bowl haben, und mich gebeten, Ellen seine Nummer zu geben. Ich habe den zusammengefalteten Papierschnipsel in die Hosentasche geschoben und mir geschworen, es zu vergessen. Als ich Mitch erzählt habe, dass ich zu Harpy's zurückkehren würde, war ich total nervös, aber er hat nur mit den Schultern gezuckt und weiter sein Videospiel gespielt. Da erst wurde mir klar, dass er überhaupt keinen Grund hat, sich darüber aufzuregen. Zum ersten Mal fühlte sich die Tatsache, dass ich ihm nie von der Geschichte mit Bo erzählt hatte, wie eine Lüge an.

Mein erster Abend bei Harpy's verläuft ruhig. Marcus belagert mich mit endlosen Fragen über Chili Bowl, wie: »Wer macht das Chili?«, oder: »Stimmt es eigentlich, dass ihr da die Töpfe nie spült?«

Bo bleibt in der Küche, aber wir spielen eine Runde Catch-Me-If-You-Can mit Blicken über die Tische mit den Wärmelampen hinweg. Als Bo Pause macht, beugt sich Marcus zu mir und sagt: »Ein paar Wochen nachdem du gegangen bist, wäre er fast gefeuert worden.«

»Was?« So wie Ron es geschildert hat, hätte er es sich wohl kaum leisten können, jemanden zu feuern, und so kann ich mir kaum vorstellen, was Bo getan haben könnte, das Anlass für eine Kündigung gewesen wäre.

»Ron hat Bo vorne an die Theke gestellt, während er selbst in der Küche gearbeitet hat, was sowieso keine gute Idee war, und dann kamen diese Typen von seiner alten Schule rein, und Bo hat sich geweigert, sie zu bedienen. Hat ihnen klipp und klar gesagt, sie wären hier nicht willkommen. Die Jungs haben ein Riesentheater deswegen veranstaltet. Sogar ihre Eltern haben noch Theater gemacht, und schließlich war der einzige Weg, damit Bo seinen Job behalten konnte, dass Ron ihn nur noch in der Küche beschäftigt.«

»Oha.«

»Der Typ ist echt abgedreht. Ich hab das Gefühl, dass er irgendwann entweder alle umbringen wird oder als Filmstar oder so groß rauskommt. Etwas dazwischen gibt es bei dem Kerl nicht.«

Das gefällt mir an Bo. Man ist entweder für ihn oder gegen ihn.

Marcus schweift ab und redet über verschiedene Unis, die seine Freundin Tiffanie sich anschaut, und dass er auf jeden Fall vorhat, auf ein Community College in der Nähe der Uni zu gehen, die sie sich schließlich aussucht. Er macht dabei nicht einmal eine Pause, um mich etwas zu fragen oder sich meine Meinung dazu anzuhören, aber es scheint ihm gutzutun, einfach zu reden, ohne dass ihm jemand einen Vortrag darüber hält, dass er sein Leben nicht um ein Mädchen herum planen sollte. Keine Ahnung. Vielleicht studieren Tiffanie und Marcus und machen ihren Abschluss und heiraten und werden glücklich. Ich will jedenfalls nicht das Arschloch sein, die Arbeitskollegin in einem Fastfood-Restaurant, die ihm den Samen des Zweifels in den Kopf gepflanzt hat.

Nach dem Aufräumen nehme ich meine Tasche aus dem Spind und finde dort einen roten Lolli. Ich versuche, ein Lächeln zu unterdrücken, während ich ihn in meine Handtasche gleiten lasse.

Bo sagt nichts. Er sieht mir nicht einmal in die Augen. Aber während wir alle zur Tür hinausgehen, wickele ich den Lolli aus und stecke ihn mir in den Mund.

Es ist ein Olivenzweig, der nach Kirschen schmeckt.

Als ich von der Arbeit nach Hause komme, finde ich meine Mutter auf den Knien vor Lacey Sanders, die in einem Abendkleid auf einem Trittschemel steht, während Bekah Cotter auf meinem Sofa sitzt und eifrig auf ihrem Handy herumtippt.

»Hallo, Dumplin'«, sagt Mom durch die Stecknadeln in ihrem Mund hindurch. »Wie ist das mit dem Saum, Lacey? Jetzt kannst du dir keine höheren Absätze mehr aussuchen, hörst du?«

Lacey schmatzt mit ihrem Kaugummi und macht eine Blase. »Alles roger.«

Wenn der Wettbewerb ansteht, passiert alles Mögliche, aber dass meine Mutter mitten in unserem Wohnzimmer Kleider ändert, gehört eigentlich nicht dazu. Außerdem versetzt die Tatsache, dass Bekah hier in meinem Haus sitzt, mein Hirn in höchste Alarmbereitschaft wie in einem von Mitchs Videospielen. Rote Buchstaben blinken über Bekahs Kopf. ANGRIFF. ANGRIFF.

Es fühlt sich komisch an, nach oben zu gehen, während die anderen alle hier unten sind, und so setze ich mich aufs Sofa und schnalze leise, bis Riot sich aus seinem Versteck hervorwagt.

Bekah blickt von ihrem Handy auf und sieht mich an. »Oh, hallo. Du arbeitest doch bei Harpy's. Bestimmt kennst du Bo.« Sie kommt nicht einmal auf die Idee, dass ich eine Bedrohung für sie darstellen könnte. Wie sollte sie auch?

Lacey dreht sich um, und ich sehe das Entsetzen auf dem Gesicht meiner Mutter. »Lacey, Liebes, du musst stillhalten.«

»Sorry. Miss D.« Sie macht noch eine Kaugummiblase.

Ich schaue an meiner Uniform hinunter. »Ja, ich hab da den Sommer über gearbeitet und gerade heute wieder angefangen. Warum?« Mein Ton ist scharf, aber Bekah scheint das nicht zu bemerken.

»Der Typ ist irgendwie seltsam«, bemerkt Lacey.

»Er eskortiert mich«, sagt Bekah. »Beim Wettbewerb. Also, ich hab ihn noch gar nicht gefragt. Aber er macht das bestimmt. Glaube ich.«

»Hey«, sagt Lacey. »Er ist zwar schweigsam …« – *und todlangweilig* –, fügt sie tonlos hinzu, »… aber immerhin wird er im Smoking eine gute Figur machen. Vielleicht lässt er dich ja ein bisschen mit seinem Taktstock spielen.«

Ich könnte kotzen. Auf ihre Schuhe.

»Also wirklich! Mädels!«, kreischt meine Mutter.

Bekah grinst. »Wir waren zusammen beim Sadie-Hawkins-Ball«, sagt sie zur Erläuterung.

Riot protestiert zwar, aber ich klemme ihn mir unter den Arm und stehe auf, um nach oben zu gehen. »Schönes Kleid, Lacey.«

Ich setze mich auf mein Bett, noch immer in Uniform, und verfasse Nachrichten an Ellen, die ich nie abschicken werde. Ich schaue nach, ob ich versehentlich eine Nachricht von Tim übersehen habe. Wann immer ich ihn in der Schule sehe, warte ich auf einen bedeutungsvollen Blick, doch bislang habe ich nicht mehr als ein knappes Kopfschütteln von ihm bekommen.

Nach einer Weile klopft meine Mom an die Tür und kommt rein, ohne meine Antwort abzuwarten.

»Ich mache dieses Jahr ein paar Änderungen, um mein Gehalt ein bisschen aufzubessern.« Sie zieht das Gummi aus ihren Haaren und fährt sich mit den Fingern hindurch.

»Du hättest es mir sagen können.« Bekah Cotter. Auf meinem

Sofa. Nicht einmal mehr in meinem eigenen Zuhause bin ich vor ihr sicher. Doch dann bemerke ich die tiefen Ringe unter den Augen meiner Mutter. »Tut mir leid«, sage ich.

Sie nickt. »Du hast Ellen verpasst. Sie war mit ihrer Mutter hier.«

»Sie war hier?« Meine Augen füllen sich sofort mit Tränen und sind kurz vor dem Überlaufen.

»Nur um ihren Saum in Ordnung zu bringen. Du weißt ja, wic das Mädchen ist. Die kann jedes Abendkleid von der Stange kaufen, und es passt sofort traumhaft.«

»Stimmt.« Ich weiß noch nicht einmal, was sie für den Schönheitswettbewerb anziehen wird. Oder was sie als Talentvorführung machen will. Oder ob sie schon mit ihrem Kostüm für die Eröffnungsnummer angefangen hat.

»Was ist eigentlich los mit euch beiden?«

»Mir mir und El?« Ich zucke die Schultern. »Nur eine Meinungsverschiedenheit, sonst nichts.«

»Ihr kriegt das schon wieder hin. Lucy und ich haben es auch immer geschafft.« Sie kommt ein bisschen weiter ins Zimmer und setzt sich ans Fußende meines Bettes. Ich versuche mir ins Gedächtnis zu rufen, wann ich sie zum letzten Mal dort sitzen gesehen habe, aber mir fällt nichts ein, und es ist mehr wie eine dieser Erinnerungen, von denen man sich einbildet, sie wären echt, obwohl sie es nicht sind. Man hätte es nur gerne. »Hast du dir schon überlegt, was du beim Wettbewerb anziehen willst?«

»Äh, nein. Nicht wirklich.« Ich kaue auf meinem Daumennagel herum. »Mom, fehlt sie dir eigentlich?«

»Wer soll mir fehlen?«

Es versetzt mir einen Stich, dass sie es nicht instinktiv weiß. »Lucy.«

»Luce«, sagt sie, und es klingt wie ein Hauch. »Ja. Natürlich. Die ganze Zeit.«

Wir sind beide einen Augenblick ganz still.

»In dem Jahr, als ich Miss Teen Blue Bonnet wurde, ist sie die ganze Nacht wach geblieben und hat Pailletten an mein Kleid genäht. Ich hab zu ihr gesagt, dass die paar fehlenden Pailletten keinem auffallen würden, aber sie wollte nichts davon hören. ›Der Unterschied zwischen Sieg und Niederlage liegt einzig und allein in den Details‹, hat sie gesagt.«

In meiner Erinnerung nehmen die Streitereien zwischen den beiden so viel Raum ein, und das lässt mich manchmal ganz vergessen, dass sie einander vor allem sehr, sehr gernhatten.

Sie steht auf. »Die Kleider bei Cindy's sind ziemlich teuer, und sie müssten für dich extra was bestellen, aber vielleicht kriegen wir auch selbst was hin.«

Ich möchte mich darüber freuen, dass sie von ihrem Ehemalige-Miss-Teen-Blue-Bonnet-Podest heruntersteigt und einfach nur meine Mom ist. Aber es kommt mir irgendwie nicht genug vor.

»Manchmal glaube ich, dass Lucy mir gar nicht noch mehr fehlen kann als sowieso schon, aber wenn dann so was wie dieser Kleiderkauf kommt, denke ich an all die Dinge, die sie nicht mehr miterleben wird.«

Zum ersten Mal seit langer Zeit sagt meine Mom einfach gar nichts. Mir war früher nie bewusst, wie viel eigentlich in meiner Beziehung zu ihr fehlte, bis Lucy auf einmal nicht mehr da war, um die Lücken zu füllen. Und jetzt tappen wir beide alleine im Dunkeln umher.

41

HEUTE IST HOMECOMING, was bedeutet, dass alle in der Schule völlig durchdrehen. Der ganze Tag besteht nur aus irgendwelchen Wettkämpfen und Schulführungen für Ehemalige. Als ich mich zur zweiten Stunde neben Mitch setze, liegt eine Eintrittskarte für den Abend auf meinem Platz, samt einem kleinen Blumenstrauß.

»Oh.« Ich hole tief Luft.

»Gefällt er dir nicht?«, fragt Mitch.

»Doch. Sehr sogar«, erwidere ich.

»Aber?«

Ich seufze. »Ich muss heute Abend arbeiten.«

Er lächelt, doch der Rest seines Gesichts ist überschattet von Enttäuschung. »Da kann man wohl nichts machen, oder?«

»Ich wünschte, ich könnte.« Und das stimmt wirklich. »Aber ich hab eben erst wieder dort angefangen, und dann muss ich mir ja auch für den Wettbewerb noch freinehmen.«

Er drückt meine Hand. »Schon okay. Wenigstens ist morgen Halloween.«

Für einen kurzen Augenblick bin ich abgelenkt, weil Ellen und Callie nacheinander ins Klassenzimmer kommen. Lachend unterhalten sie sich über die Kostüme, die sie für morgen geplant haben. Ich habe es immer gehasst, mich mit Ellen zu verkleiden. Sie hat jedes Jahr versucht, irgendwelche Paarkostüme zu finden, die zu uns beiden passten, aber es hat nie wirklich funktioniert. Sie sieht nicht einmal in meine Richtung.

Es gibt so vieles, das ich einfach nicht im Kopf behalten kann. So wie das Periodensystem. Den Geburtstag meiner Mutter. Oder die Kombination für das Zahlenschloss an meinem Spind auf der Arbeit.

Aber wenn es eines gibt, was mir nicht aus dem Kopf geht, dann sind es diese Worte, die wir uns gegenseitig an den Kopf geworfen haben.

Vielleicht haben wir uns einfach auseinandergelebt. Halten uns gegenseitig zurück. Deinetwegen entgeht mir so viel.

Ich hasse es. Ich hasse den Gedanken, dass sie meint, sie wäre ohne mich besser dran. Als wäre ich nur so eine miese, fette Kuh, die ihr in die Hacken tritt.

Ich weiß, ich sollte mich bei ihr entschuldigen.

Aber vielleicht sollte sie das ebenfalls tun.

An Halloween möchte Ron, dass wir uns verkleiden, weil der Elternbeirat der Grundschule einen *Trunk or Treat*-Halloween-Jahrmarkt auf unserem Parkplatz veranstaltet. Wie ich Mitch schon beim peinlichsten Date in der Geschichte des Datings erzählt habe, ist Halloween einfach nicht mein Ding. Abgesehen von Schulfesten war ich mit meiner Mutter nie auf irgendwelchen Halloweenpartys. Na ja, außer den »Erntedankfesten« in der Kirche vielleicht, die eigentlich auch nur verdeckte Halloweenpartys waren, wobei wir uns nur als biblische Figuren verkleiden durften. Als Junge ist das ja kein Problem, aber als Mädchen gibt es da nur Eva (Feigenblattbikini gefällig?), Esther, die Jungfrau Maria oder eine Prostituierte. Alles, was ich in meinem Kostümfundus habe, ist der Betty-Teil von der Betty-und-Wilma-Verkleidung aus Familie Feuerstein, die El und ich vor ein paar Jahren getragen haben.

Ron kommt als Zorro ganz in Schwarz und hat sich ein Plastikschwert um die Hüfte geschnallt. »Tja, ich hab mir schon gedacht, dass keiner von euch sich verkleiden würde.« Er stellt einen Pappkarton auf die Theke. »Ich hab ein paar Hüte und Zeug von der Theatergruppe der Kirche ausgeliehen.«

Marcus nimmt einen Haarreif mit Teufelshörnern und hält ihn hoch, um ihn zu inspizieren. »Was ist das denn? Hast du das in der Geisterbahn gefunden?«

Ron nimmt ihm die Teufelshörner aus der Hand und lässt sie wieder in die Schachtel fallen. »Vielleicht halten wir uns lieber an die unverfänglicheren Sachen. Und die Süßigkeiten sind nur für die Kids. Nicht für die Jugendlichen.« Und damit geht er nach draußen zu der Popcornmaschine auf dem Gehweg, wo er gratis Popcorntüten verteilen möchte.

Bo nimmt sich die blau-weiß gestreifte Schaffnermütze und greift dann über meine Schulter, um sich einen Lolli aus der Schale mit den Süßigkeiten zu angeln. Trotz Rons Anweisung entscheidet Marcus sich für die Teufelshörner, und ich greife nach einem perlenbesetzten 20er-Jahre-Stirnband mit einer großen weißen Feder.

Außer ein paar Kindern kommt kaum jemand vorbei. Ich langweile mich so, dass ich den Angestelltenkühlschrank putze. Als ich damit fertig bin, bemerke ich Callie und ihren Freund Bryce, die vor der Theke stehen. Bryce trägt Jeans und ein zerschnittenes T-Shirt, das wie ein Peter-Pan-Oberteil aussehen soll, während Callie offenbar eine etwas verzerrte Version von Wendy Darling in einem sexy hellblauen Nachthemd darstellen will.

»Was wollt ihr hier?« Jedes Wort ätzt wie Säure.

»Oha!«, sagt Callie. »Da hat aber jemand ganz schlechte Laune.«

Die Glocke über der Tür ertönt, und die Situation wird immer schlimmer. Ellen ist als Tinker Bell verkleidet, und mal abgesehen davon, dass ich kaum ein Mädchen kenne, das größer ist als sie, ist ihre Verkleidung perfekt. Tim geht als Captain Hook, und im Gegensatz zu Bryce hat er sich mit seinem Kostüm tatsächlich Mühe gegeben.

Ich hasse es. Ich hasse ihre blöden zueinander passenden Kostüme. Und ich hasse es, dass El ein Gesicht macht, als würde ich ihr Gewalt antun, indem ich dieselbe Luft einatme wie sie.

Tim reißt kurz die Augen auf, während El den Boden mustert. Ich bemühe mich, nicht die Fassung zu verlieren. Das ist sein Werk. Ich hätte es zwar vorgezogen, wenn er Callie und Bryce nicht mitgebracht hätte, aber das hier ist meine Chance. Ich muss sie ergreifen.

Ellen blickt auf. »Ich dachte, du arbeitest nicht mehr hier.« Mehr hat sie nicht zu sagen. Nach all diesen Wochen des Schweigens hat sie nicht mehr zu sagen.

»Ich bin wieder zurück.« Trotz unserer Zuhörer fühlt sich dieser Augenblick äußerst intim an. »Hallo, Tim.«

Er nickt in meine Richtung und macht ansonsten keine Anstalten, mich zu begrüßen. Am liebsten würde ich ihn als Verräter bezeichnen, aber es ist ja klar, auf wessen Seite er steht.

»Gehen wir«, sagt El.

»Das ist alles? Ich hab seit Wochen nicht mehr mit dir gesprochen, und das soll jetzt alles sein?« Ich spüre, dass auch Marcus und Bo uns beobachten.

Callie wendet sich an Ellen. »Du bist ihr nichts schuldig.«

Ellens Blick bleibt ungerührt. »Ich komme ganz gut alleine klar. Ja, ich denke, das ist alles.« Die vier machen kehrt, und im Weggehen zuckt Tim zu mir gewandt mit den Schultern.

Marcus und Bo haben kapiert, dass sie mich lieber nicht fragen sollten, was los ist.

Marcus verbringt seine Pause auf dem Parkplatz und klappert die Stände der Eltern mit einer Papiertüte von Harpy's ab.

»Schicke Feder«, bemerkt Bo aus der Küche und deutet auf meine Haare.

Ich hatte das Ding schon ganz vergessen. Meine Gedanken waren voll und ganz mit Ellen beschäftigt. Ich kann nicht glauben, was sich da eben abgespielt hat. Ein Teil von mir hatte sich immer noch an die Hoffnung geklammert, dass wir irgendwie das Schweigen brechen würden – und alles wäre wieder gut. Aber so ist es nicht. Ich fahre mit der Hand über die Feder, so dass die Kanten an meinen Fingerspitzen kitzeln. »Ja. Danke.«

»Ich bin froh, dass du wieder da bist.«

Ich nicke. Ich bin auch froh darüber. Diese kleine fettige Hütte fühlt sich so wunderbar normal an. Und er ebenso. Ich wünschte, es wäre nicht so, aber so ist es eben.

Er hebt die Schaffnermütze an und rückt sie auf seinem Kopf zurecht. »Und es tut mir leid, dass du das Gefühl hattest, gehen zu müssen.«

»Ist schon okay.« Ich stapele wieder und wieder dieselben Papiertüten, bevor ich frage: »Fehlt dir deine alte Schule eigentlich?«

Er grinst. »Mir fehlt vor allem die Schuluniform.«

»Was? Warum?«

»Keine Ahnung. Es ist irgendwie angenehm, wenn man morgens nicht über seine Klamotten nachdenken muss.« Er fährt sich mit dem Daumen über die Unterlippe. »Ich glaube, man könnte behaupten, dass ich nicht gerade ein Morgenmensch bin.« Ihn nach zwei Monaten des Schweigens so viel reden zu hören, ist wie ein Platzregen nach einer langen Trockenzeit.

»Und mein kleiner Bruder kommt überhaupt nicht klar.« Er kaut eine Weile auf seinem Daumennagel herum, bevor er hinzufügt: »Dabei ist es meine Schuld, dass wir von Holy Cross weg mussten.«

Ich will ihn gerade nach dem Grund fragen, als Marcus wieder hereinkommt. »Ich sag's euch, die Mütter da draußen machen keine halben Sachen mit dem Süßkram.«

Die Hitze steigt mir in die Wangen, als hätte er uns beim Rumknutschen ertappt.

Am Ende des Abends gehen wir alle zusammen nach draußen, und die beiden machen sich über Rons Zorrokostüm lustig. Bo trägt noch immer die Schaffnermütze, und ich kann ihn nicht einmal ansehen, ohne wie blöd zu lächeln.

Draußen lehnt Mitch an meinem Auto.

Es ist nicht nett von mir, aber ich nehme es ihm übel, dass er hier ist. Ich bin da genau wie die Leute, die es nicht mögen, wenn sich die Speisen auf ihrem Teller berühren. Ich will, dass Mitch auf seiner Seite des Tellers bleibt.

»Also, Leute«, sage ich zu Marcus und Bo. »Bis dann.« Ich wende mich zu Mitch. Auch wenn es rein physikalisch unmöglich ist, spüre ich Bos Blicke wie ein Gewicht in meinem Rücken. »Äh, hallo? Nettes Kostüm.«

Mitch hat sich als Indiana Jones verkleidet mit einer Cargohose, einer Bomberjacke und einem breitkrempigen Hut. »Es ist Samstagabend«, sagt er. »Es ist Halloween.« Ich lache. »Was grundsätzlich bedeutet, dass ich nach Hause will.«

Er schüttelt den Kopf. »Nein. Heute nicht. Ich werde dir zeigen, warum Halloween toll ist. Komm. Steig ein.«

»Ich hab aber kein Kostüm.«

Er zuckt die Schultern. »Du gehst einfach als Fastfood-Bedienung. Oder als Schwesternhelferin, die haben auch rot-weiß gestreifte Kleider an.«

Meine Gefühle für ihn schwanken zwischen heiß und kalt und wieder zurück. Ich will ihn hier nicht haben. Ich will ihn hierhaben. Er bedrängt mich. Er ist mir nicht nahe genug. Ich spüre, wie ein Lächeln über meine Lippen huscht. »Okay. Überzeug mich vom Gegenteil.«

42

IM AUTO schicke ich meiner Mutter eine SMS, um ihr Bescheid zu sagen, dass ich etwas später nach Hause komme, aber da wartet schon eine weitere Nachricht auf mich.

BO: schön, dass du wieder da bist.

Ich beiße mir auf die Lippen, bis sie fast unsichtbar sind, und lege mein Handy in den Getränkehalter.

Mitch fährt uns nach Stonebridge, der wohlhabendsten Gegend von Clover City. Ich denke, die Leute dort sind nach normalen Maßstäben nicht gerade reich, aber das gesamte Viertel wurde in den letzten zehn Jahren hochgezogen und ist von einem Sicherheitszaun umgeben. Die Tore stehen zwar immer offen, aber was soll's.

Nachdem er irgendwo an einer der Straßen geparkt hat, wirft er mir einen Kopfkissenbezug zu.

»Moment mal. Wir können doch so spät nicht mehr klingeln und ›Süßes oder Saures‹ verlangen.«

»So spät ist es auch wieder nicht.«

»Es ist nach Mitternacht.«

»Wir machen es trotzdem.« Mitch macht plötzlich kehrt. »Hab was vergessen.« Er rennt zu seinem Auto zurück und kommt mit einer braunen Peitsche wieder, die er sich um die Hand geschlungen hat.

»Willst du mich verarschen, oder was?«

»Wieso? So wirkt die Verkleidung echter.«

Wir gehen eine Weile in der Mitte der Straße auf der Suche

nach einem Haus, bei dem noch Licht brennt. Der Asphalt ist glatt und hell, ganz anders als die vielfach geflickte Straße, in der ich aufgewachsen bin. Alle Häuser sind riesengroß, stehen aber dicht beisammen mit schmalen Streifen von üppig grünem Gras dazwischen.

Als dieses Viertel hier entstand, sind meine Mutter und Lucy alle paar Wochen mit mir auf dem Rücksitz hier durchgefahren. Wir haben verfolgt, wie ein Haus nach dem anderen gebaut wurde und eine Straße nach der anderen hinzukam. Ich weiß noch, wie beeindruckt ich von all den neuen Straßenschildern war, so als wäre ein neues unbekanntes Territorium entdeckt worden und wir gehörten zu den ersten Besuchern. Ich hatte damals keine Vorstellung davon, wie klein Clover City ist, aber ich glaubte, hier würden alle glamourösen Leute wohnen. Filmstars, Musiker, Models. Und damals war meine Mom für mich auch noch glamourös. Ich dachte, wir drei würden auch eines Tages so ein schickes Haus haben.

Das erste Haus, bei dem wir anhalten, ist aus Backstein mit einem riesigen Erkerfenster und einem strahlenden Kronleuchter, den man bis auf die Straße sehen kann. Mitch klingelt an der Tür, und ich stehe halb hinter ihm. Es ist spät, und wer immer hier an die Tür kommt, wird nicht begeistert sein, zwei Jugendliche vor sich zu sehen.

Keiner öffnet. Mitch klingelt noch einmal.

Ich mache kehrt und gehe den Gartenweg zurück. »Komm. Da macht keiner auf.«

»Warte!«, sagt Mitch.

Die Tür öffnet sich knarrend und gibt den Blick auf eine Frau im Bademantel frei, die ein Handtuch um ihre Haare geschlungen hat, während ihr noch Wasser den Hals hinuntertropft. Sie ist älter als meine Mutter, aber nicht alt genug, um meine Großmutter sein zu können. »Ja bitte?«

Ohne zu zögern streckt Mitch ihr seinen Kopfkissenbezug entgegen. »Süßes oder Saures!«

Die Frau macht ein Gesicht, als wäre sie soeben in einer anderen Zeitzone aufgewacht. »Oh.« Sie hebt das Handgelenk, vermutlich, um zu sehen, wie spät es ist, aber sie trägt keine Uhr. »Stimmt.«

Sie macht die Tür fast ganz zu und kommt kurz darauf mit einer Schale voller Süßigkeiten zurück. Kurzentschlossen kippt sie den halben Inhalt der Schale in Mitchs Beutel.

Er schiebt mich vorwärts, und obwohl ich mir ganz schön albern vorkomme, halte auch ich meinen Kopfkissenbezug auf.

Sie kippt den Rest hinein. Ich schätze mal, dass diese Frau sich denkt, wenn zwei Jugendliche sich trauen, so spät am Abend in der besten Gegend der Stadt an Türen zu klingeln, dann haben sie auch ein paar Süßigkeiten verdient.

Die Bademantelfrau tätschelt ihren Bauch. »Ich sollte das Zeug sowieso nicht im Haus haben.«

Mitch tippt sich an den Hut. »*Gracias, Señorita.*«

Während wir den Gartenweg hinuntergehen, stößt er mich an der Schulter an. »Siehst du«, sagt er. »Das hat doch Spaß gemacht.«

Bei den meisten Häusern, zu denen wir kommen, reagieren die Leute so ähnlich wie die Bademantelfrau, oder sie öffnen gar nicht erst und machen das Licht aus, sobald sie uns draußen sehen.

Bei einem Haus kommt ein alter Mann in Boxershorts an die Tür. Die Falten in seinem missgelaunten Gesicht sind so tief, dass es aussieht, als würde er schmelzen. »Verschwindet, ihr verdammten Ruhestörer!«, brüllt er.

»Süßes oder Saures!«, sagt Mitch über das Kläffen eines kleinen Hundes hinweg, der hinter dem Mann steht.

»Ich werd euch gleich Saures geben.« Der Mann macht die Tür ganz auf und gibt den Blick auf ein Gewehr an seiner Seite frei. »Werdet schon sehen, ich brat euch eins über!«

Mitch packt meine Hand. »Lauf, lauf, lauf!«

Wir rasen die Einfahrt hinunter und um die Ecke, während das heisere Lachen des Alten hinter uns her hallt.

Als wir in sicherer Entfernung sind, bleibe ich stehen und stütze mich mit den Händen auf den Knien ab. Wir keuchen beide. »Vollkommen. Irre. Der. Idiot.« Ich hole tief Luft. »Der hätte uns glatt umgelegt«, sage ich.

»Nee«, erwidert Mitch. »Der wollte uns nur Angst einjagen.«

Ich richte mich auf und strecke die Muskeln in meinem Rücken. »Das hat er geschafft.«

Dann halte ich meinen Beutel mit Süßigkeiten in die Höhe, der viel schwerer ist, als ich erwartet hätte. »Ich glaube, es wird Zeit aufzuhören.«

Mitch streckt einen Finger in die Höhe und verzieht ein wenig das Gesicht. »Noch ein Haus«, sagt er. »Bitte.«

Im Mondlicht sieht er ganz anders aus. Beinahe geheimnisvoll. Und vielleicht sogar süß. Mir entschlüpft ein kleines Lachen. »Ein Haus«, sage ich. »Überleg dir gut, welches es sein soll.«

Er entscheidet sich für ein großes weißes Haus mit einer langen Einfahrt am Ende der Sackgasse.

Mitch klingelt, und nach ein paar Minuten öffnet eine erschöpfte Frau im Jogginganzug und mit einem Hexenhut auf dem Kopf. »Oh, Mist«, sagt sie, noch bevor Mitch überhaupt dazu kommt, irgendetwas zu sagen. »Wir haben schon seit einer Weile nichts mehr.«

»Indiana Jones!«, ruft ein Junge in einem Piratenkostüm, der ein Stückchen hinter ihr steht. Das Kostüm ist selbstgemacht, und man sieht sofort, dass jemand viel Liebe hineingesteckt hat. »Voll cool!«

Mitch strahlt.

»Ist schon okay«, sage ich zu der Frau. »Wir sind ja nur so zum Spaß unterwegs und wollten uns jetzt sowieso auf den Heimweg machen.«

Sie wünscht uns eine gute Nacht.

Wir sind schon die halbe Einfahrt hinunter, bevor wir den Jungen hinter uns rufen hören: »He, hallo, wartet mal!« Der kleine Pirat sprintet auf uns zu. An seinen Fingern baumelt ein Plastikkürbis. Schlitternd kommt er vor uns zum Stehen und hält jedem ein Bonbon hin. »Dein Kostüm gefällt mir«, sagt er zu Mitch.

»Danke, kleiner Mann. Dein Piratenkostüm ist auch ziemlich cool.« Mitch redet nicht mit ihm, als wäre er nur irgendein kleines Kind. Denn für Mitch ist er das nicht. Für Mitch ist jeder jemand.

Der Junge rennt wieder zum Haus, wo seine Mutter in der Tür auf ihn wartet.

Wir setzen uns auf den Bordstein mit unseren ganzen Süßigkeiten zu unseren Füßen. Es ist der erste Abend in diesem Jahr, dem man anmerkt, dass der Herbst nicht mehr weit ist, und bei jedem Windzug friere ich bis auf die Knochen.

»Ich hab dir doch gesagt, dass Halloween genial ist«, sagt er.

Ich lasse mich rückwärts auf den Reiche-Leute-Rasen zwischen Straße und Gehweg sinken (echtes Texas-Gras ist vertrocknet und braun). »War ganz okay.«

»Als der Junge mich gesehen hat, hat er Indiana Jones gesehen. Nicht irgendeinen Typen, der beim Football gestern Abend eine

Chance nach der anderen vergeigt hat. Und auch keinen Typen, der den ganzen Tag Videospiele spielt. Für ihn war ich jemand völlig anderes.« Er legt sich neben mich.

»Aber kommt es dir nicht irgendwie so vor, als würdest du dich vor dir selbst verstecken?« Ich drehe den Kopf zu ihm; das Gras kitzelt mich an der Wange. »Ich kapiere, dass man nicht man selbst sein will. Aber ist es nicht fast noch trauriger, wenn man vorgibt, jemand anderes zu sein?«

»Ich weiß nicht. Ich glaube, man muss der sein, der man sein will, bis man das Gefühl hat, dass man derjenige ist, der man gerne werden wollte. Manchmal hat man etwas schon halb geschafft, wenn man so tut, als könnte man es.« Er dreht sich auf die Seite und stützt sich auf den Ellbogen. »Als ich zum Beispiel zum ersten Mal mit dir geredet habe, da hast du mir Angst gemacht. Das tust du irgendwie immer noch. Aber je mehr ich mich so verhalte, als tätest du das nicht, desto weniger tust du es dann wirklich.« Er hält inne. »Mir Angst machen meine ich.«

Ich verstehe, was er meint, weil ich nämlich mein ganzes Leben lang immer so getan habe, als ob … Ich weiß nicht, wann genau es war, aber vor ziemlich langer Zeit habe ich beschlossen, wer ich sein wollte. Und dann habe ich mich wie diese Person – wer auch immer sie ist – verhalten. Aber ich glaube, dass diese Rolle mit der Zeit verblasst, und ich weiß nicht recht, ob ich die Person mag, die darunter zum Vorschein kommt. Ich wünschte, es gäbe irgendeine Zauberformel, mit der sich die Lücke zwischen der Person, die ich bin, und der Person, von der ich wünschte, ich könnte sie sein, schließen ließe. Weil diese ganze *fake it till you make it*-Nummer für mich nämlich nicht funktioniert.

»Was ist?«, fragt er.

Ich schüttele den Kopf und schlage beide Hände vor den Mund, während ich unter meinen Fingerspitzen lächele. »Ich mache dir Angst?« Bei dem Gedanken komme ich mir ganz schlecht vor, aber irgendwie ist es auch ein gutes Gefühl. Sich einmal nicht als diejenige zu fühlen, die ständig in die Ecke gedrängt wird.

Mitch zieht mir die Hände vom Gesicht. Seine Handflächen sind verschwitzt, und mir wird bewusst, wie nah er mir ist. Ich kann die Poren auf seiner Nase sehen. »Ich glaube, alle guten Dinge sind von Natur aus immer ein bisschen angsteinflößend«, sagt er.

Seine Lippen streifen meine. Ich bleibe ganz still liegen, als sich sein Arm um meine Taille legt. Wir küssen uns nicht mit Zunge, nur mit offenen Mündern. Ich kann die Furcht und die Aufregung in seiner zittrigen Berührung spüren.

Aber ich habe keine Angst. Überhaupt nicht. Und da merke ich, dass dieser Augenblick eine Lüge ist. Ich weiß, was ich fühlen sollte, und es ist nicht da.

43

DER FOLGENDE TAG ist so, als hätte jemand eine Atombombe in unserem Haus gezündet. Es fängt damit an, dass meine Mom aus der Kirche zurückkommt und beschließt, ihr Wettbewerbskleid anzuziehen.

»Dumplin'?«, ruft sie aus ihrem Schlafzimmer. »Süße, mein Reißverschluss klemmt.«

Ich stapfe die Treppe hinauf. Meine Mutter hat seit ihrer Krönung jedes Jahr in ihr altes Wettbewerbskleid gepasst. Selbst in dem Jahr, in dem sie mich zur Welt gebracht hat. Lucys Erzählungen zufolge herrschte damals bei uns zu Hause der Aerobicwahn, und es war knapp, aber sie hat es geschafft.

Ich habe dieses Kleid – ein meergrünes Paillettenoberteil mit einem Chiffonrock – so oft gesehen, dass es schon nicht mehr schön ist.

Da unser Haus so alt ist, gibt es oben kein richtiges Elternschlafzimmer mit eigenem Bad. Nur ein gemeinsames Bad am Ende des Flurs. Es ist komisch, wenn man sich mal überlegt, dass die Zimmer von meiner Mom und Lucy dieselben waren, in denen sie schon ihr ganzes Leben verbracht hatten. Ich stelle mir vor, wie sie sich als Jugendliche gegenseitig die Türen vor der Nase zugeknallt oder sich von einem Zimmer zum anderen geschlichen haben. Ich habe so viel über ihr gemeinsames Leben vor meiner Zeit gehört, aber manchmal frage ich mich, was sie mir wohl alles nicht erzählen wollten, und diese Lücken würde ich gerne füllen.

Ich gehe den Flur hinunter, drehe den gläsernen Türknauf und öffne die Schlafzimmertür.

O Shit.

Schon von der Tür aus kann ich sehen, dass der Reißverschluss nicht das Problem ist. Zwischen den Stoffteilen auf dem Rücken meiner Mutter klafft eine Lücke von mindestens zwei bis drei Zentimetern.

Ihr steht der Schweiß auf der Stirn, während sie mich zu sich winkt.

Ich mache eine Weile Anstalten, am Reißverschluss zu ziehen, bevor ich sage: »Äh, Mom? Ich glaube, der Reißverschluss ist nicht das Problem.«

Sie fährt herum und blickt über ihre Schulter, so dass sie sich selbst im Spiegel sehen kann. »Gott verdammt«, flucht sie.

Okay. Meine Mom hat den Namen des Herrn in ihrem Leben vielleicht zweimal missbraucht. Und nur an einmal kann ich mich wirklich erinnern.

»Mach den Reißverschluss auf.«

Der Verschluss gleitet nach unten wie ein Seufzer der Erleichterung.

Sie setzt sich auf die Bettkante und hält sich das Kleid vor die Brust. »Okay, dann muss ich noch eine Fastenkur einlegen und dazu noch Spinning- und Pilates-Stunden.« Sie spricht Pilates wie »Pii-laits« aus, der etwas schrille Ton ihrer Stimme wird durch die Sorge noch zusätzlich verstärkt. »Ich glaube, Marylou macht einen Kurs, in den ich gleich morgen gehen kann.«

»Aber ich muss zur Arbeit«, sage ich. »Ich brauche das Auto.«

Sie sieht mich mit hochgezogenen Augenbrauen an, nach dem Motto »Das hier ist eine Krise, und du begreifst den Ernst der Lage nicht«. »Tja, mein Schatz, wir müssen das irgendwie hinkriegen. Du fährst weiter mit dem Auto in die Schule, und ich kriege es abends. Die meisten Mädchen in deinem Alter haben noch nicht mal ein Auto. Man muss auch mal mit dem zufrieden sein, was man hat.«

Ich mache mir gar nicht erst die Mühe, ihr zu widersprechen.

Ich sitze im Pausenraum und knabbere an dem Apfel herum, den meine Mom mir gegeben hat, als sie mich abgesetzt hat. Ich schwöre, als sie auf den Parkplatz einbog, hat sie die Luft angehalten, als könnte sie schon zusätzliche Kalorien abkriegen, wenn sie in der Nähe von so vielen Transfetten zu tief einatmet.

Ich hatte erwartet, dass Mitch sich schon gestern bei mir melden würde. Eine Art Kontrollanruf, um sicherzugehen, dass nach Halloween alles okay ist zwischen uns. Oder vielleicht wie ein Anruf vom Kundendienst, um meine Zufriedenheit zu bewerten. Aber nichts passierte.

Als ich gestern Morgen aufwachte, musste ich mich erst einmal davon überzeugen, dass er mich tatsächlich geküsst hat. Der Kuss war nicht übel. Aber da war eben nicht dieses herzerschütternde Gefühl, das ich mit Bo erlebt habe.

Heute war er dagegen wieder ganz der Alte. Ohne DEN KUSS überhaupt zu erwähnen. So langsam habe ich fast den Eindruck, dass er an dem Abend durch den Zauber von Halloween vielleicht wirklich ein anderer war. Doch das schlechte Gewissen und die Reue, die ich empfinde, sind nur allzu real.

Erst als wir nach der Schule zusammen zum Parkplatz gingen, nahm er meine Hand fest in die seine. Ich werde das Gefühl nicht los, dass wir irgendwo einen Schritt ausgelassen hatten. Ich bin nicht bereit, mich auf noch eine Beziehung einzulassen, in der nichts klar ist und alles einfach so passiert. Bevor ich losfuhr, gab er mir ein kleines, gebundenes Büchlein: *Zaubern für Junge und Junggebliebene.* »Du hast doch gesagt, dass du noch ein Talent für den Wettbewerb brauchst.«

Ich stopfte das Buch in meinen Rucksack und bedankte mich bei ihm.

»Da drin liegt noch ein Brief«, sagte er. »Aber den kannst du später lesen.«

Es klopft an der Tür zum Pausenraum, obwohl sie offen steht.

»Hallo«, sagt Bo.

Unwillkürlich muss ich lächeln. »Hi.«

»Ich wollte nur fragen, ob du neulich Abend gut nach Hause gekommen bist.« Er fummelt an seinen Fingern herum und schiebt dann die Hände in die hinteren Hosentaschen. »Es war irgendwie komisch, dich mit dem Typen allein zu lassen, aber ich hab ihn von dem Schulball her erkannt.« Er räuspert sich. »Ihr zwei steht euch ziemlich nah, oder?«

Meine Wangen glühen. »Ach so. Ja, das war Mitch.«

Er hustet in die Armbeuge. »Cool.«

Mir entschlüpft ein kurzes Lachen. »Cool.«

Er macht auf dem Absatz kehrt und marschiert in seine Küche zurück.

Ich lasse langsam den Atem durch die geschürzten Lippen entweichen. Das war ja wohl das harmloseste Gespräch aller Zeiten. Und dennoch fühlt es sich an, als stünde ich in Flammen.

Als wir schließen, bemerke ich als Erstes, dass das Auto meiner Mutter nicht da ist. Ich wähle schon ihre Nummer, noch bevor die Hintertür ins Schloss fällt.

»Hallo?« Ihre Stimme klingt verschlafen.

Verdammt. »Mom?«

»Oh, Dumplin'!« Ich kann hören, wie sie ihre Schlüssel nimmt und die Glasschiebetür hinter sich zuzieht. »Bin schon unterwegs, Süße!«

Sie legt auf.

Marcus und Bo beobachten mich.

»Ihr könnt ruhig schon fahren«, sage ich.

Marcus deutet mit dem Kopf in Richtung Tiffanie, die bereits in ihrem Auto auf ihn wartet. »Sollen wir dich mitnehmen?«

»Danke, aber sie ist schon unterwegs.«

Marcus und Bo sehen sich an. »Ich warte mit dir«, sagt Bo.

Marcus bedankt sich bei Bo mit einem Nicken und ist auf und davon.

»Ich kann drinnen warten«, erkläre ich ihm. »Ron ist sowieso noch eine Weile hier.«

»Schon okay.« Er holt seine Schlüssel aus der Hosentasche. »Komm, wir warten in meinem Wagen.« Er muss das Zögern in meiner Miene bemerkt haben. »Nur sitzen«, sagt er. »Ich klappe sogar die Armlehne runter.«

Als wir im Auto sind, hält Bo tatsächlich sein Wort und klappt die Armlehne zwischen uns hinunter.

Wir sitzen eine Weile schweigend da und lauschen auf das Rauschen der Straße in unserem Rücken. Ich bemerke seinen Geruch. Kirscharoma und Aftershave. Ich glaube, ich hatte es im Laufe des Sommers gar nicht mehr wahrgenommen, aber es ist jetzt doch schon eine Weile her, seit ich zuletzt in seinem Pick-up gesessen habe. Mir ist es unbegreiflich, wie sich etwas so vertraut und gleichzeitig so fremd anfühlen kann. Wie ein Déjà-vu.

Ich strecke die Hand aus und schalte von einem Radiosender zum nächsten. Bo sagt nichts dazu, dass ich von seinem Radio Besitz ergreife.

»Wenn ich Dolly Parton höre, muss ich jetzt immer an dich denken.«

Mein Magen macht einen Satz, und ich lache nervös. »Na ja, da hast du ja Glück, dass sie nicht mehr so oft im Radio gespielt wird.« Meine Stimme klingt etwas schneidender, als ich es beabsichtigt habe. Aber eigentlich gefällt es mir, dass ich mir einen Platz in seinem Gedächtnis erobert habe. Mal abgesehen davon, dass ich nicht an Dolly denken kann, ohne El oder Lucy vor mir zu sehen. Und das finde ich nicht fair.

»Warum gerade Dolly?«, fragt er. »Ich kapier das irgendwie nicht. Sie ist so … künstlich.«

»Ihre Brüste, ja. Klar.« Ich male Muster auf die Armlehne, während ich nach den richtigen Worten suche. »Sie sieht immer so aus, als hätte sie noch nie einen schlechten Tag gehabt. Ich glaube, sie ist irgendwie so was wie ein Guru für mich. Also, ihre Musik ist echt gut. Aber es ist vor allem *sie* selbst, die sie so gut macht. Mitsamt ihren auftoupierten Haaren und den unechten Brüsten. Ich kenne niemanden sonst, der so wie sie das Leben lebt, das er oder sie sich vorgenommen hat.«

Er mustert mich, ohne etwas zu sagen.

»Es ist, als wäre für sie jeden Tag Halloween.« Mitch in seinem Kostüm flackert durch meine Erinnerung. »Aber für Dolly ist das keine Verkleidung oder Täuschung. Es ist ihr Leben. Und es ist genau so, wie sie es haben will.« Ich bremse mich, bevor ich zu melodramatisch werde.

»Hmm.« Er verschränkt die Arme und lässt sich ein Stück tiefer in seinen Sitz sinken. »Mir kam sie eher wie eine Comicfigur vor. Aber vielleicht stimmt das nicht.«

Das Harpy's-Licht über uns geht aus, und wir überlassen dem Radio das Reden.

»Kein Auto?«, fragt er nach einer Weile. »Was hat es damit auf sich?«

Ich lehne den Kopf an die Kopfstütze. »Es springt nicht mehr an. Seit ungefähr zwei Monaten.« Erst? Es fühlt sich wie eine Ewigkeit an, seit all das passiert ist und ich mich für den Wettbewerb angemeldet habe. Und Ellen verloren habe. »Seitdem steht es in der Werkstatt. Wir können uns die Reparatur nicht leisten.«

»Das kann ich nachempfinden«, sagt er. »Geld soll angeblich alles leichter machen, aber es bewirkt eigentlich immer nur das Gegenteil. Ich wünschte, wir würden noch in einer Tauschgesellschaft leben.«

Seine Worte stoßen mir auf. Immerhin ist Bo in den letzten Jahren auf eine Privatschule gegangen, und die ist alles andere als kostenlos.

»Was ist?«, fragt er.

Ich schüttele den Kopf.

»Nein. Sag schon. Raus damit.«

Nach einer langen Weile sage ich: »Na ja, ich meine, du bist auf die Holy Cross gegangen. Ich weiß, dass es nur nett gemeint ist, aber ich finde es nicht wirklich fair, wenn du behauptest, du wüsstest, wie es sich anfühlt, pleite zu sein.«

»Wow«, sagt er. »Das ist aber ein ziemlich gewagter Schluss, den du da ziehst.«

Von hinten erleuchten jetzt Scheinwerfer das Führerhaus des Pick-ups. »Egal«, sage ich. »Du hast gefragt. Gute Nacht. Grüß Bekah schön von mir.«

Ich schlüpfe aus dem Wagen und werfe die Tür hinter mir zu.

Er lässt die Scheibe herunter. »Nur, dass du's weißt«, ruft er mir hinterher. »Nicht jeder, der auf eine Privatschule geht, ist auch reich. Schon gar nicht die armen Kids, die Basketball spielen können.«

Das Fenster fährt wieder hoch und trennt ihn von mir, bevor ich die Möglichkeit habe, etwas zu erwidern.

Meine Wangen brennen vor Scham. Aber in erster Linie bin ich verwirrt. Warum hat er mir nie erzählt, dass er ein Stipendium dort hatte?

Meine Mom steigt aus dem Auto und läuft zu Bos Fenster. Von der anderen Seite des Wagens aus sehe ich, wie sie mit einem Fingerknöchel an die Scheibe klopft. Sie spricht in der hohen Stimmlage, in die sie immer verfällt, wenn sie mit »männlichen Wesen« kommuniziert. Bo sagt etwas, und ihr Gesicht leuchtet auf. Sie berührt ihn am Unterarm und legt zugleich die andere Hand auf ihre Brust. »Das ist wirklich reizend von dir, Bo!«, sagt sie.

Sie geht zu ihrem Auto, und ich folge ihr. »Äh? Mom?«

Wir steigen ein, und sie sagt: »Tut mir wirklich leid, Will. Dieses Pii-laits hat mich total geschafft, und da bin ich eingenickt, sobald ich zu Hause war.«

»Schon gut«, grummele ich, während sie auf die Straße einbiegt. »Aber was war das eben?«

»Dein süßer Kollege. Er heißt Bo, oder?« Sie lacht, und aus dem Mundwinkel fügt sie hinzu: »Der Junge hat ja Gesichtszüge, mit denen könnte man Glas schneiden.«

»Mom.«

»Ich hab ihm nur gesagt, wir müssten uns momentan ein Auto teilen, und ihm gedankt, dass er auf mich gewartet hat.« Sie biegt ab, aber nicht scharf genug, dass der Blinker aufhört zu ticken. »Aber dann hat er gesagt, ihr würdet sowieso immer dieselben Schichten arbeiten und er könnte dich jeden Abend nach Hause fahren.«

»Mom! Du hast nein gesagt, oder?« Panik durchfährt mich. Klick. Klick. Klick. Der Blinker läuft immer noch.

»Warum sollte ich? Er war so freundlich, das anzubieten. Ich werde doch wohl einer guten Tat nicht im Wege stehen.«

Ich seufze. Ein langer, dramatischer Seufzer.

»Willowdean«, sagt sie. »Jetzt ist mal genug mit dieser Seufzerei. Konzentrier dich lieber auf die guten Seiten des Lebens.« Sie biegt in unsere Einfahrt ein. »Vor allem auf die gutaussehenden.«

»Ich hasse dich«, sage ich, als ich aus dem Auto steige.

»Du bist wirklich ein bedauernswertes Wesen«, ruft sie hinter mir her. »Und vielleicht machst du mal was mit deinen Haaren vor der nächsten Schicht! Ein gutgestylter Kopf ist anderen immer einen Kopf voraus.«

44

DIE KLINGEL vor Geschichte ertönt, und ich schaffe es gerade noch, durch die Tür zu schlüpfen, bevor Miss Rubio sie hinter mir zumacht.

Ich halte inne. Dort auf Amandas Platz sitzt Bo. Ich glaube, mir tropft das Hirn aus den Ohren. Von der Rückseite des Raumes her zuckt sie die Schultern und sagt lautlos: *Pfirsichpo wollte da einfach nicht weg.* Ich wedele mit der Hand durch die Luft, um ihr zu signalisieren, dass alles okay ist. Aber das ist es natürlich nicht, denn, was zum Teufel ist hier eigentlich los?

In Geschichte gibt es keine feste Sitzordnung, aber seit dem ersten Tag hat sich keiner mehr vom Fleck gerührt. Das ist irgendwie einfach so. Wie ich Amanda kenne, gab es eine Auseinandersetzung, als sie ihn an ihrem Platz gesehen hat, aber einer musste nachgeben. Und es war nicht Bo.

Er lächelt ein bisschen, als ich mich setze, und sagt: »Willowdean.« Mehr nicht. Das ist das einzige Wort, das er die gesamte, verdammte Stunde über von sich gibt.

Als es klingelt, fliehe ich so schnell wie möglich zur Tür hinaus.

Ich treffe Mitch auf dem Parkplatz, und er strahlt, weil er glaubt, das dümmliche Grinsen auf meinem Gesicht sei für ihn bestimmt. *Nein*, möchte ich ihm am liebsten sagen. *Schau mich nicht mit so einem süßen Lächeln an. Das habe ich nicht verdient.*

Am nächsten Tag sitzt Bo wieder an Amandas Platz. Ich sehe aus dem Augenwinkel, wie er mit den Fingerknöcheln über sein

Kinn reibt. Ich würde ihn so gerne berühren. Es scheint unvermeidbar. Er ist der Minuspol und ich der Pluspol, und alles, was zwischen uns steht, ist nur eine Frage der Zeit.

Wie gestern sagt er meinen Namen, als der Unterricht beginnt, und diesmal fügt er noch hinzu: »Wir sehen uns heute Abend.«

In meinem Bauch brummt ein ganzer Chor von Bienen, während ich Bo in der Küche vor sich hin pfeifen höre. Bo pfeift immer, wenn er glaubt, dass ihm keiner zuhört. Aber normalerweise ist es kein bestimmter Song, nur ein wilder Mix von Melodien. Aber heute spitzt er die Lippen und pfeift »Jolene« von Dolly Parton. Was meine Knie in Wackelpudding verwandelt.

Ron kommt aus seinem Büro und summt mit, während er die Quittungsrolle an der Kasse auffüllt. Ein paar Minuten bevor wir schließen, blafft Marcus: »Kennst du eigentlich keine anderen Songs?«

Das Pfeifen hört für einen Augenblick auf, während Bo einen Burger wendet. Der Burger landet brutzelnd auf dem Grill, und schon fängt er wieder an zu pfeifen.

Marcus sieht uns neugierig hinterher, als wir am Ende des Abends gemeinsam zu Bos Pick-up gehen.

Als ich gerade einsteige, klingelt sein Handy. Er geht dran, und ich sehe zu, wie er lauscht. Die Ader an seinem Hals schwillt an, und er schüttelt den Kopf. Mit zusammengebissenen Zähnen sagt er etwas und legt auf, bevor er sich hinter das Lenkrad schiebt.

»Wer war das?«

Er kaut eine Weile auf der Innenseite seiner Unterlippe herum. »Mein Bruder.«

»Oh.«

»Er will nur, dass ich ihn abhole, nachdem ich dich abgesetzt habe.« Er starrt geradeaus auf die Wiese hinter Harpy's. »Wir verstehen uns nicht besonders gut.«

Ich habe keine Geschwister, aber ich weiß, wie es sich anfühlt, mit jemandem aneinanderzugeraten, den man jeden Morgen und jeden Abend sieht.

»Manchmal beneide ich ihn«, sagt er. »Für ihn war es anders als für mich, als Mom gestorben ist. Ich weiß nicht, ob es wirklich stimmt, aber manchmal glaube ich, dass es mich viel mehr getroffen hat als ihn.«

Ich nicke. Ich kannte Seiten von Lucy, die meine Mom niemals kannte, und es fällt mir schwer, nicht das Gefühl zu haben, dass ich deswegen die schwerere Last zu tragen habe. »Es tut mir leid«, sage ich, während wir uns anschnallen. Es ist wie eine heiße Kartoffel, die ich seit ein paar Tagen in der Hand halte. »Was ich darüber gesagt habe, dass du auf eine Privatschule gegangen bist.«

Er packt das Lenkrad und dreht den Kopf nach hinten, während er rückwärtsfährt. »Ist in Ordnung.«

Schweigend stehen wir an der Ampel, bis sie auf Grün schaltet. »Und was ist dann passiert? Du hattest ein Stipendium, denke ich mal?«

»Genau.« Ich mag es, wie er fährt, mit einer Hand fest am unteren Ende des Lenkrads, während er mit der Handfläche lenkt, so als würde er einen Neunachser oder so fahren.

»Links in die Rowlett Street«, sage ich.

»Ich war in der Achten, als einer von den Holy-Cross-Vätern mich spielen sah. Ich will nicht damit angeben, dass ich richtig gut war, aber so war es wohl. Ich wusste es nur nicht, weil sich in dieser Stadt kein Schwein für Basketball interessiert.«

»Außer an der Holy Cross«, sage ich. Die Holy Cross Highschool ist zu klein für eine Footballmannschaft, aber ihr Basketballteam gewinnt immer auf Bezirks- und manchmal sogar auf Landesebene.

»Jedenfalls haben sich ein paar von den Vätern dort zusammengetan und haben mit meinem Dad darüber gesprochen, dass ich auf diese Schule gehen sollte. Aber wir konnten es uns nicht leisten. Schon gar nicht, nachdem das mit Mom passiert war. Aber für Schüler gibt es noch keine Sportstipendien. Jedenfalls nicht nach den Regeln des Sportverbandes, in dem sie dort spielen. Deswegen haben sie ein akademisches Stipendium für mich auf die Beine gestellt. Und für meinen Bruder auch. Mein Dad hat gesagt, ich dürfte nur gehen, wenn er auch mitkommt.«

»Aber du hast gesagt, es war deine Schuld, dass ihr beide dort wegmusstet, oder?« Ich deute auf unsere Einfahrt ein paar Häuser weiter vorne. »Da oben links wohne ich.«

»Letztes Jahr hab ich mir gegen Ende der Saison das Knie verrenkt. Wir waren damals nicht krankenversichert, deswegen weiß ich nicht, wer das alles bezahlt hat. Wieder die reichen Väter vermutlich. Aber es war klar, dass ich so bald nicht wieder spielen würde.«

Der Wagen bleibt im Leerlauf vor unserem Haus stehen. Ich wünschte, die Heimfahrt würde dreimal so lange dauern. »Aber du hattest doch ein akademisches Stipendium, das konnten sie dir nicht wegnehmen, oder?«

Er verschränkt die Arme. »Nach meiner Verletzung hatte ich einen Streit mit einem aus meiner Mannschaft. Collin, der Typ, der im Sommer bei Harpy's vorbeigekommen ist.«

»Und worüber habt ihr euch gestritten?«

Er schüttelt den Kopf. »Das, worüber sich Jungs immer streiten. Ein Mädchen.«

Die Luft im Pick-up ist schwer, und ich kann es bis auf die Knochen spüren. »Das Mädchen, das dabei war?«

»Amber. Wir waren zwei Jahre lang zusammen. Aber ich war sowieso ein beschissener Freund.«

Ich möchte fragen, wieso, aber ich weiß nicht, ob ich die Antwort auf diese Frage jetzt schon hören möchte.

»Ich habe Collin das Schlüsselbein gebrochen. Er hat mir die Nase gebrochen. Als wir zur Anmeldung für das nächste Schuljahr kamen, sagte man uns, die Finanzierung wäre ausgelaufen. Der Spender hätte seine Spende zurückziehen müssen. Und jetzt hasst mein kleiner Bruder mich.«

»Ihm fehlt die Schule?«

Er grinst schief. »Ja, er war einfach der King dort. Er war schon seit der Siebten mit demselben Mädchen zusammen. Wer macht so was?« Noch immer lächelnd schüttelt er den Kopf. Ich kann genau sehen, was er dabei nicht sagt: Dass er seinen kleinen Bruder mehr liebt, als gut für ihn ist, und dass er sogar mit einem kaputten Knie spielen würde, nur um ihn glücklich zu machen. »Er ist jetzt in der Neunten, und für ihn war die ganze Sache noch viel schlimmer als für mich. Und dann, weil er 15 ist und mit 15 sowieso alles scheiße ist, hat seine Freundin auch noch mit ihm Schluss gemacht. Sie meinte, sie könnte keine Fernbeziehung haben.«

»Fernbeziehung?«

»Ja, dabei wohnt sie nur ungefähr zehn Minuten zu Fuß von unserem Haus entfernt.«

»Wow.« Meine Hand schwebt über dem Türgriff.

»Ich bring dich noch zur Haustür«, sagt er.

»Nein, das ist schon okay.«

Er besteht darauf. »Wirklich.«

»Wir benutzen aber immer die Hintertür.«

»Warum?«

»Die Haustür klemmt. Das ist schon lange so.«

»Warum lasst ihr sie nicht reparieren?«, fragt er.

»Keine Ahnung. Ist einfach etwas, zu dem wir nie kommen. Und jetzt haben wir uns schon so daran gewöhnt, dass es keine Rolle mehr spielt.«

Seine Lippen zucken, als wollte er noch etwas sagen, aber er schweigt weiter.

Ich steige aus dem Pick-up und halte die Tür noch einen Augenblick in der Hand, als mir ein Gedanke kommt. »Warum hast du dich eigentlich in den letzten Tagen neben mich gesetzt? In Geschichte? Du kannst doch bei der Arbeit mit mir reden.«

Er macht wieder diese Geste, bei der er sich mit den Fingerknöcheln über das Kinn streicht. »Ich nehme an, weil ich am liebsten überall mit dir reden möchte.«

Hinter dem Zaun, in unserem Garten, lächele ich.

Ich kippe den Inhalt meines Rucksacks auf mein Bett, in der Hoffnung, wenigstens noch einen Teil der Hausaufgaben zu schaffen, bevor ich einschlafe. Und dort, zwischen meinen Schulbüchern, mit einem verknickten Einband, ist das Buch mit Zaubertricks, das Mitch mir gegeben hat. Ich ziehe es an mich und lasse mich zu Boden sinken. Die Sache mit dem Talent – ja sogar den ganzen Wettbewerb – hatte ich in den letzten Tagen vollkommen vergessen. Dass Bo wieder Teil meiner Welt ist, wenn auch nur ganz am Rande, verwandelt mein Hirn in ein Vakuum, in dem nichts sonst existieren kann, weil ich völlig vereinnahmt bin.

Aber ich will das nicht. Ich kann es nicht wollen.

Ich blättere durch die Seiten und finde eine ganze Reihe von Zaubertricks, von denen mich aber keiner begeistert. Ein Zettel fällt aus den Seiten, und ich falte ihn auseinander.

Will, als Kind hatte ich eine Zauberer-Phase und bin überall nur noch mit Zylinder und Umhang hingegangen. Ich dachte, vielleicht könntest du selbst ja auch ein wenig Magie gebrauchen. – Mitch

Ich schiebe das Briefchen wieder zwischen die Seiten und seufze. Es ist lächerlich. Ich soll also alberne Zaubertricks vorführen. Aber was bleibt mir sonst übrig? Ich habe kein ausgeprägtes persönliches Talent so wie Bekah und noch nicht einmal irgendetwas, mit dem ich mich lange genug beschäftigt hätte, um es jetzt einsetzen zu können.

Mit dem geöffneten Buch auf dem Schoß lehne ich mich gegen mein Bett und fange an, die Bewegungsabläufe eines Tricks zu üben, bei dem man Münzen verschwinden lässt. Es fühlt sich an, als würde ich mich bloß damit zufriedengeben. Wie eine verpasste Chance. Aber ich glaube nicht, dass es deshalb unbedingt falsch sein muss.

Ich versuche, den Energieschub heraufzubeschwören, der mich überhaupt dazu gebracht hat, mich für den Wettbewerb anzumelden. Aber dieser kleine Funken von Magie ist nirgendwo zu finden.

45

ALS ICH am nächsten Tag meine Mutter von der Arbeit abhole, trägt sie eine Kleidertüte über dem Arm. Beim Einsteigen hebt sie eine Hand in die Höhe. »Bevor du etwas sagst, hör mich erst einmal an.«

»Okay?« Aber ich kann die Skepsis in meiner Stimme nicht verhehlen.

»Debbie und ich haben in der Mittagspause ein paar Secondhandläden abgeklappert. Ich wusste ja, dass du noch kein Kleid hast. Und, na ja, in ein paar Wochen musst du dein Kleid genehmigen lassen, du hast also nicht mehr viel Zeit. Vielleicht ist dir das noch nicht ganz klar, aber du kannst nicht einfach ein Kleid von der Stange kaufen. So funktioniert das einfach nicht.«

Ich weiß, dass ich ein Kleid brauche, und ich weiß, dass ich es vor mir herschiebe. Aber wenn meine Mutter für mich Klamotten kauft, ist die Katastrophe vorprogrammiert. Das hatten wir alles schon. Mehrfach. Wir lecken noch immer unsere Wunden.

»Es ist ein bisschen schlichter, aber das bedeutet, dass wir noch selbst etwas daran machen können. So als wäre es maßgeschneidert.«

Ich nehme mir vor, dass ich es zumindest anprobieren werde. Immerhin muss ich versuchen, ihr gute Absichten zu unterstellen.

Mom überlässt mir ihr Zimmer zum Umziehen, damit ich den großen Spiegel nutzen kann. Die Tür fällt hinter mir ins Schloss, und mir wird bewusst, wie seltsam es eigentlich ist, dass sie nicht im Zimmer bleibt. Sie selbst rennt ständig in diversen Nacktheitsstadien durchs Haus, auf der Suche nach einem einzelnen Socken oder wenn sie ihren Schwesternkittel bügelt. Es ist also nicht so, als hätte sie mir beigebracht, dass man sich so nicht zeigen darf. Aber irgendwann kam der Punkt, vielleicht als ich elf oder zwölf war, als meine Mom aufgehört hat, sich zu mir in Umkleidekabinen zu setzen oder sich die Zähne zu putzen, während ich unter der Dusche war. Es könnte natürlich auch nur der Versuch sein, Rücksicht auf mein möglicherweise vorhandenes Bedürfnis nach Privatsphäre zu nehmen. Aber in mir rumort der Verdacht, dass es ihr einfach unangenehm ist, den Körper, mit dem ich herumlaufe, vorgeführt zu bekommen.

Und das tut weh, ganz egal, ob es nun stimmt oder nicht.

Ich muss zugeben: Das Kleid ist gar nicht so übel. Es ist rot – dieser perfekte Rotton, der sexy Nagellack und schnellen Autos vorbehalten ist – mit einem tiefen Ausschnitt und Trägern, die absichtlich über die Schultern rutschen. Meine Schultern haben nicht die scharfen Umrisse, wie man sie an Schauspielerinnen und Models sieht. Stattdessen fallen sie schräg nach außen ab. Aber das Kleid gefällt mir trotzdem.

Bis ich den Reißverschluss zumache.

Er geht zu.

Aber deswegen passt das Kleid noch lange nicht.

O mein Gott. Dass ich den Reißverschluss über meine Hüften ziehen kann, ist entweder meiner Hartnäckigkeit oder meiner Willenskraft zuzuschreiben. Der Stoff zerrt an den Nähten und droht zu reißen, sobald ich einen Stuhl auch nur ansehe. Dagegen fällt das Oberteil so groß aus, dass ich sogar meine Arme nach innen ziehen kann. (Falls mir mal kalt wird oder so.)

»Okay«, rufe ich meiner Mom zu. »Kannst reinkommen!«

Sie steht hinter mir, und ich kann uns beide im Spiegel sehen. Ich beobachte, wie ihr Blick prüfend über mich wandert und sich ihre Mundwinkel nach unten ziehen, als sie bemerkt, wie der Stoff sich über meine Hüften spannt.

Als sich unsere Blicke treffen, reißt sie sich zusammen und ringt sich ein Lächeln ab. »Bestimmt können wir ein paar Zentimeter rauslassen«, sagt sie. »Und oben was wegnehmen.« Ihre Stimme ist zu hoch und ihr Lächeln zu breit, aber das ist mir egal. Diese Dinge kann ich ignorieren. Weil sie sich Mühe gibt, mich dort abzuholen, wo ich bin. »Was meinst du?« Sie zieht das Oberteil des Kleides zurück und knüllt den überflüssigen Stoff in ihrer Hand zusammen.

Ich kann mir fast vorstellen, wie es aussehen könnte, und … mir gefällt, was ich sehe. »Es ist gut. Ich werde das doch nur zwanzig Minuten lang anhaben, oder? Das kriegen wir hin.«

Ich sitze in der dritten Reihe der Schulaula. Millie liest neben mir in einem kitschigen Liebesroman, und neben ihr sitzt Amanda, wippt mit den Füßen und trommelt mit den Fingern auf ihrem Oberschenkel herum.

Heute ist der Tag, an dem wir unsere Talente für den Wettbewerb vorstellen müssen. Und ich habe nur diesen einen Zaubertrick, den ich aus dem Buch gelernt habe, das Mitch mir gegeben hat. In den Regeln steht, dass die Bewerberinnen ein Beispiel vorbereiten sollen. Hoffentlich reicht mein Trick aus.

Hannah quetscht sich an Amanda und Millie vorbei in unsere Reihe. »Sobald ich das Okay habe, bin ich hier raus.«

»Meinst du nicht, es wäre höflicher, auch die Vorführungen von allen anderen abzuwarten?«, fragt Millie.

Kommentarlos lässt Hannah sich in den Sitz neben mir fallen.

Millie verliert langsam die Geduld mit Hannah, und ich empfinde eine seltsame Genugtuung darüber. Nur zu gerne würde ich erleben, wenn der fröhlichen kleinen Millie wegen Hannahs anstrengender Art der Kragen platzt.

Als alle auf ihren Plätzen sind, hält meine Mom ihre kleine Rede und erklärt, dass die Kostüme für die Talentprobe zeitgleich mit dem Rest unserer Kleidung genehmigt werden müssen. »Überrascht werden«, bemerkt meine Mutter, »soll nur das Publikum.«

Zuerst ist Bekah Cotter dran, die – ta-da! – den verdammten Taktstock durch die Luft wirbelt, als hätte sie übermenschliche Fähigkeiten. Nur ist diesmal nicht Bos Name auf ihren Pobacken eingraviert. Es ist echt nicht fair, wie wenig ich sie leiden kann. Sie hat vielleicht zwanzig Worte oder so zu mir gesagt, aber der Gedanke an Bo im Smoking, der sie beim Schönheitswettbewerb eskortieren wird, verwandelt mich in eine Version meiner selbst, bei der mir die Augen brennen.

Dann kommen fünf Mädchen hintereinander, die Songs aus *Les Miserables* oder *Chicago* singen. Karen Alvarez' Darbietung von *Chicago* wird als zu sexy beanstandet, und sie bekommt eine Woche, um sich einen anderen Song auszusuchen. Die Noten an die Brust gedrückt, schleicht sie von der Bühne. Ich kann sehen, wie peinlich ihr das Ganze ist, aber es riecht nach Wettbewerbsskandal, und irgendwie gefällt mir das.

»Amanda Lumbard?«, ruft Mallory Buckley.

Millie klopft Amanda auf den Rücken, während diese unter ihrem Sitz nach ihrer Sporttasche kramt. Als sie schließlich auf der Bühne steht, bemerke ich, dass sie nicht ihre orthopädischen Frankenstein-Schuhe trägt. Diese Schuhe haben zwar immer noch einen dickeren Absatz auf der einen Seite, aber sie sehen schon mal sportlicher aus.

»Also, es ist zwar nicht das Übliche, aber es ist nun mal das, was ich am besten kann.« Ihre Stimme zittert ein wenig. Sie geht in die Hocke und öffnet ihre Sporttasche, um einen Fußball herauszuholen. Ohne weitere Einleitung fängt sie an, den Ball von einem Knie auf das andere hüpfen zu lassen. Es ist ziemlich faszinierend. Ein paarmal macht sie auch einen Kopfball und kickt den Ball sogar einmal über ihren Kopf, aber er berührt kein einziges Mal den Boden.

Sie steht da und führt etwas vor, was ich mit meinen beiden gleich langen Beinen noch nicht einmal im Traum könnte. Nach ein paar weiteren Tricks klemmt sie sich den Ball unter den Arm, nimmt ihre Tasche und marschiert ab.

Millie und ich klatschen wie verrückt, während der Rest des Publikums schweigend auf die Entscheidung des Ausschusses wartet.

Es dauert doppelt so lange wie bei allen anderen, aber schließlich sagt meine Mom in mäßig begeistertem Ton: »Nun, das war eher ungewöhnlich, aber es muss reichen.«

»Ich bin also zugelassen?«, fragt Amanda.

Meine Mom nickt.

Amanda lächelt selig vor Erleichterung und setzt sich wieder hin.

Als Nächstes folgt ein Monolog aus *Viel Lärm um Nichts*, der eigentlich ziemlich gut ist, aber an der Jury wohl leider vorbeigeht.

»Willowdean Dickson?«

Ich hole meine Requisite aus dem Rucksack und gehe zwischen den Stuhlreihen hindurch zur Bühne.

Ich weiß noch, wie es war, als Kind bei Schultheateraufführungen auf der Bühne zu stehen. Durch das helle Licht war es immer unmöglich, das Publikum zu sehen, was die ganze Sache für mich erträglich machte. Aber heute ist der Zuschauerraum erleuchtet, und die Bühnenscheinwerfer sind aus.

»Kann ich jetzt anfangen?«, frage ich.

Ich versuche, nicht die Mädchen zu zählen, die im Publikum sitzen, denn wenn ich erst einmal damit anfange, kann ich vermutlich nicht mehr aufhören.

Mrs Clawson, die neben meiner Mutter sitzt, nickt.

Ich halte eine leere Wasserflasche in die Höhe und hole einen Vierteldollar aus der Hosentasche. »Ich werde jetzt einen Zaubertrick vorführen.« Die Miene meiner Mutter ist regungslos. »Ich habe vor, noch weitere Tricks zu zeigen, der hier ist also nur eine Kostprobe.« Ich warte darauf, dass mir jemand sagt, das sei okay oder ich solle mir keine Sorgen machen, aber ich ernte nur Schweigen.

Wie der Trick eigentlich funktionieren sollte: Ich nehme eine leere Wasserflasche, in die ich einen kleinen Schlitz geschnitten habe. Ich soll die Wasserflasche so halten, dass das Publikum den seitlichen Schnitt nicht sehen kann. Nachdem ich auf die Flasche geklopft und bewiesen habe, wie normal sie ist, halte ich einen Vierteldollar in die Höhe und treibe ihn durch den kleinen Schlitz in der Wasserflasche. Bada bing. Bada bumm.

»Ich halte hier eine ganz normale Wasserflasche in den Händen, aus der ich noch heute Morgen einen Schluck genommen habe, um meine Vitamine zu nehmen.« Wenn ich meiner Stimme so einen magiermäßigen Tonfall verleihe, merkt vielleicht keiner, wie blöd ich mich anstelle. Ich klopfe rundum auf die Wasserflasche. »Eine ganz normale Wasserflasche.«

Ich halte meinen Vierteldollar in die Höhe. In der ersten Reihe kneift meine Mom die Augen zusammen. Ich schraube den Verschluss der Flasche auf, um zu demonstrieren, dass die Münze nicht durch die Öffnung passt. Der Saal ist so still. Erzählen Zauberer vielleicht deswegen immer Witze? Oder spielen laute Musik, die wie das Geräusch eines Lasers klingt? Ich zeige die Münze noch einmal, bevor ich sie, wie in dem Buch beschrieben, zwischen meinen Fingern festhalte und sie fest gegen die Seite der Flasche und durch den Schlitz, den ich geschnitten habe, schlage.

»Voilà!«, sage ich, was gut wirken könnte, wenn ich mich nicht zu früh gefreut hätte. Ich schüttele die Flasche, aber außer ein paar übriggebliebenen Tropfen von heute Morgen ist die Flasche leer. Ich habe es nicht geschafft, die richtige Seite der Flasche zu treffen.

»Auf dem Boden«, ruft Callie aus der dritten Reihe, wo sie neben Ellen sitzt.

Ellen. Sie kaut auf ihrer Unterlippe herum.

Sie im Publikum. Und ich mit meinem beschissenen Talent. Der hellerleuchtete Zuschauerraum. Dieser Wettbewerb ist völlige Zeitverschwendung. Ich glaube kaum, dass Lucy es sich so vorgestellt hat, als sie dieses alte Anmeldeformular in ihrem Zimmer aufbewahrt hat. Und das alles ist ganz alleine meine Schuld. Tränen sammeln sich bedrohlich in meinen Augenwinkeln, aber ich zwinge mich, sie zurückzuhalten.

Ich blicke nach unten, und dort liegt mein Vierteldollar. Schnell bücke ich mich, um ihn aufzuheben und ihn durch die andere Seite der Flasche zu drücken.

Der schlechteste Zaubertrick aller Zeiten.

Die Einzige, die applaudiert, ist Millie. Natürlich.

»Ich übe noch«, sage ich.

Ich stehe am Bühnenrand, während die Jurymitglieder – einschließlich meiner Mutter – hin und her diskutieren. Schließlich sagt meine Mutter: »Genehmigt.« Aber ihr Gesicht sagt alles. Sie ist zutiefst enttäuscht.

Ich quetsche mich an Hannah und Millie vorbei, um zu meinem Platz zu gelangen. »Dünne Suppe«, flüstert Hannah.

»Ach, als hättest du was Besseres geplant«, blaffe ich zurück.

»Hannah Perez«, ruft meine Mutter.

Hannah trampelt in ihren militärischen Springerstiefeln über die Bühne.

Und dann ertönt – dank des Schülers, der die Anlage bedient – ihre Musik aus den Lautsprechern. Es ist ein Song, den ich von Lucys Schallplatten kenne: »Send in the Clowns«. Es ist eins dieser Lieder, die einem unter die Haut gehen und einen aus unerfindlichen Gründen traurig machen.

Hannahs Stimme ist nicht besonders toll, aber sie singt es so richtig. So als hätte sie den Song geschrieben. Die Musik macht ein Crescendo ebenso wie ihre Stimme. Ich sehe nicht länger Hannah mit ihrer üblichen missmutigen Miene und den großen Zähnen und den ausgeblichenen schwarzen Klamotten. Ich sehe nur noch dieses Mädchen, das ein herzzerreißendes Lied singt, weil sie es vollkommen erfasst, auch wenn wir anderen es nicht tun.

Die Musik bricht plötzlich mitten im Fade-out ab, und es entsteht ein kurzer Augenblick der Stille, bevor wirklich alle im Publikum applaudieren.

Als der Applaus verklingt, sagt meine Mom: »Das war sehr hübsch, Hannah.« Und es klingt, als wollte sie damit sagen: Siehst du, so macht man das, Dumplin'.

Hannah nickt und geht dann, immer zwei Stufen auf einmal nehmend, die Treppe hinab. Sie bedankt sich nicht. Greift nur nach ihrem Rucksack, der zu ihren Füßen steht, und geht.

Ich sehe mir jede einzelne Vorstellung an. Callie macht Zeichensprache zum *Titanic*-Titelsong, was mich zugegebenermaßen überrascht. Millie spielt »Somewhere Over the Rainbow« auf dem Xylophon. Das ist zwar nicht besonders beeindruckend, aber es passt zu ihr. Und Ellen führt einen Stepptanz zu deutscher Volksmusik vor. Sie war bis zur Siebten durchgehend in der Stepptanzgruppe und ist heute immer noch so schlecht wie damals.

Ich muss grinsen, und sie sieht mich zwar, reagiert aber nicht darauf. Als sie fertig ist, klatsche ich zu laut, so dass sogar meine Mutter sich nach mir umdreht.

Auf dem Heimweg im Auto macht meine Mutter beim letzten Stoppschild vor unserem Haus das Radio leiser und sagt: »Dass dein Talent genehmigt wurde, war das einzige Zugeständnis, das du von mir bekommen wirst.« Sie saugt die Luft zwischen den Zähnen ein. »Ich weiß ja, dass du diesen Wettbewerb nicht ernst nimmst, aber du könntest wenigstens so tun als ob.«

Sie hat recht. Es ist nicht fair gegenüber ihr oder Amanda oder Millie oder Hannah. Als ich nach Hause komme, setze ich mich als Erstes an meinen Computer. Riot rollt sich zu meinen Füßen zusammen, während ich eine E-Mail formuliere. Die Betreffzeile lautet: SOS.

46

BEI TAGESLICHT besteht das Hideaway in erster Linie aus abblätternder Farbe und klebrigen Fußböden.

Neben mir stöckelt Hannah auf 7-Zentimeter-Absätzen herum. »Die werde ich niemals beim Wettbewerb tragen.«

Lee Wei hat uns alle in High Heels auf der Bühne aufgereiht, während Dale, der Türsteher / Eigentümer an der Bar sitzt und sich ein großes Bier genehmigt. So offen wie in der E-Mail, die ich ihm geschickt habe, war ich schon lange nicht mehr. Ich habe ihm davon erzählt, wie ich das alte Anmeldeformular in Lucys Kommode gefunden habe und von Millie, Amanda und Hannah. *Ich hab mich da in etwas reingeritten*, erklärte ich ihm. *Und jetzt werde ich nicht nur mich selbst blamieren, sondern die anderen drei auch noch mit in den Abgrund reißen. Wir brauchen Hilfe. Und zwar Hilfe, die man in Clover City nicht finden kann.*

Denn die Wahrheit ist, dass wir keine Ahnung haben, was wir tun. Wir wissen nicht, wie wir gehen, posieren oder uns präsentieren sollen. Ich will nicht da vorne stehen und das dicke Mädchen sein, das auf den Arsch fällt und sich durch irgendwelche Zaubertricks hindurchmanövriert. Ich weiß, dass ich nicht gewinnen werde. Das will ich auch gar nicht. Aber ich will dort oben stehen und beweisen, dass es keinen Grund gibt, warum ich nicht antreten oder dazu nicht in der Lage sein sollte.

Auf meiner anderen Seite steht Millie erstaunlich schweigsam mit durchgedrückten Knien.

»Alles okay bei dir?«, flüstere ich.

Sie hält den Blick auf den dunklen Scheinwerfer über ihr gerichtet. »Ich versuche, mich darauf zu konzentrieren, nicht hinzufallen.«

»Beugt die Knie!«, ruft Lee.

Hannah weist mit dem Daumen in Richtung Amanda. »Ich kapier nicht, warum sie diese spitzen Folterinstrumente nicht tragen muss.«

Amanda grinst unschuldig.

»Hannah«, mahnt Millie. »Du weißt doch …«

Lee unterbricht sie kurz angebunden. »Weil das Leben kein Fluss ist und wir nicht alle in dieselbe Richtung unterwegs sind.«

Hannah verdreht die Augen.

»Und außerdem, meine Süße«, fügt Lee hinzu, »solltest du dich lieber mal um deine eigenen Probleme kümmern.«

Ich habe Lee und Dale gebeten, uns ihren Freitagnachmittag zu opfern, und jetzt sind wir hier und stöhnen nur herum. »Nun reißt euch mal zusammen.«

»Bringen wir es hinter uns«, seufzt Hannah.

Lee räuspert sich. »Das Erste, was ihr in den Griff kriegen müsst, ist euer Gang. Der Gang macht euch zur Königin. Denn, meine Damen, der erste bleibende Eindruck kommt nicht aus eurem Mund, sondern liegt ganz und gar darin« – dabei schwingt sie ihre Hüften erst nach rechts und dann nach links –, »Schwung in die Sache zu bringen.«

Aus den Augenwinkeln bemerke ich, wie Millie unablässig auf den Fingernägeln kaut.

Lee sagt, wir sollen uns setzen, während sie uns genau zeigt, was sie meint. Wir seufzen alle vier erleichtert auf, als unsere Hintern die Stühle berühren. Sie stolziert auf der Bühne hin und her, wobei ihre Absätze bei jedem Schritt ein markantes Klappern von sich geben. »Seht ihr, wie ich einen Fuß genau vor den anderen setze. Tut so, als müsstet ihr einen Alkoholtest bestehen …«

»Die gehen doch noch zur Schule«, grunzt Dale.

»Dann wissen sie bestimmt, wovon ich rede, oder Mädels?« Die Einzige von uns, die nickt, ist Hannah. »Ihr tut also so, als würdet ihr auf einer gelben Linie balancieren. Und keine Trippelschritte bitte. Ein Schritt sollte immer mindestens so lang sein wie euer Unterarm.« Sie marschiert wieder ein Stück weiter. Die Art und Weise, wie sie sich in ihrem Seidenkleid und auf diesen endlos hohen Absätzen bewegt, verwandelt sie von einem kleinen, dicklichen Kerl, der sich als Frau verkleidet, in ein Topmodel. Vielleicht sehe ich nur das, was ich sehen will, aber man kann sich kaum vorstellen, dass sie irgendetwas anderes ist.

»Ihr dürft nicht euer ganzes Gewicht auf den Absatz verlagern. Es ist nicht fair, wenn diese armen kleinen Dinger euch ganz alleine tragen sollen. Verteilt die Arbeit auch auf den Rest eures Fußes. Wer will es mal probieren?«

Ich melde mich. Das kann ich. Das kann ich aber so was von.

Dale pfeift.

Vorsichtig setze ich einen Fuß vor den anderen.

Lee macht eine einladende Handbewegung und überlässt mir die Bühne. »Mach ihr mal ein bisschen Musik, Dale!«

Ich hole tief Luft. Den Song erkenne ich nicht, aber er hilft mir, nicht mehr darauf zu achten, dass meine Zehen zusammengequetscht werden und die Fußballen wie Feuer brennen. Meine ersten Schritte sind lang, wie Lee es erklärt hat, aber noch langsam und tastend. Es stimmt, dass man am besten einen Fuß vor den anderen setzt und dabei zuerst die Zehen und dann die Absätze abrollt. Das bewirkt einen Hüftschwung, der den ganzen

Körper in Bewegung bringt, wie ein Fahrrad, das einen Berg runterfährt. Wenn es erst einmal läuft, kann man nicht mehr anhalten. Als ich am Ende der Bühne kehrtmache, pfeift Dale noch einmal. Ich bewege mich zielstrebig und in dem Bewusstsein, dass jetzt alle Blicke auf mich gerichtet wären, wenn der Laden voll wäre.

Lee applaudiert und schlingt die Arme um meine Taille. Ihr Kopf ist an meinen Busen gedrückt, und einen kurzen Augenblick lang wird mir bewusst, dass sie eigentlich ein Er ist. Ich wünschte, jeder Tag meines Lebens könnte so absurd sein. Ich wünschte, Lucy könnte das alles sehen. Dass ich die Punkte ihres fragmentarischen Lebens verbunden habe und nun hier stehe.

Ich sehe zu, wie Hannah über die Bühne stolpert und dabei nicht nur einmal, sondern zweimal hinfällt. Auf halbem Weg zurück über die Bühne reißt sie sich die hochhackigen Schuhe von den Füßen und wirft sie in den leeren Zuschauerraum. Und dabei lacht sie die ganze Zeit, und ich muss sagen, das habe ich bisher nicht gerade oft bei ihr erlebt.

Millies Gang wirkt bedacht und vorsichtig. Lee erinnert sie immer und immer wieder daran, den Blick auf den Horizont und nicht auf ihre Füße zu richten. Ein paarmal hebt sie die Hände, um das Gleichgewicht zu halten, aber sie schafft es. Und Amanda? Die hat es in ihren eigenen Schuhen so bequem, dass sie kaum gecoacht werden muss.

Bevor wir nach Hause fahren, sitzen wir vier noch an der Bar, während Dale alkoholfreie Cocktails für uns und nicht ganz so alkoholfreie Cocktails für Lee mixt.

Lee erzählt uns alles über Bühnen-Make-up und mit welchen Kleidern man Eindruck schinden kann, bis sie so viele Cocktails intus hat, dass ihr Kopf auf die Bar sackt. »Ich wünschte, ich hätte Mädchen wie euch gekannt, als ich noch auf der Highschool war.«

»Warum?«, fragt Hannah. »Macht es dir etwa Spaß, wenn sich jemand über dich lustig macht?«

Lee schüttelt den Kopf. »Nein. Nein, ich wünschte, ich hätte Freunde gehabt, die sich Ziele gesetzt hätten, die eigentlich außerhalb ihrer Reichweite lagen. Ich hatte in eurem Alter solche Angst vor mir selbst. Ich hatte solche Angst, dass alle meine großen Träume nie mehr als Träume sein würden.«

Dale kommt hinter der Bar hervor. »Ich bring dich jetzt lieber mal nach Hause, bevor ich heute Abend aufmachen muss.«

Lee setzt sich auf. »Aber es wurde besser«, sagt sie. »Seht mich an. Ich lebe meinen Traum. Ich bin verliebt. Ich bin glücklich. Aber ich habe einfach nur darauf gewartet, dass etwas mit mir passiert. Und ihr vier sorgt selbst dafür, dass etwas passiert. Ihr traut euch was.«

Wir nippen eine Weile an unseren Drinks. Ich sage nichts, aber ihre Worte erwecken etwas in mir zum Leben. So als würde ich einen Muskel gebrauchen, von dem ich vergessen hatte, dass es ihn gibt.

»Danke, dass du uns heute geholfen hast«, sagt Amanda. »Auch wenn ich keine High Heels tragen kann.«

Mit Dales Hilfe rutscht Lee von ihrem Barhocker. »Ach, Kindchen, du brauchst doch keine Absätze. Du kannst dich auch alleine durchsetzen.«

Sie geht an uns vorbei und küsst uns der Reihe nach auf die Wange. Millie umarmt sie, und Lee weicht nicht zurück. Während Dale sie in sein Auto verfrachtet, sammeln wir unseren Kram zusammen und quetschen uns in den Van von Amandas Mutter.

Die Heimfahrt verläuft ruhig. Nicht einmal Hannah macht irgendwelche sarkastischen Bemerkungen. Millie besteht darauf, dass wir bei einem Supermarkt anhalten und eine Dankeskarte kaufen. Wir unterschreiben alle, und Millie verspricht, sie in den Briefkasten zu werfen.

Etwas an uns hat sich verändert. Ich spüre das. Das liegt nicht am Gang. Und auch nicht an einem Schminktipp. Es ist nichts, was man genau benennen oder fotografieren könnte. Trotzdem spüre ich es, so wie man seinen Geburtstag spürt – man kann es nicht sehen, aber man nimmt es intuitiv wahr.

47

»DUMPLIN'! Du hast Besuch!«

Ich stürme die Treppe hinunter. Bo hat angeboten, mich abzuholen, aber ich hatte ihm ausdrücklich gesagt, er sollte mir eine Nachricht schicken, wenn er draußen ist. Scheinbar ist er nicht so der Typ, der gerne Anweisungen befolgt.

Als gestern Abend beim Schlafengehen mein Telefon summte, dachte ich im ersten Augenblick, obwohl ich es hätte besser wissen müssen, es könnte Ellen sein.

BO: hey sollen wir am Wochenende zusammen für den Test in Geschichte lernen?

Ich antwortete mit Ja, noch bevor ich Zeit hatte, darüber nachzudenken, ob das eine gute Idee ist.

Jetzt steht Bo in der Küche neben meiner Mom, die noch an ihrem Kaffee nippt. Sie steht mit dem Rücken zu ihm und zieht betont die Augenbrauen in die Höhe.

»Ich gehe zu Bo zum Lernen, Mom.«

Ihre Wangen sind so rot, dass man fast meinen könnte, sie wäre betrunken. »Seid brav, ihr zwei.«

Bo schiebt die Tür auf und lässt mich zuerst hinausgehen.

»Vergiss den Kostenvoranschlag von deinem Dad nicht, Sweetie!«, ruft sie Bo im Singsang hinterher. Wir biegen um die Ecke auf die Einfahrt. »Was war das denn?«, frage ich.

»Äh, ja.« Er deutet auf unser Haus. »Wir haben über eure Haustür geredet. Mein Dad ist Schlosser. Aber er repariert auch oft Türen.«

Wir fahren eine Weile schweigend, bevor ich sage: »Meine Mutter ist echt völlig wahnsinnig. Tut mir leid.«

»Ihr seht euch ähnlich.«

Ich versuche zu schlucken, aber mein Mund ist so trocken, wie es nur geht. Das hat noch nie jemand über mich und meine Mutter gesagt. Es war immer Lucy. *Du siehst genauso aus wie deine Tante.* Ich schäme mich nicht deswegen, aber mir gefällt die Vorstellung, wie die Tochter meiner Mutter auszusehen.

»Das ist positiv gemeint«, sagt er.

Nachdem Bo von seinem Stipendium erzählt hatte, dachte ich mir schon, dass er nicht gerade in einem Neubauviertel wohnt, aber das hier hätte ich dennoch nicht erwartet. Sein Haus – mitsamt dem wohlgepflegten Rasen – steht in einer Straße voller eingesackter Dächer, abblätternder Farbe und überwucherter Gärten.

Bo biegt in die bröckelnde Einfahrt ein. »Hier wohne ich.«

Ich folge ihm den Gartenweg hinauf zur Haustür, an der ein handgemaltes Schild hängt: *Wir kaufen nichts, außer Kekse.*

Das Haus ist warm, aber nicht unangenehm warm. Es ist einstöckig und deutlich kleiner als unseres. Die Einrichtung ist mindestens zwanzig Jahre alt, aber alles passt zusammen. Ich frage mich, wie es wohl für Bos Stiefmutter sein muss, in diesem Haus zu leben, das seine Mutter eingerichtet hat.

Es riecht stark nach Räucherstäbchen, was überhaupt nicht zum Rest passt. Ob unser Haus für Bo wohl irgendwie nach mir riecht?

Ich weiß nicht, wie ich mir Bos Zuhause vorgestellt hatte, aber es war jedenfalls anders als das hier.

»Komm, ich stelle dich meiner Stiefmutter vor.«

Ich folge ihm auf dem kurzen Weg von der Haustür in die Küche, wo das Räucherstäbchen brennt. Bos Stiefmutter schimpft über die Eismaschine am Gefrierschrank. Zu ihren Füßen steht eine kleine Wasserpfütze, in der ein paar vor sich hin schmelzende Eiswürfel schwimmen. Sie ist nicht so perfekt zurechtgemacht wie damals im Einkaufszentrum, aber sie ist doch auf eine Art und Weise hübsch, wie es meine Mom nicht ist. Ungeschönt. Ohne jede Maniküre, Make-up und Haarspray.

»Loraine«, sagt Bo, »das ist Willowdean.«

Sie fährt herum und hält ein großes Steakmesser in der Hand. »Oh!« Sie lacht und lässt den Arm sinken. »Das Mädchen mit den zwei Namen. Ich erinnere mich.«

Bo nickt.

Sie lächelt und nimmt mich in einen Arm. Nicht den Messerarm.

Bo räuspert sich. »Alles okay mit der Eismaschine?«

Sie reckt wieder das Messer in die Höhe, als wollte sie etwas erstechen. »Ach, nur alles völlig vereist da drin. Ich versuche gerade, etwas davon rauszubrechen, damit dein Dad sich nicht darum kümmern muss. Er wurde beim Frühstück zu einem Auftrag gerufen.«

»Wir wollen in meinem Zimmer lernen«, sagt Bo.

Loraines Blick springt zwischen uns beiden hin und her. Ich warte darauf, dass sie so etwas sagt wie: *Vielleicht solltet ihr lieber hier lernen* oder *Lasst die Tür offen.* Stattdessen sagt sie: »Sagt Bescheid, wenn ihr etwas braucht.«

Sein Zimmer ist nicht schmuddelig, aber ein bisschen abgewohnt. Es finden sich Spuren von ihm aus jeder Altersstufe. Poster von Bands, bei denen es mich überrascht, dass er sie überhaupt kennt, ein Basketball auf seinem Schreibtisch mit ein paar

Autogrammen, eine Schale mit ganz vielen verschiedenen roten Lollis, ein Hängenetz voller Plüschtiere und ein eingerahmtes San-Antonio-Spurs-Trikot.

Er macht die Tür hinter uns zu, und ich habe das Gefühl, dass alle Luft, die es auf der Welt noch zum Atmen gibt, nun in diesem Raum eingeschlossen ist. Wenn die aufgebraucht ist, war's das. Mein Ende im Zimmer von Bo Larson.

Wir setzen uns mit Kissen auf den Boden und breiten unsere Bücher und Hefte um uns herum aus. Eine Weile reden wir über das, was möglicherweise in der Prüfung drankommt, aber ich kann die ganze Zeit nur denken: BO-BO-BO-BOS-ZIMMER-ER-SCHLÄFT-HIER-BO-BO-BO-BO-HIER-ZIEHT-ER-SICH-AUS.

Jenseits von Bos Kopf hängt ein überdimensionaler Schlüsselbund an seiner Tür.

»Was hat es denn mit diesen Hausmeisterschlüsseln auf sich?«, frage ich.

Er blickt über die Schulter. »Ach die. Die sind von meinem Dad.« Er rutscht herum und lehnt sich gegen das Bett. Ich folge seinem Beispiel.

»Ich hab als Kind angefangen, die zu sammeln. Mein Dad hat mich dazu gebracht, ihm beim Putzen von seinem Lieferwagen zu helfen, indem er mir versprochen hat, dass ich alle losen Schlüssel behalten darf, die ich dabei finde. Es sind meistens Fehlschliffe oder alte Schlüssel, die die Leute nicht mehr brauchen konnten.«

Unsere Hände sind gespreizt auf dem Teppich, und die Finger sind keine zwei Zentimeter voneinander entfernt. »Hilfst du ihm immer noch?«

Er schüttelt den Kopf. »Das hat sich geändert, als ich an die Holy Cross kam. Ich hatte immer zu viel zu tun mit dem Basketball. Und mit Freunden, denke ich mal. Keine Ahnung. Das Leben fühlte sich auf einmal zu wichtig an für seine blöden Schlüssel. Du weißt schon, man hat diese großen Pläne für sein Leben, und plötzlich kommt einem die Arbeit der eigenen Eltern so bedeutungslos vor. Und ich glaube, ich habe mich für ihn geschämt. Ich habe mich so daran gewöhnt, die ganzen Väter an der Holy Cross zu sehen, mit ihren Poloshirts und Chinos, dass ich schließlich meinen Dad gebeten habe, mich nicht mehr mit seinem Lieferwagen abzuholen.« Er schüttelt den Kopf. »Ich war ein Arsch. Bin ich immer noch, manchmal.«

»Ich glaube, dass einem die eigenen Eltern peinlich sind, gehört genauso zum Erwachsenwerden dazu, wie, dass man wächst.«

Er lächelt mit geschlossenen Lippen. »Ich habe ihm immer so gerne zugesehen, wenn er Schlösser geknackt hat. Wie er dann dastand und auf das Schloss gehorcht hat, als wäre es sein Lieblingslied. Bis es irgendwann Klick gemacht hat.«

»Ich weiß nicht, ob dir das irgendwie hilft, aber ich finde nicht, dass du ein Arsch bist. Meistens jedenfalls.«

»Es geht nicht um meinen Vater«, sagt er. »Sondern um meine Exfreundin. Amber. Ich war nicht nett zu ihr. Sie wollte so gerne für mich da sein. Sie ist zu jedem einzelnen von meinen Spielen gekommen. Selbst zu den Auswärtsspielen, wenn sie es irgendwie einrichten konnte. Und ich habe es ihr nur damit gedankt, sie in dunkle Kinos zu schleppen, um dort mit ihr rumzuknutschen, oder im Fernsehzimmer von ihrem Dad abzuhängen und Basketball zu schauen. Ich dachte, ich wäre nur so eine Art Statussymbol für sie und dass es deswegen keine Rolle spielte. Aber ich habe ihr nichts gegeben, das sie nicht auch anderswo bekommen hätte.«

Ich habe einen sauren Geschmack im Mund. Dieses Szenario

klingt doch sehr vertraut. Und ich habe keine Lust, daran erinnert zu werden. »Und was arbeitet Loraine?«

Er errötet am gesamten Körper und bedeckt sein Gesicht mit den Händen, so dass ich ihn kaum sehen kann. »Sie veranstaltet Erotikpartys.«

»Moment mal.« Ich muss mir Mühe geben, nicht zu lachen. »Entschuldige. Was hast du gesagt?«

Er lässt den Kopf rückwärts gegen das Bett sinken. »Erotikpartys.«

»Also, äh, wo Sexspielzeuge verkauft werden?«

Der Rotton seines Gesichts vertieft sich.

»Meine Mom arbeitet in einem Altersheim«, sage ich, um die Situation aufzulockern, auch wenn sein Erröten mehr als hinreißend ist.

Er sieht mich an, und die Röte schwindet. »Ich dachte, ihr Ding wäre der Schönheitswettbewerb.«

»Ist es auch. Der Schönheitswettbewerb ist ihr Ding, aber tagsüber wischt sie deinen Großeltern den Hintern ab.«

»Wow«, sagt er. »Das hätte ich nicht gedacht.«

Ich seufze. »Ja, ja, das richtig glamouröse Leben.«

»Du hast dich also wirklich für den Wettbewerb angemeldet?«

»Ja.« Ich nicke. »Warum?« Alle scheinen etwas zu meiner Teilnahme zu sagen zu haben, und ich bin sicher, dass Bo da keine Ausnahme ist.

»Nun ja, ich dachte immer, Schönheitswettbewerbe wären dumm, aber das hatte ich von Dolly Parton auch gedacht.«

Ich lächele. »Richtige Antwort.«

»Was ist mit deiner Tante?«, fragt er. »Die gestorben ist.«

Ich schlucke. »Sie hat nicht gearbeitet. Sie hat von ihrer Behindertenrente gelebt.«

»Ach, dann kam es gar nicht ganz unerwartet? Ich meine, das macht es nicht besser. Ich dachte nur …«

»Nein.« Meine Stimme ist leise, aber er hört mich. »Es kam völlig unerwartet.«

Er wartet, dass ich weiterspreche.

»Sie war dick. Nicht so wie ich. Eher so in der Größenordnung von 250 Kilo. Sie hatte einen Herzinfarkt. Aber sie hat sich um mich gekümmert. Wie eine zweite Mutter.«

»Ich wünschte, ich könnte etwas Besseres sagen als ›Das tut mir leid‹.«

Wir sitzen ein paar Minuten nur so da und beobachten die Schatten, die durch den Wind im Geäst der Bäume vor seinen Plastikjalousien entstehen.

»Ich glaube, er war irgendwie froh, als ich mein Stipendium verloren habe.«

»Warum sollte er froh darüber sein?«, frage ich, weil ich ohne jeden Zweifel weiß, wer mit »er« gemeint ist. Bo verschränkt die Arme, und dabei streift er meine Hand mit seiner. Bei jeder Kleinigkeit – der Berührung unserer Hände und dem Schließen von Türen – läuft mir ein warmer Schauer das Rückgrat hinauf.

»Ich meine eigentlich gar nicht froh. Eher erleichtert.« Er legt den Kopf wieder in den Nacken und beobachtet die Minibasketbälle, die von den Ketten seines Deckenventilators herunterhängen. Ich stelle es mir seltsam vor, in so einem Schrein zu leben, der einem Sport gewidmet ist, den man nicht mehr ausüben kann. »Ich glaube, ich war schon auf einem Weg, der mich von hier fortgeführt hätte. Ich war ein guter Spieler. Gut genug, dass irgendeines der kleineren Colleges auf mich aufmerksam geworden wäre, und das hat er vielleicht auch gesehen. Aber eigentlich war nie der Plan, dass ich Clover City irgendwann verlasse. Bevor ich auf die Holy Cross kam, stand es felsenfest, dass ich immer hier wohnen würde und hier sterben und mit meinem Dad arbeiten.«

Jedes Wort klingt vertraut. Seine Wahrheit ist meine Wahrheit. In meinem Kopf existiert eine Version der Zukunft, in der ich für immer hier bleibe. Ich sehe meiner Mutter beim Arbeiten zu, bis sie stirbt. Und dann bin ich ganz alleine in diesem Haus mit der kaputten Haustür voller Requisiten für den Schönheitswettbewerb und Dolly-Parton-Schallplatten. Trostlos, ich weiß. Aber dennoch hat es auch etwas Tröstliches, zu wissen, wie der Rest deines Lebens ablaufen wird. Ich habe noch nie erlebt, dass etwas Überraschendes passiert wäre, was irgendetwas besser gemacht hätte.

»Ich mache ihm keinen Vorwurf«, fährt Bo fort. »Es ist dieses Gefühl, wenn die Leute um dich herum fortgehen. Das macht einem Angst.«

»Ja. Ich weiß, was du meinst.« Ich glaube, wir sprechen vielleicht beide über eine andere Art von Verlust. Eine, die sich nicht mit einem Flugticket beheben lässt.

Es klopft an seiner Tür.

»Herein.«

»Hallo, mein Sohn.« Bos Dad ist eine kleinere Ausgabe von Bo. Breitschultrig und kräftig gebaut. Er bemerkt mich und nickt.

»Dad, das ist Willowdean. Wir sind auf derselben Schule. Und sie arbeitet auch bei Harpy's.«

Ich stehe auf. »Nett, Sie kennenzulernen, Mr Larson.«

Er winkt mir zu. »Du kannst mich Billy nennen.« Dann wendet er sich wieder Bo zu. »Ich brauche mal ganz schnell deine Hilfe. Ich muss am Lieferwagen einen Reifen wechseln.«

»Klar.« Bo springt auf und verspricht, gleich wieder zurück zu sein.

Ich stehe einen Augenblick herum. In Bo Larsons Zimmer. Ganz allein. Auf seinem Schreibtisch stehen drei Bilderrahmen. Im ersten ist ein Foto von Bo vor ein paar Jahren. Er trägt ein Trikot der Holy-Cross-Mannschaft und hat einen Basketball unter den Arm geklemmt. Er wirkt jünger mit den kurzgeschorenen Haaren und dem Gesicht ohne Bartstoppeln, aber der Umfang seines Bizeps lässt schon die kommenden Jahre erahnen. Ein Vorgeschmack auf den Bo, den ich heute kenne. Das nächste Bild ist unscharf, so als wäre es mit einer Handykamera aufgenommen worden. Es zeigt Bos Vater, Bo und seinen Bruder Sammy. Bo sieht nicht älter als neun aus. Die drei stehen an einem tristen Strand – definitiv in Texas – mit dem Wasser im Rücken. Bo steht neben seinem Vater, die Arme verschränkt und die Füße weit auseinander gesetzt. Mr Larson hält Sammy über seinen Kopf wie eine Hantel. Im letzten Rahmen ist ein Hochzeitsfoto seiner Eltern. Und jetzt sehe ich, wieso Bo so groß ist. Mrs Larson war mindestens eine Handbreit größer als ihr Mann. Sie trägt ein hellgelbes, halblanges Kleid mit goldenen Sandalen, und das Haar fällt offen über ihre Schultern. Es ist ein natürliches Foto. Mrs Larson wirft lachend den Kopf zurück, während Mr Larson genau das Lächeln zeigt, das ich schon so oft bei Bo gesehen habe.

»Sie war schön. Ein typischer Skorpion.«

Ich drehe mich um. In der Tür steht Loraine und lächelt leise.

»Oh, Entschuldigung«, sage ich, ohne genau zu wissen, wofür. »Ich habe nur darauf gewartet, dass Bo zurückkommt.«

»Kein Grund, sich zu entschuldigen.«

Ich kaue einen Augenblick auf meiner Lippe herum, bevor ich frage: »Haben Sie sie gekannt?«

»Nur flüchtig, aber nach dem, was ich gehört habe, hätte es sich gelohnt, sie zu kennen.«

Ich schaue noch einmal auf das Bild.

»Komm mit, wir trinken einen Eistee«, sagt Loraine.

Die meisten Frauen hier im Süden sind sehr stolz auf ihren Eistee und geben ihre Rezepte von einer Generation an die nächste weiter. Aber Loraine ist nicht wie die meisten Frauen. Sie mixt den Tee mit Pulver aus der Dose. Für meine Mutter wäre Eistee aus Pulver fast so schlimm, wie nach dem Tag des Jüngsten Gerichts zurückzubleiben.

»Willst du Zitrone?«, fragt sie.

»Ja, das wäre super.« Ich quetsche zwei Zitronen aus, bevor ich einen Schluck nehme. Köstlich. Wie Tiefkühllasagne. Wo auch immer meine Mom sich befindet, soeben ist sie vermutlich in Ohnmacht gefallen.

Loraine nimmt sich auch ein Glas und setzt sich mir gegenüber. Sie ist so ein Typ, der 25 oder auch 45 sein könnte, ohne dass man einen Unterschied sieht. »Was bist du für ein Zeichen, Willowdean?«

»Wie bitte?«

»Dein Sternzeichen. Astrologie.«

»Ich – ich weiß gar nicht.« Meiner Mom zufolge ist Astrologie nicht weit entfernt von Gotteslästerung. »Ich hab da noch nie drauf geachtet.«

Sie schüttelt den Kopf und schnalzt missbilligend. »Ich werde nie begreifen, wie Leute durchs Leben gehen können, ohne zu wissen, was sie für ein Sternzeichen sind. Wann hast du Geburtstag?«

»Am 21. August.«

»Ah«, sagt sie. »Leo, aber nur knapp.«

Ich beuge mich vor. »Und was bedeutet das?« Ich lerne hier eine ganz neue Sprache.

»Du bist Löwe, meine Liebe.« Sie sagt das mit großer Dramatik, die aber an mir vorbeigeht. Sie seufzt. »Du bist der König des Dschungels, Baby. Das Selbstvertrauen in Person.«

Also doch, es ist wirklich völliger Mist.

Sie hebt mahnend den Finger. »Tu das nicht so einfach ab. Es geht noch weiter. Du bist ein Feuerzeichen. Du liebst heftig, aber Schmerz empfindest du ebenso stark. Allerdings lässt du dir den Schmerz nicht immer anmerken, weil er dich verletzlich macht. Du bist die Sonne. Immer da. Auch wenn wir dich nicht sehen können.«

Sie glaubt so fest daran, dass es mir ziemlich schwerfällt, es ihr nicht abzunehmen. Und irgendwie gefällt mir die Vorstellung, dass ich bin, wie ich bin, weil es vorherbestimmt ist.

»Aber« – aha, hier kommt also der Haken an der Sache – »du brauchst auch Anerkennung. Und das ist eine Eigenschaft, die dir im Wege steht. Und man darf nie vergessen, dass wir, trotz unserer Sternzeichen, unser Schicksal immer selbst in der Hand haben.«

Ich kann nicht leugnen, wie wahr sich ihre Worte anfühlen. »Woher wissen Sie das alles?«

»Jeder hat seine eigene Religion, oder?« Sie zuckt die Schultern. »Selbst wenn die Religion keine Religion ist.«

»Und was sind Sie?«

Sie grinst. »Schütze. Aber was wirklich interessant ist, ist Bos Sternzeichen in Beziehung zu deinem.«

Faszinierend. Jetzt hat sie mich. Und das weiß sie auch.

»Bo ist Wassermann. Genau wie sein Dad. Einsilbig und grüblerisch, aber mit einem guten Herzen.«

Erst nach einer Weile merke ich, wie ich nicke.

»Und den Sternen zufolge gebt ihr zwei ein gutes Paar ab.« Sie nippt an ihrem Tee und zwinkert mir zu.

Ich weiß, dass *Paar* alles bedeuten kann. Freunde, Kumpel, Partner. Aber das hindert meine Wangen nicht daran, zu glühen wie bei einem Sonnenbrand.

Sie legt die Hand auf mein Knie. »Oh, Süße, alles okay mit dir?«

Ich nicke ein wenig zu schnell. »Haben Sie … wo ist bitte das Klo?« Mein Gesicht steht in Flammen.

Sie legt besorgt die Stirn in Falten. »Zwei Türen weiter als Bos Zimmer auf der linken Seite.«

Ich stehe auf und drehe mich noch einmal zu ihr um, als ich auf der Schwelle zwischen Küche und Esszimmer stehe. »Es war schön, mit Ihnen zu sprechen«, sage ich zu ihr.

Ich höre, wie die Garagentür aufgeht.

»Du kannst jederzeit auf ein Schwätzchen vorbeikommen.«

Im Bad spritze ich mir ein paarmal Wasser ins Gesicht. Am liebsten würde ich wie in diesem alten Film *Und täglich grüßt das Murmeltier* jeden Tag aufwachen und diesen Tag von neuem erleben, immer und immer wieder.

Hier, so ganz alleine, kann ich aber nicht aufhören, darüber nachzudenken, ob er Bekah ebenfalls mit nach Hause genommen hat. Oder ob sich Amber auch so gut mit seiner Stiefmutter verstanden hat, wie es mir gerade vorkam.

Bo wartet in seinem Zimmer. Er hat das T-Shirt gewechselt und unsere Bücher und Hefte auf sein Bett geräumt. AUF. SEIN. BETT.

Aber die Tür steht offen, und dafür bin ich fast ein wenig dankbar. Denn wie soll man so noch normal funktionieren? Wie schaffen es die Leute, zu tanken oder Rechnungen zu bezahlen oder sich die Schuhe zu binden, wenn sie verliebt sind? Oder verliebt sein könnten? Oder doch verliebt sind. Oder irgendwas dazwischen.

Mein Handy brummt in meiner Hosentasche.

MITCH: was machst du heut abend? wie wär's mit tacos? und 'nem Film dazu?

Ich lege mein Handy weg.

»Wer war das?«, fragt Bo.

»Keiner«, sage ich. »Nur meine Mom.«

Dann lernen wir noch ein paar Stunden, bis es Zeit wird, seine Nachttischlampe einzuschalten. Wir sind beide aus unseren sitzenden Positionen gerutscht und liegen jetzt auf den Kissen inmitten einer Flut von Papier.

Als er mich nach Hause fährt, merke ich, wie wohl ich mich in seiner Gegenwart gefühlt habe. Den ganzen Tag lang war ich nur ich selbst. Keine Tochter oder Nichte oder Vorbild für andere Dicke. Einfach nur Willowdean. Bei diesem Gefühl merke ich, wie sehr mir El fehlt. Aber ich bin es leid, dass ich andere Leute brauche, um mich so zu fühlen. Ich will in der Lage sein, mir dieses Gefühl selbst zu vermitteln.

»Ich mag Loraine«, sage ich zu ihm.

»Sie schafft es irgendwie, dass die Leute sie mögen. Mein Dad meint, es wäre ansteckend. Ich habe mir wirklich Mühe gegeben, sie nicht zu mögen. Aber je mehr ich das versucht habe, desto mehr mochte ich sie. Sie versucht nicht, meine Mutter zu sein. Anders als andere Frauen das vielleicht machen würden. Aber sie ist etwas anderes für mich. Keine Freundin, aber auch keine Mutter. Ich weiß nicht.«

Und es ist genau *das* – der Kern dieser Worte –, was Lucy für mich bedeutet. Ohne dass es eine richtige Bezeichnung dafür gibt, und manchmal denke ich, dass es dadurch noch viel schwerer ist, mit dem Schmerz über ihren Verlust zu leben.

Er hält vor unserem Haus. »Sieht so dein typischer Samstag aus? Zu Hause lernen?« Ich will alles über jede Minute seines Lebens wissen.

»Ja«, sagt er. »Es sei denn, mein Dad braucht mich.«

»Und was ist mit den Sonntagen?« Sonntags haben wir immer frei, deswegen ist es der einzige Tag der Woche, an dem ich gar nichts über Bo weiß.

»Ich gehe in die Kirche. Zur Messe. Ich gehe in die Messe.«

»Moment mal, du bist katholisch?«

Er malt mit dem Finger Muster auf das Lenkrad. »Weiß nicht.«

»Wie kannst du das nicht wissen?«

Das Licht der Straßenlaterne wird von der Silberkette reflektiert, die aus seinem Kragen hervorblitzt. »Unser Trainer wollte immer, dass wir während der Saison sonntags zur Messe gehen, und ich glaube, da hab ich es mir angewöhnt.« Seine Lippen formen ein schiefes Lächeln. »Ich mag die Tradition einfach.«

»Geht deine Familie auch?«

Er lacht. »Keine Chance.«

Die Stille in unserer Straße schlüpft durch die Ritzen seines Wagens.

»Ich sollte jetzt gehen«, flüstere ich.

Er beugt sich zu mir und schiebt seine Hände hinter meine Ohren, um mich an sich zu ziehen. Unsere Lippen berühren sich so leicht, dass es kitzelt. Aber es ist kein richtiger Kuss. »Ich möchte dich küssen. Ich möchte dich ganz bald küssen.« Seine Worte fließen direkt in meinen Mund. »Aber diesmal werde ich es nicht verbocken.«

Ich habe so viele Fragen, doch ich glaube, für heute ist es genug.

Er lässt die Hände sinken und fährt dabei mit den Fingern über meine Wangen.

»Komm mit mir in den Gottesdienst morgen.«

Ich beiße mir auf die Lippen. »Okay.«

48

SOBALD ICH das Haus betrete, bricht die Realität über mich herein. Mom arbeitet an meinem Kleid und schaut dabei irgendeine Doku-Soap bei voll aufgedrehter Lautstärke.

Ich würde jetzt nichts lieber machen, als El anzurufen und ihr jede kleinste Kleinigkeit der vergangenen zwei Tage zu berichten. Lee Wei, Dale, Bo, Loraine. Alles. Ich lasse mich auf einen Stuhl in der Küche fallen und wische durch mein Handy, bis ich unsere letzten Nachrichten finde, die fast zwei Monate alt sind. Ich schreibe:

ICH: War heute den ganzen Tag bei Privatschul-Bo zu Hause. Er mag mich. Wir haben über alles und nichts geredet. Er hat mich fast geküsst, und es war der großartigste Nicht-Kuss aller Zeiten. Ich versuche, nicht an Mitch zu denken. Ich habe seine Nachrichten das ganze Wochenende lang ignoriert. Wie kann es sein, dass ich mir nach einem so tollen Tag so gemein vorkomme? Lucy fehlt mir. Und du fehlst mir so unglaublich. Es tut mir leid. Ich entschuldige mich für alles, was ich jemals falsch gemacht habe. Du bekommst von mir eine Blanko-Entschuldigung.

Ich starre die Worte an und überlege, was wohl passieren würde, wenn ich auf Senden drücke. Stattdessen drücke ich auf Löschen. Ich habe viel zu viel Angst davor, dass sie nicht antworten könnte, und dieses Risiko möchte ich auf keinen Fall eingehen. Ich kann einfach nicht.

Bo schickt mir eine Nachricht, als er ankommt. Perfektes Timing, weil meine Mom gerade unter die Dusche geht.

»Bis später!«, rufe ich ihr zu.

Falls sie fragt, wohin ich gehe, habe ich es über dem Rauschen des Wassers nicht gehört.

Dabei versuche ich noch nicht einmal zu verbergen, dass ich etwas mit Bo unternehme, sondern nur dass ich mit Bo in die Kirche gehe, weil es meiner Mutter sicher lieber wäre, ich würde überhaupt nie mehr in die Kirche gehen, als dass ich einen katholischen Gottesdienst besuche. Was ich nicht kapiere. Katholiken, Protestanten, Baptisten … glauben doch sowieso alle an dasselbe, denke ich. Sie haben nur unterschiedliche Ausdrucksweisen dafür. Wir selbst zählen wohl zu den Baptisten. Ich meine, meine Mom geht zur First Baptist Church hier in Clover City und ich auch, zumindest an Feiertagen.

Bo steht in seiner ordentlich gebügelten Stoffhose und schwarzem Polohemd an die Beifahrertür gelehnt und wartet auf mich. Ich komme mir ein wenig overdressed vor in dem schwarzen Kleid, das ich zu Lucys Beerdigung getragen habe, aber es ist das einzige kirchentaugliche Kleidungsstück, das ich besitze.

Er hält mir die Tür auf, und wir fahren den ganzen Weg dorthin mit den Händen auf dem Mittelsitz zwischen uns. Nur unsere kleinen Finger berühren sich, und es fühlt sich an wie ein Funke, der kurz davor ist aufzuflammen.

Ich war in meinem ganzen Leben noch nie in einer katholischen Kirche. Ich habe mir immer diese alten Gebäude mit Kirchtürmen, bleiverglasten Fenstern und solchen Kniebänken vorgestellt, wie man sie in Filmen sieht.

Die Holy-Cross-Kirche ist zwar neuer, aber es gibt Bänke zum Knien und bleiverglaste Fenster. Es ist ruhiger als in der Kirche von meiner Mom. Friedlicher. Ohne diese aufdringlichen Empfangsleute oder quasselnde Sonntagsschullehrer.

Es ist nett.

Auf beiden Seiten des Altars stehen Kerzen in roten Windlichtern, aber nicht alle brennen.

»Wofür sind die?«, flüstere ich Bo zu, nachdem wir einen Platz in der Mitte der Kirche gefunden haben.

»Man kann einen Dollar oder so in die Sammelbox werfen und darf dann eine Kerze zur Erinnerung an jemanden anzünden. Und vielleicht ein Gebet sprechen, wenn man das will.«

Der Gottesdienst beginnt, und nach ein paar Abkündigungen und Liedern wird der Teller für die Kollekte herumgereicht. Bo zieht einen zerknickten Zehner aus der Hosentasche und legt ihn auf den Teller, bevor er ihn weiterreicht. Pater Mike hält seine Predigt. Ich hatte wohl irgendwie erwartet, sie wäre auf Latein oder so, aber sie ist auf Englisch. Jedes Wort ist wohlüberlegt. Das Ganze fühlt sich ein wenig an wie eine Zeremonie, so wie damals, als ich bei den Pfadfindern aus der Kindergruppe der Daisies zu den Brownies wechseln durfte.

Nach dem Gottesdienst folge ich Bo zu den Kerzen, wo sich noch ein paar andere Leute versammelt haben. Er steckt ein paar Dollar in das Sammelkästchen und reicht mir ein Stöckchen, mit dessen Hilfe ich eine Kerze an einer größeren Kerze entzünden kann. Wir zünden beide eine Kerze an. Keiner von uns sagt, für wen die Kerzen sind. Aber das ist auch nicht nötig.

Ich stelle mir vor, wie es wäre, hier jeden Sonntag mit Bo herzukommen. Auch wenn ich nicht weiß, ob ich an all das hier glaube, ist es schön dazuzugehören. Mit ihm.

Wir gehen nach draußen auf den Parkplatz. Bo winkt ein paar Leuten zu. Er deutet auf einen Mann in einem dunkelblauen

Blazer und beigefarbener Hose. »Das ist mein Trainer.« Es bricht mir das Herz, dass er so klar in der Gegenwartsform von ihm spricht, als wäre er noch immer sein Trainer.

»Bo!« Ich brauche einen Moment, bis ich ihn erkenne, aber es ist Collin. Der Typ, der Bo auch bei Harpy's besucht hat. Er kommt auf uns zugelaufen.

»Hey«, sagt er und deutet auf mich. »Ich kenne dich.«

Ich spüre, wie ich innerlich zurückweiche.

Bo streckt ihm die Hand entgegen, und die beiden tauschen einen festen Händedruck, der eher wie ein Kräftemessen wirkt. Aber die erdrückende Spannung, die Bo bei der letzten Begegnung der beiden ausgestrahlt hat, ist verschwunden.

»Und, was geht, Alter?«, fragt Collin.

Bo zuckt die Schultern. »Arbeit. Schule.«

Ein paar andere Jungs aus der Mannschaft kommen jetzt ebenfalls herüber. Ich fühle mich wie das fünfte Rad am Wagen – beziehungsweise auf dem Parkplatz. Abgestellt. Überflüssig.

Bo schüttelt allen die Hände.

Sie fragen ihn nach der Schule und nach seinem Knie und ob er es mit Physiotherapie oder so probiert, um wieder spielen zu können. Meine Schultern entspannen sich ein wenig, als ich anfange, mich beinahe unsichtbar zu fühlen.

Dann deutet Collin auf mich und sagt: »Und was ist mit der hier? Ist die jetzt deine Freundin?«

Bo schaut zu mir und sagt: »Das ist Willowdean.« Dann wendet er sich wieder seinen Freunden zu. »Und ich arbeite daran.« Dann nimmt er meine Hand. Er hält meine Hand. Vor allen Leuten. Ich bin gleichzeitig glücklich und schäme mich zu Tode.

Ein paar seiner Freunde pfeifen, als er sich verabschiedet und wir zu seinem Pick-up gehen. Hand in Hand.

Wir sitzen im Wagen und warten in der Schlange, um vom Parkplatz zu fahren. »Was war das denn?«

Er fährt sich mit den Fingerknöcheln über das Kinn. »Ich hab dir ja gesagt, dass ich es diesmal richtig machen will. Und ich will dich nicht länger geheim halten. Ich wollte das eigentlich von Anfang an nicht. Dass du dir wie ein Geheimnis vorkommst. Ich war – keine Ahnung. Manchmal passieren einem gute Sachen zum schlechtesten Zeitpunkt. Das mit dir war etwas Gutes, Willowdean.«

»Und was ist mit Bekah?«

»Was soll mit ihr sein?«

»Seid ihr zwei nicht zusammen?«

Er schnaubt. »Wohl kaum. Wir haben ein paarmal was zusammen gemacht.« Er hält inne. »Okay. Ja. Da war schon irgendwie was. Aber ich habe nur versucht, über dich hinwegzukommen. Oder vielleicht, dich eifersüchtig zu machen. Keine Ahnung. Und ich hätte nicht erwartet, dass du sofort was mit dieser Sportskanone anfängst. Also war ich wohl derjenige, der eifersüchtig war.«

»Mitch. Er heißt Mitch. Und er ist ein Freund.«

Bo reagiert zunächst nicht. »Ich dachte, er sei mehr als ein Freund?«

»Nein«, sage ich, als würde mich allein der Gedanke schockieren.

Ich spüre seinen Blick auf mir.

»Ich weiß nicht.« O Gott. Natürlich sind wir mehr als Freunde. Zumindest, wenn es nach Mitch geht. Und vielleicht auch manchmal für mich. »Theoretisch sind wir gar nichts. Aber er hätte gerne mehr.«

»Und du, willst du mehr?«, fragt er. »Von ihm?«

»Ich – ich weiß nicht. Eigentlich nein. Aber ich habe es nicht so direkt gesagt.« Ich wickele mir eine Haarsträhne um den Finger. »Aber was ist mit dir und Bekah?« Ich schüttele den Kopf. »Es wird nie der richtige Zeitpunkt für uns kommen, Bo.«

»Ich habe Bekah nicht gesagt, dass zwischen uns nichts laufen wird, falls das deine Frage ist.«

»Und jetzt? Willst du sie einfach in der Luft hängen lassen?«

»Wir sind ja nicht mal zusammen oder so.«

»Tja, das waren wir auch nicht«, erkläre ich ihm.

Bo reißt das Steuer herum und biegt in die nächstbeste Seitengasse ein, wo er den Motor ausstellt.

Er schnallt sich ab und rückt näher zu mir. »Ich will mehr«, sagt er. »Ich will mehr von dir. Ich will in aller Öffentlichkeit Händchen halten. Ich will dich von der Arbeit nach Hause fahren und dir einen Gutenachtkuss geben. Und so lange mit dir telefonieren, bis wir beide einschlafen.«

Ich beiße mir auf die Unterlippe, um das Zittern zu unterdrücken. Es gibt so viele Gründe, die gegen uns sprechen. Wir haben eine Vorgeschichte – echte Beweise. Wenn ich jetzt meinen Magic-8-Ball schütteln würde, würde er mir unter Garantie sagen: *Keine guten Aussichten.*

Aber Bo lässt sich nicht beirren. »Du kanntest mich letztes Jahr noch nicht, Willowdean. Und darüber bin ich sehr froh. Ich war ein Idiot. Ich wollte einfach nur so schnell wie möglich von hier wegkommen. Ich hab die Sache mit dir im Sommer verbockt. Das weiß ich. Und ich lasse dich nicht noch einmal gehen. Ich werde mit Bekah reden und ihr hundertprozentig die Wahrheit sagen. Da wird es keine Missverständnisse geben.«

»So einfach ist das nicht, Bo. Vielleicht für dich, aber nicht für mich.«

Er kneift die Augen zusammen. »Ich sag dir, was ich will: Ich will, dass du meine Freundin bist. Ich will das ganz offiziell machen. Ich will, dass alle ganz genau wissen, was ich für dich empfinde, Willowdean. Klingt doch eigentlich ganz einfach, oder?«

Obwohl ich es nicht tun sollte, versuche ich, ihn zu küssen. Meine Nerven vibrieren, und es ist genau dieser Augenblick, in dem sich mein Körper zugleich vollkommen durcheinander und doch entschlossen anfühlt, der mir bei Mitch gefehlt hat.

Er weicht zurück. »Ich will zuerst deine Antwort.«

Ich unterbreche unseren Augenkontakt und lasse den Blick überallhin wandern, nur nicht zu ihm. Selbst wenn ich diesen abgrundtiefen Ekel vor mir selbst überwinden kann, den ich empfinde, sobald er mich berührt – mich richtig berührt –, weiß ich nicht, wie ich damit zurechtkommen soll, dass sich die Leute immer fragen werden, was uns zwei zusammengeführt hat. Als wäre es eine Art Wasser-zu-Wein-Wunder.

Und jetzt weiß ich genau, wie Lucy sich gefühlt hat, als sie beschloss, nicht an Bord dieses Flugzeugs nach Dollywood zu gehen. All die Jahre dachte ich immer, sie hätte sich nur selbst im Weg gestanden, und nun verstehe ich, dass sie keine andere Wahl hatte. Wenn man nur die Möglichkeiten hat, still für sich traurig zu sein oder sich öffentlich zu blamieren, dann hat man keine Wahl. Ich kann nicht an Bord gehen.

Meine Mom hat recht. Ich werde in diesem Körper nie glücklich sein. Nicht wirklich. Ich werde es nie laut aussprechen, aber sie hat recht. Ich würde ihr so gerne das Gegenteil beweisen, dass ich fast ja gesagt hätte, aber stattdessen kaue ich auf der Haut an meinem Daumennagel herum und sage: »Ich muss darüber nachdenken.«

Weil ich es nicht schaffe, nein zu sagen. Noch nicht. Ich möchte mit der Möglichkeit leben, was sein könnte. Und sei es nur für ein paar Tage.

49

ICH HATTE erst ein einziges Mal einen richtigen Kater. Ellen und ich waren bei einer Bibelnacht in der Kirchengemeinde von Tims Mutter. Und als treuer Freund hat Tim uns Dosen mit Weinbowle vorbeigebracht, die er seinem Dad geklaut hatte. Ellen und ich kippten die Bowle in unsere Limobecher und füllten immer wieder nach, bis ihre Mom uns am nächsten Morgen abgeholt hat. Wir haben uns auf den Rücksitz des Autos gesetzt und sind aneinandergelehnt eingeschlafen. Dann haben wir den ganzen Tag verpennt, und als ich aufgewacht bin, hatte ich das Gefühl, jahrelang geschlafen zu haben. Alles war zu hell, und ich wollte einzig und allein fettiges Zeug in mich hineinstopfen und mich dann schnell wieder hinlegen.

Am Montagmorgen habe ich einen Kater, weil ich das gesamte Wochenende mit Bo verbracht habe. Mein ganzer Körper ist müde, und ich muss mich Schritt für Schritt aus dem Bett hocharbeiten. Ein Körperteil nach dem anderen.

Wir haben etwa acht Stunden für den Geschichtstest gelernt, aber ich kann mich kaum an die Übungsfragen, geschweige denn an die Antworten dazu erinnern. Und mein Freitagnachmittag im Hideaway kommt mir weit weg vor.

Als Mitch zur zweiten Stunde ins Klassenzimmer kommt, studiere ich gerade meine Notizen und versuche, mich an das zu erinnern, was ich gelernt habe. Es ist, als hätte mein Hirn beschlossen, sich von bestimmten Informationen zu befreien, um Raum zu schaffen für die Ereignisse der letzten zwei Tage.

Als seine große Gestalt die schmale Türöffnung einnimmt, trifft mich die Erinnerung an ihn wie ein Peitschenhieb. Mitch und ich existieren in dieser seltsamen Grauzone, aber ich vermute, dass sie für mich grauer ist als für ihn.

»Hey«, sagt er. »Ich hab dir am Wochenende ein paarmal geschrieben.«

»Ah, ja. Sorry. Ich bin total in meiner Vorbereitung untergegangen. Du weißt schon, ich hab deine Nachricht gesehen und wollte dir antworten, wenn ich mit Lesen fertig bin, und dann hab ich's vergessen.« Ich rede mich um Kopf und Kragen.

Seine Miene ist locker, aber sein Blick ist nervös und angespannt. »In zwei Wochen oder so ist doch der Schönheitswettbewerb. Ich dachte …« Er wischt sich mit dem Handrücken ein paar Schweißtropfen von der Stirn. »Vielleicht könnte ich dich ja eskortieren. Ich war vor ein paar Jahren mal beim Wettbewerb und weiß, dass die Mädchen alle einen Begleiter brauchen. Ich könnte, also, einen Smoking leihen. Ist das jetzt blöd? Vermutlich hättest du mich fragen sollen, aber beim Schulball hast du auf dein Gesicht geschrieben, und ich weiß auch nicht. Was meinst du?«

»Ich … ich – ja. Das wäre gut. Super.« Sofort möchte ich meine Worte zurücknehmen. Das ist für ihn mehr als eine freundschaftliche Geste. Aber, ganz egoistisch, brauche ich tatsächlich einen Begleiter. Und Bo hat es mir nicht wirklich angeboten. Abgesehen davon, komme ich ja noch nicht einmal mit der Vorstellung klar, mit ihm zusammen einen Schulkorridor entlangzugehen. Wie soll ich es dann schaffen, mich vor den Augen der ganzen Stadt von ihm in den Saal führen zu lassen?

»Okay, cool. Soll ich mir irgendwas besorgen, was zu deinem Kleid passt? Wie bei der Prom oder so?«

»Ich glaube, Schwarz ist gut. Und du kannst auch einen normalen Anzug tragen. Du musst dir keinen Smoking leihen.«

Er schüttelt den Kopf. »Das war die Idee von meiner Mom. Sie ist da total scharf drauf.«

O Gott. Seine Mutter. »Super.«

»Sie findet es so toll, dass du das machst. Sie meint, es sei mutig.«

Ich lächele. Aber ich will nicht, dass es mutig ist. Ich will, dass es normal ist.

Nach der Schule entdeckt Millie mich auf dem Parkplatz, was nicht schwer ist, weil ich da einfach so herumstehe und darauf hoffe, Ellen alleine zu erwischen.

Heute ist Millie eine mintgrüne Kugel. Einschließlich ihres Rucksacks. Selbst ihre Haare sind mit einem farblich passenden Gummi zu einem Pferdeschwanz zurückgebunden. Millie ist vermutlich der einzige Mensch, den ich kenne, der noch diese mit Stoff überzogenen, fetten Dutt-Gummis trägt.

»Hallo«, sagt sie. »Freitagnachmittag war ziemlich cool.«

»Stimmt.«

Sie wippt auf den Sohlen hin und her und knetet an ihren Händen herum. »Ich bin – meine Familie ist ziemlich religiös. Also, so richtig religiös. Und meine Eltern. Also die wären nicht gerade begeistert, wenn sie erfahren würden, wo ich war. Und mit wem wir da zusammen waren.«

Ich merke, wie meine Schultern nach unten sacken. »Und?«

»Ich sage das, weil … weil ich immer dachte, Leute wie Lee und Dale wären schlecht. Weil sie in Sünde leben.«

Ich hasse solche Phrasen. »Bibel-Slang«, hat El immer dazu gesagt. Sachen, die man in der Kirche lernt und die einem so lange eingehämmert werden, bis man glaubt, dass auch alle anderen, die nicht in die Kirche gehen, wissen, was gemeint ist.

Millie schüttelt den Kopf. »Das kommt jetzt alles ganz falsch rüber. Eigentlich will ich sagen, dass ich Lee und Dale mag und dass mir der Abend im Hideaway Spaß gemacht hat. Ich muss immer wieder daran denken. Diese Leute sind wirklich in Ordnung. Ich wünschte, alle könnten das sehen.« Sie lächelt. »Ich wollte nur, dass du das weißt.«

Etwas, das ich nur als Stolz beschreiben kann, wallt in meiner Brust auf. Ich packe Millie an der Schulter. »Das freut mich wirklich sehr.«

»Hallo, ihr Wettbewerbsschweinchen«, ruft jemand vom anderen Ende des Parkplatzes und unterbricht unser Zwiegespräch. »Oink. Oink.«

»Verpisst euch!«, blaffe ich zurück und wende mich dann wieder Millie zu. »Tut mir leid.«

Sie streicht sich eine lose Strähne hinters Ohr und weicht einen Schritt zurück. »Das ist … du weißt schon. Ist schon gut.«

Ich wusste, dass so etwas irgendwann passieren würde. Jetzt, knapp zwei Wochen vor dem Wettbewerb, ist die Aufmerksamkeit der gesamten Stadt auf uns gerichtet. Und in unserem Fall ist das möglicherweise nicht gerade zu unserem Vorteil.

Millie zieht an den Trägern ihres Rucksacks. »Ich hatte mir überlegt, ich könnte doch Amanda, Hannah und dich zu einer Übernachtungsparty einladen. Amanda kommt, aber ich glaube, Hannah kommt nur, wenn du auch kommst. Was meinst du?«

Ich gehe grundsätzlich nicht auf Übernachtungspartys, wenn man bei El übernachten nicht mitzählt. Ich finde die Vorstellung nicht besonders toll, nur mit T-Shirt und Unterwäsche bekleidet in Millies Zimmer auf dem Boden zu schlafen, während ihre Eltern alle paar Stunden nach uns sehen. Aber ich bringe es nicht über mich, ihr gerade jetzt eine Absage zu erteilen. »Klar«, sage ich. »Ich bin dabei.«

Als ich meine Mutter am nächsten Abend von der Arbeit abhole, sagt sie, sie hätte ein paar Änderungen an meinem Kleid gemacht und ob ich etwas dagegen hätte, es anzuprobieren.

Wieder lässt sie mich beim Umziehen in ihrem Schlafzimmer alleine. Die obere Hälfte des Kleides passt perfekt. Sie muss unvorstellbar lange gebraucht haben, diese Abnäher richtig hinzukriegen. Aber für die untere Hälfte gilt das leider nicht. Obwohl sie meinte, sie hätte so viel wie möglich rausgelassen, sitzt es immer noch eng. Ich fühle mich gut darin. Es ist mir nicht peinlich oder so.

Aber ich sehe es an ihrem Stirnrunzeln.

»Das Oberteil ist gut«, sage ich. »Also richtig perfekt.«

Sie drückt mit der Handfläche gegen meinen Rücken. »Versuch mal, dich etwas gerader hinzustellen.«

Ich gehorche.

Sie schnalzt mit der Zunge.

Dieser Laut der Enttäuschung fühlt sich an wie Nadeln unter meinen Fingernägeln. »Es ist super, Mom, okay? Es gefällt mir total.«

»Dumplin'«, sagt sie. »Es sitzt über deinen Hüften wie eine Zwangsjacke.« Sie fährt mit den Fingern über die Nähte. »Ich kann nicht noch mehr rauslassen, sonst reißt es.«

»Es ist gut, wie es ist, Mom. Ich muss es doch nur zehn Minuten oder so tragen.«

Ihre Lippen zucken.

»Was ist?« Ich drehe mich zu ihr, um sie ohne den Umweg

über den Spiegel anzusehen. »Sag's einfach, Mom. Was immer du jetzt gerade denkst, sag es.«

Sie macht eine abwehrende Handbewegung und fängt an, ihren Nähkorb auf der Kommode zusammenzupacken. »Ich dachte … ich dachte, du könntest vielleicht versuchen, für den Wettbewerb ein bisschen abzunehmen.« Sie wendet mir den Rücken zu. »Ich meine, nimmst du die Sache überhaupt ernst? Du weißt ja, dass das hier kein Scherz ist. Ich habe dir erlaubt, dich anzumelden, weil ich dachte, du würdest es ernst nehmen.«

Ihre Worte sind wie ein Schlag in die Magengrube. »Das Kleid passt also nicht, weil du erwartet hast, dass ich abnehme?« Ich fahre mit den Händen an meinen Hüften auf und ab. »Mom. Ich bin so. Das ist mein Körper.«

Sie schüttelt den Kopf. »Ich wusste, dass du es falsch verstehen würdest. Du siehst immer nur das Schlimmste in allem, was ich sage. Ich kann das nicht mehr. Ich bin hier nicht die Böse.«

»Und wer ist es dann?«

Sie schweigt, und die Worte, die sie nicht sagt, hängen zwischen uns wie gigantische Eiszapfen, die kurz davor sind abzubrechen. »Es ist zu eng«, sagt sie schließlich. »Ich werde das für den Wettbewerb nicht genehmigen. Das hat nichts damit zu tun, dass du meine Tochter bist. Das würde ich bei jeder anderen genauso entscheiden. Es ist nicht angemessen.«

»Ich fühle mich aber gut, Mom.« Meine Stimme ist zunächst ganz gefasst und ruhig. »Dieses Kleid gibt mir das Gefühl, eine Person zu sein, die ich mir nie zugetraut hätte. Ich habe noch nie so etwas besessen. Aber wenn du, sobald du es siehst – sobald du *mich* siehst –, nur denkst, wie schade oder enttäuschend es ist, dass ich nicht ein bisschen abgenommen habe, dann vergiss es, Mom. Das reicht einfach nicht.«

Es folgt ein Augenblick der Stille, in dem ich darauf warte, dass sie geht. Dann erst wird mir klar, dass ich es ja bin, die hier in ihrem Zimmer steht. Ich hebe den Saum des Kleides an, damit ich nicht darauf trete, und lasse sie in diesem einsamen Zimmerchen zurück, in dem sie den Rest ihres Lebens mitsamt ihrer Schärpe und der Krone und dem meergrünen Ballkleid verbringen wird.

50

AM FREITAG nach der Arbeit nimmt Bo mich mit, so wie er es in den vergangenen zwei Wochen immer getan hat, doch diesmal bringt er mich nicht nach Hause.

Wir halten vor Millies Haus. Ron hat uns beide ein wenig früher gehen lassen, damit ich noch vor Mitternacht da sein kann.

Ich ziehe die kleine Reisetasche auf meinen Schoß und bereite mich mental auf das Treffen vor.

Der Wettbewerb ist für mich mittlerweile ganz in den Hintergrund gerückt. Ich glaube, ursprünglich habe ich mich angemeldet, weil ich mir sicher war, etwas beweisen zu müssen. Ob mir selbst oder meiner Mutter oder allen, weiß ich nicht, aber mit jedem Tag, der vergeht, habe ich mehr das Gefühl, nichts zu sagen zu haben.

»Und ihr trefft euch jetzt, um Sachen für den Wettbewerb zu üben?«

Ich schüttele den Kopf. »Nicht wirklich. Eher Strategieplanung, denke ich. Wir müssen zusammenhalten.«

Verwirrt runzelt er die Stirn. »Ihr vier habt euch also gemeinsam zum Wettbewerb angemeldet?«

Ich nicke.

»Ich bin vollkommen der Meinung, dass alle, die wollen, daran teilnehmen sollten, aber warum muss es so eine große Sache sein?«

Lächelnd wende ich mich ihm zu. »Es ist ein bisschen so, wie du weiterhin in die Kirche gehst, auch wenn du gar nicht mehr auf der Holy Cross bist. Es ist etwas, was die Mannschaft gemeinsam macht. Stimmt's? Aber nur weil du nicht mehr in der Mannschaft bist, bedeutet das noch lange nicht, dass du nicht in die Kirche gehen darfst. Und nur weil wir nicht wie Schönheitsköniginnen aussehen, bedeutet das noch lange nicht, dass wir nicht teilnehmen sollten.«

»Und wäre es jetzt sehr kitschig, wenn ich sagen würde, dass du in meinen Augen zehnmal hübscher und schlauer bist als jede Schönheitskönigin?«

Meine Wangen glühen. »Ja. Extrem kitschig.«

»Ich wusste gar nicht, dass Übernachtungspartys immer noch angesagt sind«, bemerkt er.

»Tja, ich glaube schon. El und ich haben immer beieinander übernachtet, auch wenn wir es nie als Party bezeichnet haben.« Ich habe Bo in den vergangenen Tagen alles erzählt, über El und mich und dass wir nicht mehr wirklich miteinander reden. Er war offenbar der Meinung, wir würden schon darüber hinwegkommen, aber mir selbst fehlt diese Perspektive irgendwie.

Ich öffne die Tür.

Er nimmt meine Hand. »Willowdean? Hast du noch mal über das nachgedacht, worüber wir geredet haben? Du weißt, dass ich das ernst gemeint habe, oder?«

Ich bringe es nicht über mich, nicht ja zu sagen. Ihm zu sagen, dass ich nicht seine Freundin sein möchte. »Ich brauche noch ein bisschen Zeit.«

Er nickt. »Okay. Zeit.«

Amanda steht an der Tür, und ihre Kinnlade ist so weit heruntergeklappt, dass sie mit ihrer Brust verschmilzt. Millie reckt hinter ihr den Hals.

»Oh. Mein. Gott«, sagt Amanda. »Das war ja Pfirsichpo.«

Um sie sie zum Schweigen zu bringen scheuche ich beide nach drinnen. Das Erste, was mir an Millies Haus auffällt, ist, dass alles – von den künstlichen Blumen über die Wandfarbe bis hin zu den Sofakissen – farblich aufeinander abgestimmt ist. Millie selbst ist ein lavendelfarbener Wattebausch in ihrem Jogginganzug samt passenden Socken und Stirnband. Man könnte meinen, sie hätte online nach »Klamotten für Übernachtungsparty« gesucht und hätte dieses Outfit auf dem Cover irgendeines Teenieheftchens entdeckt.

Amanda trägt die üblichen Fußballshorts und ein T-Shirt, aber sie ist barfuß. Ich habe sie noch nie zuvor ohne Plateausohlen-Schuhe gesehen, und da ich sie nicht dumm anstarren will, sehe ich ihr die ganze Zeit direkt ins Gesicht, was auch wieder gezwungen wirkt.

»Okay, aber jetzt mal ehrlich«, sagt sie. »Er hat dich hergebracht. Hierher. Du warst in seinem Auto. Erzähl.«

Millie zieht uns den Flur entlang, am Fernsehzimmer vorbei, wo ihre Eltern irgendeine Serie schauen, in der irgendwelche Engländer mit gedämpften Stimmen über weltbewegende Dinge reden, wie zum Beispiel, wer Lord und Lady Sowieso die gekühlte Erbsensuppe serviert.

»Wartet nur, bis ihr von dem Drama mit meinem Abendkleid hört. Ich hoffe, ihr anderen habt da mehr Glück«, sage ich.

Millie schüttelt den Kopf und zerrt an meiner Hand, um mich vor die Zimmertür zu ziehen, die ich als ihre erkenne, weil es ein hölzernes Herz mit ihrem Namen in Schreibschrift darauf verkündet.

Amanda hält sich die Hand vor den Mund und erstickt ihr Lachen.

»Was ist?«, frage ich.

Millie sieht mich an, und in ihrem Blick liegt eine Verzweiflung, die ich noch nie zuvor gesehen habe. Sie öffnet die Tür zu ihrem Zimmer, und auf einem lavendelfarbenen Sitzsack sehe ich Hannah, ganz in Schwarz. Sie blickt nicht einmal auf.

Millie nimmt meine Tasche und stellt sie ans Fußende ihres Bettes. »Okay, setz dich.«

Das tue ich. Mitten auf den Boden.

Millie setzt sich in einen abgedrehten, thronartigen Korbsessel in einer Zimmerecke. Er sieht aus, als stammte er aus einem Altersheim, aber seltsamerweise passt er zu ihr. Ich wünschte, ich könnte ein Bild von ihr in diesem riesigen Sessel machen, samt farblich passendem Outfit, Ringellocken und Stupsnase. »Du darfst vor meinen Eltern nicht über den Schönheitswettbewerb reden.«

»Warum?«, frage ich.

»Weil sie gar nicht wissen, dass sie teilnimmt«, sagt Hannah.

Mit einem fetten Grinsen auf dem Gesicht lässt sich Amanda vor Millie auf dem Boden nieder.

»Aber was ist mit der Einverständniserklärung der Eltern?« Das ist mehr eine rhetorische Frage, weil ich die Antwort bereits kenne. Ich kann mir kaum vorstellen, dass Millie zu einem solchen Betrug fähig ist.

Sie fährt sich mit der Zunge über die Lippen. »Ich hab die Unterschrift von meiner Mutter gefälscht.«

Hannah sitzt nur da, scrollt durch ihr Handy und lächelt leise vor sich hin.

Millie verzieht ein wenig das runde Gesicht. Ihre Wangen färben sich in ein noch intensiveres Pink als normalerweise. »Ich habe gefragt. Nachdem ich mitgekriegt hatte, dass du teilnehmen wolltest.«

Ich nicke, während sie spricht, um sie zu ermutigen, mir noch mehr zu erzählen.

»Und meine Mom hat sich ein paar Tage Bedenkzeit genommen. Aber dann haben meine Eltern nein gesagt. Sie meinten, das könnten sie mit ihrem Gewissen nicht vereinbaren. Die Leute würden sich nur über mich lustig machen, und es sei keine besonders gottgefällige Beschäftigung.«

Hannah schnaubt verächtlich.

Ich verdrehe die Augen und blicke sie an. Was nichts bewirkt, da sie den Blick nicht von ihrem Handy lösen kann. »Aber wie stellst du dir das vor? Der Wettbewerb ist jetzt am Wochenende. Ich meine, du wirst in der Zeitung stehen. Und dann werden es alle wissen.«

Klar sind wir auch jetzt schon ein paarmal blöd angemacht worden, aber sobald diese Zeitung in Druck geht, gibt es kein Zurück mehr. Dann haben Leute wie Patrick Thomas jede Menge Material über uns in der Hand. Für den Rest unseres Lebens.

»Ich … ich weiß nicht.« Sie kaut auf ihren Fingernägeln herum, und ihr Blick sucht in meinem Gesicht nach so etwas wie einer Antwort. Irgendetwas, das ihr versichern könnte, dass alles gut wird.

Ich verstehe es jetzt. Ich verstehe, worum es hier für sie geht und dass sie nichts lieber will, als aus dieser kleinen heilen Welt auszubrechen, die ihre Eltern für sie geschaffen haben. »Das wird schon«, sage ich. »Alles wird gut.«

»Ich finde das echt hart«, bemerkt Amanda. »So was hätte ich dir gar nicht zugetraut.«

»Oh. Ich glaube, die ist noch zu ganz anderen Sachen fähig«, murmelt Hannah.

Jetzt reicht's. Ich bin ihre schlechte Laune echt leid. »Was hast du eigentlich?«, fahre ich sie an. »Warum bist du überhaupt hier? Kannst du deine miese Stimmung nicht bei dir zu Hause abreagieren?«

»Will«, mahnt Millie.

»Ist doch wahr«, sage ich. »Millie hat dich zu sich nach Hause eingeladen, und seit ich hier reingekommen bin, hast du nichts Besseres zu tun, als auf dein Handy zu glotzen und rumzumeckern.«

Endlich blickt Hannah auf. Sie wirkt belustigt. »Als ob du dich einen Scheiß für die beiden da interessieren würdest. Du bist nur hier, damit du dich besser fühlst. Nach dem Motto: Unter Blinden ist der einäugige König.«

Ich spüre, wie meine Nasenflügel beben.

»So ist es doch«, fügt sie hinzu. »Das ist der einzige Grund, warum du dich mit diesem kleinen Gruselkabinett hier abgibst. Du hast es dir mit deiner besten Freundin verschissen, und jetzt hast du nur noch uns.«

»Stopp«, sagt Millie. »Lasst uns lieber über die Fragen für das Interview reden. Ich habe ein paar aus den letzten Jahren rausgefunden, mit denen wir üben könnten.«

»Tu nicht so, als wüsstest du genau, was los ist«, sage ich zu Hannah. »Du hast keine Ahnung.« Dann wende ich mich an Millie: »Kann ich mich hier irgendwo umziehen?«

Millie weist mir den Weg zum Badezimmer am Ende des Flurs. Jedes kleine Detail ist passend in Altrosa gehalten, einschließlich des kleinen hausförmigen Regals für die Ersatzrollen vom Klopapier. Genau wie in Millies Zimmer hängen hier überall gerahmte Sprüche herum, die tiefsinnig sein sollen. Mein Lieblingsspruch lautet: *Ein Lächeln ist eine Kurve, die alles geraderückt.*

Von ihrem Korbthron aus sagt Millie: »Okay, also laut unseren Unterlagen finden am Donnerstag vor dem Wettbewerb Einzelgespräche statt. Danach wird die Jury eine Bewertung abgeben, die dann mit dem Live-Interview während des Wettbewerbs verrechnet wird. Ich glaube, es geht dabei um ein oder zwei Fragen.«

»Und man weiß vorher nicht, was sie fragen werden?«, fragt Amanda.

»Nein«, sage ich und hole tief in mir schlummernde Erinnerungen an die Oberfläche. »Nein, sie versuchen eher, die Leute aus der Fassung zu bringen.«

»Das Interview ist der Teil mit der höchsten Punktzahl, wenn wir also …«

Ein leises Klopfen unterbricht Millie. Die Tür öffnet sich einen Spalt. Mit hoch auftoupierten Haaren, in denen man das eine oder andere Familiengeheimnis verstecken könnte, steht Millies Mom in der Tür und hat ein Glitzern in den Augen, als würde sie jeden Augenblick anfangen zu weinen. »Wir gehen jetzt ins Bett.«

»Okay.« Millie beißt sich auf die Unterlippe.

»Ich mache euch dann morgen Frühstück, Mädels. Wir freuen uns wirklich, dass Millie mal ein paar Freundinnen da hat.«

»Wir freuen uns auch, hier zu sein«, sagt Hannah mit ausdrucksloser Stimme.

Millie lächelt gezwungen. »Gute Nacht, Mom.«

»Schlaf schön, Süße.«

Nachdem sie die Tür wieder geschlossen hat, sprechen wir über die Aufteilung der Punkte und darüber, wie lächerlich es ist, dass der Auftritt im Badeanzug mehr zählt als die Talentvorführung. Sobald Millie sich sicher ist, dass ihre Eltern schlafen, ziehen wir ins Fernsehzimmer um und schauen uns ein paar

Videos von früheren Wettbewerben an, die ich aus dem Archiv meiner Mutter geklaut habe.

Je mehr Bewerberinnen über den Bildschirm flimmern, desto offensichtlicher ist es, wie sehr wir nicht dazugehören. Es gab zwar das eine oder andere schwarze Schaf, aber nie so etwas wie uns vier. Ich komme mir unbedeutend vor, wie ein Wimpernschlag in der Geschichte dieses kleinen Wettbewerbs. Und was ist im nächsten Jahr? Oder im Jahr danach? Man wird uns schnell vergessen haben. Warum machen wir das alles überhaupt?

Millie macht sich den ganzen Abend über wie wild Notizen, während Amanda Fragen stellt: »Was ist, wenn uns der Badeanzug auf der Bühne in die Pofalte rutscht?« oder »Glaubt ihr, dass es schon mal größere Klamottenpannen gab? Dass einer der Busen rausgeflutscht ist oder so? Können wir zwischendrin eigentlich mal aufs Klo?«

Hannah blickt von ihrem Handy auf und bemerkt: »Irgendwie ist das deprimierend. Ich meine, das da ist echt der Höhepunkt im Leben dieser Mädchen. Die Leute auf den Aufnahmen sind inzwischen Mütter oder Großmütter, und das ist vermutlich das Tollste, was sie je gemacht haben.«

»Das ist aber nicht fair«, sagt Millie mit leiser Stimme. »Nur weil diese Frauen vielleicht hier in Clover City geblieben und jetzt Hausfrau und Mutter sind oder als Kassiererin arbeiten, bedeutet das noch lange nicht, dass ihr gesamtes Leben vor und nach dem Wettbewerb wertlos ist.«

Hannah sagt nichts, aber ihre Lippen zittern beinahe.

»Hör mal, Hannah«, sagt sie. »Ich weiß, dass die Leute oft gemein zu dir waren, aber …«

»Ich geh schlafen.« Sie klemmt sich ihr Kissen unter den Arm und marschiert zurück in Millies Zimmer.

Nachdem sie weg ist, warte ich darauf, dass Millie eine Bemerkung darüber macht, wie unmöglich Hannah ist, aber was immer sie denkt, behält sie für sich.

Wir anderen drei bleiben noch ein bisschen. Millie erzählt uns, dass sie den Inhalt ihres Sparschweins, das sie seit der ersten Klasse hat, darauf verwendet hat, bei Cindy's ein Kleid zu bestellen.

»Ich habe noch Ärmel ansetzen lassen, aber in letzter Minute beschlossen, dass sie aus Organza anstelle von Satin sein sollen, es ist also fast durchsichtig. Ich bin ein bisschen unsicher, wie das wohl werden wird.«

»Bestimmt wirst du toll aussehen«, beruhige ich sie.

Sie lächelt und nickt. Es ist dunkel, deswegen kann ich es nicht genau erkennen, aber in ihren Augen scheinen Tränen zu glitzern. Am liebsten würde ich ihre Eltern wecken und ihnen sagen, dass ihre Tochter an einem Schönheitswettbewerb teilnimmt und den auch gewinnen wird. Zumindest, wenn es nach mir ginge.

51

ICH SCHLAFE auf dem Sofa, um etwas mehr Ruhe zu haben. Dennoch wache ich immer wieder auf, wie es eben ist, wenn man woanders als zu Hause schläft. Nur bei El nicht. Da konnte ich immer schlafen.

Vielleicht sind dreißig Minuten vergangen, vielleicht zwei Stunden, ich weiß es nicht, aber das Haus knarrt, als jemand den Flur entlanggeht. Ich drehe mich um, damit ich einen Blick auf den- oder diejenige erhaschen kann. Auf ihrem Weg in die Küche schlüpft Hannah durch einen Strahl von Mondlicht. Ohne weiter nachzudenken, schiebe ich die Decken beiseite und folge ihr.

Sie steht vor dem Kühlschrank, dessen weißes Licht sie in eine Silhouette verwandelt.

Ich knipse das Deckenlicht an.

Sie zuckt ein wenig zusammen und dreht sich um, aber die Anspannung in ihren Schultern lässt nach, als sie mich sieht. »Ich bin auf der Suche nach einer Flasche Wasser.«

»Und wozu dann das Bier?«, frage ich und deute auf die Dose in ihrer Hand.

»Hab ich im Kühlschrank in der Garage gefunden und wollte mal schauen, ob hier noch mehr ist.« Sie macht die Kühlschranktür noch weiter auf, um mir den Blick auf nichts außer Wasserflaschen und Dr. Pepper light freizugeben. »Aber die wird keiner vermissen.« Sie deutet auf mehrere Dosen auf der Küchenarbeitsplatte. »Willst du auch eine?«

»Ja«, sage ich zu meiner eigenen Überraschung. Ich wette, dass Millies Mutter nicht besonders begeistert davon ist, wenn Bier im Haus ist, also tun wir theoretisch Mr und Mrs Michalchuk nur einen Gefallen. »Klar.«

Wir sitzen im Dunkeln auf dem Sofa und nippen an unserem Bier. Der Mond scheint zum Fenster herein und wirft einen Schatten auf den Teppich.

»Und was geht da mit dem Typen, der dich heute hergefahren hat?«, fragt Hannah.

»Was für ein Typ?«

»Ich will nur nett sein, ja?« Stimmt. Hier im Dunkeln wirkt sie weniger feindselig als sonst. Vielleicht fühlt sie sich wohler, wenn keiner sie sehen kann. »Ich hab gehört, wie Amanda und Millie über ihn gequatscht haben, als sie ins Bett gegangen sind. Pfirsichpo, hmm?«

»Bo.« Wenn sie bereit ist, die Krallen einzufahren, kann ich ihr wohl auch ein Stückchen Wahrheit gönnen. »Bo Larson. Wir arbeiten zusammen. Wir sind, äh, Freunde.«

»Aha.« Schlürfend nimmt sie einen Schluck von ihrem Bier. »Der Junge aus dem Mädchenklo. Ich erinnere mich. Wir haben ein paar Kurse zusammen. Dem würde ich glatte acht von zehn geben. Locker. Der kann sich echt sehen lassen, und ich steh nicht mal auf Typen.«

Ich versuche sie in der Dunkelheit zu erkennen. Hat sich Hannah gerade geoutet? Ich weiß nicht, was ich sagen oder tun soll, aber ich weiß, dass es mir eigentlich völlig egal ist, ob Hannah nun auf Mädchen oder auf Jungs steht. Deswegen beschließe ich, gar nichts zu sagen. »Stimmt, er ist schon fast ein bisschen zu heiß.« Und außerdem sind es zehn, finde ich. Definitiv zehn von zehn.

»Und ihr seid nur Freunde, hmm? Das wirkte aber gar nicht so, als ich euch zwei gesehen habe.« Ich kann hören, dass sie grinst. »Und im Mädchenklo auch nicht.«

Ich zucke die Schultern, was blöd ist, weil sie mich ja nicht sehen kann. »Freunde, die manchmal knutschen.«

Sie pfeift durch die Zähne.

Meine Wangen glühen, und ich spüre ein Brennen in meiner Brust. Ich hoffe, das liegt am Bier.

Sie öffnet eine zweite Bierdose. »Und wie kommt das?«

»Irgendwie ist es mal mehr und mal weniger. Keine Ahnung. Und jetzt wird es gerade mehr, und er will es offiziell machen. Und es ist so bescheuert, weil es ja genau das ist, was ich auch will, aber …«

»Aber Typen wie Bo haben keine Freundin, die so ist wie wir.« Wie sie das sagt. Es ist nicht gemein. Oder böse. Sondern wahr.

Ich nicke. »Genau. Ich kapier einfach nicht, warum er mich mag, aber ich glaube, es ist einfach so. Wirklich. Ich glaube nur nicht, dass andere verstehen werden, was er in mir sieht.«

»Echt hart«, sagt sie. »Die Leute sind so scheiße. Denk nur an diesen Patrick Thomas. Wenn du mit einem wie Bo zusammen bist, wäre das ein gefundenes Fressen für den.«

Es tut gut, mit jemandem zu sprechen, der mich versteht. Hannah kann vielleicht nicht nachvollziehen, wie es sich anfühlt, wenn du dich fragen musst, ob du in einen Stuhl mit Armlehnen hineinpasst, oder wenn dich die Leute, sobald der Boden unter deinem Gewicht knarrt, ansehen, als würdest du gleich das ganze Gebäude zum Einsturz bringen. Sie weiß vielleicht nicht, wie es ist, in die Mall zu gehen und zu wissen, dass einem 90 Prozent der Klamotten dort nicht passen, und dass man gar nicht erst daran denken sollte, zu einem Büfett zu gehen, weil ein dicker Mensch sich bei einem Büfett von vorneherein zur Lachnummer macht. Aber sie klopft mir nicht auf die Schulter und erklärt, ich sollte einfach das tun, was mich glücklich macht. Und das ist irgendwie echt erleichternd. »Ich wünschte, es gäbe irgendeine andere Ebene, auf der wir existieren und wo wir ein Paar sein könnten.« Zum ersten Mal spreche ich es laut aus, und dabei läuft ein Kribbeln durch mich hindurch vom Kopf bis zu den Zehen. »Und keiner müsste davon erfahren.«

»Aber sollen Bezeichnungen wie ›ein Paar sein‹ es nicht nur anderen Leuten leichter machen?« Sie schlürft ihr Bier. »Ist das nicht traurig? Es ist, als müsste die ganze Welt mit Definitionen versehen werden, damit es für uns alle bequemer ist. Ich nehme an, dass manche Dinge einfach weniger angsteinflößend sind, wenn man ihnen einen Namen gibt.«

Schweigend trinken wir unser Bier. Ihre Worte klingen richtig, aber sie fühlen sich falsch an. Ja, solche Stempel machen es anderen leichter, einen zu verstehen, aber mir gefällt auch die Sicherheit. Es genau zu wissen. Vor allem was Bo angeht. Und darum habe ich ihm auch noch keine Antwort gegeben. Ich schaffe es einfach nicht, ihm ein Nein als Antwort zu geben.

»Ich würde dich gerne was fragen, Hannah. Es ist nicht gerade höflich, aber ich frage nicht, um unhöflich zu sein.« Obwohl es dadurch auch nicht gerade besser wird.

»Schieß los«, sagt sie.

»Warum hast du dir nie die Zähne richten lassen?«

»Warum sollte ich?«, erwidert sie sofort. Ihre Stimme wird etwas weicher, als sie hinzufügt: »Außerdem ist es teuer. Meine Mom ist Friseurin, mein Dad Automechaniker. Wir haben keine tolle Versicherung oder so.«

»Du hast recht«, sage ich. »Du solltest nicht dazu gezwungen sein.«

Sie räuspert sich. »Ich will gar nicht so abweisend sein.«

»Schon okay.«

Sie lacht. »Das sollte keine Entschuldigung sein. Aber es fällt mir schwer, nicht ständig die Krallen auszufahren. Ich habe keine Freundinnen, so wie du. Es gibt niemanden, mit dem ich in der Schule rumlaufen kann.«

»Sei doch nicht albern. Du hast Freundinnen.« Aber ich schließe die Augen und sehe sie in der Schule vor mir, von Kopf bis Fuß in Schwarz gekleidet und mit einem Mund, der sich über ihre Zähne spannt.

»Ich wollte diesen Schönheitswettbewerb von innen her sabotieren. Das war der einzige Grund, warum ich mich angemeldet habe. Ich wollte nicht die mit den Pferdezähnen sein. Ich wollte diejenige sein, die den ganzen Wettbewerb sprengt.« Sie hält inne. »Doch dann hat meine Mom es rausgekriegt. Sie hat die Unterlagen gesehen und war so stolz auf mich, dass ich mich angemeldet habe. Und jetzt …«

»Jetzt musst du die Sache tatsächlich durchziehen.« Ich kann das verstehen, wenn die Leute mich auch nur halb so mies behandeln würden, wie sie es mit Hannah tun, dann würde ich die ganze Sache auch sabotieren wollen.

»Ich geh schlafen«, sagt sie. »Gib mir deine leeren Dosen. Ich schmeiß die bei mir zu Hause weg.«

Ich trinke den letzten Rest Bier aus. Sie streckt die Hand aus, und ich reiche ihr meine beiden Dosen. Ich spüre, wie sich das Sofa bewegt, als sie aufsteht. Ich weiß nicht, wo sie ist oder ob sie mich überhaupt ansieht, aber ich sage: »Ich bin deine Freundin. Und das ist keine Mitleidsnummer. Nicht, weil du gesagt hast, du hättest keine Freunde. Sondern weil ich dich mag. Ich mag es, mit dir zu reden.«

Es ist so still, dass ich im ersten Augenblick denke, sie wäre vielleicht gar nicht mehr im Zimmer. Doch dann höre ich sie flüstern. »Okay.«

Ich vermisse Ellen. Ich werde nie aufhören, Ellen zu vermissen. Aber es ist eine echte Erleichterung, noch eine Freundin zu haben, mit der ich über mehr als über diesen bescheuerten Wettbewerb reden kann. Auch wenn es nur im Dunkeln ist.

Als ich am nächsten Morgen nach Hause komme, finde ich meine Mom oben in Lucys Zimmer. Keine von uns war viel hier drin, seitdem sie versucht hatte, es in ein Nähzimmer umzuwandeln. Sie war mit dem Wettbewerb beschäftigt, und ich war mit mir selbst beschäftigt, so dass Lucys Zimmer irgendwie hinten runterfiel. Ich überlege kurz, ob sie sich vielleicht auch für einen kurzen Augenblick hier reingeschlichen hat. Um Lucy zu besuchen. Um ihr nahe zu sein.

Aber heute trägt meine Mom wieder diesen peinlich glitzernden Juicy-Couture-Jogginganzug und hat Kartons mit *SPENDE* beschriftet. Sie ist nicht hier, um Lucy zu besuchen. Sie ist hier, um sie loszuwerden.

Wenn meine Mutter frustriert ist, räumt sie auf. Aber dass sie Lucys Zimmer ausräumt, frustriert mich. Und in diesem Fall ergeben zweimal negative Gefühle kein positives. Sie und ich bewegen uns immer noch auf empfindlichem Terrain, was das Kleid angeht, und ganz ehrlich, wenn sie mir nicht erlaubt, dass ich es anziehe, bin ich erledigt. Ich habe keine Alternative. Ein dickes Mädchen kann nicht einfach in einen Secondhandladen gehen und – ZACK – ein anständiges Kleid finden, das passt.

Und das nervt mich bei dieser ganzen Kleidergeschichte am meisten. Sie ist die Bestimmerin. Sie sagt, wo's langgeht. Und sie muss einfach nur ja sagen. Für mich ist es ja schon schwer genug, Jeans zu finden, in die ich meinen Hintern reinkriege, da sollte man meinen, dass sie mich mit Konfetti überschüttet, weil es ein Kleid gibt, das weder aus elastischem Material noch scheußlich ist und dann auch noch zugeht. ES GEHT ZU.

Aber das Zimmer. Hier ist sie und kramt – gräbt – sich durch Lucys Sachen, und jeder Augenblick fühlt sich an, als hätte ich aus Versehen eine heiße Herdplatte berührt.

»Was hast du hier drin zu suchen?« Meine Stimme ist von Anfang an zu laut und zu scharf.

Sie dreht den Kopf zu mir zurück. »Ich hab gar nicht gehört, dass du reingekommen bist.« Sie schaut wieder nach vorn. »Das ganze Zeug kann nicht ewig hier bleiben. Ich hoffe, wenn ich sterbe, dass du meine Sachen nicht monatelang einstauben lässt.«

»Das sind Lucys Sachen, Mom. Das Zeug gehört ihr.«

»Meine Kleine«, sagt sie. »*Gehörte.* Das Zeug gehörte mal ihr. Im Dezember ist es schon ein Jahr. Ich will das nicht alles hier stehen lassen wie einen Schrein.«

Ich schüttele den Kopf. Tränen laufen mir die Wangen hinunter. Ein Jahr. Ein ganzes Jahr. »Hör auf«, sage ich. »Bitte, hör auf.«

Nun dreht sie sich zu mir um. Panik huscht über ihr Gesicht. Ich glaube, was immer sie jetzt tut oder sagt, wird meine Meinung von ihr vielleicht für immer prägen. Unser Verhältnis ist nicht so. Ich weine mich nicht an der Schulter meiner Mutter aus. Wir tänzeln umeinander herum, ohne uns zu überschneiden.

Ihre Hausschuhe schlappen gegen den Boden, als sie die paar Schritte auf mich zugeht.

Ich beuge mich nach vorn und erwarte, dass sie mich in den Arm nimmt. Und damit meine ich nicht, dass sie die Arme um meine Taille schlingt und einen Kommentar darüber abgibt, dass sich ihre Finger fast berühren. Ich meine eine echte Umarmung. Eine, in die ich mich fallen lassen kann. »Ich bringe das ganze Zeug am Wochenende zur Obdachlosenhilfe. Wenn du noch irgendwas davon willst, ist jetzt die Gelegenheit, es dir zu nehmen.« Sie tätschelt meine Schulter. »Ich mach uns noch Mittagessen, bevor du zur Arbeit musst.«

Die Tür schließt sich hinter ihr, und ich lasse mich auf Lucys Bett sinken. Die Erinnerungen an die vergangenen Wochen überfluten mich.

Ich habe kein Kleid. Einen Nicht-ganz-vielleicht-Freund, mit dem ich mich nicht in der Öffentlichkeit zeigen kann, weil ich mich abstoßend fühle, wenn ich an uns beide nebeneinander denke. Mitch, zu dem ich so gemein war. Meine Mom. Ellen. Und keine Lucy.

Ich brauche Lucy. Sie sollte jetzt hier sein, um mir zu raten, was ich tun soll. Irgendeine Lösung, die mir ohne sie einfach nicht einfallen will.

Ich überlege, worauf ich noch Einfluss habe.

Das Kleid.

Ich könnte bis zum Wettbewerb nur noch Salat essen, und dann würde es vielleicht so passen, wie meine Mom es sich vorgestellt hat. Und dann? Dann stecke ich wieder mitten in diesem fiesen Diät-Teufelskreis wie früher, als ich noch jünger war. Ich würde abnehmen, um das Kleid tragen zu können, und dann was? Dann würde ich wieder anfangen, etwas anderes als nur Salat zu essen, und alles wieder zulegen. Vielleicht sogar noch etwas oben drauf.

In meinem Kopf blättere ich wie in einem Register durch all die Wettbewerbsdiäten, die meine Mom und ich schon gemacht haben. Eiweißriegel in der vierten Klasse. Weight Watchers in der fünften. Salat in der zweiten. Und nichts davon hat je funktioniert.

Sie gewinnt. Meine Mom gewinnt. Bis eben gerade war mir noch nicht einmal klar, dass das hier eine Art Wettstreit war. Aber ich bin dabei zu verlieren. Ich habe kein Kleid. So gut wie kein vorführbares Talent. Und einen Begleiter, dem ich das Herz breche, ohne dass er es überhaupt weiß.

Wenn ich diesen Wettbewerb durchziehe, dann ist das ein Statement – das steht fest. Aber ich fürchte, es wird keines, mit dem ich in die Geschichte eingehen möchte.

52

SPÄTER AM ABEND sitze ich im Pausenraum und begutachte mit Hilfe eines Taschenspiegels den grünen Ring um meinen Hals. Ich klappe den Spiegel zu wie eine Muschel und nehme dann das unechte Goldkettchen ab und lege es auf den Tisch. Es ist eine gedrehte Kette, wie es sie an diesen Verkaufsständen in Einkaufszentren gibt, und auf dem Anhänger steht in einer schnörkeligen Schreibschrift *Dolly*.

Ich habe so viel wie möglich von Lucys Sachen in meinen Wandschrank verfrachtet und versucht, alle ihre Dolly-Fanartikel unterzubringen, einschließlich eines mit Glitzer überzogenen Paars Schuhe, das Dolly bei einer Show in Las Vegas getragen hat. Die Schuhsohlen sind mit ihrem großen geschwungenen Autogramm versehen. Der Beweis, dass sie echt sind.

Bo lässt sich in den Stuhl neben mir fallen. »Was ist das?«

Ich ziehe die Kette mit dem Zeigefinger herum, so dass er sie sehen kann. »Die hat meiner Tante gehört.«

Er nickt.

»Meine Mom räumt ihr Zimmer aus. In den letzten Monaten hatte sie schon öfter solche Anfälle. Aber ich glaube, diesmal meint sie es wirklich ernst.«

»Das tut mir leid.« Er fährt mit dem Finger über die Kette. »Bevor meine Mom gestorben ist, hat sie ihr Zimmer sozusagen für uns ausgemistet. Sobald sie es wusste, hat sie immer wieder Leute zu uns eingeladen, und keiner ist mit leeren Händen gegangen. Als sie dann schließlich nicht mehr da war, waren nur noch ein paar Nachthemden und Schuhe übrig.« Er konzentriert sich ganz auf die Kette. »Ich war irgendwie sauer auf sie, dass sie das getan hat. Aber ich glaube nicht, dass ich es selbst geschafft hätte. Und wenn es nach meinem Dad ginge, würden wir immer noch ihr Parfüm als Lufterfrischer benutzen.«

Bo mustert mich einen Augenblick, bevor er an einem Bein meines Stuhls reißt und mich näher zu sich zieht. Er legt den Arm um mich, und ich schmiege mich an ihn. Mein Atem stockt ein wenig, aber diese Stimme in meinem Kopf, die mich anfleht, seine Berührung nicht zuzulassen, ist nur noch ein leises Flüstern. Er drückt die Lippen auf meine Haare und überträgt beruhigende Schwingungen auf mich.

»Störe ich?« Mitch steht in der Tür und umklammert mit einer Hand eine braune Papiertüte.

Ich hebe so rasch den Kopf, dass ich Bo am Kiefer treffe. »Es tut mir leid«, sage ich, ohne genau zu wissen, wen von beiden ich damit meine. Panik durchfährt mich bis in die Zehenspitzen und fesselt mich an Ort und Stelle. »Hallo«, sage ich zu Mitch. »Hey. Was machst du denn hier?«

Bo steht auf und reibt sich die Stelle, wo mein Kopf mit seinem kollidiert ist. »Ich geh dann mal wieder an die Arbeit.« Seine Stimme klingt steif.

Die Spannung zwischen den beiden brummt wie ein Elektrozaun.

Weil Mitch sich nicht von der Stelle rührt, muss Bo sich an ihm vorbeiquetschen. Mitch sieht ihm dabei zu, bevor er ins Zimmer tritt. »Der Typ vorne am Tresen hat mir gesagt, du wärst hier hinten.« Er stellt die Tüte auf dem Tisch ab, und was immer sich darin befindet klappert kurz. »Ich hab dir Zauberkram besorgt. Für deine Talentvorführung.«

Ich gebe mir alle Mühe, unbeschwert zu klingen. »Setz dich doch.«

Er bleibt stehen. »Wer war der Typ?«

»Bo. Wir arbeiten zusammen.«

Seine beiden Augenbrauen ziehen sich zu einer einzigen zusammen. »Magst du ihn?«

»Was? Wir haben geredet, Mitch.« Mein Ton ist scharf, weil ich das Gefühl habe, mich verteidigen zu müssen. Na und? Wir haben uns einmal geküsst. Wir halten manchmal Händchen. Das hat doch noch gar nichts zu sagen. Und trotzdem. Er hat mich zwar nicht dabei erwischt, wie ich mit Bo herumgeknutscht habe oder halbnackt war, aber ich fühle mich genauso schuldig.

»Magst du ihn?«, fragt er noch einmal.

Ich schiebe mir die Haare hinter die Ohren und lasse mir lange Zeit, bevor ich antworte: »Ja, ich mag ihn.«

Er schüttelt den Kopf und zieht sich den Schirm seiner Baseballkappe tiefer ins Gesicht. »Dann viel Glück beim Wettbewerb, Will.« Er macht auf dem Absatz kehrt und geht durch den Mitarbeiterausgang nach draußen.

An diesem Abend fährt Bo mich schweigend nach Hause.

Ich bin schon fast die Einfahrt hinaufgegangen, als ich die Fahrertür hinter mir zuschlagen höre und er sagt: »Ich wünschte, du würdest mir eine Antwort geben.« Er kommt vorne um seinen Pick-up herum.

»Was?« Ich gehe zu ihm zurück. »Müssen wir das unbedingt heute Abend klären?«

»Ich möchte mit dir zusammen sein«, sagt er. »Aber das kann ich nicht, wenn du mich nicht lässt.«

»Warum?« Ich stelle meine Tasche auf der Einfahrt ab. »Warum willst du mit so was zusammen sein?« Ich wedele mit dem Arm vor meinem Körper auf und ab. Sofort hasse ich mich dafür. Die einzige Person, die so ein Problem mit meinem Körper hat, bin ich.

»Weil ich dich mag. Ich glaube, ich empfinde noch viel mehr für dich, Willowdean. Warum ist das so schwer zu verstehen? Wenn ich nachts nicht schlafen kann, dann hat das nichts mit der Arbeit oder der Schule und nichts mit Amber oder Bekah zu tun. Sondern mit dir. Du bist diejenige, die mich verrückt macht.«

Ich schüttele den Kopf, weil ich es nicht begreife. »Hast du dir schon mal überlegt, was die Leute denken werden? Was sie sagen werden, wenn sie sehen, wie wir beide Händchen halten?«

»Ich dachte immer, dir wäre es scheißegal, was andere denken.« Er presst seine Zähne fest aufeinander, bevor er die Stimme senkt und sagt: »Ich will überall mit dir hingehen. Ich will mit dir angeben. Ich will einen billigen Anzug tragen und dein Begleiter bei diesem albernen Wettbewerb sein.«

Ich klappere mit den Zähnen, weil ich mir solche Mühe gebe, nicht loszuheulen. Denn es ist alles da. Ich mag ihn. Er mag mich. Doch da ist noch so viel mehr. Ich kann nicht glauben, dass es mir etwas ausmacht, aber es sieht nicht so aus, als würde ich in absehbarer Zeit schlank sein. Es müsste mir egal sein. Ich bin wütend auf mich selbst, weil ich mich nicht gleich hier auf unserer Einfahrt in seine Arme werfe.

Aber ich will ihn einfach nicht hassen müssen, weil er ein weiterer Grund ist, aus dem die Leute hinter meinem Rücken über mich reden. »Ich kann es nicht. Auch wenn ich dann ein Feigling bin, aber …« Jetzt sind die Tränen nicht mehr nur eine Drohung.

Er kommt mir entgegen, und weil unsere Einfahrt abschüssig

ist, stehen wir uns Zeh an Zeh und Nase an Nase gegenüber. »Willowdean Opal Dickson, du bist schön. Scheiß auf alle, die dir jemals etwas anderes vermittelt haben.« Seine Brust hebt sich. »Wenn ich die Augen zumache, sehe ich dich. Mit dir kann ich reden. So wie ich es noch mit niemandem konnte.«

Schön, sagt er. Dick, denke ich. Aber kann ich nicht beides gleichzeitig sein? Ich hebe meine Hand an seine Wange, und die Spannung, die unter seiner Haut kocht, lässt ein wenig nach. Ich küsse ihn noch einmal auf die Lippen. Ich verharre einen Augenblick und denke über all das nach, was mir nicht zuzustehen scheint. »Ich kann es nicht«, flüstere ich, und ich weiß, dass ich damit weit mehr als nur Bo und mich meine.

Ich mache kehrt und greife nach meiner Tasche.

Er bleibt in der Einfahrt stehen, bis ich das Licht in meinem Zimmer ausmache und das Haus in eine dunkle Hülle verwandele.

53

ALS ICH AM MONTAG das Klassenzimmer verlasse, fasst Mitch mich am Ellbogen. Mr Krispin ist bereits in Richtung Lehrerzimmer unterwegs, alle anderen sind schon draußen. Wir sind allein.

»Ich wollte nur sagen, dass ich dich lieber nicht beim Wettbewerb begleite.«

Ich blicke zu ihm auf, doch er sieht mir nur eine Sekunde lang in die Augen, bevor er den Blick abwendet. »Ich nehme sowieso nicht am Wettbewerb teil.« Ich hatte es bis zu diesem Augenblick noch nicht laut ausgesprochen, aber die Entscheidung ist bereits am Samstagabend gefallen, als ich mit Bo in unserer Einfahrt stand.

Ich kann sehen, wie es hinter seiner Stirn arbeitet. Wie er überlegt, ob er mich doch noch überreden, mir etwas über die positiven Aspekte daran erzählen kann. Doch er sagt nichts.

»Und es tut mir leid«, füge ich viel zu spät hinzu. »Ich wollte dir nicht weh tun.«

»Aber du hast ihn gern?«

Ich nicke.

»Es wird nicht besser dadurch, dass es dir leidtut«, sagt er. »Ich wäre gut zu dir gewesen.«

»Mehr als ich es verdient habe.«

Ich würde ihm so gerne sagen, wie nah dran er war. Und dass er es gewesen wäre, wenn ich Bo nie getroffen hätte. Aber ich habe Bo nun einmal getroffen und weiß jetzt, wie es ist, wenn der Name eines einzigen Menschen einen zugrunde richten kann.

Er stopft die Hände in die Taschen seiner Jacke und geht hinaus.

Ich gebe ihm ein paar Sekunden Vorsprung, bevor ich mich auf den Weg zur nächsten Stunde am anderen Ende des Schulgeländes mache.

Ich lasse mir Zeit, weil ich lieber zu spät als außer Atem dort ankomme. Keiner mag es, ein dickes Mädchen keuchen und prusten zu sehen. Die letzte Glocke ertönt, und die Flure leeren sich.

Und dann schlüpft Ellen aus dem letzten Klassenzimmer auf der rechten Seite.

Zuerst sieht sie mich gar nicht. Sie reibt sich die Augen. Sie weint. Es könnte alle möglichen Gründe dafür geben. Aber was immer es ist, ich weiß nichts darüber.

Sie blickt zurück und sieht mich ein paar Schritte hinter sich gehen. Sie bleibt stehen, ohne sich die Tränen vom Gesicht zu wischen, die ihr die Wangen hinunterströmen. Vielleicht haben Tim und sie sich getrennt. Vielleicht hat sie sich mit ihren neuen Freundinnen gestritten. Vielleicht ist sie bei einem Test durchgefallen. Ich habe keine Ahnung. Jetzt ist die Gelegenheit, zu ihr zu gehen. Sie zu fragen, wie es ihr geht, und mich bei ihr für alles zu entschuldigen.

Aber sie dreht sich um und verschwindet im Klo. Die Gelegenheit ist vorüber.

Ich bleibe nicht für meine restlichen Stunden. Heute ist schon zu viel für mich schiefgelaufen, da kann ich nicht noch mehr riskieren. Als ich nach Hause komme, lese ich eine Nachricht von Millie, die fragt, ob wir uns alle treffen wollen, um unsere

Talentvorführungen zu üben. Der Wettbewerb. Er spielt nicht einmal mehr eine Rolle. Als ich mich angemeldet habe, habe ich es für Lucy getan. Und mit Ellen an meiner Seite. Aber Lucy ist tot, und Ellen ist weiter weg als jemals zuvor.

Ich schreibe Millie, Hannah und Amanda eine Nachricht:

ICH: Ich kann nicht am Wettbewerb teilnehmen. Das ist kurzfristig. Ich weiß. Aber ich mache einen Rückzieher. Ihr werdet alle super sein. Ihr habt es verdient, dabei zu sein. Ich werde euch aus dem Publikum anfeuern.

Nachdem ich mich bei der Arbeit krankgemeldet habe, stelle ich mein Handy aus und beschließe, es auch für den Rest des Abends nicht mehr anzumachen.

54

DIENSTAG UND MITTWOCH verbringe ich damit, Fieber vorzutäuschen und mich mit einer Tüte Mini Chocolate Chips zu trösten, die ich in der Vorratskammer aufgetrieben habe. Wir gehören nicht zu den Haushalten, die Süßigkeiten griffbereit halten (Überraschung!), schon gar nicht, solange meine Mom noch im Ich-passe-in-das-Wettbewerbskleid-Modus operiert.

Als ich meiner Mom sage, dass ich mich nicht wohl fühle, macht sie ohne weitere Fragen die Tür zu meinem Zimmer zu. »Sorry, Süße«, sagt sie. »Ich kann nicht riskieren, krank zu werden. Du bleibst heute zu Hause.«

Bei meiner Mom herrscht in jedem einzelnen Augenblick, den sie nicht auf einem Crosstrainer beim YMCA oder bei der Arbeit verbringt, der Bastelnotstand. Unser Haus ist ein Kriegsgebiet voller Stoff, Requisiten und Pailletten, aber das ganze Chaos beruhigt mich sogar irgendwie.

Ich möchte – nein, ich muss – ein paar Tage lang nur rumliegen. Ich habe seit Sonntag nicht mehr geduscht, und es hat etwas seltsam Tröstliches, dass ich fast so abstoßend aussehe, wie ich mich fühle. Ich glaube, als Ron mir die Tage vor dem Wettbewerb freigegeben hat, hatte er nicht gerade das hier vor Augen.

Aber schon am Mittwoch lässt das Gefühl von Freiheit langsam nach, und ich ertappe mich dabei, wie ich bäuchlings auf meinem Bett liege und eine von Lucys Schallplatten höre, auf der offenbar die schlechtesten Songs von Dolly Parton versammelt sind. Die Songs, bei denen ich am liebsten vergessen würde, dass sie sie gesungen hat. Etwa »Me and Little Andy«. Ich meine, was zum Teufel ist das für ein Song, Dolly? Es geht um ein kleines Mädchen und ihren Hund. Beide sterben. Wer will so was hören?

Meine Gedanken werden von einem Klingeln an der Haustür unterbrochen. Ich lächele in mein Kissen hinein. Selbst wenn ich wollte – ich könnte nicht aufstehen.

Es klingelt noch einmal. Meine Mutter ist offenbar nicht zu Hause. Und noch einmal und noch einmal.

Ich schiebe mich vom Bett hoch und gehe in aller Ruhe die Treppe hinunter. Dann stelle ich mich auf die Zehenspitzen und schaue durch den Spion. *Seufz*. Ich schlage den Kopf gegen die Tür.

»Was willst du?«, brülle ich.

»Lass mich rein«, sagt Hannah. »Mach schon.« Sie klingelt immer wieder. Neun-, zehnmal vielleicht.

»Komm hinten rum«, brülle ich schließlich.

Sie fragt nicht einmal, warum.

Ich stehe an der geöffneten Schiebetür, und sie fegt schnurstracks an mir vorbei. Riot beschnuppert sie kurz und sucht dann das Weite.

»Ich hab dich seit dem Wochenende bestimmt schon fünfundachtzigmal angerufen«, sagt Hannah. »Und ich telefoniere echt nicht gerne.« Sie reicht mir eine Tupperdose mit Suppe. »Meine Mom wollte, dass ich dir was von ihrem Sancocho bringe.«

»Deine Mom?« Ich öffne den Kühlschrank und quetsche die Dose zwischen eine Milchtüte und eine Flasche Orangensaft. »Ich kenne deine Mom doch gar nicht.«

»Tja, aber du bist so was wie ihr Lieblingsmensch wegen dieses bescheuerten Wettbewerbs. Ich hoffe, du bist stolz auf dich.« Sie lässt sich auf den Platz von meiner Mom am Küchentisch sinken.

Hannah gehört, glaube ich, zu den Leuten, die sich in jedem fremden Haus gleich zu Hause fühlen. Sie hat nichts von der Zurückhaltung, die die meisten empfinden, wenn sie zum ersten Mal irgendwo sind. Sie beugt sich über den Tisch. »Du kannst nicht einfach so den Wettb… Warte mal, ist das etwa Dolly Parton?«

Ich zucke die Schultern.

Sie blickt zu mir auf und erkennt erst jetzt meinen aktuellen Zustand. »An diesem Bild ist aber eine Menge falsch.«

Ich schütte mir kalten Kaffee in einen Becher und stelle ihn in die Mikrowelle. »Falls du mit falsch eher richtig meinst, dann hast du recht.«

»Wann hast du zum letzten Mal geduscht?«

Die Mikrowelle plingt. »Duschen wird überbewertet.« Ich zucke die Schultern. »Komm, wir gehen hoch.«

»Nur wenn du diese schreckliche Musik ausmachst.«

Oben hebe ich die Nadel von der Schallplatte, während Hannah sich auf mein Bett lümmelt. Sie nimmt den Magic-8-Ball von meinem Nachttisch und schüttelt ihn. »Spinnt Will jetzt völlig?« Sie liest die Antwort. »Darauf kannst du dich verlassen.«

Ich setze mich ans Fußende des Bettes und lasse mich zurückfallen. Vielleicht wird es einfacher, wenn ich die ganze Zeit an die Decke starren kann.

»Okay. Ich schätze mal, es hat irgendwas mit dem Klo-Typ zu tun, oder?«

»Es sind zwei. Typen. Und ich weiß gar nicht mehr, warum ich überhaupt mitmachen wollte.« Ich strecke die Arme aus und lasse sie rückwärts über die Bettkante baumeln. »Vielleicht dachte ich, ich hätte genau dasselbe verdient wie all die anderen Mädchen. Ich weiß es nicht. Aber ich bin anders als andere Mädchen, und selbst wenn ich dasselbe verdient habe, bedeutet es noch lange nicht, dass ich es auch bekomme. Wenn ich mich auf diese Bühne stelle und gegen sie antrete, würde ich den Beweis dafür nur selbst liefern.«

»Nein«, sagt Hannah. »So ein Scheiß. Solange man sich nicht bemüht und etwas dafür tut, hat man nicht verdient, irgendetwas zu gewinnen oder überhaupt an so einem Wettbewerb teilzunehmen. Kann sein, dass dicke Mädchen oder humpelnde Mädchen oder Mädchen mit großen Zähnen solche Wettbewerbe normalerweise nicht gewinnen. Das ist vielleicht nicht die Norm. Aber das lässt sich nur ändern, wenn man dabei ist. Wir können nicht erwarten, dasselbe zu bekommen, was diese anderen Mädchen haben, wenn wir es nicht einfordern. Weil nämlich niemand Schlange steht, um uns auch nur einen Scheiß zu schenken, Will.«

»Für dich ist es ja auch viel einfacher. Sobald ich einen Raum betrete, bemerken alle sofort, wie verdammt fett ich im Vergleich bin. Solange du den Mund nicht aufmachst, bemerkt keiner, dass etwas nicht stimmt.«

»Wow«, sagt sie. »Das war nicht fair. Stimmt, ich kann den Mund halten. Aber nur, bis ich was zu sagen habe. Du kannst gerne testen, wie es ist, die dominikanische Lesbe mit den Pferdezähnen in dieser Stadt hier zu sein, okay?«

Ich schüttele den Kopf. »Tut mir leid. Ich bin total durcheinander und …«

»Und du redest dir irgendwas ein. Das ist und bleibt Scheiße. Wenn du es nicht für dich tust, tu es für Amanda und Millie.« Sie kaut auf ihrer Lippe herum und starrt an mir vorbei in den Spiegel vor meinem Bett. »Und irgendwie auch für mich.«

»Ihr drei kommt doch gut ohne mich klar.«

»Nein, kommen wir nicht. Millie kann ohne dich nicht mitmachen.«

Ich setze mich auf. »Was redest du da?«

»Ihre Eltern haben das mit dem Wettbewerb rausgekriegt«, sagt sie ganz beiläufig. »Millie hat gebettelt und gebettelt. Sie hat ihnen gesagt, dass deine Mom die ganze Sache leitet, und dann meinten sie, wenn du teilnimmst, dann darf sie auch.« Sie macht eine Pause, um ihre Worte wirken zu lassen. »Und dann hast du einen Rückzieher gemacht.«

Schuldgefühle breiten sich in mir aus. Ich lecke mir die aufgesprungenen Lippen. Langsam wird mir bewusst, wie abstoßend ich mich fühle, nachdem ich so lange nicht geduscht habe. »Hör mal, das ist wirklich blöd, aber …«

»Aber, was? Sag jetzt bitte nicht, dass du so egoistisch bist.«

Sie hat recht. Für Millie ist die ganze Sache kein Witz. Es geht darum, dass sie die Teilnehmerinnen des Schönheitswettbewerbs ihr ganzes Leben lang angehimmelt und bewundert hat und jetzt endlich den Mut hatte, selbst dabei zu sein. Mein Bein wippt auf und ab, während ich nachdenke. Ich weiß nicht, ob mir das irgendwelche Karma-Pluspunkte einbringt. Dafür bin ich vielleicht zu weit im Minus, aber ich bin es Millie schuldig. Wenn ich es schon nicht schaffe, rauszugehen und mein Ding zu machen, so wie sie, dann sollte ich immerhin den Anstand besitzen und ihr dabei nicht im Weg stehen.

Hannah streckt die Hand nach meinem Bein aus, um es festzuhalten.

Ich drehe mich zu ihr. »Das wird die totale Katastrophe«, erkläre ich.

Sie verzieht den Mund zu einem schmalen Lächeln. »Darauf hatte ich spekuliert.«

55

JUNGS KRIEGEN ständig schulfrei, um zu Footballspielen zu fahren, deswegen sollte es einen eigentlich nicht überraschen, dass alle Teilnehmerinnen des Wettbewerbs am Donnerstag und Freitag von der Schule befreit sind. An den Tagen finden die Interviews und ermüdende Generalproben statt. Das heißt: Blasen, doppelseitiges Klebeband und Tränen, wohin man schaut. Hier geht es schließlich nicht um irgendein billiges Highschool-Musical. Hier geht es um den Miss-Teen-Blue-Bonnet-Schönheitswettbewerb von Clover City.

Gestern Abend hat Hannah mich ins Bürgerhaus gefahren, wo meine Mutter im Saal mit Aufbauen beschäftigt war, damit ich meine komplette Garderobe genehmigen lassen konnte. Da ich ja mein eigentliches Abendkleid nicht tragen konnte, musste ich stattdessen zu einem schwarzen, mit Pailletten besetzten Schwiegermutterfummel greifen, den ich in einem der Kleiderspendestapel in Lucys Zimmer gefunden hatte. Es war zerknittert, aber neu samt Preisschild. Meine Mutter, Mallory Buckley und Mrs Clawson haben mir das Versprechen abgenommen, es bis Samstag noch ordentlich zu bügeln. Was den Badeanzug angeht, hatte ich nur die Wahl zwischen meinem schwarzen Einteiler und dem rotweiß gepunkteten, den ich letzten Sommer gekauft hatte, ohne ihn jemals zu tragen. Ich entschied mich für den rotweißen. Entweder ganz oder gar nicht. Abgesehen davon hat der schwarze Badeanzug schon lauter kleine Knötchen am Po.

Das Kostüm für die Talentvorführung war eine ganz andere Nummer. Ich habe in meinem Zimmer gekramt, bis ich schließlich das 20er-Jahre-Stirnband fand, das ich an Halloween getragen habe. Dazu das schwarze Kleid von Lucys Beerdigung, und meine Mom hat sich bereit erklärt, mir ihre schwarzen Satinhandschuhe zu leihen, wenn ich sie ihr rechtzeitig zurückgebe, bevor sie sie zu ihrer Abendgarderobe tragen muss.

Als ich mich am Donnerstagmorgen fertigmache, kommt meine Mom herein, um zu sehen, was ich zu meinem Interview tragen will. »Der Rock gefällt mir«, sagt sie. »Aber vielleicht dazu noch den petrolfarbenen Blazer, den ich dir zum Geburtstag geschenkt habe?« Ich werfe einen Blick in den Spiegel, denke über ihren Vorschlag nach und nicke.

Wir fahren zur Silver Dollar Banquet Hall, wo heute die Interviews und ein gemeinsames Mittagessen stattfinden werden. Das Radio plärrt, und darüber brummt die Klimaanlage. Wir haben Ende November, nächste Woche ist schon Thanksgiving, und entsprechend ist es draußen eher kühl, aber meine Mom hat dennoch die Klimaanlage voll aufgedreht, weil sie unter »aufsteigender Hitze« leidet.

Wir parken, und sie schlüpft in ihr altrosa Kostümjäckchen. »Ich hab dich lieb, Dumplin'. Und ich hoffe, dass ich heute stolz auf dich sein kann.«

Mein Magen schlägt Purzelbäume. Ich will nicht, dass sie sich für mich schämen muss. Wirklich nicht.

»Aber«, fügt sie hinzu. »Ich kann nicht zulassen, dass am Ende jemand denkt, ich würde dir eine Sonderbehandlung zukommen lassen. Ab jetzt bis Samstagabend nach dem Wettbewerb läuft also alles ganz offiziell zwischen uns, ja?«

»Alles klar«, murmele ich. »Alles ganz offiziell.«

Okay, jetzt geht es wirklich so richtig los. Alle Teilnehmerinnen sollen sich vor dem Festsaal aufstellen. Gespräche untereinander sind bis nach Beendigung der Interviews nicht erlaubt, was mir eigentlich sinnlos erscheint, da ich nicht den Eindruck habe, dass man bei dieser Sache irgendwie schummeln könnte. Ich meine, die wählen ihre Fragen aus einer ewig langen Liste aus, und es hat sowieso keiner dieselbe Kombination.

Nach den Interviews kommt das Mittagessen, und danach dürfen alle Teilnehmerinnen ihre Plätze in der Garderobe vorbereiten. Morgen ist Generalprobe; der Samstagvormittag ist für einen kleinen Probedurchlauf vor der eigentlichen Show reserviert, die um Punkt 19 Uhr beginnt.

Wir sehen alle absolut albern aus. Als wären wir zu einem Vorstellungsgespräch hier, bei dem die einzige Voraussetzung ist, dass man ein Polyesterkostüm von seiner Mutter trägt.

Ich sehe zu, wie die Mädchen, deren Nachnamen mit A, B und C beginnen, der Reihe nach zu ihren Interviews gehen. Manche kommen mit einem breiten Lächeln auf dem Gesicht wieder heraus. Andere sind wie benommen. Und eine Handvoll ist völlig verheult. Ich weiß, es klingt ätzend, aber ein kleiner Teil von mir sieht diese heulenden Mädchen als Konkurrentinnen, die nun aus dem Weg geräumt sind. Ich will ja gar nicht gewinnen, aber ich glaube, in jedem von uns sitzt so ein Überlebensinstinkt, der sich einschaltet, sobald wir andere scheitern sehen. Ich komme mir abstoßend und zugleich unglaublich menschlich vor.

Da wir in alphabetischer Reihenfolge antreten, sitzen Ellen und ich – Dickson und Dryver – direkt nebeneinander. Jedes Mal, wenn sich unsere Schultern auch nur ein klein wenig berühren, rutscht sie demonstrativ ein bisschen von mir weg, so als hätte sie einen elektrischen Schlag bekommen.

»Dickson? Willowdean Dickson?«

Ich erschrecke kurz und schaue instinktiv zu El. Unsere Blicke treffen sich für eine Sekunde, und ich sehe den Anflug eines Lächelns auf ihren Lippen, bevor sie sich dabei ertappt und den Blick rasch abwendet.

Ich werde mich total blamieren.

Mallory hält mir die Tür auf. »Denk dran«, flüstert sie. »Für den ersten Eindruck gibt es keine zweite Chance.«

»Na danke für die Aufmunterung«, murmele ich.

Die vier Juroren – die bislang anonym waren – sitzen vorne im Raum in einer Reihe an einer langen Tafel.

Jeder von ihnen stellt sich selbst vor, aber ich weiß genau, wer sie sind.

Tabitha Herrera – besitzt nicht nur einen, sondern zwei Friseursalons in Clover City namens Tabitha's und Tabitha's #2. Tabitha macht alles, von Strähnchen bis zur Dauerwelle, und sie gehört zu den Friseurinnen, die Gedanken fernsteuern können. Man kann sich bei ihr auf den Stuhl setzen und schwören, dass man sich nur den Pony schneiden lassen will, und geht am Ende doch mit einem Bob nach Hause. Noch dazu vermittelt Tabitha einem das Gefühl, man selbst wäre auf die Idee gekommen. Sie hat monströse Brüste und eine Frisur, die es damit aufnehmen kann. Wenn Leute aus dem Norden an Texas denken, dann denken sie an Tabitha.

Dr. Mendez – ich weiß wenig über ihn, abgesehen davon, dass er der einzige Kieferorthopäde der Stadt ist. Er ist aus Philadelphia oder Boston und sieht immer genervt aus. Also ich meine, wenn ich aus Philadoston oder so in dieses Kaff hier ziehen würde, wäre ich vermutlich auch ein bisschen angepisst.

Burgundy McCall – ohne Scheiß. Die heißt wirklich so. Nein,

sie ist kein Pornostar und auch nicht die Hauptdarstellerin in einer Soap. Ihre Eltern haben an der A & M University von Texas studiert (deren Farben theoretisch eher Braun und Weiß sind, aber ich schätze mal, dass »Burgundy« einfach besser klang). Sie ist eine ehemalige Miss Teen Blue Bonnet und jetzt Kindergärtnerin. Sie hat es sogar bis auf die Landesebene des Miss-Teen-Blue-Bonnet-Wettbewerbs geschafft und ist dort Zweite geworden. Meine Mom – die nicht über den lokalen Wettbewerb hinausgekommen ist, weil ich dann geboren wurde – hat nie offen zugegeben, dass sie etwas gegen Burgundy hat, aber wann immer sie ihren Namen ausspricht, klingt es, als hätte sie etwas zu Heißes gegessen und wäre kurz davor, es auszuspucken.

Clay Dooley – Clay Dooley Ford. Er ist wohl der reichste Mann von Clover City. Seine Haare sind immer perfekt gestylt, und seine Jeans sind noch einen Tick enger als ein Druckverband. Er trägt riesige Gürtelschnallen aus purem Gold, die vermutlich mehr kosten als unsere Hypothek. Clay Dooley ist *der* Texaner schlechthin. Er ist genau der Typ, vor dem Dr. Mendez' Eltern aus Bostadelphia ihn immer gewarnt haben. Er ist so reich, dass er die Zeit hat, hier den Juror zu spielen, weil er nämlich nicht mehr arbeiten muss. Das machen inzwischen andere für ihn.

Ich nehme vor den Juroren Platz, und keiner außer Dr. Mendez blickt auf. Die anderen drei schieben Unterlagen hin und her und murmeln etwas über die Bewerberin vor mir, die den Fragen ausgewichen sei.

Endlich hebt Burgundy den Kopf und zieht bei meinem Anblick eine ihrer perfekt geformten Augenbrauen in die Höhe. Clay und Tabitha reagieren ähnlich, doch sie kriegen es besser hin, es zu verbergen. Erst da wird mir klar, dass ich die Erste der … nun, sagen wir, unüblichen Verdächtigen bin.

Ich denke an alle guten Ratschläge, die ich je in meinem Leben bekommen habe. Die meisten von Lucy. Aber es macht nicht Klick. Nichts hat mich auf diesen Augenblick vorbereitet. Also stelle ich mir meine Mutter vor. Wenn meine Mutter hier in diesem Raum stünde, was würde sie sagen? Wenn sie nicht den ganzen Laden hier schmeißen würde und einfach nur meine Mom wäre, was würde sie mir raten?

Lächeln, würde sie sagen. *Und auf gar keinen Fall seufzen.*

Ich lächele. So sehr, dass meine Wangen weh tun. Und ich tue mein Bestes, nicht zu seufzen.

»Willowdean Dickson?«, fragt Tabitha.

Ich nicke. Ich lächele. Hör. Nicht. Auf. Zu. Lächeln.

»Dickson«, sagt Burgundy. »Du bist aber nicht die Tochter von Rosie, oder?«

»Doch«, sage ich und höre im Hinterkopf die Stimme meiner Mutter: Manieren. »Ma'am«, füge ich hinzu. »Ja, Ma-am.«

Clay räuspert sich. »Okay, dann kommen wir mal zur Sache, Willowdean«, sagt er und hält einen nagelneuen Dollarschein in die Höhe. »Wenn ich dir jetzt diesen Dollar geben würde, was würdest du damit tun?«

Das ist eine Fangfrage. Immer noch: Lächeln. Ein Dollar. Was könnte ich mit diesem Dollar tun? Okay, ich könnte ihn einem Obdachlosen geben. Ich könnte einen Donut kaufen. Ja, Sir, bitte, ich würde mir so gerne einen Donut mit Ihrem Dollar kaufen.

Nein, nein. Ich muss das größer angehen. Eine direkte Spende ist viel zu offensichtlich. »Ich würde in den 1-Dollar-Store gehen und eine Schachtel mit Bleistiften kaufen. Die würde ich dann am Morgen von den SAT-Tests auf den Fluren in der Schule an die Penner verkaufen – ich meine, an die Schüler, die es verpennt haben, einen Bleistift für den Multiple-Choice-Test mitzubringen. Für drei Dollar pro Stück.«

Im ersten Augenblick herrscht Schweigen, dann bricht Clay in lautes Gelächter aus.

Burgundy neben ihm kneift die Lippen zusammen. »Und was würdest du dann mit dem Geld machen?«

»Noch mehr Bleistifte kaufen«, sage ich. Sie fängt an, etwas auf ihren Bewertungsbogen zu kritzeln. »Und wenn ich dann einen ordentlichen Batzen zusammen habe, würde ich es für einen wohltätigen Zweck spenden. Oder ein Festessen für eine notleidende Familie bezahlen.« Kreativ? Check. Gewitzt? Check. Selbstlos? Check.

Tabitha lächelt vor sich hin, und ich glaube sogar kurz, dass sie mir zugezwinkert hat.

Als die Juroren sich ihre Anmerkungen notiert haben, blickt Tabitha auf. »Wir haben noch eine Frage an dich. Kannst du bitte den Begriff Loyalität definieren?«

Das Adrenalin wird wie durch ein Vakuum aus meinem Körper gesaugt. Ich lächele nicht mehr. »Loyalität.« Ich ziehe jeden Buchstaben in die Länge, um Zeit zu schinden, bis ich eine Antwort geben muss. »Loyalität ist … Loyalität bedeutet, für jemanden da zu sein. Selbstlos. Es geht darum, zu jemandem zu halten, auch wenn man das gar nicht will.« Ellen. Ich sehe nur Ellen vor mir. »Weil man denjenigen liebt.«

An jenem Abend, als wir in ihrem Bett lagen und über ihr erstes Mal sprachen. Es war so schwer. Es fühlte sich an, als wäre mein Magen voller Nägel, aber ich bin bei ihr geblieben. Ich habe mir jedes Detail angehört, denn so etwas tut man für seine beste Freundin. Ich spüre, dass sie dort draußen auf dem Flur an mich denkt. Sie mag zwar sauer auf mich sein, aber ich weiß genau, dass sie jetzt da sitzt und sich fragt, wie es mir wohl vor dieser Jury ergeht.

»Loyalität ist nicht blind.« Auch wenn ich wünschte, sie wäre es. »Loyalität bedeutet auch, jemandem zu sagen, dass er einen Fehler macht, wenn keiner sonst es tut.« Mir ist der Gedanke peinlich, dass ich El verbieten wollte, sich für den Wettbewerb anzumelden. Als würde die Tatsache, dass wir gegeneinander antreten, irgendwie das kaputtmachen, was ich mir und der Welt beweisen wollte. Dabei bin ich in ihrer Gegenwart eigentlich nur stärker und die beste Version meiner selbst.

Ich glaube, meine ganze Welt ist in lauter kleine Teile zersprungen, und ich kann sie nur Scherbe um Scherbe wieder zusammensetzen. Und Ellen ist und bleibt für mich das erste Stück.

56

ZUM MITTAGESSEN serviert man uns ein Barbecue. Ich habe den leisen Verdacht, dass dieses Mittagessen vielleicht insgeheim auch in die Bewertungen einfließt, denn für eine Frau aus den Südstaaten gibt es keine größere Errungenschaft als die Fähigkeit, sich bei einem Barbecue nicht zu bekleckern. Nach der Mittagspause müssen wir uns alle einen Vortrag von Ruth Perkins anhören, einer achtundsiebzigjährigen früheren Miss Blue Bonnet, die beschließt, auf das Mikrophon zu verzichten, weil es eine Rückkopplung mit ihrem Hörgerät hat. Und das wiederum bedeutet, dass wir alle nur lächeln und nicken können, während sie in einer Lautstärke spricht, in der man normalerweise Geheimnisse weitererzählt.

Nach einer Weile kommt dann der peinliche Moment, wo sie auf Beifall wartet und keiner von uns weiß, ob sie mit ihrer Rede fertig ist. Schließlich klatschen wir, und Mrs Clawson geht auf die Bühne, um ihr zu danken und ihr einen Blumenstrauß zu überreichen.

»All right, meine Damen«, sagt sie ins Mikrophon. »Keine von euch geht, bevor wir ein Foto von ihr für die Zeitung gemacht haben. An der Wand da hinten stehen Stühle, auf denen ihr bitte in derselben alphabetischen Reihenfolge wie heute Vormittag Platz nehmt. Jetzt habt ihr fünf Minuten, um euch frisch zu machen.«

Ich drehe mich zu Hannah, die neben mir sitzt, und blecke die Zähne. »Hab ich was zwischen den Zähnen?«, frage ich.

Sie schüttelt den Kopf. »Und ich?«

»Nee.«

Wir gehen zu unseren jeweiligen Stühlen, während alle anderen die Toiletten stürmen. Ich warte darauf, dass El sich neben mich setzt. Ich kann mein Hirn nicht dazu bringen, sich auf das zu konzentrieren, was ich zu ihr sagen könnte, aber ich werde mit ihr sprechen. Ich muss.

Sie lässt sich auf den Stuhl neben mir fallen und leckt sich den Daumen, mit dem sie versucht, einen Grillsoßen-Fleck auf dem Revers ihres Blazers wegzurubbeln.

»Bestimmt kann man das Foto so stellen, dass der Fleck nicht im Bildausschnitt ist«, sage ich. »Oder Photoshop.«

Sie reibt weiter an dem Fleck und macht ihn damit nur noch schlimmer, sagt aber nichts.

Eine nach der anderen werden wir nun aufgerufen und rutschen jedes Mal einen Stuhl weiter nach vorne.

Als noch zwei Mädchen vor mir sind, sage ich: »Ich will nicht, dass wir uns weiter böse sind.«

Ich warte auf ihre Antwort. Wir rücken einen Platz weiter.

»Ich war im Unrecht.« Wieder rücken wir einen Platz weiter. »Ich war total im Unrecht, und ich kann das so nicht mehr. Ich kann nicht mehr nicht jeden Tag mit dir sprechen. Bitte sei mir nicht mehr böse.«

»Willowdean?«, ruft Mallory.

Ich schaue zu Ellen zurück, bevor ich aufstehe. Gleich wird sie weich. Sie muss.

»Willowdean?«

»Es ist nicht so einfach.« Els Stimme kratzt, als hätte sie seit Tagen nichts gesagt. »Wir entwickeln uns zu unterschiedlichen Menschen.«

»Das bedeutet nicht, dass wir nicht gut füreinander sind.« Ich glaube, die Teile von mir, die auf den gemeinsamen Erinnerungen mit Ellen beruhen, mag ich am liebsten an mir. »Es tut mir leid«, sage ich zu ihr. »Ich war stur.«

Ich setze mich auf den kleinen Hocker vor der Leinwand. Meine Mom steht hinter dem Fotografen. Sie gestikuliert mit beiden Zeigefingern, als würde sie ihre Mundwinkel nach oben ziehen.

Ich hole einmal tief Luft und gebe mir die größte Mühe zu lächeln. Lächeln. Lächeln. Lächeln.

Ellen sitzt an der Wand und rubbelt weiter kreisförmig an ihrem Soßenfleck herum.

Ich lächele nicht.

Nach den Fotos werden wir in unsere Garderoben hinter der Bühne entlassen. Beim Bau des Bürgerhauses unserer Stadt hat man den Schönheitswettbewerb mit eingeplant, deswegen ist die Damengarderobe viermal so groß wie die der Herren.

Jeder Platz ist beschriftet. Ich finde meinen Namen auf einem Zettel, der an einem schmalen Spiegelabschnitt klebt. Allerdings hat jemand mit schwarzem Filzstift und in Großbuchstaben DUMPLIN' über meinen Namen gekritzelt. In aller Eile, als hätte dieser Jemand der Versuchung einfach nicht widerstehen können. Ich schaue mich nach rechts und links um, ob ich die Schuldige entdecke.

Ellen lädt ihr ganzes Zeug neben meinem ab. Ich sehe ihren Namen am Spiegel kleben. Wieder sind wir in alphabetischer Reihenfolge platziert.

Unsere Blicke treffen sich im Spiegel. Sie kramt kurz in ihrer Handtasche herum und zieht dann einen Stift heraus. Sie greift über mich hinweg nach dem Zettel mit meinem Namen. Ich sehe zu, wie sie meinen richtigen Namen ohne *Dumplin'* auf die Rückseite schreibt, das Klebeband abzieht und wieder befestigt, bevor sie den Zettel wieder an den Spiegel klebt.

»Danke«, sage ich.

Sie setzt sich auf den Hocker neben mir. »Es ist nur ein Wort. Und es hat nichts zu bedeuten, es sei denn, du lässt es zu.« Sie wendet sich mir zu, wobei ihr Blick meinem noch immer ein wenig ausweicht. »Aber wenn es dich verletzt, dann verletzt es mich auch.«

Mein ganzer Körper entspannt sich, doch mein Kinn zittert. »Es tut mir so leid.«

»Mir tut es leid«, sagt sie.

Ich schüttele den Kopf. »Nein. Nein, mir.«

Da blickt sie auf, und als sie mein zitterndes Kinn bemerkt, nimmt sie meine Hand.

Der Raum füllt sich, immer mehr Mädchen kommen herein.

»Komm mit«, sagt sie.

Ich folge ihr, und sie hält meine Hand und führt mich zu einem abgewetzten kleinen Ledersofa ganz in der Nähe vom Inspizientenpult.

Wir lassen uns in das Sofa sinken, und als wäre es das Normalste der Welt, legt El ihre Beine mit einem Schwung über meine. »Okay, erzähl.«

»Okay. Ich war sauer, dass du dich für den Wettbewerb angemeldet hast. Und dann warst du sauer auf mich, weil ich sauer auf dich war. Und dann war ich immer weiter sauer auf dich. Und du warst immer weiter sauer auf mich.« Ich schüttele den Kopf. »Ich weiß, dass sich das schon lange zusammengebraut hat. Wir hatten uns auseinanderbewegt.«

Sie nickt. »Es macht mir Angst. Ich will mich nicht so weit von dir entfernen. Aber vielleicht sollten wir nicht alles gemeinsam machen? Vielleicht brauchen wir ein kleines bisschen Abstand.«

»Es fällt mir schwer, das zu akzeptieren.« Ich suche nach den richtigen Worten. »Ich möchte, dass du glücklich bist. Und neue Freunde findest. Auch wenn es Leute wie Callie sind. Ich möchte nicht eifersüchtig auf dich sein.« Ich habe das noch nie laut ausgesprochen. Ich glaube, ich hatte bisher sogar Angst, es überhaupt zu denken, aber ich weiß, dass es die Wahrheit ist, sobald die Worte aus meinem Mund geschlüpft sind. »Ich meine das gar nicht so komisch stalkermäßig, aber manchmal glaube ich, dass unsere Leben in unterschiedlichen Geschwindigkeiten ablaufen, und ich habe einfach Angst, dass du mich abhängst.«

Sie lacht, und es klingt mehr als hätte sie Schluckauf. »Ich häng dich bestimmt nicht so schnell ab. Und falls du damit Sex meinst … ich liebe Tim, okay? Aber du solltest auch wissen, dass es eine gewisse Lernkurve gab.« Schulterzuckend fügt sie hinzu: »Vielleicht bin ich auch manchmal eifersüchtig auf dich. Du machst dir nichts aus Leuten wie Callie oder den anderen, mit denen ich arbeite. Aber ich brauche das. Ich will, dass sie mich mögen. So was bereitet mir schlaflose Nächte. Dabei finde ich sie eigentlich nicht mal besonders cool. Ich habe so eine Art innere Buchführung, wie viele Leute mich mögen, und es ist mir wichtig, obwohl ich es gar nicht will.«

Ich lächele, und der Knoten in meiner Brust lockert sich ein wenig. »Du bist meine beste Freundin. Auch in den vergangenen Monaten warst es immer nur du. Und du behandelst mich nie anders. Im Gegensatz zu manchen anderen Leuten. Und ich weiß, dass ich gut zu mir selbst stehen kann. Ich kann sagen: ›So bin ich. Akzeptier mich oder verpiss dich.‹ Weißt du? Aber …«

O Mann. Da ist so viel, was ich ihr noch gar nicht erzählt habe.

Ich fange ganz am Anfang an. »Aber ich habe im Sommer jemanden kennengelernt. Bo. Der Privatschul-Typ. Auf der Arbeit. Und wir haben uns geküsst.«

»Und du hast mir nichts davon erzählt?« Sie boxt mich gegen den Arm. »Zum Teufel, Will?«

Ich schüttele den Kopf. »Ich weiß. Sorry. Und wir haben uns noch öfter geküsst. Und dann ging es immer so weiter.«

»O mein Gott. Hast du mit ihm geschlafen? War es toll? Jetzt bin ich sauer auf dich, weil du es mir nicht erzählt hast.«

Ich lache. »Nein. Nein. Haben wir nicht. Also miteinander geschlafen. Aber ich mochte das Gefühl, wenn ich mit ihm zusammen war.« Mein Kopf fühlt sich an wie eine Garnrolle, die sich abspult. »Aber dann … hat es dich auch total nervös gemacht, wenn Tim dich berührt hat? Also am Anfang?«

Sie lässt den Kopf auf meine Schulter sinken. »Shit. Ja, allerdings. Wenn er meine Taille oder einen Pickel auf meinem Kinn oder so berührt hat, hab ich sofort dichtgemacht. Total bescheuert.«

Ein warmes Gefühl von Erleichterung durchströmt mich, als ich mich darin wiedererkenne. »Genau das ist passiert, als Bo mich berührt hat. Wenn wir uns geküsst haben, war das ein Gefühl, als wäre ich besoffen oder so. Aber sobald er meinen speckigen Rücken oder meine Hüften berührt hat, war alles vorbei.«

»Ich fasse es nicht, dass du mir das alles verheimlicht hast.« Ihre Stimme ist sanft. »Eigentlich sollte ich extrem sauer auf ich sein.«

»Ich weiß. Ich weiß. Tut mir leid. Aber es ist einfach alles auf einmal passiert, verstehst du? Und dann hast du mir erzählt, dass du mit Tim schlafen wolltest, und da hatte ich das Gefühl, ich würde gleich platzen. Das war nicht nur Eifersucht. Eher, dass ich mich so jung und unerfahren gefühlt habe. Und ich konnte – und kann – es mir irgendwie nicht vorstellen, dass mich ein anderer Mensch so sehen soll.«

»Ach, Will.«

»Und das hat mich so geärgert. Es war, als würde ich dich verlieren. Aber gleichzeitig fand ich mich selbst so abstoßend. Das alles hat mich so wütend gemacht, weil ich wirklich nicht eine von denen sein will, die nur wegen irgendeines Kerls meinen, sie wären nicht gut genug.«

Sie setzt sich auf, und ich lege meinen Kopf in ihren Schoß, während sie mit den Fingern durch meine Haare fährt. Ich erzähle ihr alles, jede Kleinigkeit. Das mit Bo im Einkaufszentrum und dass er mir nichts von seinem Schulwechsel erzählt hatte. Und von Mitch. Und dem Schulball. Halloween. Warum ich wieder bei Harpy's arbeite. Und von Bo. Ich erzähle ihr alles über Bo. Und dass er ihr wirklich gefallen würde. Dass er mein Freund sein möchte.

»Er will es ganz offiziell machen«, erkläre ich ihr. »Und du weißt auch, dass wir nicht einen Tag in der Schule überstehen würden, ohne dass sich alle über uns lustig machen. Er kapiert das einfach nicht.«

»Hör zu«, sagt sie. »Es gibt viele Arschlöcher, okay? Ich will dir da gar nichts vormachen, aber schau dir Tim und mich an. Er ist viel kleiner als ich. Glaubst du, die Leute würden nicht über uns lachen? Das tun sie nämlich.«

Das stimmt, aber El hat bis eben noch nie mit mir darüber gesprochen.

»Aber du kannst dir nicht immer aussuchen, für wen dein Herz schlägt. Und selbst wenn wir es uns aussuchen könnten, würde ich mich für Tim entscheiden. Immer wieder. Du musst dir das so vorstellen: Eine Beziehung ist zwischen zwei Menschen. Diese ganzen Arschlöcher in der Schule sind nur gelangweilte Zuschauer. Du und Bo hinter dem Müllcontainer bei Harpy's. Da hast du dich von deinem Herzen leiten lassen. Aber wenn es darum geht, dass du und Bo zusammen seid. Dass ihr ein Paar seid. Da spricht dein Kopf. Dein Herz ist voll dabei, aber das bedeutet noch lange nicht, dass du keine Wahl hast. So wie es aussieht, hat er seine Wahl allerdings längst getroffen.«

Es klingt so einfach, denke ich, das alles in meiner Vorstellung zu sagen. Ja sogar, es laut zu sagen. Aber es auch zu tun. Seine Hand zu nehmen und zu sagen: *Ich habe das verdient. Wir haben das verdient.* Das macht mir Angst. »Ich hatte Schiss, dass ihr euch getrennt habt«, sage ich. »Du und Tim. Ich hab dich in der Schule im Flur weinen sehen.«

Ihre Hand hält für einen Augenblick inne. Sie schnieft. »Meine Eltern streiten mal wieder. Mein Dad ist weggegangen und hat bei Onkel Jared auf dem Sofa geschlafen. Jetzt ist er wieder da. Aber ich weiß nicht. Diesmal fühlt es sich so endgültig an.«

»O Gott, El. Das tut mir leid.«

»Ich wollte nichts lieber, als mir dir darüber reden. Aber ich war stur. Und blöd.«

»Nein, ich hätte zu dir hingehen sollen, als ich dich dort gesehen habe.«

»Ist schon gut«, sagt sie. »Es ist ja nicht das erste Mal. Manche Sachen lassen sich einfach nicht in Ordnung bringen. Jedenfalls nicht für immer.«

Der Gedanke versetzt meinem Herzen einen Stoß. Ich setze mich auf, und wir bleiben noch eine Weile so sitzen, ineinander verschlungen wie zwei Katzen.

57

DEN GANZEN restlichen Nachmittag verbringe ich mit Ellen und Tim. Als wir schließlich bei mir zu Hause vorfahren, sehe ich Bos Pick-up in der Einfahrt stehen. »Äh, siehst du, was ich sehe?«, fragt El.

Er steht vor unserer Haustür mit einem riesigen Werkzeugkasten aus Metall zu seinen Füßen.

Tim biegt in die Einfahrt ein, und El springt raus, damit ich mich vom Rücksitz des Jeeps hervorarbeiten kann.

Ich gehe durch den Vorgarten und spüre, dass El direkt hinter mir geht. Abrupt drehe ich mich um. »Was machst du da?«, frage ich sie.

»Ich will das sehen.«

»Nein. Auf keinen Fall. Du fährst nach Hause.«

»Ruf mich an«, sagt sie. »NICHT. VER. GESSEN.«

»Okay.«

Sie umarmt mich, und ich halte sie eine Sekunde zu lange fest in der Hoffnung, einen Teil von ihr durch die Haut in mich aufnehmen zu können.

Ich warte, bis Tim weggefahren ist, bevor ich die letzten Schritte zu Bo gehe. »Brichst du gerade bei mir ein, oder was soll das werden?«

Er fährt herum, als hätte er gar nicht gehört, wie Tim mich abgesetzt hat. Um die Hüften hat er einen braunen Werkzeuggürtel aus Leder geschlungen. »Ich schwöre, das hier ist nicht so dubios, wie es aussieht.«

»Es wirkt ziemlich dubios.«

Sein Lächeln ist fest und doch nervös. »Ich war mit meinem Dad unterwegs, um ihm bei ein paar Aufträgen zu helfen. Und dann sind wir an der Tankstelle deiner Mom über den Weg gelaufen. Ich glaube, die beiden sind in der Highschool ein paarmal miteinander ausgegangen.«

Ich lache. »Warum überrascht mich das nicht?«

»Sie hat wieder eure Haustür erwähnt, und da hat mein Dad … also, eigentlich habe ich mich bereit erklärt, sie zu reparieren. Ich hoffe, das ist dir jetzt nicht unangenehm.«

Ich setze mich auf die Schwelle, und er lässt sich neben mir nieder. »Schon ein bisschen.«

Ich spüre das Gewicht von allem, was unausgesprochen zwischen uns steht, auf meiner Brust. »Konntest du es reparieren?«

»Es war eigentlich ganz einfach. Kaum zu glauben, dass ihr das so lange rausgezögert habt.«

Ich ziehe die Knie an die Brust. »Eine kaputte Haustür muss man für niemanden öffnen.«

Er greift hinter mich und dreht am Kauf. Die Tür schwingt auf. »Jetzt gibt es keine Ausrede mehr.«

»Eben.« Ich deute auf seinen Hals. »Was ist das eigentlich für eine Kette?«

Er zieht die Kette aus seinem T-Shirt hervor und mit ihr ein kleines Medaillon. »Der heilige Antonius«, sagt er. »Der soll einem dabei helfen, Dinge wiederzufinden, die man verloren hat.«

»Und wonach suchst du?«

»Ich weiß es nicht.« Er steckt die Kette wieder in seinen Ausschnitt. »Es könnte vielleicht sein, dass ich es gefunden habe. Aber an manchen Tagen denke ich auch, dass es mich gefunden hat.«

Ich nicke. Es ist ziemlich beruhigend, zu wissen, dass es für jeden Menschen, der darauf wartet, gefunden zu werden, dort draußen jemanden gibt, der nach ihm sucht.

»Willowdean?«

»Ja?«

Er steht auf und nimmt seinen Werkzeugkasten. »Du siehst aus wie eine Versicherungsvertreterin.«

58

ALS ICH AUFWACHE, sehe ich, dass meine Mom eine Ausgabe der Zeitung unter meiner Tür hindurchgeschoben hat. Ich schlage sie auf und finde mein Gesicht, genau auf dem Falz. Die Überschrift lautet: **CLOVER CITYS MISS BLUE BONNET: DIE NAMEN ZU DEN GESICHTERN.** Die gesamte Titelseite ist mit unseren Porträtbildern gepflastert. Unter den Fotos stehen jeweils unsere Namen, Lieblingsspeisen und unsere Definition von Clover City in einem Wort.

Ich schätze mal, dass es meiner Mom nicht mehr vorgelegt wurde, bevor es in Druck ging. Jedenfalls ist es nun da. Mein Gesicht. Ohne Lächeln.

Bei der Generalprobe sitzen wir alle lange im Zuschauerraum herum, während wir darauf warten, dass die Beleuchtung optimiert wird. Miranda Solomon, Gottes Geschenk an die Theatergruppe von Clover City, dreht sich in ihrem Sitz herum und erklärt mir, El, Hannah, Amanda und Millie, man würde während der letzten Proben immer die halbe Zeit nur herumsitzen und warten, bis die Jungs von der Technik es endlich hinkriegen. Sie zuckt die Schultern. »So ist das eben im Showbiz.«

Als sie aufsteht, um aufs Klo zu gehen, dreht Ellen sich mit hochgezogenen Schultern zu mir um und sagt mit hoher Stimme. »So ist das eben im Showbiz.«

Callie sitzt ein paar Reihen hinter uns mit einem Mädchen, das ich von Sweet 16 kenne. Ich gebe mir Mühe, mir meinen Triumph nicht anmerken zu lassen, aber es fällt mir nicht leicht.

Abgesehen davon ist alles beunruhigend ruhig. Schönheitswettbewerbe sind der perfekte Nährboden für Dramen. Man muss perfekt aussehen. Man muss perfekt sein. Und es reicht nicht, perfekt zu sein, sondern man muss noch dazu die Beste im Perfektsein sein. Die Nerven liegen also blank. Vor allem die von Millie. Sie wippt so sehr mit den Beinen, dass ich die Schwingungen noch drei Sitze weiter spüren kann.

Ellen wendet sich mir zu. »Und du willst wirklich diese Zaubertricks vorführen? Nichts gegen dich, aber das war wirklich eine lahme Nummer.«

»Na ja, ich glaube, ich habe keine andere Wahl.«

»Ich weiß nicht«, meint sie. »Ich schätze, wenn es dir was ausmacht, disqualifiziert zu werden, dann eher nicht.«

Der Gedanke, etwas komplett anderes vorzuführen, war mir bislang noch gar nicht gekommen. »Ich habe ja überhaupt nichts, was ich kann.«

Sie sitzt eine Weile nachdenklich da und kaut auf ihren Haaren herum. Dann schnappt sie nach Luft und flüstert mir etwas ins Ohr. Schon nach den ersten drei Worten hat ihre Idee mich gepackt. Sie lehnt sich zurück und wartet auf meine Antwort.

Ich kann es mir so gut vorstellen. Da ich hier sowieso nichts gewinnen werde, kann ich ebenso gut mit Glanz und Gloria untergehen. »Ich könnte sogar …«

»Millie Ranea Michalchuk!«, ertönt eine Stimme von hinten aus dem Zuschauerraum.

Die Schwingungen, die ich die vergangene halbe Stunde über gespürt habe, hören auf, als Millies gesamter Körper zu Eis erstarrt.

Ich recke den Hals und sehe, wie ihre Mutter zwischen den Sitzreihen hindurcheilt. Ihr Vater folgt nicht weit dahinter.

Ich fahre herum und versetze Hannah dabei einen Schlag in die Magengrube. »Was ist da los?«, schreie ich sie im Flüsterton an.

Millie quetscht sich an uns vorbei, um zu ihrer Mutter auf den Gang zu kommen. Sie reckt das Kinn und atmet kontrolliert ein und aus.

Hannahs Augen brauchen einen Augenblick, um sich anzupassen. »Oh«, sagt sie und lacht dabei.

»Was, oh?«

»Ich habe gelogen«, sagt sie. »Ich habe definitiv gelogen.«

Jetzt schauen alle hin. Selbst die Jungs von der Technik.

»Willst du mich verarschen?«, frage ich.

»Millicent«, sagt Mrs Michalchuk. »Du hast uns angelogen. Du hast uns direkt ins Gesicht gelogen.« Ihre Augen schwimmen in Tränen, und es ist deutlich zu erkennen, dass ihre Wimperntusche nicht wasserfest ist. Millies Dad baut sich mit verschränkten Armen hinter seiner Frau auf. »Du hast das hinter unserem Rücken gemacht, nachdem wir beschlossen hatten, die Einverständniserklärung nicht zu unterschreiben. Warum – warum tust du uns das an?«

»Stimmt das?« Meine Mom steht auf der Bühne und hat sich ein Clipboard unter den Arm geklemmt.

Die Hände zu Fäusten geballt, dreht Millie sich zu meiner Mutter und sagt: »Ich habe die Unterschrift meiner Mutter gefälscht.« Ihr Gesicht fällt in sich zusammen, so als würde sie gleich anfangen zu weinen. Sie blickt zu ihren Eltern zurück. »Aber ihr wart im Unrecht.« Ihre Stimme wird sanfter. »Ich weiß, ihr wollt mich nur schützen. Das weiß ich. Aber – aber manchmal bräuchte ich einfach nur eure Unterstützung.«

Meine Mom runzelt die Stirn. »Reden wir draußen im Foyer weiter.«

Ich sehe ihnen hinterher. Millie geht dicht gefolgt von meiner Mutter zwischen den Sitzreihen hinauf. Ich stehe auf und klettere über Els lange Beine hinweg.

»Wo willst du hin?«, fragt sie.

»Ich muss ihr helfen«, sage ich.

Ich jogge den Gang entlang und schiebe die Tür zum Foyer auf, weit genug, dass das gesamte Auditorium mitbekommt, wie meine Mutter sagt: »Es tut mir leid, aber ohne die Zustimmung deiner Eltern können wir dich nicht zum Wettbewerb zulassen.«

Die Tür fällt hinter mir zu. »Millie muss mitmachen.« Millies Eltern drehen sich um. »Sie hat so hart dafür gearbeitet«, erkläre ich ihnen. »Und sie ist nicht zerbrechlich. Wirklich nicht. Sie hat eine dickere Haut, als man zuerst denkt. Alle hier, auch die Mädchen mit den langen Beinen und den glänzenden Haaren, wissen, was es bedeutet, wenn sich jemand über einen lustig macht. Millie und ich wissen es. Amanda und Hannah auch. Selbst Ellen.« Ich deute auf meine Mutter. »Auch meine Mom weiß das. Aber wir können deswegen nicht die ganze Zeit mit eingezogenen Köpfen herumlaufen. So darf man die Dinge nicht angehen.«

Millie ergreift meine Hand und drückt sie fest. »Ich will das wirklich machen«, sagt sie. »Solange ich denken kann, träume ich schon davon, an diesem Wettbewerb teilzunehmen. In den Regeln steht nichts davon, dass man sich gar nicht erst anzumelden braucht, wenn man fett ist.« Ihre Mutter zuckt bei dem Wort zusammen und wischt sich verstohlen eine Träne fort. »Das Einzige, was mich zurückhält, bist du, Mom.«

Mrs Michalchuck blickt zu dem riesigen Transparent für den Wettbewerb über den Türen zum Zuschauerraum und dann zu meiner Mom, die sie matt anlächelt. Ihr Mann nimmt ihre Hand. Sie wendet sich zu Millie und nickt.

Nebeneinander gehen wir in den Zuschauerraum zurück, wo alle anderen Mädchen natürlich gelauscht haben. Einige der Teilnehmerinnen drehen sich um und lächeln Millie aufmunternd zu, während wir unsere Plätze einnehmen. Ellen nimmt meine Hand und dann Millies, die wiederum ihre Finger mit denen von Amanda verschränkt. Auf meiner anderen Seite halte ich Hannah meine ausgestreckte Handfläche entgegen. Sie holt tief Luft, bevor sie meine Hand ergreift.

Eine Verbindung, die stärker ist als jede Krone, pulsiert durch uns fünf hindurch, und zum ersten Mal seit dem Beginn dieses Wettbewerbs spüre ich, dass ich es selbst in der Hand habe, was passiert.

Als wir dann schließlich proben, ist es eine einzige Katastrophe. Keine von uns kann ihre Talentvorführung durchgehen, dazu reicht die Zeit nicht. Callie rutscht bei der Eröffnungsnummer auf der Rampe aus. Kein einziger Einsatz stimmt. Es gibt Stürze. Und Tränen. Und sogar etwas Blut. Am Ende ist es genau so, wie ich es erwartet habe.

Zu Hause sackt meine Mom mit einer Flasche billigem Sekt erschöpft auf dem Sofa zusammen. Es ist genau wie jedes Jahr. Jetzt gibt es nichts mehr zu tun, und falls doch, kommt jede Mühe ohnehin zu spät. Jetzt kann sie nur noch *abwarten und zusehen, wohin der Glitzer fällt.* (So würde sie es zumindest beschreiben.)

Ich sitze am Küchentisch mit einem großen Pappkarton, ein paar Tuben Acrylfarbe und einer Schere. Irgendwie muss ich mir noch ein Kostüm für die Eröffnungsnummer basteln.

Seit der ersten Tanzprobe habe ich kaum einen Gedanken an das mir zugewiesene Wahrzeichen, die Cadillac Ranch, verschwendet. Normalerweise würde ich so etwas schlicht als albernes Wettbewerbsbrimborium abtun, aber eigentlich ist es ziemlich cool. Klar hat Texas viele berühmte Wahrzeichen, von denen jeder schon gehört hat, aber es gibt eben auch noch viele unbekannte Schätze wie die Marfa-Lichter oder die Unterwasserhöhle bei Jacob's Well oder die versteinerten Fußabdrücke im Dinosaur-Valley oder die Prada-Skulptur hier in der Nähe. Die Cadillac Ranch fällt wohl eher in die Kategorie der Kuriositäten. Sie ist so was wie der Inbegriff von Texas und geht gleichzeitig weit über das Klischee hinaus.

Die Cadillac Ranch ist eine öffentlich zugängliche Kunstinstallation in Amarillo. Lauter alte Caddies sind dort direkt neben dem Highway mit der Nase voraus in einer Reihe halb in den Boden eingegraben. Die Lackierung ist schon lange ausgeblichen, und die Besucher dürfen die Autos mit Sprühlack verzieren. Okay. Ich habe keine Ahnung, wie ich ein anständiges Kostüm zustande bringen soll, dem man sofort ansieht: »Ja, das muss die Cadillac Ranch sein.«

Meine Mom kommt herein, um sich etwas Eis zu holen – ja, sie trinkt ihren Sekt mit Eis. »Ist das für ein Schulprojekt? Du solltest dir lieber etwas Schönheitsschlaf gönnen, Dumplin'.«

Sie wird mich umbringen, weil ich mich nicht früher darum gekümmert habe. »Ähm, das ist mein Kostüm für die Eröffnungsnummer.«

Sie setzt sich neben mich. »Oje.«

Ich nicke.

»Okay«, sagt sie. »Okay, das kriegen wir hin.« Sie wirft einen Blick auf den Zettel mit meiner Aufgabe. »Cadillac Ranch.«

Dann steht sie auf und holt einen Plastikbecher aus dem Küchenschrank. Sie schüttet einen kleinen Schluck Sekt hinein und reicht ihn mir.

Ich nehme den Becher, sage aber nichts. Ich will nicht, dass sie es sich aus irgendeinem Grund plötzlich anders überlegt.

»Glaubst du, du kriegst den Karton über deinen Bauch?«

Ich betrachte ihn einen Augenblick und nehme einen Schluck Sekt. Es blubbert in meiner Brust. »Ja. Schon.«

»Dann geh mal bitte in die Garage und hol mir die Rolle mit dem breiten Gummiband, die Heißklebepistole und meine Kiste mit den Sprühfarben.«

Als ich mit den genannten Gegenständen zurückkomme, ist sie schon dabei, den Karton mit einem Cutter zu zerschneiden. »Du wirst, verdammt nochmal, das beste Kostüm in dieser Eröffnungsnummer haben, Dumplin'.«

Mein ganzer Körper wird von einem zufriedenen Kribbeln erfüllt, während ich noch einen Schluck trinke.

Ein paar Stunden und eine Flasche Sekt später sage ich: »Mom?«

»Ja, Dumplin'?«

»Es war sehr nett von dir, dass du Millie mitmachen lässt. Auch wenn sie gelogen hat.«

Sie leert ihr Glas. »Sie ist ein liebes Mädchen. Eine ganz Süße. Und sie hat ein hübsches Lächeln.«

Ich warte, ob sie noch etwas über Millies Umfang und den Nachteil, den sie dadurch hat, sagt, aber sie macht nur eine neue Flasche auf.

Schweigend tragen wir eine weiße Grundierung auf, und als sie fast trocken ist, klatscht etwas Kühles an meine Wange. Ich fahre mit dem Finger über meine Haut. Farbe. »O mein Gott, du hast doch nicht etwa …«, sage ich und schnippe das, was sich an meinem Finger befindet, auf ihre Nase.

Wir lachen. Hysterisch. So ein Lachen, das einfach nicht aufhören will. Das weh tut. Ich glaube, ich bin betrunken. Ich weiß, dass meine Mom es ist. Aber ich fühle mich gut. Und wer braucht schon Schönheitsschlaf, wenn es stattdessen Sekt gibt?

Als wir um ein Uhr morgens schließlich fertig sind, lassen wir auf dem Küchentisch kreuz und quer besprühtes Zeitungspapier und lose Pappfetzen zurück. Riot springt auf den Tisch und beschnuppert unser fertiges Objekt. Sein Schwanz schlägt dabei gegen unseren kleinen mit Sprühfarbe verzierten Cadillac aus Pappe.

Ich probiere ihn an. Er hängt an Gummistreifen von meinen Schultern herunter und sitzt genau um meine Taille. Es ist verdammt lächerlich und gleichzeitig verdammt perfekt.

Bevor wir ins Bett gehen, öffne ich die Haustür. Die Straße ist still und dunkel. Von genau diesem Punkt aus fühlt es sich an, als wäre das ganze Haus voller neuer Möglichkeiten.

Hinter mir schaltet meine Mom das Licht im Flur aus. Ich schließe die Tür und schiebe den Riegel vor.

Im Bett schicke ich Ellen eine Liste der Dinge, die ich für meine Talentvorführung morgen brauche.

GENIAL, antwortet sie.

Der Sekt, der noch immer durch meine Adern strömt, schläfert mich ein. Wirklich genial.

59

ELLEN: Hallo zusammen! Heute ist es so weit. HEUTE STEIGT DIE SHOW!

Als ich Els Nachricht sehe, muss ich als Erstes lächeln. Aber ich bin mit einem Gefühl von Unsicherheit aufgewacht. Ist das alles gestern Abend wirklich passiert? Ich werfe einen Blick auf meine Hände und sehe die getrockneten Farbspritzer darauf.

Wir müssen erst in paar Stunden los, also nehme ich mir Zeit, mich von Kopf bis Fuß zu schrubben und mir mit Hilfe von Haarnadeln eine Art Frisur mit einem schräg aus der Stirn gestrichenen Pony zusammenzustecken. Sorgfältig lackiere ich meine Nägel in einem dunklen Lila.

Ich öffne den Schrank, um sicherzugehen, dass ich nichts vergessen habe. Ganz vorne in der Mitte hängt das rote Kleid. Ich schiebe die Plastikhülle nach oben und ziehe den Saum etwas hervor, um den Glanz des Stoffes zu betrachten.

Meine Mom klopft an die Tür, bevor sie hereinkommt.

Rasch schlage ich die Schranktür zu.

Sie ist schon fertig zurechtgemacht und bereit, einen Tag lang die glamouröse Gastgeberin zu sein. »Es wird Zeit. Ich warte im Auto«, sagt sie. Ihr Kopf neigt sich zur Seite. »Deine Haare. Sehen gut aus.« Sie schließt die Tür, bevor ich danke sagen kann.

Ich bleibe noch einen Augenblick auf der Bettkante sitzen, nehme den Magic-8-Ball in die Hand und schüttele ihn fest.

Es ist ganz sicher so.

Ich öffne die Schranktür.

Über der Garderobe liegt ein derartiger Haarspraynebel, dass ich durch den Mund atmen muss, um überhaupt Luft zu bekommen. Alle Ablagetische quellen über vor Make-up, Blumen, Teddys, Vaseline und Energy Drinks.

Einige gehen noch einmal ihre Talentvorführung durch und singen vor sich hin, während sie Lippenstift auftragen. Oder zählen Tanzschritte, während sie Haarspray versprühen. Oder rezitieren Monologe, während sie sich die Wimpern tuschen.

Ich habe kaum Zeit, das alles in mich aufzunehmen. Im hinteren Bereich der Garderobe entdecke ich Millie. Ihre Frisur. Ist gigantisch. Groß genug für ein eigenes Sonnensystem. Im Ernst, sie ist mindestens zwölf Zentimeter größer, die Absätze nicht eingerechnet. Sie lächelt und winkt.

Vor meinem Spiegel steht, in Seidenpapier und Bindfaden gewickelt, ein kleiner Strauß Sonnenblumen, eine einzelne rote Rose und eine Flasche alkoholfreier Sekt.

Als Erstes greife ich nach der Karte, die in dem Blumenstrauß steckt.

Hals- und Beinbruch! – Bo & Loraine.

Und an dem Stiel der Rose klebt ein Post-it-Zettel, auf dem steht:

xoxo Mom

Zuletzt öffne ich den Umschlag, der an der Sektflasche klebt.

Eigentlich hatte ich vor, dir richtigen »mit« zu schicken, aber Dale wollte das nicht. Spielverderber. Zeig's ihnen! Liebe Grüße von Lee (& Dale)

Ich wünschte, Lucy wäre hier. Nicht um mich im Wettbewerb zu erleben, sondern um das hier zu sehen. Weil ich das Gefühl habe, dass dieser Augenblick ebenso ihr gehört wie mir.

Ich habe gerade mal mein Make-up aufgetragen, als Mrs Clawson die Tür aufreißt und ruft: »Zehn Minuten noch, Ladys!«

Ellen setzt sich mit ihrem Handy neben mich. Zwei perfekte Kreise färben jede ihrer Wangen, und ihr leuchtender Lippenstift ist über einen Schneidezahn verschmiert. »Tim«, sagt sie. »Der Scheißkerl hat eine Lebensmittelvergiftung. Ich habe keinen Begleiter, Will.«

Ich hatte den ganzen Wettbewerb von Anfang an als verlorene Schlacht betrachtet, weswegen mich die Tatsache, dass ich keinen Begleiter habe, nicht weiter beunruhigt hat. Ich schüttele den Kopf. »Ich hab auch keinen.«

Sie atmet zu schnell. Ich hatte ganz vergessen, wie nervös sie in solchen Situationen wird.

»Okay«, erkläre ich ihr. »Hör zu, mach dir jetzt keine Gedanken wegen der Begleitung, ja?« Und dann füge ich leiser hinzu: »Wir könnten uns gegenseitig begleiten. Das wäre doch sowieso das Beste, oder?«

Sie kaut einen Augenblick auf ihrer Unterlippe herum, bevor sie nickt.

»Fünf Minuten!«, ruft Mrs Clawson. »Zeit für die Aufstellung, Ladys.«

Falls es Gott wirklich gibt, bin ich ziemlich sicher, dass sie Ellen und mich aus einer ganzen Reihe von Embryos ausgewählt und gesagt hat: *Die beiden*. Dickson. Dryver. Besser geht es nicht.

Wir stehen in alphabetischer Reihenfolge hinter der Bühne und warten auf unseren Einsatz. Els Wahrzeichen sind die Dallas Cowboys, und sie trägt ein Paar blausilberne Pompons samt passendem Cowboyhut. Ich habe einen Cadillac um den Bauch. Wir halten uns so fest an den Händen, dass sie schon ganz blutleer sind.

Ich versuche, mir den Tanz in Erinnerung zu rufen, den wir so oft geübt haben, aber ich habe alles vergessen. Mein Hirn ist ein Irrgarten, und ich renne einem Schatten hinterher.

Bekah Cotter reicht El ein Döschen mit Vaseline. »Schmiert euch das auf Zahnfleisch und Zähne«, sagt sie. »Das hilft beim Lächeln.«

Wir sehen uns an und zucken die Schultern, bevor wir unsere Finger eintauchen und die Vaseline über unser Lächeln verteilen. Es schmeckt widerlich.

»Danke«, sage ich zu Bekah.

Mallory steht wenige Schritte von uns entfernt mit einem schwarzen Headset. »Go, go, go.«

Wir eilen an ihr vorbei, und sobald das Rampenlicht auf meine Haut trifft, kommt auch die Erinnerung zurück. Wir drehen uns in Kreisen, so dass jede von uns zweieinhalb Sekunden Zeit hat, ihren Namen zu nennen.

Der Song ist zu Ende, und das Licht geht aus. Unbegreiflich, wie schnell das alles geht. Es fühlt sich an, als hätte jemand den Fast-Forward-Knopf des Lebens gedrückt, und alle Stimmen klingen wie die von Micky Maus.

Als Nächstes ist der Wettbewerbsteil im Badeanzug an der Reihe.

Ich hatte noch nicht richtig darüber nachgedacht, dass ich nicht allein sein würde, wenn ich den Badeanzug anziehe. Privatsphäre? Fehlanzeige. Ich gehe so strategisch wie möglich vor und habe den Badeanzug bereits halb über meine Oberschenkel gezogen, bevor ich meinen Rock bis zur Taille hochhebe. Ich gestatte mir einen kurzen Blick durch den Raum und stelle fest, dass ich die Einzige bin, die sich gerade nicht nur um ihren eigenen Mist kümmert. Alles ist voller nackter Brüste, wohin man auch schaut, aber keiner schert sich darum.

Ich fasse mir ein Herz und ziehe mein T-Shirt aus. Nachdem ich mich ganz in den Badeanzug geschlängelt habe, stecke ich mir die rote, herzförmige Sonnenbrille ins Haar, die Bo mir vor Monaten geschenkt hat. Ich hatte sie vollkommen vergessen, bis ich letzte Woche meinen Schrank ausgemistet habe.

Wir stellen uns hinter der Bühne auf, und Mrs Clawson läuft die Reihen entlang und besprüht unsere Hintern mit Haarlack. »Damit die Badeanzüge nicht hochrutschen«, sagt sie.

Ich sehe zu, wie Ellen die Bühne betritt. Ich weiß, dass sie innerlich ein Nervenbündel ist. Aber sie strahlt jede Menge Selbstsicherheit aus in ihrem Bikini und den Espadrilles.

Obwohl ich es lieber nicht tun sollte, blicke ich auf meine schwarzen Sandalen und den roten Badeanzug hinab, der sich über meinen runden Bauch spannt. Aber das stört mich eigentlich gar nicht.

Jeder hat etwas, das er oder sie an sich selbst besonders wenig leiden kann. Ich könnte jetzt schlicht behaupten, dass ich meinen ganzen Körper hasse, aber eigentlich sind es vor allem meine Oberschenkel. Krautstampfer. Elefantenschinken. Hüttenkäse. Mondlandschaft. Schweinshaxen. Schwabbelbeine. Wie auch immer man sie nennt. Meine Beine sehen noch nicht einmal wie Beine aus. Mit meinem Speck kann ich eigentlich ganz gut leben, aber in den seltenen Augenblicken, die ich unbekleidet vor einem Spiegel verbringe, sehe ich nur zwei Cellulitis-Säulen, die mich von A nach B tragen und aneinander reiben und dabei höllisch brennen. (Das Problem mit den wundgeriebenen Oberschenkeln, auch Chub-Rub genannt, kennen wohl alle dicken Mädchen.)

Mrs Clawson tippt mir auf die Schulter, um mir zu signalisieren, dass ich nun an der Reihe bin.

Ich hole tief Luft und lächele. *Lächeln, Dumplin'*, höre ich meine Mutter sagen.

Auch wenn ich mich nicht besonders wohl dabei fühle, weigere ich mich, mich zu schämen.

Vielleicht weil ich das Publikum nicht sehen kann. Vielleicht weil keiner »runter von der Bühne« ruft. Jedenfalls überstehen meine Oberschenkel ihren Auftritt im Rampenlicht. Ich renne nicht weg wie damals im Schwimmbad. Keiner buht. Es ist nicht das Ende der Welt. Das Publikum erblindet nicht.

Badeanzüge haben so etwas an sich, das einen denken lässt, man müsste sich erst das Recht verdienen, sie zu tragen. Und das ist falsch. Eigentlich ist doch die entscheidende Frage: Hast du einen Körper? Dann zieh ihm einen Badeanzug an.

Amanda wartet auf der anderen Seite auf mich. »Du sahst super gut aus da draußen!«

Ich drücke ihren Arm. »Danke. Bist du bereit für deine Fußballkunststücke?«

Sie nickt. Ihre Wangen sind leicht gerötet. »Ich bin jetzt übrigens in der Fußballmannschaft«, sagt sie.

»Ehrlich?«

Amanda grinst. »Ich dachte, wenn ich das hier überlebe, kann ich auch bis in die Fußballmannschaft humpeln.«

»Das ist wirklich cool«, beglückwünsche ich Amanda, als Ellen sich zu uns gesellt.

Von der Seite verfolgen wir, wie Millie in ihrem karierten Badeanzug mit Röckchen samt passenden Keilsandalen auf die

Bühne kommt. Sie trägt eine riesige weiße Sonnenbrille und knallroten Lippenstift und hat sich sogar noch einen Wasserball unter den Arm geklemmt.

»Mein Gott«, sagt Ellen. »Sie ist wirklich für das hier geschaffen. In diesem kleinen süßen Moppel steckt eine Schönheitskönigin.«

Langsam breitet sich ein zufriedenes Lächeln über meinem Gesicht aus. »Nein«, sage ich. »Dieser kleine süße Moppel *ist* eine Schönheitskönigin.«

60

»OH, SCHEISSE NOCHMAL. Verdammt!« Es fühlt sich an, als würde mein Hirn zusammengequetscht und durch einen Fleischwolf gedreht. »Tun Perückenkappen immer so weh?«

»Vielleicht ist sie eine Nummer zu klein«, sagt Ellen. »Keine Ahnung. Ich hab einfach nur genommen, was meine Mom in ihrer Garderobe hatte.«

Wir haben die kleine Toilette hinter der Bühne in Beschlag genommen, um meine Talentvorführung vorzubereiten. Ellen hat es irgendwie geschafft, sich in das Stepptanz-Kostüm aus der siebten Klasse zu quetschen. (Ihre Mutter musste in der Taille ein Gummiband einarbeiten.) »Okay, okay.« Ich atme durch die Nase ein in dem Versuch, die Spannung in meinem Kopf zu mildern, und schließe die Augen. »Setz mir die Perücke auf.«

Ellen zieht mir die blonde Perücke über den Kopf. »Okay«, sagt sie, nachdem sie die letzte Haarnadel an Ort und Stelle geschoben hat. »Alles fertig. Du kannst jetzt gucken.«

Ich hebe den Kopf, und Dolly Parton blickt mir entgegen. Eine dicke, jugendliche Dolly Parton.

»O mein Gott«, sagt El. »Wenn wir nicht seelenverwandt sind, wer dann?«

Ich warte hinter der Bühne. Sie hängt beim Tanzen immer ein paar Takte hinter der Musik zurück und verdreht ständig die Augen. Wenn ich nicht selbst so nervös wäre, würde ich vor Lachen umkippen.

Wir sind vorsichtig hinten herum zur Bühne geschlichen, damit keiner mich sieht. Schon gar nicht meine Mom, Mrs Clawson oder Mallory.

Els Musik hört ein paar Sekunden früher auf, noch bevor sie mit dem Steppen fertig ist. Aber sie tanzt zu Ende, macht einen Knicks und eilt dann hinter die Bühne.

»Okay«, sagt sie. »Du bist dran.«

Wir haben dem Typ, der die Anlage steuert, einen Zwanziger gegeben, damit er mitmacht. »Cool«, meinte er nur. »Geld für Bier.«

Meine Mom tritt von der anderen Seite her auf die Bühne. »Das war sehr schön, Ellen. Und bestimmt ist es ziemlich anstrengend!« Aus dem Publikum ertönt leises Lachen. »Als Nächstes kommt Willowdean Dickson, die uns ein paar Zauberkunststücke vorführen wird.«

Allerdings, es war schon ein ziemlich eindrucksvolles Kunststück, diese Perückenkappe auf meinen Kopf zu zaubern.

Ich trete ins Scheinwerferlicht der Bühne, meine Stiefel klappern über den Boden. Mein ponchoförmiger Schatten samt Wildlederfransen ragt über den Lichtkegel hinaus.

Meine Mom steht am Bühnenrand, und das Mikrophon baumelt von ihren Fingern herab. Ihre Augen sind weit aufgerissen, und ihr Körper ist starr vor Anspannung.

Die Musik setzt ein. Es sind die ersten Akkorde, die jeder in diesem Saal gut kennt. Ich sehe, wie sich die Juroren an ihrem von kleinen Tischlampen erleuchteten Tisch etwas zuflüstern.

Ich drehe mich wieder zu meiner Mutter um und halte das Spielzeugmikrophon an meine Lippen. Dollys Stimme singt »Jolene, Jolene, Jolene, Jolene, I'm begging of you, please don't take my man«. Ich bewege meine Lippen synchron zu den Worten.

Ich schließe die Augen und sehe dabei all die Male vor mir, die ich diesen Song gehört habe. Während ich mit meiner Mom, Lucy und Grandma den Highway entlangfahre. Alle vier halten wir die Hände in den Wind. Wie ich mit Lucy in ihrem Zimmer sitze, während »Jolene« aus dem Schallplattenspieler tönt. Wie ich auf den kühlen Fliesen in Els Küche liege, während ihre Mutter summt und Spaghetti macht. Bei Lucys Beerdigung. In Bos Pick-up. Bei Lees Auftritt im Hideaway. Und jetzt hier auf dieser Bühne.

Ich singe »Jolene«, und vielleicht bilde ich es mir nur ein, aber ich höre ein paar Stimmen im Publikum, die mir entgegensingen. Es ist so ein legendärer Song, der sich über alle geographischen, sprachlichen und religiösen Grenzen hinwegsetzt. *Es ist Jolene.*

Der Song endet, und das Publikum applaudiert. Ganz kurz meine ich ein *Oink* zu hören, doch das wird bald vom Beifall übertönt.

Sobald ich von der Bühne gehe, packt meine Mutter mich am Arm. »Was war das denn?« Aber sie lässt mir keine Zeit zum Antworten, da sie schon wieder nach draußen eilt, um die nächste Kandidatin anzukündigen. »Na, das war ja mal eine Überraschung«, hallt ihre Stimme laut.

Auf dem Weg zur Umkleide komme ich an Callie vorbei. »Du weißt, dass sie dich disqualifizieren werden, weil du nicht dein genehmigtes Talent vorgeführt hast, oder?«

»Das war es mir wert«, sage ich, ohne stehen zu bleiben.

In der Garderobe lasse ich mich neben Ellen sinken. Wir haben eine kurze Pause, während die restlichen Talentvorführungen laufen.

Hannah ist auf dem Weg nach draußen und hält ihre Hand zum Abklatschen in die Höhe, ohne ein Wort zu sagen.

Nach dem Ende der Vorführungen gibt es eine Pause bis zum großen Auftritt in Abendgarderobe. Ich helfe Ellen in ihr Abendkleid – ein korallenfarbenes Neckholder-Kleid mit Glitzer. Sie bringt meine Haare wieder in Form, nachdem die Perückenkappe mich in ihrer Gewalt hatte.

Mrs Clawson steckt den Kopf zur Tür herein und sagt: »Alles gut so weit, die Damen! Zehn Minuten noch! Und, Willowdean, deine Mutter will dich sprechen.«

Die Röte steigt mir in die Wangen, und ein *Oooooh* ist von einigen Mädchen zu hören, während ich Mrs Clawson zur Einzelgarderobe meiner Mutter folge.

Ich klopfe, und noch bevor ich die Faust sinken lasse, hat meine Mom die Tür bereits aufgerissen.

Sie schüttelt den Kopf. »Ich wusste doch, dass du etwas im Schilde führst.«

»Nein, Mom, das stimmt nicht. Ich habe das nicht geplant oder so. Zumindest nicht vor gestern.«

Sie hält sich ihr geöffnetes Miss-Teen-Kleid vor die Brust. »Du bist disqualifiziert«, sagt sie. »Wir können dich für den Rest des Wettbewerbs nicht weiter zulassen. Das wäre ungerecht.«

»Aber ich würde doch sowieso nicht gewinnen«, erkläre ich ihr. »Warum kann ich nicht einfach mit auftreten und über die Bühne gehen?«

»Du hast dich nicht an die Regeln gehalten. Das würde ich auch bei jeder anderen so entscheiden. Es tut mir leid, aber für dich geht es ab jetzt nicht mehr weiter.«

Ich weiß, wie dumm es ist. Bescheuert. Aber ein Teil von mir ist wirklich am Boden zerstört, dass ich nicht bis zum Schluss dabei sein kann. Nach allem, was passiert ist, und weniger als eine Stunde vor dem Ende. Aber es überrascht mich nicht. Zumindest sollte es mich nicht überraschen. Mir war bewusst, dass das, was ich gemacht habe, zur Disqualifikation führen würde, aber irgendwie hatte ich geglaubt, sie würde eine Ausnahme machen.

Sie dreht sich um. »Machst du bitte mein Kleid zu?«

Der Reißverschluss ist bei weitem nicht mehr so schwergängig wie beim letzten Mal, aber trotzdem will er nicht … »Mom, weiter als so kriege ich ihn nicht«, sage ich mit fester Stimme. Es fehlen noch mindestens zehn Zentimeter, und ich kann so stark ziehen, wie ich will. Dieser Reißverschluss lässt sich keinen Millimeter mehr nach oben bewegen. Das ist sicher.

Sie fährt herum und sieht über die Schulter hinweg in den Spiegel. »Das kann nicht sein. Nein, nein. Ich hab es Anfang der Woche anprobiert. Ich hab mein Pii-laits und mein Spinning gemacht.« Ich fürchte, dass sie kurz davor ist zusammenzubrechen, und wenn meine Mutter zusammenbricht, dann mit ihr der ganze Wettbewerb.

»Okay«, erkläre ich ihr. »Hör zu, wir kriegen das irgendwie hin.«

»Noch zwei Minuten!«, ruft Mrs Clawson auf der anderen Seite der Tür.

Schweißtropfen stehen auf den Schläfen meiner Mutter.

»Bleib hier.« Ich renne. Ich fliege durch den Backstagebereich zu der Werkstatt, wo die Bühnenbilder gebaut werden.

Sägen. Bohrer. Nägel. Hammer. Schrauben. Trittleitern. Schraubzwingen. Zangen. Ich schnappe mir alles, was irgendwie hilfreich sein könnte.

Als ich wieder in die Umkleide gerannt komme, ist meine Mom kurz vor einem hysterischen Anfall. »Ich muss mich irgendwie in dieses Kleid zwängen, Dumplin'. Ich habe es jedes

Jahr getragen, seit ich gewonnen habe. Die Leute erwarten mich in diesem Kleid. Das ist Tradition.«

»Dreh dich um.« Ich lasse alles auf die Tischplatte fallen.

»Alle werden es merken.« Sie schluchzt beinahe.

»Nein«, erkläre ich. »Nein. Nicht weinen. Du wirst nicht in dieses Kleid passen, okay? Es funktioniert einfach nicht.«

Sie wimmert.

»Aber das bedeutet nicht, dass wir nicht so tun können, als würde es passen.«

Ich schnappe mir zwei große Krokodilklemmen, die die Jungs von der Technik manchmal an ihren Hosen tragen, so wie Friseure ihre Haarspangen. Die benutzen sie dann für alles Mögliche, um Kabel festzuklemmen oder Holz zusammenzuhalten, wenn man es kleben will.

»Hör zu, Mom. Du darfst dich da draußen nicht umdrehen, okay? Du musst an einer Stelle stehen bleiben.«

Sie nickt.

Ich schiebe eine Klemme unter ihren trägerlosen BH und befestige das Kleid damit. Dasselbe auf der anderen Seite.

Ihr Atem wird für einen Augenblick ruhiger, als sie den Unterschied an ihrem Spiegelbild bemerkt.

»Siehst du? Sieht doch gut aus.«

Sie holt tief Luft und setzt sich die Krone in das perfekt gestylte Haar. »Okay, Dumplin'.« Mit zögernder Miene dreht sie sich zu mir. »Du hasst diesen Namen, oder?«

Ich lächele. »Nicht mehr so sehr wie früher.«

»Ich kann damit aufhören, wenn du …«

»Nein«, erkläre ich ihr. »Ich habe ihn sozusagen akzeptiert.« Wenn man verstehen will, wer man ist, gehört es manchmal dazu, sich klarzumachen, dass wir aus einem Mosaik von Erfahrungen bestehen. Ich bin Dumplin'. Und Will und Willowdean. Ich bin dick. Ich bin glücklich. Ich bin unsicher. Ich traue mich alles.

»Vorhang!«, ruft Mrs Clawson.

Mom wirft noch einen Blick in den Spiegel. »Danke. Danke. Danke. Ich hab dich lieb, Willowdean.« Sie drückt ihre roten Lippen auf meine Stirn. »Dumplin'-Liebling.« Sie saust zur Tür hinaus, und während sie die ersten Kandidatinnen mitsamt Begleitern ankündigt, renne ich in die Garderobe.

Unter der Ablage liegt meine Sporttasche, in der sich zusammengerollt das rote Kleid befindet, das meine Mom mir gekauft hat. Ich trage noch eine zweite Schicht Lippenstift auf und ziehe das Kleid über den Kopf. Ich schlüpfe in meine hochhackigen Schuhe und schiebe die Riemen über meine Fersen. Während ich im Gehen versuche, den Reißverschluss zu schließen, eile ich zu Ellen, die bereits hinter Bekah Cotter in der Schlange steht.

»Mach mir den Reißverschluss zu«, keuche ich.

Sie tut es, ohne zu zögern. »Du siehst toll aus.«

Ich lächele, noch immer außer Atem. »Ich weiß.«

»Ellen«, sagt Mallory und kontrolliert die Liste auf ihrem Clipboard. »Wo ist dein Begleiter?« Sie wendet sich an mich. »Und Will, du bist dis…«

»Ich bin ihre Begleitung.«

»Ellen Dryver«, ruft meine Mutter von der Bühne her.

Mallory reißt die Augen auf, als ich mich bei Ellen einhake und sie über die Bühne führe.

»Und sie wird begleitet von Timothy …«

Wir schreiten die Rampe hinunter an die Bühnenkante. Ich setze beim Gehen immer einen Fuß genau vor den anderen, wie Lee es uns beigebracht hat.

Meiner Mutter bleibt der Mund offen stehen, bevor er sich zu einem leisen Lächeln verzieht. »Und sie wird begleitet von Willowdean Dickson.«

Ich lasse Ellens Arm los, damit sie sich an der Bühnenkante einmal um sich selbst drehen kann, bevor wir wieder nach hinten gehen.

Zusammen sehen wir den anderen bei ihren Auftritten zu. Amanda mit ihrem älteren Bruder. Die Schnürbänder in ihren klobigen Schuhen passen zu ihrem Kleid – was natürlich Millies Idee war. Malik ist der perfekte Gentleman, während er mit Millie am Arm über die Bühne schreitet. Und natürlich Hannah. Hannah mit Courtney Gans. Courtney ist einer dieser Namen, die auch für Jungs passen könnten. Doch nicht in diesem Fall. Ihre Begleitung, Courtney, kommt höchstwahrscheinlich nicht von hier, denn ich habe sie noch nie zuvor gesehen. Sie trägt die blonden Haare straff zu einem Dutt zurückgekämmt, was gut zu ihrem maßgeschneiderten Smoking passt. Und das Beste daran ist, dass Hannah, in ihrem schwarzen schmalen Kleid, mit Springerstiefeln und ungeschminkt, gegen keine einzige Wettbewerbsregel verstößt.

Wir schreiten alle gekonnt über die Bühne, während die Spitzen unserer High Heels den Schwung unserer Hüften vorgeben, genau wie Lee es uns beigebracht hat.

Hannah geht nach rechts von der Bühne ab, wo wir alle auf sie warten. Courtney gibt ihr einen Kuss auf die Wange und sagt: »Ich warte draußen auf dich.«

Sobald Courtney außer Hörweite ist, prustet Ellen los und schlägt Hannah auf den Rücken. »Du bist echt wahnsinnig!«

Es ist dunkel, deswegen kann ich es nicht mit Sicherheit sagen, aber ich glaube fast, dass Hannah errötet.

Von der Seitenlinie aus beobachte ich den Rest des Wettbewerbs. Ich höre mir den Frage- & Antwort-Teil an, bei dem mich manche der Mädchen mit ihren beinahe tiefsinnigen Antworten überraschen, während andere über ihre Worte stolpern. Amanda gibt einen furchtbar abgedroschenen Witz zum Besten, bei dem die Jury sich vor Lachen kugelt. Millie ist lieb und süß mit ihrem ansteckenden Kichern. Hannah ist trocken wie immer, aber liefert dem Publikum Stoff zum Nachdenken.

Donna Lufkin hat ihre Gartenclogs zu Hause gelassen. Stattdessen trägt sie einen pflaumenfarbenen Hosenanzug und wartet mir gegenüber hinter den Kulissen, wo sie die Kronen bewacht.

Meine Mom steht still und starr im Lichtkegel des Scheinwerfers, als hätte sie einen steifen Nacken oder so. Sie sieht schön aus. Und nicht nur von vorne. Auch mit der ganzen Hardware, die ihr Kleid von hinten zusammenhält, ist sie wunderhübsch.

Dieser Augenblick. Er gibt das wahre Ich meiner Mom auf eine Weise wieder, wie ich es noch nie gesehen habe. Ich glaube, manchmal besteht die Vollkommenheit, die wir an anderen sehen, in Wahrheit aus vielen kleinen Unvollkommenheiten, weil an manchen Tagen das verdammte Kleid einfach nicht zugehen will.

61

ICH BLEIBE lange genug da, um mitzubekommen, dass Millie – unsere kleine Millicent! – auf den zweiten Platz kommt. Sie hält ihren Rosenstrauß in der Hand und winkt perfekt wie eine Schönheitskönigin. Die Krönung der Siegerin warte ich nicht ab. Das brauche ich nicht.

Als ich nach draußen ins Foyer komme, mit der Sektflasche von Lee und Dale in der Hand, sehe ich Mitch mit ein paar seiner Mannschaftskameraden dort stehen. Sie haben das Spiel in der vergangenen Woche gewonnen und spielen deswegen an Thanksgiving auf Landesebene.

Patrick Thomas bemerkt mich als Erster. »Na, hast du immer noch nicht genug?«, fragt er. »Konntest du es nicht verkraften, dass du sitzengelassen wurdest?«

Mitch schüttelt resigniert den Kopf. »Sie ist nicht diejenige, die …«

Ich hebe die Hand, um ihm zu signalisieren, dass er aufhören soll. »Keiner findet dich witzig, Patrick«, erkläre ich ihm. »Kapierst du das nicht? Keiner lacht. Nicht mal deine Freunde.«

Patrick runzelt einen Augenblick die Stirn, bevor er kehrtmacht.

Mitch nickt einmal. Ich zögere kurz und lächele ihm zaghaft zu.

Drinnen im Saal applaudiert das Publikum, während ich mich zum Gehen wende.

Ich gehe drei Blocks in meinem Kleid und den hochhackigen Schuhen. Ich liebe dieses Kleid. Ich will es immer ansehen, es in meinen Schrank hängen und an diesen Novemberabend zurückdenken, an dem ich in mein eigenes Licht getreten bin. Der Wind bläst mir entgegen und lässt den Stoff flattern, während ich die Straßen meiner kleinen Stadt entlanggehe.

Über mir klingelt die Glocke, als ich die Tür zu Harpy's öffne, wo sich tatsächlich die zehn Personen eingefunden haben, die den Schönheitswettbewerb nicht verfolgt haben.

»Wow«, sagt Marcus, der gerade einem Kunden die Quittung reicht. »Schick, schick, Will.«

Beim Klang meines Namens kommt Bo um die Ecke, mit einem roten Lolli zwischen den kirschfarbenen Lippen.

Ich stelle den Sekt auf den Tresen.

Er zieht sich die Schürze über den Kopf, so dass sie nur noch von seiner Hüfte herunterhängt. Sein Mund verzieht sich zu einem breiten Grinsen. »Willowdean«, sagt er.

Ich seufze.

DANK

Ich bin wirklich glücklich, dass ich jeden Tag das tun kann, was mir Spaß macht und woran ich glaube. Ohne die Hilfe und den Rat einiger wirklich bemerkenswerter Leute wäre ich nicht in dieser glücklichen Lage.

Alessandra Balzer, du bist genau die Lektorin, von der Autoren nur träumen können, und ich bin jeden Tag aufs Neue dankbar, dass ich tatsächlich mit dir zusammenarbeiten konnte. Danke, dass du an Willowdean geglaubt hast und immer wusstest, was ich sagen wollte, noch bevor ich selbst wusste, wie ich es sagen sollte.

Molly Jaffa, ich glaube wirklich, dass du Berge für mich versetzen würdest, wenn du es könntest. Danke, dass du mein Leben in Gang hältst, und für den kleinen extra Anschub bei diesem Buch, als ich kurz davor war zu verzweifeln. Du bist meine Agentin und meine Freundin, und für beides bin ich dankbar.

Caroline Sun, du bist die Zauberin hinter dem Vorhang. Danke für alles, was du tust.

Das School & Library Marketing-Team (Patty Rosati und Molly Motch!): Ich bin ewig dankbar, dass ihr mit an Bord seid.

Aurora Parlagreco und Alison Donalty, ein perfekteres Cover hätte ich mir nicht vorstellen können. Meine Begeisterung für euer Design ist größer, als Worte es ausdrücken können. Und Danke an Ruiko Tokunaga, die dem Cover noch den letzten Schliff gegeben hat.

Es gibt viele Menschen bei Balzer + Bray / HarperCollins / Epic

Reads/HCC Frenzy, denen ich zu großem Dank verpflichtet bin: Susan Katz, Kate Jackson, Andrea Pappenheimer, Kerry Moynagh, Heather Doss, Donna Bray, Kelsey Murphy, Nellie Kurtzman, Booki Vivat, Margot Wood, Alexei Esikoff, Suman Seewat, Aubry Parks-Fried, Jennifer Sheridan, Kathy Faber und alle, die ich hier möglicherweise vergessen habe (denn das habe ich bestimmt!). Ihre Freundlichkeit und ihr Vertrauen in meine Arbeit waren für mich unschätzbar. Ich bin glücklich, mit so engagierten Menschen zusammenarbeiten zu dürfen.

Dank an Jessica Taylor, die immer alles gelesen hat und bei der ich ganz nackt und bloß und unschön ich selbst sein konnte. Es wird nie genügend Cupcakes geben.

Jeramey Kraatz, danke, dass du immer mein *Partner in Crime* bist und mit mir sogar in andere Bundesstaaten gefahren bist, um Dolly Parton zu sehen – ich werde diesen Tag nie vergessen.

Natalie Parker, ich bin natürlich dankbar für deine Ehrlichkeit und Fairness, aber vor allem für deine Freundschaft und dafür, dass ich immer mit dabei sein darf.

Corey Whaley, danke für die vielen Stunden des Lesens via Skype und die Stunden, in denen wir über alles und nichts geredet haben.

Ich danke Tessa Gratton, die mich aus dem schwarzen Loch von Buch Nr. 2 gerettet und zwei Wochen mit mir in einem Auto verbracht hat und mich am Ende immer noch liebhatte.

Danke – Kristin Treviño (und allen anderen in der Bücherei von Irving!), was ihr da auf die Beine stellt, ist unglaublich, und ich bin so dankbar für jede Gelegenheit, bei der ich mich daran beteiligen konnte.

Jenny Martin, meine Freundin in der alten Heimat. Danke, dass du immer zu mir hältst.

Wie schon Joe Cocker sagte: »I get by with a little help from my friends.« Katie Cotugno, Adam Silvera, Bethan Hagen, Jennifer Mathieu, Kristin Rae, Sarah Combs, Christa Desir, Michelle Krys, Amy Tintera, Kari Olson, Jen Bigheart, Caron Ervin, Preeti Chhibber, Stef Hoffman, Courtney Stevens, Ashley Meredith, John Stickney, Hayley Harris, Jeffrey Komaromi und Asher Richardson.

All die Blogger, BibliothekarInnen, LehrerInnen und LeserInnen. Meine Lone-Star-Gemeinde, OneFour KidLit, #Lufkin6, die Fourteenery und the Hanging Garden. Ich danke euch allen.

Mom, Dad und Jill, danke, dass ihr immer mein Zuhause wart und an mich und meine wilden Träume geglaubt habt.

Ich danke Dolly Parton, dafür, dass sie sich nie für sich selbst entschuldigt und für jeden einzelnen ihrer Songs. Ihre Musik war die Schmiere, die dieses Buch ins Laufen gebracht hat.

Danke Ian, dass du mich immer liebst.

Ich danke den dicken Kids, den dünnen Kids, den großen, den kleinen und allen dazwischen: Ich bin so froh, dass keiner von uns dem anderen gleicht. Was wäre das sonst für eine langweilige Welt!